MEHR VON TINA FOLSOM

Scanguards Vampire
Samsons Sterbliche Geliebte
Amaurys Hitzköpfige Rebellin
Gabriels Gefährtin
Yvettes Verzauberung
Zanes Erlösung
Quinns Unendliche Liebe
Olivers Versuchung
Thomas' Entscheidung
Ewiger Biss (Novelle) (Zweisprachige Ausgabe)
Cains Geheimnis
Luthers Rückkehr
Brennender Wunsch (Novelle) (Zweisprachige Ausgabe)

Jenseits des Olymps
Ein Grieche für alle Fälle
Ein Grieche zum Heiraten
Ein Grieche im 7. Himmel

Der Club der ewigen Junggesellen (Zweisprachige Ausgaben)
Begleiterin für eine Nacht
Begleiterin für tausend Nächte
Begleiterin für alle Zeit
Eine unvergessliche Nacht
Eine langsame Verführung
Eine hemmungslose Berührung

Der Clan der Vampire – Venedig 1 & 2
Der Clan der Vampire – Venedig 3 & 4
Geliebter Unsichtbarer (Hüter der Nacht - Buch 1)
Eine reizende Diebin (Zweisprachige Ausgabe)

BEGLEITERIN FÜR EINE NACHT

DER CLUB DER EWIGEN JUNGGESELLEN – BUCH 1

ZWEISPRACHIGE AUSGABE

TINA FOLSOM

Der Verkauf dieses Buches ohne Buchumschlag ist nicht autorisiert. Wenn Sie dieses Buch ohne Buchumschlag finden, wurde es dem Verleger als ‚unverkauft und vernichtet' berichtet und weder der Autor noch der Verleger wurde dafür bezahlt.

Begleiterin für eine Nacht ist ein fiktives Werk. Namen, Charaktere, Orte und Geschehnisse wurden erfunden. Jegliche Ähnlichkeit mit wirklichen Orten, Ereignissen, oder Personen, lebend oder verstorben, sind zufällig.

2016 Tina Folsom

Copyright © 2016 by Tina Folsom

Alle Rechte vorbehalten.

Deutsche Erstausgabe
Die Amerikanische Originalausgabe erschien 2010 unter dem Titel *Lawful Escort*.

Cover Design: Tina Folsom
Cover Foto: Bigstockphoto.com
Autorenfoto: ©Marti Corn Photography

1

Daniel Sinclair lehnte sich gemütlich in den bequemen Ledersitz seiner Limousine zurück, die ihn für seinen Flug nach San Francisco zum John F. Kennedy Airport bringen würde.

„Wir dürften in fünfundvierzig Minuten am Flughafen sein, Sir", teilte ihm sein Fahrer Maurice mit.

„Vielen Dank."

Anstatt einen Privat-Jet zu chartern, wie er es oft bei Inlandsreisen tat, hatte er sich entschieden, bei einer kommerziellen Fluggesellschaft erster Klasse zu fliegen. Da sowohl sein Anwalt als auch seine Freundin erst am nächsten Tag an die Westküste fliegen würden, um ihn dort zu treffen, hatte es keinen Grund gegeben, nur wegen eines einzigen Passagiers einen Flieger zu chartern.

Audrey, die seit fast einem Jahr seine Freundin war, musste eine wichtige Wohltätigkeitsveranstaltung besuchen, während sein Anwalt Judd Baum noch an letzten Vertragsrevisionen arbeiten

Daniel Sinclair settled back into the comfortable leather seat of his limousine which was taking him to JFK airport for his flight to San Francisco.

"We should be at the airport in forty-five minutes, sir," his driver Maurice announced.

"Thank you."

Instead of chartering his own jet, he'd decided to fly first class on a commercial airline. Since both his lead attorney and his girlfriend were scheduled to fly out to meet him on the West Coast the next day, there'd been no reason to charter a jet just for one passenger.

Audrey, his girlfriend of almost a year, had an important charity function to attend, while his attorney Judd Baum was working on final contract revisions and thought it more prudent to finish them in New York where his staff could assist him.

musste und es für klüger hielt, diese in New York zu vollenden, wo ihn seine Mitarbeiter unterstützen konnten.

Seit fast einem Jahr arbeitete Daniel an der Übernahme einer in San Francisco ansässigen Finanzdienstleistungsgesellschaft. Trotz der Tatsache, dass die meisten Einzelheiten von seinen Anwälten und seinen Geschäftsführern bearbeitet wurden, zog er es vor, sich selbst ausführlich um jeden Erwerb seiner Firma zu kümmern, besonders wenn es um die letzten Details der Abwicklung ging.

Er bestand immer darauf, mit der Gegenseite am Tisch zu sitzen, wenn die endgültigen Unterschriften ausgetauscht wurden, anstatt den Handel aus der Ferne abzuschließen. Außerdem war ein erneuter Besuch in San Francisco genau das, was er brauchte.

Diese Reise würde ihm die Möglichkeit geben, sich zu entspannen und seinen Kumpel Tim zu treffen, um wieder auf den neusten Stand zu kommen. Daniels Hintergedanke für den Besuch in San Francisco war jedoch, Tim mit Audrey bekannt zu machen. In den letzten Monaten war Daniels Beziehung

Daniel had been working on the acquisition of the San Francisco-based financial services company for almost a year. Despite the fact that his attorneys and his business managers handled most of the details, he preferred to be intimately involved in any deal his company struck, especially when it came down to the final few days.

He always made a point of sitting at the table with the other side when the final signatures were exchanged, rather than finalizing the deal remotely. Besides, another trip to San Francisco would be just what he needed.

It provided him with an opportunity to relax as well as to catch up with his buddy Tim. His ulterior motive for coming to San Francisco, though, was to introduce Audrey to Tim. Things had been a bit on shaky ground with Audrey for the last few months, especially because he'd been working so damn hard on this deal.

zu Audrey etwas ins Wanken geraten, vor allem weil er so verdammt hart an diesem Deal gearbeitet hatte.

Daniel hatte sie bei einigen Gelegenheiten vernachlässigt und fragte sich nun, in welche Richtung er die Beziehung lenken sollte. Die Wahrheit war, er brauchte den Rat seines alten Studienfreundes, was er mit ihr machen sollte. In New York sprach er mit keinem seiner Freunde oder Kollegen über Beziehungen oder Frauen. Tim war der Einzige, mit dem er wirklich über etwas Anderes als den üblichen *Männerkram* reden konnte.

Da er noch nie einfach nur ruhig dasitzen hatte können, öffnete Daniel seinen Aktenkoffer und fing an, ein paar der Geschäftsdokumente noch einmal durchzusehen. Als er durch die Akten blätterte, stieß er einen unterdrückten Fluch aus. Eine der Akten, die seine Assistentin für ihn zusammengestellt hatte, fehlte. Er erinnerte sich, dass er sie am Vorabend aus dem Aktenkoffer genommen hatte.

Er hatte Audrey von ihrem Apartment abgeholt, aber wie üblich war sie noch nicht soweit gewesen und er hatte warten

Daniel had neglected her on several occasions and was wondering where to take the relationship. The truth was he needed a little bit of advice from his old college buddy on what to do with her. He never discussed relationships or women with any of his friends or business associates in New York. Tim was the only person he felt comfortable with talking about other things than *guy stuff*.

Never one to sit idly, Daniel opened his briefcase to start reviewing some of the documents for the deal. As he flipped through the files, he cursed under his breath. One of the files his assistant had put together for him was missing. He remembered that he'd taken it out of the briefcase the night before.

He'd gone to pick up Audrey from her apartment, but as usual she hadn't been ready. Since Audrey was never one to be rushed, he'd started reviewing the file while he'd waited for her and then

müssen, bis sie fertig angezogen war. Da Audrey sich dabei wie gewöhnlich Zeit gelassen hatte, hatte er angefangen, die Akte durchzusehen, und diese dann dort prompt vergessen. Und da er Audrey nach dem Abendessen lediglich abgesetzt hatte, anstatt die Nacht mit ihr zu verbringen, hatte er seine Vergesslichkeit nicht einmal bemerkt.

Als er an den vorherigen Abend dachte, hatte er Schwierigkeiten sich zu erinnern, wann er das letzte Mal bei Audrey übernachtet hatte. Das musste vor mehr als ein paar Wochen gewesen sein. Und aus diesem Grund musste es auch schon eine Weile her sein, seit er mit ihr geschlafen hatte. Seltsamerweise war ihm dies nicht einmal aufgefallen. Seine Arbeit war daran schuld – dadurch vergaß er einfach alles Andere.

„Maurice", rief er seinem Fahrer zu.

„Ja, Sir?"

„Fahren Sie bitte bei Miss Hawkins vorbei! Ich habe dort gestern Abend ein paar Dokumente vergessen."

„Gewiss, Sir."

Es wäre kein großer Umweg. Maurice kämpfte sich immer noch durch den Innenstadtverkehr, und Audreys Wohnung war nur ein

promptly forgotten it there. And since he'd dropped her off after dinner rather than spend the night, he hadn't noticed his neglect.

As he thought about the previous evening, he had difficulty remembering when he'd last spent the night with her. It must have been more than a couple of weeks ago. And for that matter, it must have been a while since he'd had sex with her. Strangely enough, he hadn't even noticed. That's what work did to him—it made him forget everything else.

"Maurice," he called out to his driver.

"Yes, sir?"

"Swing by Miss Hawkins' place, please. I left some documents there last night."

"Certainly, sir."

It wouldn't be much of a detour. Maurice was still fighting traffic in midtown, and Audrey's place was only a few blocks away. Daniel glanced at his watch. She was already at her charity event,

paar Blocks entfernt. Daniel blickte auf seine Uhr. Sie war mittlerweile schon auf ihrer Wohltätigkeitsveranstaltung, aber er hatte einen Schlüssel und konnte sich selbst hineinlassen. Der Portier kannte ihn gut und würde keine Einwände haben, ihn zu ihrem Apartment hinaufgehen zu lassen.

Minuten später parkte Maurice in zweiter Reihe vor dem Gebäude, und Daniel stieg aus dem Wagen. Audreys Apartment war im obersten Stock eines exklusiven Wohnkomplexes, der um die Jahrhundertwende gebaut worden war. Ungeduldig klopfte er mit dem Fuß auf den Boden, während die mit Holz verkleidete Kabine des ziemlich altmodischen Fahrstuhls langsam Stockwerk für Stockwerk nach oben fuhr.

Es gab nur drei Wohnungen im obersten Stock. Zielsicher ging er auf Audreys zu. Als er den Schlüssel im Schloss umdrehte und sich hineinließ, kam es ihm so vor, als hörte er etwas.

Auf dem Weg zum Schlafzimmer fragte sich, ob die Haushälterin da war. Er stellte sich darauf ein, Betty einen Schreck einzujagen. Er mochte die ältere Frau, die immer ein Lächeln für ihn bereithielt, wenn er zu

but he had a key and could let himself in. The doorman knew him well and would have no objections to let him go up to her apartment.

Minutes later, Maurice double parked in front of the building, and Daniel sauntered out of the car. Audrey's apartment was on the top floor of the turn-of-the-century-co-op. He impatiently tapped his foot as the wood-paneled cab of the old-fashioned elevator climbed from floor to floor.

There were only three units on the top floor, and he headed straight for Audrey's. As soon as he let himself into the apartment, he thought he heard noises.

Walking to the bedroom, he wondered whether the housekeeper was there. He was prepared to give Betty a fright. He liked the older woman, who always had a ready smile when he visited.

Daniel listened. The sound was definitely coming from the bedroom. The TV was probably on while she cleaned.

Besuch kam.

Daniel lauschte. Das Geräusch kam definitiv aus dem Schlafzimmer. Wahrscheinlich lief der Fernseher, während sie aufräumte. Grinsend stellte er sich bereits Bettys erschrecktes Gesicht vor. Er griff nach der Türklinke, drückte sie langsam nach unten und riss die Tür auf.

„Buh!" Er erstickte fast, als er nicht das sah, was er erwartet hatte. Das war definitiv nicht Betty, die das Apartment sauber machte.

„Daniel!"

Offensichtlich hatte sich Audrey entschieden, doch nicht auf die Wohltätigkeitsveranstaltung zu gehen. Nackt, mit zerzausten Haaren und einem verschwitzten Körper, der auf einem nackten Männerkörper aufgespießt war, wäre sie nie rechtzeitig fertig geworden. Abgesehen davon, dass sie es überhaupt nicht vorgehabt hatte. Wohltätigkeit schien das letzte zu sein, woran sie dachte. Die Position, in der sie sich gerade befand, deutete auf alles Andere hin. Natürlich könnte sich Daniel auch irren. Vielleicht fickte Audrey seinen Anwalt ja aus einem wohltätigen Grund.

„Judd! Audrey!"

Audreys lange rote Haare fielen

Grinning and already imagining Betty's shocked face, he gripped the door handle, pushed it down slowly, and yanked the door open.

"Boo!" He almost choked when he didn't see what he was expecting. This was definitely not Betty cleaning the apartment.

"Daniel!"

It was obvious that Audrey had decided not to go to the charity event after all. Naked, her hair a mess, her body sweaty and impaled on a naked male body, she'd never get ready in time. Not that she ever had any intention. Charity seemed to be furthest from her mind. The position she was in suggested anything but. Of course, Daniel could be mistaken.

Maybe Audrey was fucking his attorney out of charity.

"Judd. Audrey."

Audrey's long red hair cascaded over her breasts, strands of them sticking to her glistening skin. She'd obviously worked up some

in Wellen über ihre Brüste herab, einzelne Strähnen davon klebten an ihrer glänzenden Haut. Offensichtlich hatte es sie ziemlich ins Schwitzen gebracht, ihn zu reiten. Und die zerwühlten Bettlaken und der Geruch von Sex, der in der Luft lag, ließen vermuten, dass dies eine Zugabe war.

Klar schien auch zu sein, dass Judd gar nicht so sehr mit der Vertragsrevision beschäftigt war, wie er behauptet hatte. Wie sollte er auch sonst die Zeit gefunden haben, die Freundin seines Chefs zu vögeln? Dass er sich damit ins eigene Fleisch schnitt, war ihm offensichtlich noch nicht bewusst geworden.

Merkwürdig – als er die Szene vor sich betrachtete, fühlte Daniel sich irgendwie distanziert. Und auf seltsame Weise erleichtert. Audreys schockierter Gesichtsausdruck war die erste echte Emotion, die er seit langem von ihr gesehen hatte.

„Ich kann das erklären." Judd machte einen kläglichen Versuch, sich von Audrey loszulösen, die immer noch mit gespreizten Beinen auf ihm saß. Zumindest hatte sie den Anstand, damit aufzuhören, sich auf seinem Schwanz auf und ab zu bewegen.

sweat riding him, and by the looks of the tangled sheets and the smell of sex in the air, this was a repeat session.

It also figured that Judd wasn't quite as busy with revisions to the contract as he'd claimed, otherwise, how would he have found the time to screw his boss's girlfriend? That he was screwing himself by doing so had obviously not yet crossed his mind.

Strangely, as he looked upon the scene before him, Daniel felt detached. And oddly relieved. Audrey's shocked face was the first genuine emotion he'd seen her exhibit in a long time.

"I can explain." Judd made a feeble attempt at disentangling himself from Audrey, who still straddled him even though she'd had the decency to stop moving up and down on Judd's cock.

Daniel lifted his hand. "Spare me." The situation was pretty self-explanatory from where he stood.

"Audrey, there's no need

Daniel hob seine Hand. „Erspare es mir!" Die Situation erklärte sich von seinem Standpunkt aus gesehen von selbst.

„Audrey, für dich gibt es keinen Grund mehr, nach Kalifornien zu fliegen. Hier ist dein Schlüssel. Mit uns ist es aus."

Er legte den Wohnungsschlüssel auf die Kommode und nahm seine Akte.

„Daniel, wir müssen darüber reden!"

Er schüttelte den Kopf. Er war keiner, der eine große Szene machte. Er selbst war noch nie so emotional wie Andere gewesen, zumindest nicht seit der Pubertät. Tim zog ihn immer damit auf, dass er nicht glaubte, dass Daniels italienische Mutter wirklich seine Mutter war, denn mit dem Mangel an Emotion, den er an den Tag legte, konnte er keinesfalls Halbitaliener sein.

Als er an der Tür war, drehte er sich noch einmal um. „Und Judd. Du bist gefeuert. Ich schließe den Deal selbst ab."

„Aber du kannst mich nicht feuern. Du brauchst mich …"

Obwohl Judd ihm eigentlich einen Gefallen getan hatte, indem er ihm Audrey abgenommen hatte, konnte er nicht weiter mit jemandem zusammenarbeiten, der

for you to fly out to California. Here's your key. We're done."

He placed her apartment key onto the dresser and picked up his file.

"Daniel, we need to talk about this."

He shook his head. He wasn't one to make a big scene. He'd never been emotional like others, at least not since puberty. Tim used to kid him, saying he didn't believe that Daniel's Italian mother was truly his mother, and he couldn't possibly be half Italian with the lack of emotion he showed.

At the door, Daniel turned once more. "And, Judd. You're fired. I'll finish the deal myself."

"But, you can't just fire me. You need me …"

Even though Judd had actually done him a favor by taking Audrey off his hands, he couldn't continue working with somebody, who went behind his back, especially not an attorney who he had to trust one hundred percent.

ihn hintergangen hatte, besonders nicht mit einem Anwalt, dem er zu hundert Prozent vertrauen können musste.

„Du bist ersetzbar. Finde dich damit ab!" Sein Seitenhieb auf Judd bezog sich nicht auf den Job, den dieser gerade verloren hatte, sondern auf die Frau in seinen Armen. Sie würde ihn bald durch jemand Anderen ersetzen.

Zwei Minuten später verließ Daniel das Gebäude und war aus Audreys Leben verschwunden – für alle Zeiten. Als er zum Auto ging, fühlte es sich an, als wären seine Schritte leichter als zuvor, als ob eine Last von seinen Schultern genommen worden war. Er erkannte, dass der Verlust eines guten Anwalts ihn härter traf als der Verlust von Audrey. Er musste Judd unverzüglich ersetzen. Ohne einen Anwalt an seiner Seite, um die Übernahme abzuschließen, könnte ihm die Sache um die Ohren fliegen.

Daniel zog sein Handy heraus und drückte die Kurzwahltaste, während er in den Wagen stieg und seinem Fahrer befahl, zum Flughafen weiterzufahren.

Es klingelte nur zweimal, bis der Anruf beantwortet wurde. „Tim, ich bin's Daniel."

„Oh verdammt, hab' ich deine

"You're replaceable. Get used to it." His stab at Judd wasn't referring to the job he'd just lost but to the woman in his arms. She'd replace him with somebody else soon enough.

Two minutes later, Daniel was leaving her building and was out of Audrey's life—for good. He felt as if his step was lighter when he walked toward the car, as if a burden had been lifted off his shoulders. He realized the loss of a good attorney hit him harder than the loss of Audrey. Without a lawyer by his side to finish the acquisition, things could blow up in his face.

Daniel pulled out his cell phone and speed dialed as he got into the car, instructing his driver to continue to the airport.

The call was answered within two rings. "Tim, it's Daniel."

"Oh shit, did I screw up on your arrival time?"

"No, 'course not. I'm still in New York." He heard Tim

Ankunftszeit verpeilt?"

„Nein, natürlich nicht. Ich bin noch in New York." Er hörte Tim hörbar erleichtert aufatmen. „Hör zu, du musst mir einen Gefallen tun. Ich brauche die beste Anwaltskanzlei bei euch, um den Deal zu übernehmen.

„Was, sind euch in New York die Anwälte ausgegangen?"

„Ich habe Judd vor fünf Minuten gefeuert." Er wollte nicht ins Detail gehen. Sobald er in San Francisco war, würde er genug Zeit haben, die Geschichte nochmals durchzukauen.

„Ist gut, ich mach mich dran. Ich werde jemanden für dich haben, wenn du ankommst. Ich kann's gar nicht erwarten, dich zu sehen und endlich Audrey kennenzulernen. Ich habe eine Reservierung fürs Abendessen gemacht. Wir können –"

„Ja, bezüglich Audrey –"

„Was ist mit ihr?"

„Sie kommt nicht. Es ist aus." Er gab seinem Freund nicht einmal die Möglichkeit, etwas zu erwidern. „Was mich zu einem anderen Thema bringt. Ich muss morgen Abend wegen der geplanten Übernahme an so einem verdammten Empfang teilnehmen. Ich hatte geplant Audrey dabeizuhaben, um diese

exhale, audibly relieved. "Listen, I need a favor. I need the best corporate legal firm out there to take over the deal."

"What, you ran out of attorneys in New York?"

"I fired Judd five minutes ago." He didn't feel like going into details. There'd be plenty of time to rehash the story when he got to San Francisco.

"Okay, I'm on it. I'll have somebody for you when you arrive. Can't wait to see you and finally meet Audrey. I made reservations for dinner. We can—"

"Yeah, about Audrey—"

"What about her?"

"She's not coming. It's over." He didn't even give his friend a chance to comment. "Which brings me to another issue. I have to attend that damn reception tomorrow night in anticipation of the acquisition. I was planning on having Audrey there to ward off those eligible bachelorettes they usually throw at me at those events, so I need a stand-in."

aufdringlichen Junggesellinnen abzuwehren, die man mir gewöhnlich bei solchen Veranstaltungen immer auf den Hals hetzt. Ich brauche also eine Vertretung."

Er war nicht daran interessiert, die Annäherungsversuche aller Frauen unter Vierzig abwehren zu müssen, die sich ihm an den Hals warfen, nur weil er reich und unverheiratet war.

„Eine Vertretung?"

Daniel fuhr sich wieder mit der Hand durchs Haar und brachte es so durcheinander, dass es aussah, als ob er gerade aufgewacht wäre, was aber gar nicht stimmen konnte. Er war seit vier Uhr morgens auf den Beinen und hatte sogar noch in seinem eigenen Fitnessstudio trainiert, bevor sein stressiger Tag begonnen hatte.

„Ja, etwas fürs Auge."

„Ich kann dir ein Blind Date besorgen", schlug Tim eifrig vor und hatte offensichtlich schon jemanden im Auge. „Das ist sogar perfektes Timing. Die Mitbewohnerin einer guten Freundin ist –"

Daniel konnte förmlich sehen, wie Tim sich die Hände rieb. „Vergiss es! Ich will eine Professionelle. Keine romantischen Verwicklungen,

He wasn't interested in having to fend off advances from every woman under forty, who threw herself at him because he was rich and unmarried.

"A stand-in?"

Daniel ran his hand through his hair again, messing it up as if he'd just gotten out of bed, which couldn't be further from the truth. He'd been up since four in the morning to get in a workout in the gym before his busy day had started.

"Yes, some arm candy."

"I can set you up with a blind date," Tim suggested eagerly, obviously already having somebody in mind. "In fact, this is perfect timing. The roommate of a good friend of mine is—"

Daniel could virtually see Tim rub his hands together. "Forget it. I want a professional. No romantic entanglements, no blind dates." Yeah, that's what he needed like a hole in the head, a blind date.

"A professional?"

keine Blind Dates." Ja wirklich, das brauchte er genauso dringend wie ein Loch im Kopf, ein Blind Date!

„Eine Professionelle?"

„Ja, wie nennt man die? Escorten oder Hostessen." Das war's. Das war die Lösung. Anstatt einer Freundin brauchte er eine Begleitdame, eine, die allen anderen Frauen zeigte, dass er nicht mehr frei war. Das würde all seine Probleme lösen.

„Besorg mir so eine! Nicht zu hübsch, aber gut aussehend. Und mit ein bisschen was im Kopf, damit sie mich bei dem Empfang nicht blamiert."

„Du scherzt!" Obwohl er Tims Gesichtsausdruck nicht sehen konnte, wusste er, dass seinem Freund gerade die Kinnlade heruntergefallen war.

„Es ist mir todernst. Also mach eine Reservierung! Ich vermute, die nehmen Kreditkarten?" Immerhin war Daniel praktisch veranlagt.

„Woher soll ich das wissen? Seh' ich so aus, als würde ich mit Begleitdamen rumhängen?" Tim klang immer weniger beleidigt und immer mehr amüsiert.

„Komm schon, tu das für mich, und ich erzähl dir auch, warum ich mit Audrey Schluss gemacht

"Yes, what do they call them? Escorts." That was the solution. Instead of a girlfriend, he needed an escort, somebody to indicate to all other women that he wasn't available. It would solve all his problems. "Get me one of those. Not too pretty, just reasonable looking and with a bit of a brain so she doesn't embarrass me at the reception."

"You're kidding!" Even though he couldn't see Tim's face, he could tell that his friend's jaw had just dropped.

"I'm dead serious. So, make a booking for me. I assume they take credit cards?" If anything, Daniel was practical.

"How the hell should I know? Do I look like someone who hangs out with escorts?" Tim sounded less miffed and more and more amused.

"Come on, do this for me and I'll tell you why I broke up with Audrey." He knew just how much Tim liked some good gossip.

"Every dirty detail?"

habe." Er wusste genau, wie sehr Tim Klatsch mochte.

„Jedes schmutzige Detail?"

„Schmutziger als das geht's gar nicht."

„Abgemacht. Irgendwelche Vorlieben? Brünett, blond, rothaarig? Große Brüste? Lange Beine?"

Daniel schüttelte den Kopf und grinste. Es war ja nicht so, dass er mit der Begleitdame schlafen wollte; er wollte nur, dass sie ihn zu diesem langweiligen Empfang begleitete. Es war ihm auch völlig egal, wie sie aussah, solange sie nicht hässlich war und als seine Freundin auftreten konnte.

„Warum überraschst du mich nicht? Wir seh'n uns!" Er wollte schon auflegen, überlegte es sich dann aber anders. „Und danke Tim, für alles."

„Ich liebe dich auch."

Daniel machte es sich in dem bequemen Sitz gemütlich und ging die letzten offenen Punkte des Deals noch einmal durch. Er würde seine Assistentin veranlassen, alle aktuellen Vertragsdaten an seine neuen Anwälte zu mailen, die dann da weitermachen könnten, wo Judd aufgehört hatte. Im schlimmsten Fall würde das den Geschäftsabschluss eine Woche

"Can't get any dirtier than that."

"You're so on. Any preference? Brunette, blonde, redhead? Big boobs? Long legs?"

Daniel shook his head and grinned. It wasn't like he wanted to sleep with the escort; he just wanted her to accompany him to that boring reception. He really didn't care either way what she looked like, as long as she wasn't ugly and could parade as his girlfriend.

"Why don't you surprise me? See you soon." He was about to disconnect, then thought otherwise of it. "And, thanks Tim, for everything."

"Love you too."

Daniel settled into his comfortable seat and reviewed the last remaining issues of the deal. He would have his assistant send all current contracts electronically to his new attorneys, who could take over where Judd had left off. At worst, it would delay the deal for a week, but he didn't

verzögern. Aber das machte ihm jetzt auch nichts mehr aus.

Vielleicht könnte er die Wartezeit nutzen, um ins Weingebiet zu fahren und ein paar Tage auszuspannen. Er würde Tim fragen, ob er ihm etwas empfehlen könnte. Als Wein-Snob kannte Tim die besten Örtlichkeiten in der Gegend. Er würde sich mit einer guten Flasche Wein in der einen Hand und einem Buch in der anderen entspannen.

Zum Teufel, wem machte er da etwas vor? Seit wann wusste er, wie man sich erholte? Während des letzten Jahres hatte er sich keinen einzigen Tag frei genommen. Selbst sonntags hatte er gearbeitet, um noch mehr Deals an Land zu ziehen, selbst wenn Audrey ihn angefleht hatte, übers Wochenende mit ihr wegzufahren. Er konnte es ihr wirklich nicht vorwerfen, dass sie Trost in Judds Armen gesucht hatte. Er war nicht gerade der aufmerksamste Freund gewesen. Oder der romantischste. Er war einfach nicht der Typ dafür.

Daniel bedauerte schon die Frau, die sich eines Tages in ihn verliebte. Viel Glück bei dem Versuch, ihn von seiner Arbeit wegzuziehen! Audrey hatte es nicht geschafft, und sie war

care at this point.

Maybe he could use the downtime and go up to the wine country to relax for a few days. He'd ask Tim to recommend a place. As a wine snob, Tim was bound to know the best places in the area. He would unwind with a good bottle of wine in one hand and a book in the other.

Hell, who was he kidding? Since when did he know how to relax? During the last year, he hadn't taken a single day off. Even on Sundays, he'd been working, trying to put together another deal, even when Audrey had begged him to go away with her for a weekend. He couldn't really blame her that she'd found solace in Judd's arms. He hadn't exactly been the most attentive of boyfriends. Or the most romantic. He just wasn't the type.

Daniel already pitied the woman who fell for him one day. Good luck to her trying to pull him away from his work. Audrey certainly hadn't

außerordentlich schön und verführerisch. Aber seine Priorität war schon immer seine Arbeit gewesen. Und das würde sich auch nicht ändern. Niemals!

Er war nicht so weit gekommen – und das alles ohne Geld von seinem Vater anzunehmen – um seine Ambitionen dann von einer Frau abwürgen zu lassen und sich Schuldgefühle einreden zu lassen, weil er nicht genug Zeit mit ihr verbrachte. Das war der Weg, den andere Männer einschlugen, nicht seiner. Er brauchte die Herausforderung, die Eroberung, die Schlachten. Und keine Frau, die zu Hause saß und jammerte, dass er nicht genug Zeit für sie hatte.

Er hatte es schon fast aufgegeben, die richtige Frau zu finden, da er davon überzeugt war, dass die Frau, die es mit ihm aushalten könnte, noch nicht geboren war. Es war nicht so, als hätte er es nicht versucht, aber die Frauen, die er am Ende anzog, waren wie Audrey: teuer im Unterhalt, verzogen und letztendlich nur hinter seinem Geld her. Nein danke!

Im Rückblick auf sein Leben konnte Daniel nicht genau auf den Punkt zeigen, an dem er sich aus dem Spaß liebenden jungen Mann

managed to, and she was beautiful and enticing. But his priority had always been his work, and that wouldn't change. Ever.

He hadn't come this far— and without taking any of his father's money—to have a woman stifle his ambition and make him feel guilty for not spending enough time with her. That was the path other men took. It wasn't his. He needed the challenge, the conquest, the battles. Not a woman sitting at home and whining that he didn't have time for her.

He'd pretty much given up on finding the right woman, suspecting that the woman who'd put up with him wasn't born yet. It wasn't that he hadn't tried, but the women he'd ended up attracting were like Audrey: high maintenance, spoiled, and ultimately after his money. No, thanks.

Looking back at his life, Daniel couldn't put his finger on the exact point when he'd turned from a fun loving young

in den arbeitswütigen Geschäftsmann verwandelt hatte, der er jetzt war. Frauen hatten sich immer um ihn geschart, hauptsächlich wegen seines guten italienischen Aussehens. Er hatte also nie hart dafür arbeiten müssen und hatte es als selbstverständlich angesehen.

Sicherlich war Sex ein Teil seines Lebens, aber kein wichtiger. Er hatte oft spätabendliche Geschäftsmeetings dem Sex mit Audrey vorgezogen. Und es schien so, als ob es ihr nichts ausgemacht hatte, solange er mit ihr zu wichtigen gesellschaftlichen Veranstaltungen gegangen war. Diese Veranstaltungen waren sporadisch gewesen, da sie ihn tierisch langweilten.

Daniel tauchte nur selten in den Klatschspalten auf, was Audrey wahnsinnig nervte, da sie es liebte, über sich selbst in der Zeitung zu lesen. Er dagegen schätzte seine Privatsphäre und war nicht so aufs Rampenlicht aus, wie sie es gerne gehabt hätte. Rückblickend wusste er jetzt nicht einmal mehr, warum er überhaupt angefangen hatte, mit ihr auszugehen. Sie hatten eigentlich ganz und gar nicht zusammengepasst.

man into the driven businessman he was now. Women had always flocked to him, mostly because of his Italian good looks, so he'd never really had to work at it and had taken them for granted.

Sex was certainly a part of his life, but not an important one. He'd often foregone sex with Audrey for late night business meetings. And it had seemed that she hadn't minded that much as long as he went to important society events with her. These events had been few and far between, as most of them bored the hell out of him.

Daniel rarely appeared in any gossip pages, which had bugged Audrey tremendously since she loved reading about herself in the papers. He was much more of a private person and certainly not as flashy as she'd wanted him to be. Looking back now, he didn't know why he'd ever started dating her. They were completely unsuited for each other.

2

Wenn Sabrina Palmer nur die andere Stelle, die ihr angeboten worden war, angenommen hätte und nicht diese hier in der Anwaltskanzlei von Brand, Freeman & Merriweather, dann würde sie jetzt sicher nicht aus ihrer Haut fahren wollen. Dann würde sie jetzt mit einem relativ aussichtslosen Job in einem klimatisierten Büro in Stockton sitzen, anstatt dass ihr nun einer der Seniorpartner über die Schulter schaute. Er gab vor, das Dokument auf dem Monitor zu lesen, aber sie wusste, dass er ihr in den Ausschnitt lugte.

Aber nein! Sabrina hatte sich die Stelle bei der renommiertesten Kanzlei in San Francisco aussuchen müssen, in der Hoffnung, die Art von Berufserfahrung als Anwältin zu sammeln, die sie brauchte, um ihre Karriere voranzutreiben. Sie hatte ihre Anwaltszulassungsprüfung mit Leichtigkeit bestanden und gedacht, dass ihr die Welt zu Füßen lag, bis sie mit einem uralten

If only Sabrina Palmer had taken the other job she'd been offered and not this one at the Law Offices of Brand, Freeman & Merriweather, she wouldn't want to crawl out of her skin right now. She'd be sitting in an air conditioned law office in Stockton with a job that would probably go nowhere, rather than having one of the senior associates hover over her from behind, pretending to read the document on her computer screen when she knew he was peering down her blouse.

But no, Sabrina had to go for the job with the most reputable firm in San Francisco in the hope of gaining the right kind of legal experience to advance her career. She'd passed the bar with flying colors and thought she could take on the world, only to come up against an age-old problem: she was a woman in a man's

Problem konfrontiert worden war: Sie war eine Frau in einer Männerwelt.

Und nun, anstatt an einem der interessanten Fälle, mit denen die *männlichen* Juniorpartner beauftragt worden waren, arbeiten zu dürfen, war sie zu alltäglichem Gesellschaftsrecht verdonnert worden, während Jon Hannigan, oder der schleimige Jonny, wie ihn die Sekretärinnen hinter seinem Rücken nannten, ihren Busen anglotzte.

Nicht, dass ihre Brüste übermäßig ausgeprägt waren, aber für ihre zierliche Statur hatte sie einen sehr schön proportionierten Vorbau und eine ziemlich kurvige Figur. Sie war nicht so schlank wie ein Modell und auch nicht besonders groß. Doch sie wäre gerne wenigstens ein paar Zentimeter größer gewesen, damit nicht jeder Mann automatisch in der Lage wäre, bis zu ihrem Bauchnabel hinunterzusehen, wenn sie etwas mit einem tiefen Ausschnitt trug. Aber sie konnte ihre Gene nicht ändern.

„Sie müssen diesen Absatz umformulieren", schlug Hannigan vor, als er sich noch näher über sie beugte, um mit dem Finger auf den Bildschirm zu deuten. „Sie müssen Absicht unterstellen."

world.

And now, instead of getting to work on any of the interesting cases the *male* junior associates were assigned to, she was relegated to routine corporate law while Jon Hannigan, or Slime Ball Jonny, as the secretaries called him behind his back, checked out her boobs.

Not that her boobs were that pronounced, but for her petite size she had a nicely proportioned set, together with a relatively curvy figure. Slim like a model she wasn't, nor was she tall. She would have loved to be at least a couple of inches taller so not all men would automatically be able to look down to her navel when she wore a *V*-neckline, but she couldn't change her genes.

"You'll need to rephrase this paragraph," Hannigan suggested as he leaned even closer and moved his arm past her shoulder to point at the screen. A whiff of body odor accompanied his movement. "You need to convey intent."

"I understand."

She knew all about intent.

„Ich verstehe."
Sie wusste über Absichten Bescheid. Seine Absichten. An dem Tag, als sie Jon Hannigan vorgestellt worden war, war ihr sofort klar geworden, dass er Ärger bedeutete. Die schmierigen Blicke, die er ihr zugeworfen hatte, hatten ihr alles mitgeteilt, was sie wissen musste: auf jeden Fall wachsam sein. Er hatte ihre Hand viel zu lange mit seinen Wurstfingern gedrückt gehalten, und Sabrina hatte ruhig bleiben müssen, um ihre Hand nicht loszureißen.

Sein bleiches Gesicht wurde durch eine oft etwas rötliche Nase akzentuiert, die entweder auf zu viel Sonne oder zu viel Alkoholkonsum schließen ließ. Sie vermutete letzteres. Hannigan war nicht gut aussehend, war aber auch nicht besonders hässlich, obwohl seine Persönlichkeit ihn von innen heraus hässlich machte.

Wenn sie ihn jemandem hätte beschreiben müssen, hätte sie ihn als gewöhnlich beschrieben: ein ganz gewöhnliches Arschloch.

„Sabrina, ich weihe Sie in ein Geheimnis ein. Wenn Sie hier nach oben wollen, halten Sie sich einfach an mich."

Sabrina lief ein kalter Schauer den Rücken hinab. Nach oben war nicht das, woran er dachte, da war

His intent. The day she was introduced to Jon Hannigan, she knew he'd be trouble. The sleazy look he'd given her had told her everything she needed to know: to be on guard. He'd squeezed her hand with his sausage fingers for far too long, and Sabrina had to keep all her cool not to yank it out from his grip.

His pasty face was accentuated by an often slightly red nose, which could have been either caused by too much exposure to the sun or too much imbibing of alcohol. She suspected the latter. Hannigan wasn't handsome, but he wasn't particularly ugly either, even though this personality made him ugly from the inside.

If she had to describe him to anybody, she would have said he was average: just an average asshole.

"Sabrina, I'll let you in on a little secret. You want to move up here, you just stick with me."

Sabrina shuddered inwardly. Moving up wasn't what he had in mind, she was certain.

sie sich sicher. Eher nach unten, seinen Körper nach unten. Sie hatte genug von den Sekretärinnen gehört, die von ihm belästigt worden waren. Durch die bloße Erinnerung an das, was sie über ihn gehört hatte, stellten sich ihr die Nackenhaare auf. Der Mann war ein Schwein.

„Ich kann das Schriftstück morgen früh gleich als Erstes überarbeiten. Es wird auf Ihrem Schreibtisch liegen, wenn Sie kommen."

„Wie wär's, wenn Sie morgen früh als Erstes auf meinem Schreibtisch liegen?"

Sabrina stockte kurz der Atem. Ja, sie hatte richtig gehört. Hannigan wurde immer dreister.

„Ich mache dann besser Schluss für heute", sagte sie vorsichtig und fuhr ihren Computer herunter. Hannigan bewegte sich nicht, sondern blieb hinter ihrem Stuhl stehen und hinderte sie so daran, diesen zurückzuschieben.

Sie drehte ihren Kopf leicht in seine Richtung und machte einen erneuten Versuch. „Entschuldigung, bitte."

Er ging nur einen Schritt zurück, genug, damit sie aufstehen konnte. Aber das brachte sie viel zu nahe an seinen Körper heran. Sie hielt die Luft an und versuchte, sich an

Moving down was much more likely, down his body. She'd heard enough from the secretaries who'd been harassed by him. The mere recollection of what she'd heard made the hair on her neck stand up in high alert. The man was a pig.

"I can revise the brief first thing tomorrow. It'll be on your desk before you get in."

"How about *you*'ll be on my desk first thing in the morning?"

Sabrina sucked in a quick breath. Hannigan was getting more brazen.

"I'd better finish off for today," she said cautiously and powered down her computer.

Hannigan didn't make a move, but remained standing behind her chair, preventing her from pushing it back.

Turning her head slightly in his direction, she made another attempt. "Excuse me, please."

He moved back only a foot, enough for her to get out of her chair, but it brought her far too close to his body. She sucked in air and tried to squeeze past him. He had a sick grin pasted

ihm vorbei zu quetschen. Er hatte ein krankes Grinsen im Gesicht. Dachte er wirklich, er würde auf diese Weise verführerisch aussehen? Der Obdachlose an der Bushaltestelle hatte bessere Chancen, sie rumzukriegen, als Hannigan.

„Warum so in Eile?"

„Arzttermin. Entschuldigung."

Mit einem weiteren auffälligen Blick auf ihre Brüste trat er zur Seite und ließ sie vorbei. Sabrina wurde von der Mischung aus seinem Aftershave und seinem Körpergeruch übel. Ohne sich umzudrehen, schnappte sie sich ihre Handtasche vom Tisch und eilte in Richtung Tür.

„Bis Morgen, Sabrina!"

Seine Stimme so nah hinter sich zu hören ließ sie schneller werden. Sie musste hier raus.

Obwohl es erst vier Uhr nachmittags war und sie normalerweise mindestens bis sechs arbeitete, hielt sie es nicht mehr aus. Der Arzttermin war eine Ausrede gewesen, um vor Hannigan zu flüchten. Noch eine Minute in seiner Gegenwart – und sie hätte sich übergeben oder wäre ohnmächtig geworden.

Sie wusste nicht, wie sie diesen Job mit ihm im Nacken, oder besser gesagt, mit Hannigan in

on his face. Did he really think he looked seductive like that? The homeless guy at the bus station had a better chance at getting into her pants than Hannigan.

"Why in such a hurry?"

"Doctor's appointment. Excuse me."

After giving her boobs another palpable glance, he moved aside and let her pass. Sabrina felt nauseous from the mix of his overwhelming cologne and his body odor. Without turning, she snatched her handbag off the desk and headed for the door.

"See you tomorrow, Sabrina."

His voice, too close behind her, made her speed up.

Even though it was barely four in the afternoon, and normally she worked at least past six o'clock, she couldn't stand it any longer. The doctor's appointment had been an excuse to escape Hannigan. Another minute in his presence and she would have puked or passed out.

How she was supposed to stick it out in this job for at

ihrem Dekolleté, noch mindestens ein Jahr durchstehen sollte.

„Schon Schluss für heute?", fragte Caroline, die Empfangsdame, als Sabrina durch die Lobby ging.

Sabrina antwortete mit einem Blick, der mehr sagte, als sie in einem zehnminütigen Gespräch hätte ausdrücken können.

„Hannigan schon wieder?"

Sie nickte und lehnte sich über den Empfangstisch, um Caroline zuzuflüstern: „Ich weiß nicht, wie lange ich das noch aushalten werde."

„Du weißt, was mit Amy passiert ist. Wenn du dich beschwerst, finden sie einfach einen Grund, dich loszuwerden." Die Empfangsdame warf ihr einen mitleidsvollen Blick zu. Es war die Wahrheit. Offensichtlich schätzten die Partner Hannigans Erfolge so sehr, dass sie über seine Indiskretionen hinwegsahen.

„Was bleibt mir dann noch übrig? Bis morgen."

Obwohl es ein warmer Sommertag war, fand Sabrina die Luft erfrischend, als sie das Gebäude verließ. Sie hatte in ihrem Büro überhaupt nicht atmen können – nicht in Hannigans Anwesenheit.

Das Komische war, dass die

least a full year, with him heavily breathing down her neck, or rather her blouse, she had no idea.

"Gone for the day?" Caroline, the receptionist asked as Sabrina crossed the foyer.

Sabrina answered with a look that said more than she could have imparted in a ten minute conversation.

"Hannigan again?"

She leaned over the counter to whisper to Caroline. "I don't know how much longer I can take this."

"You know what happened to Amy. If you complain, they'll just find a reason to get rid of you." The receptionist gave her a pitiful look. Apparently the partners valued Hannigan's achievements enough to overlook his indiscretions.

"Doesn't leave me many options, does it? See you tomorrow."

Despite the fact that it was a warm summer day, Sabrina found the air refreshing when she stepped out of the building. She hadn't been able to breathe in her office at all, not with

Sekretärinnen glücklich gewesen waren, dass die Firma endlich eine weibliche Juniorpartnerin eingestellt hatte. Jetzt wusste Sabrina auch warum: Hannigan belästigte die Sekretärinnen nun nicht mehr. Sabrina war zum Blitzableiter geworden. So sehr sie auch mit den Sekretärinnen Mitgefühl hatte, musste sie jedoch auf sich selbst schauen und sich entscheiden, was sie tun sollte. Könnte sie es riskieren, eine offizielle Beschwerde einzureichen? Wie würde sich das auf ihre Karriere auswirken?

Als Sabrina an den fast leeren Kühlschrank zu Hause dachte, entschied sie sich, die extra Zeit zu nutzen, um auf dem Heimweg Lebensmittel einzukaufen. Der Supermarkt war ziemlich überlaufen; und nur eine der Kassen war besetzt. Offenbar hatte ein Computerfehler die übrigen Kassen lahmgelegt.

Nachdem sie sichergestellt hatte, dass sie ihren Platz in der Warteschlange nicht verlieren würde, eilte sie zurück zur Tiefkühlabteilung und holte noch einen großen Becher Eiscreme. Sie hoffte, dass Holly, ihre Mitbewohnerin und Freundin seit Kindheitstagen, zu Hause war. Dann könnten sie zusammen den

Hannigan around.

The funny thing was that the secretaries had been happy that the firm had finally hired a female junior associate. Now she knew why: Hannigan wasn't bothering the secretaries much anymore. Sabrina had become their lightning rod. As much as she felt for the secretaries, she had to look after herself and make a decision about what to do. Could she risk filing a formal complaint? How would this impact her career?

Remembering that the fridge at home was nearly empty, Sabrina decided to use the extra time to go grocery shopping on her way home. The supermarket was incredibly busy, and only one of the checkouts was staffed. Apparently some computer glitch had shut down all remaining checkouts.

While she made sure she could keep her place in line, she went back to the freezer aisle and picked up a pint of ice cream. She hoped Holly, her roommate and childhood friend, was home. Then they

Becher *Ben and Jerry's* verschlingen und über Männer generell und Hannigan im Besonderen lästern.

could devour Ben and Jerry's together while bitching about men in general and Hannigan in particular.

3

Als Sabrina endlich nach Hause in die gemeinsame Wohnung kam, war es bereits nach sechs, die Zeit, zu der sie auch für gewöhnlich nach Hause kam.

„Holly, bist du da?", rief sie und ging in Richtung Küche, wo sie ihre Einkäufe auf die Küchenablage stellte. Bevor das Eis schmelzen konnte, packte sie es in den Gefrierschrank. Sie drehte sich um, als sie ein Geräusch aus dem Bad am Ende des Flurs kommen hörte.

„Holly, alles okay?"

Die Badezimmertür stand halb offen. Holly kniete vor der Toilette. Sie trug ihren rosa Bademantel und übergab sich.

„Was ist los, Süße? Hast du etwas Falsches gegessen?"

Sabrina hockte sich hin und nahm die langen blonden Haare ihrer Freundin nach hinten. Holly war kreidebleich.

„Ich weiß nicht. Vor ein paar Stunden ging es mir noch gut, aber dann . . . "

Hollys Kopf drehte sich schnell wieder Richtung Kloschüssel, und

By the time Sabrina finally entered their shared flat, it was past six, the time she usually came home.

"Holly, you home?" she called out and headed for the kitchen, placing the bags of groceries onto the counter. Before the ice cream could melt, she put it in the freezer and turned when she heard a sound coming from the bathroom down the hall.

"Holly, you ok?"

The bathroom door was ajar. Holly was crouching on the floor in front of the toilet. She was in her pink bathrobe and throwing up.

"What's wrong, sweetie? Did you eat something bad?"

Sabrina squatted down and pulled her friend's long blond hair back. Her face was ashen.

"Don't know. I was fine a couple of hours ago. But then …"

Holly's head veered toward

sie verlor noch mehr von ihrem Mageninhalt. Sabrina erhob sich, nahm einen Waschlappen aus dem Handtuchschrank und tränkte ihn in kaltem Wasser, bevor sie sich wieder neben ihre Freundin setzte.

„Hier, Süße." Sie presste den kalten Lappen an Hollys Nacken, während sie weiter die Haare ihrer Freundin nach hinten hielt. „Lass alles raus."

„Du siehst gestresst aus. Schlechter Tag?"

Sabrina lächelte sanft. „Aber anscheinend nicht so schlecht wie deiner."

„Hannigan schon wieder?" Holly umklammerte ihren Bauch und hielt ihren Kopf über die Schüssel.

„Nicht schlimmer als normal", log Sabrina. Doch es wurde schlimmer. Hannigan hatte angefangen, unmissverständliche sexuelle Andeutungen zu machen, und ihr gingen langsam die Entschuldigungen aus, um ihm aus dem Weg zu gehen. Aber sie wollte Holly damit jetzt nicht belasten.

„Du solltest wirklich etwas dagegen tun."

„Gut, aber erst einmal kümmern wir uns um dich, bevor wir planen, was wir mit Hannigan machen. Einverstanden?"

the porcelain throne again, and she lost yet more of the contents of her stomach. Sabrina rose and seized a washcloth from the linen closet, soaking it in cold water before she sat next to her friend again.

"Here you go, sweetie." She pressed the cold cloth against Holly's neck. "Just get it all out."

"You look stressed. Bad day?"

Sabrina smiled gently. "Obviously not as bad as yours."

"Hannigan again?" Holly clutched her stomach again and held her head over the bowl.

"Not any worse than before," Sabrina lied. It *was* getting worse. He'd started making distinctly sexual suggestions and she'd run out of excuses to get out of his way. But she wasn't going to burden Holly with this right now.

"You should really do something about it."

"Well, let's take care of you first before we make any plans on how to deal with Hannigan,

Sie half Holly auf und bemerkte, wie wackelig diese auf den Beinen war. Sabrina stützte sie, während Holly ihr Gesicht wusch und sich den Mund mit Mundwasser ausspülte.

„Willst du dich auf die Couch oder in dein Bett legen?"

„Auf die Couch bitte."

Während Sabrina ihr ins Wohnzimmer half, klingelte das Telefon.

„Lass den Anrufbeantworter rangehen. Ich kann mir schon denken, wer das ist."

Nach dem Signalton hörte sie eine gereizte Stimme aus dem Anrufbeantworter kommen. *„Holly, ich bin's Misty. Ich weiß, dass du da bist, also heb' verdammt noch mal ab! Hörst du mich? Wenn du denkst, du kannst mir einfach eine Nachricht hinterlassen, dass du die Buchung heute Abend nicht wahrnimmst, bekommst du Ärger. Nach dem, was letzte Woche mit dem japanischen Kunden passiert ist, habe ich keine Geduld mehr mit dir!"*

Holly blickte finster drein.

„Alle anderen Mädchen sind ausgebucht, also habe ich niemanden, um dich zu ersetzen. Du wirst heute Abend arbeiten, egal wie krank du bist, oder du

She helped Holly up and sensed how wobbly she was. Sabrina supported her weight while Holly cleaned her face and rinsed her mouth with mouthwash.

"Do you want to stretch out on the couch or your bed?"

"The couch, please."

While Sabrina helped her to the living room, the phone rang.

"Let the machine get it. I can imagine who it is."

As soon as the beep sounded, an irritated female voice came through the answering machine. *"Holly, it's Misty. I know you're there, so pick up the damn phone. Do you hear me? If you think you can just leave me a message to say you're not taking tonight's booking, you've got it coming. After what you did with the Japanese client last week, I have no more patience with you."*

Holly scowled.

"All the other girls are booked, so there's nobody to take your place. You'll work

arbeitest gar nicht mehr für mich. Hast du mich verstanden? Und ich werde dafür sorgen, dass dich hier in der Stadt niemand mehr anstellt. Ich hoffe, wir verstehen uns! Du bist heute Abend um sieben Uhr im Mark Hopkins Intercontinental, Zimmer 2307, oder du bist gefeuert!"

Der Anruf endete.

„Alte Hexe!", krächzte Holly, ihre Stimme heiser vom Übergeben.

„Was war denn da mit dem japanischen Kunden?"

„Perverser Typ." Erst hatte es den Anschein, als ob Holly nicht mehr herausrücken wollte. Aber Sabrina kannte ihre Freundin gut genug und wusste, dass sie ihr schließlich doch alles erzählen würde, was sie wissen wollte. Holly konnte einfach keine Geheimnisse für sich behalten.

„Also, wir waren in seinem Hotelzimmer, und ich denke mir, er will nur das, was die meisten dieser Typen wollen. Aber nein, der Typ musste richtig abartig werden. Er hatte diese kleinen Stahlkugeln an einer Kette dabei. Und du willst wirklich nicht wissen, was ich damit tun sollte..."

Sabrina sah sie angewidert an und bestätigte ihr damit, dass

tonight, no matter how sick you are, or you won't work for me anymore. Do you hear me? And I'll make sure nobody else in town will hire you either. I hope we understand each other. I want you at the Mark Hopkins Intercontinental, Room 2307 tonight at 7pm, or you're fired."

The machine stopped.

"Old hag!" Holly croaked, her voice hoarse from throwing up.

"What was that with the Japanese client?"

"Pervert." At first it looked like Holly didn't want to give any more information, but Sabrina knew her friend well and knew that eventually she'd tell her what she wanted to know. Holly wasn't one to keep secrets.

"So, we're in his hotel room, and I think he just wants what most of these guys want. But no, that man had to go all kinky on me. He brought with him these little steel balls on a chain, and you really don't want to know what he wanted me to do with them ..."

keine Details nötig waren. Sie hatte schon mehr Informationen erhalten, als sie haben wollte.

„Ich habe mich aus dem Staub gemacht, und als Misty das herausfand, setzte sie mich praktisch auf Bewährung. Sie sagte, dass sie mir den Arsch aufreißt, wenn ich nochmals einen Kunden sitzen lasse. Entschuldige die Wortwahl!"

Hollys Ausdrucksweise war noch nie das Problem gewesen. Tatsächlich mochten ihre Kunden sogar ihre schmutzige Wortwahl und auch alles Andere, was sie mit ihrem Mund anstellen konnte. Sabrina schüttelte den Kopf und lachte.

„Ich mache dir einen Kamillentee."

Während sie in der großen Essküche beschäftigt war und versuchte, ein paar trockene Kekse zum Tee zu finden, fragte sich Sabrina, ob ihre Kollegen es seltsam finden würden, wenn sie wüssten, dass sie sich die Wohnung mit einer professionellen Escort-Dame teilte.

Sie und Holly waren zusammen in einer kleinen Stadt an der *East Bay* aufgewachsen. Damals waren sie beste Freundinnen gewesen und waren wieder in Kontakt

Sabrina gave her a look, confirming that no details were necessary. She'd already received more information than she cared for.

"So, anyway, I bolted, and when Misty found out, she basically put me on probation. Said if I walked out on a client again, she'd fry my ass. Pardon my French."

Holly's French was never the problem. In fact, most of her clients liked her French and anything else she could do with her tongue. Sabrina shook her head and laughed.

"Let me make you some chamomile tea."

While she busied herself in the large eat-in kitchen and tried to find some dry crackers to go with the tea, Sabrina wondered whether any of her colleagues would find it strange that she shared a flat with a professional escort.

She and Holly had grown up together in a small town on the East Bay. They'd been best friends back then and had reconnected after college when they'd found out that they both

getreten, als sie herausgefunden hatten, dass sie beide nach San Francisco gezogen waren. Nichts war näherliegend gewesen, als sich zusammen eine Wohnung zu nehmen.

Während Sabrina Jura studiert hatte, hatte sich Holly von einem Job zum nächsten gehangelt, bis ihr klar geworden war, dass es einen einfacheren Weg gab, Geld zu verdienen.

Blond und mit strahlend blauen Augen war sie eine ausgesprochene Schönheit. In den richtigen Klamotten war sie eine Wucht. Also warum sollte sie mit Männern ausgehen, die sie nur zum Abendessen einladen würden und dann erwarteten, dass sie mit ihnen schlief, wenn sie sich ja für das, was sie sowieso machen würde, auch bezahlen lassen könnte?

Sicherlich gab es Kunden wie den Japaner von letzter Woche. Aber Holly zufolge waren die meisten dieser Typen normale Männer, meistens auswärtige Geschäftsleute, die sich einsam fühlten.

Anfänglich war Sabrina von Hollys Entscheidung, eine Escort-Dame zu werden, schockiert gewesen. Aber als sie sah, dass Holly Spaß an ihrer Arbeit hatte,

had decided to move to San Francisco. Nothing had been more natural than sharing a flat.

While Sabrina went on to go to law school, Holly had bounced from one job to the next until she'd realized that there was an easier way to make money.

Blond and blue-eyed, she was quite a beauty. In the right clothes, she was a stunner. So why go out on dates with guys, who'd just buy her dinner and then expected her to sleep with them, when she could actually get paid for what she was going to do anyway?

Of course, there were always clients like the Japanese businessman from the previous week, but according to Holly most of the guys were normal men, mostly businessmen from out of town feeling lonely.

At first, Sabrina had been shocked at Holly's choice to become an escort, but when she saw that Holly enjoyed her job, at least most of the time, and had remained the same kind of person, who she was before her

zumindest meistens, und dass sie immer noch dieselbe Person wie vor ihrer seltsamen Karrierewahl geblieben war, hatte sie aufgehört zu versuchen, ihre Freundin zu ändern.

Auf jeden Fall war Hollys beträchtliches Einkommen sehr gelegen gekommen, als Sabrina im letzten Studienjahr ihrem Teilzeitjob als Kellnerin aufgrund des Lernaufwands nicht mehr nachgehen hatte können. Holly hatte die ganze Wohnungsmiete übernommen und dafür gesorgt, dass der Kühlschrank immer gefüllt war.

Ihre Freundin hatte sie nie etwas zurückzahlen lassen, nicht einmal jetzt, wo Sabrina eine gut bezahlte Arbeitsstelle hatte und jeden Monat ein paar hundert Dollar auf die Seite bringen konnte. Wofür waren Freunde da, hatte Holly gemeint. Sie war mehr eine Schwester für sie als eine Freundin, und sie wusste, dass Holly genauso fühlte.

Holly war immer noch so blass wie Schneewittchen, als Sabrina ihr den Tee brachte und ihn ihr einflößte. Holly hatte sich an ein paar Kissen im Rücken gelehnt.

„Du kannst keinesfalls heute Abend arbeiten. Misty muss das verstehen."

odd career choice, she'd stopped trying to change her friend.

In any case, Holly's large income had come in handy when Sabrina hadn't been able to maintain her part-time waitress job during the last year of law school due to the demands of her studies. Holly had taken over paying the entire rent for the flat and always made sure the fridge was stocked.

Her friend had never let her pay anything back, not even now when Sabrina had gotten a job that paid her well enough to put a few hundred dollars aside every month. What were friends for, Holly had insisted. She was more a sister to her than a friend, and she knew Holly felt the same about her.

Holly was still as pale as Snow White when Sabrina brought her the tea and made her sip some of it. She was propped up on a couple of cushions.

"You can't possibly work tonight. She'll have to understand that."

Holly runzelte die Stirn. „Das hab' ich ihr auch gesagt, aber du hast ja gehört, was sie gesagt hat. Wenn ich meinen Arsch nicht dorthin bewege, feuert sie mich. Und dieses Mal ist es ihr ernst."

Holly versuchte, sich aufrecht hinzusetzen, fiel aber sofort wieder zurück in die Kissen. „Verdammt, mir ist so schwindlig."

„Du kannst nicht gehen. Ich werde sie anrufen und es ihr erklären." Sabrina erhob sich, wurde aber sofort von Hollys Hand zurückgehalten.

„Du bist nicht meine Mutter, also tu das nicht! Es hat keinen Sinn. Sie ist in etwa genauso verständnisvoll wie Dagobert Duck."

„Kannst du niemanden finden, der für dich einspringt?" Es gab sicherlich andere Mädchen, die die Buchung für sie übernehmen könnten. Im Moment waren keine großen Tagungen in der Stadt, also sollte das Geschäft eigentlich ruhig laufen.

„Ich bin keine Lehrerin, Sabrina. Ich arbeite für einen Escortservice. Wir haben keine zentrale Anlaufstelle, die wir anrufen, wenn wir eine Vertretung brauchen."

„Es muss doch auch

Holly frowned. "That's what I told her, but you heard what she said. If I don't get my ass over there, I'm fired. And this time she means it."

Holly tried to sit up, but instantly dropped back into the cushions. "Oh, damn. So dizzy."

"You can't go. I'll call her and explain it." Sabrina got up but felt herself be pulled back by Holly's hand.

"You're not my mother, so don't. There's no use. She's about as understanding as Scrooge."

"Can't you find anybody to sub for you?" Surely there were other girls, who could take this call for her. There wasn't any convention in town at the moment, so business should be slow.

"I'm not a teacher, Sabrina, I'm an escort. We don't have a central system that we call when we need a substitute."

"There must be some *independents* out there. Don't you know anybody?" There was no way she'd let Holly work tonight. She needed her

Unabhängige geben. Kennst du denn niemanden?" Sie würde es keinesfalls zulassen, dass Holly heute Abend arbeitete. Holly musste sich ausruhen, damit sie sich von was immer sie sich eingefangen hatte erholte. Was, wenn sie eine Salmonellenvergiftung hatte?

„Was? Willst du es etwa machen?" Holly lachte und starrte dann in Sabrinas schockiertes Gesicht.

„Komm schon, ich würde nicht wissen, was ich da tun sollte", winkte Sabrina sofort ab. Sie und Sex waren momentan nicht gut aufeinander zu sprechen. Sie hatte in den letzten Jahren ja kaum Verabredungen gehabt, geschweige denn ... Ach egal. Es war einfach keine Option. Hollys Geschichten über ihre Kunden anzuhören, war das, was in den letzten drei Jahren Sex am nächsten gekommen war.

„Es wäre perfekt. Sieh es einfach als eine Art Date an!"

„Kommt ja gar nicht in Frage!" War Holly komplett verrückt? Wahrscheinlich hatte sie Fieber. Sabrina sollte ein Thermometer holen und Hollys Temperatur überprüfen. Sie legte eine Hand auf Hollys Stirn, um zu sehen, ob sie sich heiß anfühlte.

rest to recover from whatever bug she'd picked up. What if she had salmonella poisoning?

"What? You wanna do it?" Holly laughed and then stared at Sabrina's shocked face.

"Oh, come on, I wouldn't know what to do." She and sex weren't exactly on speaking terms right now. She'd barely dated in years, and hadn't ... Well, never mind. It wasn't an option. The closest she'd gotten to sex in the last three years was listening to Holly's stories about her clients.

"It would be perfect. Just look at it like a date."

"Out of the question." Was Holly completely out of her mind? She probably had a fever. She put a hand on Holly's forehead to feel if she was hot.

"What are you doing?"

"Checking if you're feverish."

"I'm not. Listen, you might not even have to sleep with him. Some of the guys just want company."

"Like they pay that kind of money just to talk to

„Was machst du da?"

„Ich schaue, ob du fiebrig bist."

„Bin ich nicht. Hör zu, du musst vielleicht gar nicht mit ihm schlafen. Manche dieser Typen wollen nur Gesellschaft."

„Als ob die so viel Geld zahlen würden, nur um mit jemandem zu reden, bitteeh!", grollte Sabrina entrüstet. Nicht einmal *sie* war so naiv. Sie wusste genau, was von einer professionellen Begleiterin erwartet wurde. Zumindest wusste sie durch die Geschichten, die ihr Holly erzählt hatte, genug. Sie musste das nicht auch noch am eigenen Leib erfahren.

„Und abgesehen davon habe ich genug Ärger damit, mir Hannigan jeden Tag vom Hals zu halten."

„Naja, der Typ ist ein Penner. Ich weiß nicht, warum du ihm noch nicht in die Eier getreten bist. Ich übernehme das gerne für dich, wenn du mich lässt." Hollys Grinsen sah wirklich verrucht aus.

„Vielleicht lass' ich dich das irgendwann doch noch machen. Aber im Moment brauche ich meinen Job noch." Sabrina versuchte, nicht daran zu denken, in was für einem Dilemma sie steckte. Sie wollte Karriere machen, aber nicht auf Kosten ihrer Integrität. Hannigan nachzugeben würde bedeuten,

somebody, puh-lease!" Sabrina huffed indignantly. Not even *she* was that naïve. She knew exactly what an escort was expected to do, at least she knew enough from the stories Holly had told her. There was no need to find out first hand.

"And besides, I have enough trouble just fending off Hannigan every day."

"Well, that guy's a jerk. I don't know why you haven't kicked him in the balls yet. I'll do it for you, if you let me." Holly's grin turned truly wicked.

"Maybe I'll let you do that one day. In the meantime, I still need my job." Sabrina tried not to think of the predicament she was in. She wanted her career to flourish, but she didn't want to do it at the expense of her integrity. Giving in to Hannigan would mean plum assignments to interesting cases, but nothing disgusted her more than the thought of Hannigan touching her. She'd rather have leeches put on her skin.

"And I need mine. We're in

interessanten Traumfällen zugeteilt zu werden. Aber nichts ekelte sie mehr als der Gedanke, von Hannigan betatscht zu werden. Da hätte sie lieber Blutegel auf ihrer Haut kleben!

„Und ich brauche meinen. Wir sitzen im selben Boot." Holly klang resigniert.

Sabrina sah sie lange an. „Ich kann nicht einfach mit einem Mann schlafen, den ich nicht kenne."

Holly nahm ihre Hand. „Wann hattest du das letzte Mal Sex?"

„Du meinst Sex mit etwas Anderem als einem batteriebetriebenen Gerät aus China?

„Ja, Sex mit einem Kerl."

„Das weißt du genauso gut wie ich. Also, was hat das mit dieser Sache zu tun?"

„Wann?"

„Im ersten Jahr an der Uni. Als ob du die Geschichte nicht kennen würdest – verdammt, jeder, der YouTube kennt, hat einen ausgiebigen Blick auf meinen Hintern werfen können." Sabrina schauderte bei dem Gedanken daran. Ohne ihr Wissen hatte Brian sie beim Sex gefilmt und das Video dann auf YouTube gepostet, wo es alle sehen konnten.

the same boat." Holly's voice sounded resigned.

Sabrina gave her a long look. "I can't. I can't just sleep with some guy I don't know."

"When did you last have sex?"

"You mean sex other than with a battery operated device made in China?"

"Yes, sex with a man."

"You know that as well as I do, so what's that got to do with anything?"

"When?"

"First year of law school. As if you didn't know the story— hell, everybody watching YouTube sure had a good look at my ass." Sabrina shuddered at the memory of it. Without her knowledge, Brian had videotaped them having sex and then posted it on YouTube for everybody to see.

"That was quite unfortunate, I admit. However, you shouldn't let one bad experience like that hold you back. You need to let loose, pretend to be somebody else and just let yourself go. You can't wallow in those bad

„Das war ziemlich ungeschickt, das gebe ich zu. Trotzdem solltest du dich nicht von einer schlechten Erfahrung bremsen lassen. Du musst loslassen, vorgeben, jemand Anderer zu sein, und dich einfach gehen lassen. Du kannst nicht weiter in schlechten Erinnerungen schwelgen und Angst haben, was der nächste Kerl machen wird. Du musst dein Leben in die Hand nehmen. Wenn du dich in deinem Sexleben behauptest, bekommst du alles, was du willst. Also sitz nicht rum wie ein Mauerblümchen! Du bist hübsch, du bist charmant, und du bist intelligent. Du könntest alles sein. Und du könntest jeden Kerl bekommen, den du willst!"

„Ich könnte das niemals durchziehen." Sie könnte mit hundert Gründen aufwarten, warum sie das nicht tun könnte. „Ich bin nicht wie du, Holly. Ich steige mit den Kerlen nicht beim ersten Date ins Bett. Verdammt, ich küsse sie ja normalerweise nicht einmal beim ersten Date. Ich bin keine Kandidatin für so was."

„Schwachsinn! Du hast auf dem College einen Schauspielkurs belegt. Erzähl mir nicht, dass du dich nicht auch ein bisschen verstellen kannst. Gib einfach vor du wärst ich! Naja, das musst du

memories and be afraid of what the next guy is going to do. You've got to take charge of your life. If you assert yourself in your sex life, you'll get what you want. So, don't sit around like a wallflower. You're pretty, you're charming, you're smart. You could be anything. And you could get any guy you wanted."

"I could never pull it off." She could come up with a hundred reasons why she couldn't do it. "I'm not like you, Holly. I don't jump into bed with guys on the first date. Hell, I barely kiss on the first date. I'm *so* not a candidate for this."

"Bull! You took drama in college. Don't tell me you can't playact a little. Just pretend you're me. In fact, that's what you'll have to do anyway, so the whole thing doesn't blow up in your face, or in mine. You just go there and tell him you're Holly Foster, and then you'll behave like Holly Foster. Just pretend you're going on a blind date."

Strangely, the more Holly

eigentlich sowieso machen, damit uns das Ganze nicht um die Ohren fliegt. Du gehst einfach hin und sagst ihm, dass du Holly Foster bist. Und dann benimmst du dich wie Holly Foster. Stell dir einfach vor, du gehst zu einem Blind Date!"

Komischerweise, je mehr Holly die Idee vermarktete, umso weniger unsinnig klang sie.

„Ein Blind Date? Er lädt mich zum Essen ein und erwartet dann, dass ich mit ihm schlafe. So in etwa?"

Sabrina wollte wissen, wie es klang. Doch es hörte sich in ihren Ohren seltsam an.

„Lächerlich. Dafür bin ich nicht der Typ. Du kennst mich schon mein ganzes Leben. Was aus meiner Vergangenheit lässt dich denken, dass ich das durchziehen könnte? Der Typ wird mich sofort durchschauen."

„Sei nicht so paranoid. Alles, was er sehen wird, ist dein hübsches Gesicht. Und nichts Anderes wird von Bedeutung sein. Es wird wie eine Verabredung sein, nur dass er im Voraus dafür bezahlt hat. Du weißt genau, was auf dich zukommen wird. Also hast du die Zügel in der Hand. Die meisten Kerle lassen mich die Initiative ergreifen. Sie wollen

marketed the idea, the less unreasonable it sounded.

"A blind date? He'll buy me dinner, and then he'll expect to have sex with me. Like that?" Sabrina tried it on for size. It sounded strange in her ears. "Ridiculous. I'm not the type for this. You've known me all my life. What in my history makes you think I could even pull this off? The guy will see straight through me."

"Don't be so paranoid. All he'll see is your pretty face, and nothing else will matter. It'll be like a date, only that he paid for it in advance. And you know exactly what's coming. In fact, you'll be in charge. Most guys let me take the lead. They want to be seduced. It'll give you some practice. I tell you, you sure need it."

That jab hurt. Sabrina had put herself on the shelf after the disaster with Brian, who'd obviously just wanted to see if he could get her into bed so he could post a sex video on the internet. The humiliation was something she never wanted to feel again.

verführt werden. Da bekommst du wenigstens etwas Übung. Glaub mir, die kannst du brauchen!"

Dieser Seitenhieb tat weh. Sabrina hatte sich nach dem Fiasko mit ihrem Kommilitonen Brian zurückgezogen. Er hatte offensichtlich nur sehen wollen, ob er sie ins Bett bekommen konnte, damit er ein Sexvideo ins Internet stellen konnte. So eine Erniedrigung wollte sie nie wieder erfahren.

„Du musst darüber hinwegkommen. Und wie ginge das besser, als wenn du genau weißt, was auf dich zukommt? Es ist nur für eine Nacht. Er ist nicht von hier. Du wirst ihn nie wieder sehen. Das ist deine Chance, etwas Verrücktes zu tun, Spaß zu haben, großartigen Sex zu haben, dich wohlzufühlen, loszulassen."

Holly biss behutsam in einen Keks, während sie Sabrina anblickte.

Sabrina war hin- und hergerissen. Sie wollte ihrer Freundin aus der Klemme helfen. Holly hatte ihr in den letzten paar Jahren schon so oft geholfen, und dafür schuldete sie ihr wirklich etwas. Aber das? Wie könnte sie zustimmen, vorzugeben eine Escort-Dame zu sein und zu einem fremden Mann aufs

"You need to get over it. What better way to do it, knowing exactly what you're up against? It's a one-night thing. He's from out of town. You'll never see him again. This is your chance to do something crazy, have fun, have fabulous sex, enjoy yourself, let loose."

Holly gingerly bit into a cracker as she glanced at Sabrina.

Sabrina was torn. She wanted to help her best friend out of a jam. Holly had helped her out so many times over the last few years, and she really owed her. But this? How could she agree to pretend to be an escort and go to a strange man's hotel room to have sex with him?

If her parents ever found out, they'd be appalled and sink into the ground out of shame for their daughter. Yet, one thing Holly had said, stuck. She *had* wallowed in her bad memories and hadn't let anybody close because of it. She was afraid of getting hurt again and had passed up sex because of it.

Hotelzimmer zu gehen, um mit ihm zu schlafen?

Wenn ihre Eltern das jemals herausfinden würden, wären sie empört und würden aus Scham über ihre Tochter im Boden versinken. Trotz allem hatte eine Sache, die Holly gesagt hatte, sie tief getroffen. Sie *hatte* tatsächlich in ihren schlechten Erinnerungen geschwelgt und hatte deswegen niemanden an sich herangelassen. Sie hatte Angst, wieder verletzt zu werden und hatte deshalb auf Sex verzichtet.

Vielleicht wäre es auch wirklich nicht schlimmer als ein Blind Date. Zwei Fremde, ein Abendessen, ein bisschen Sex. War das nicht genau das, was die meisten Männer sowieso erwarteten, wenn sie mit einer Frau ausgingen? Nur, dass sie mit einem läppischen Essen billiger davonkamen. Wieso sollte sie sich nicht teurer verkaufen, eher für so viel, wie sie wirklich wert war?

Und abgesehen davon hatte sie angefangen, Sex und die Berührungen eines Mannes zu vermissen. Mit einem Vibrator konnte man nicht kuscheln. Aber ihre Angst, wieder verletzt zu werden, hielt sie von Verabredungen ab. Sie hatte gedacht, dass sobald sie den

Perhaps it wasn't any worse than a blind date. Two strangers, a dinner, some sex. Wasn't that what most men expected anyway from the women they dated? Only they got away cheaper, with just a lousy dinner. Why not sell herself for something more, something closer to what she was actually worth?

And besides, she'd started missing sex and the touch of a man. You couldn't cuddle with a vibrator. But her fear of being hurt again had held her back from dating. She'd figured that once she met the right guy, things would fall into place. But they hadn't. She hadn't met anybody, and she was just as lonely now as she was after the debacle in law school.

Maybe Holly was right, and it was time to let loose and have one wild night with a stranger. Without regret, without ever having to see the guy again, so there could be no embarrassment and no hurt. He wouldn't even know who she was. Anonymity was a great protector.

richtigen Kerl kennenlernte, sich alles wieder einrenken würde. Aber das war nicht geschehen. Sie hatte niemanden kennengelernt, und sie war noch genauso einsam wie nach dem Debakel während des Jurastudiums.

Vielleicht hatte Holly recht, und es wurde Zeit, loszulassen und eine wilde Nacht mit einem Fremden zu verbringen. Nur eine Nacht. Ohne Reue, ohne den Kerl jemals wiedersehen zu müssen. So konnten keine Peinlichkeiten und kein Schmerz entstehen. Er würde nicht einmal wissen, wer sie war. Anonymität war ein guter Schutzmantel.

„Muss ich vorher Geld von ihm verlangen?"

Holly lächelte. „Nein. Alles ist schon übers Büro bezahlt worden. Keine chaotischen Bargeldgeschäfte. Es wird wie ein Date sein."

Sabrina nickte langsam. Jetzt gab es kein Zurück mehr. Sie musste tapfer sein, um ihrer Freundin zu helfen – und damit gleichzeitig sich selbst.

„Okay. Ich mache es. Für heute Abend bin ich Holly Foster."

"Will I have to ask him for the money upfront?"

Holly smiled. "No. Everything's already paid for through the office. No messy dealings with cash. It'll be like a date."

Sabrina nodded slowly. There was no going back now. She had to be brave to help her friend—and herself in the process.

"Ok. I'll do it. I'll be Holly Foster for tonight."

4

In dem Moment, als Daniel die Tür seines Hotelzimmers öffnete, verstand er, warum ihm der Escortservice eine so exorbitante Summe dafür berechnet hatte, heute Abend das Vergnügen zu haben, von dieser schwarzhaarigen Frau begleitet zu werden. Sie sah aus, als ob sie einem Märchen entsprungen wäre.

Ihre atemberaubenden grünen Augen blickten ihn voller Überraschung und mit einer lautlosen Frage an. Hatte sie an der falschen Tür geklopft? Hoffentlich nicht.

Wenn das wirklich die Hostess war, die sie ihm geschickt hatten, dann ärgerte er sich jetzt schon darüber, dass er keine Details erfragt hatte, was diese Bezahlung beinhaltete. War sie nur eine reine Begleitung für den Empfang oder würde sie ihm später auch für andere, persönlichere Dienste zur Verfügung stehen?

Unfähig zu sprechen, übernahmen seine Augen das Reden für ihn. Sie schweiften über die weichen Konturen ihres

The minute Daniel opened the door of his hotel room, he realized why the escort agency had charged him an exorbitant amount of money for the pleasure of having the dark haired woman accompany him for the evening. She looked as if she'd stepped out of a fairy tale.

Her stunning green eyes looked at him. There was surprise in them as well as a silent question. Had she knocked on the wrong door? He hoped not.

If this was truly the escort they'd sent him, then he cursed himself already for not having asked more details about what he'd actually paid for. Was this strictly just a companion for the reception, or would she provide him with other, more personal services later?

Unable to speak, his eyes did all the talking for him,

Gesichtes, ihren grazilen Hals und die atemberaubenden Kurven, die von ihrem leichten Sommerkleid akzentuiert wurden. Dieses war kurz genug, um ihre wohlgeformten Beine bis hinab zu ihren eleganten Knöcheln zu zeigen. Er bemerkte, wie sich ihre Brust mit jedem Atemzug hob.

Ihre Brüste hatten die perfekte Größe für seine Hände und waren auch ohne Büstenhalter fest. Das verführerische Sommerkleid mit seinen Spaghettiträgern erlaubte keinen BH.

Wie lange er sie angestarrt hatte, konnte Daniel wirklich nicht sagen. Vielleicht eine Sekunde, oder vielleicht auch fünf Minuten. Aber er wusste, warum es ihm plötzlich die Sprache verschlagen hatte. Es war ein klarer Fall von Verlangen. Von überwältigendem Verlangen. Von unkontrollierbarem Verlangen. Da er befürchtete, dass ihm etwas analog zu *ich will jetzt mit dir schlafen* herausrutschen würde, krampfte er seinen Kiefer zusammen und blickte weiterhin auf ihre Lippen. Sie waren rot, voll und leicht geöffnet, so als ob sie auf seine Berührung warteten. Wunschdenken!

Sein Vorstellungsvermögen führte ihn auf eine wilde Fahrt. Er

sweeping over the soft features of her face, her graceful neck and the slender curves accentuated by her light summer dress, short enough to show off her shapely legs all the way down to her elegant ankles. He noticed her chest rise with every breath she took.

Her breasts were the perfect size for his hands and firm without the aid of a bra. The slinky summer dress with spaghetti straps didn't allow for one.

How long he'd stared at her, Daniel truly couldn't tell. Maybe a second, or maybe as long as five minutes. But he knew why he was suddenly tongue-tied. It was a clear case of lust. Severe lust. Uncontrollable lust. Afraid he'd blurt out what was on his mind, something along the lines of *I want to fuck you now*, he clenched his jaw together and kept gazing at her lips. They were red and full and parting slightly as if waiting for his touch. He wished.

His imagination took him on

konnte sich bildlich vorstellen, wie er dieser hinreißenden Frau die Kleider vom Leib riss und sie wie ein Raubtier verschlang. Ihr sanfter Körper würde sich unter seinem winden, und er würde sich so lange in ihr vergraben, bis sie seinen Namen schrie.

Oh Gott, was sie ihm alleine mit diesen Lippen antun könnte! Jetzt. Sofort. Er war schon mit vielen Frauen ausgegangen und mit vielen von ihnen ins Bett gegangen, aber die Frau, die vor ihm stand, war schöner als jede andere, der er je begegnet war. Sie sah aus, als wäre sie für die Liebe gemacht.

Und dann sprach sie. Wie das sanfte Rieseln einer Bergquelle perlte ihre Stimme von ihren Lippen.

„Ich bin Holly, Holly Foster. Die Agentur hat mich geschickt."

„Hi Holly, Holly Foster", begrüßte er sie und ließ ihren Namen von seiner Zunge rollen. „Ich bin Daniel, Daniel Sinclair."

Sie streckte die Hand aus, und er ergriff sie mit seiner. „Hi Daniel, Daniel Sinclair", antwortete sie und kicherte nervös. Das Kichern ging ihm durch Mark und Bein und führte dazu, dass er sich wieder wie ein junger Student fühlte. War sie

a wild ride. He could see himself ripping the clothes off her body. Her soft body underneath his, he would ride her hard until she'd scream his name.

God, what he wanted her lips to do to him. Now. Instantly. He'd dated his fair share of pretty women and had bedded plenty of them, but the woman who stood before him was more than pretty. She looked like she was made for love.

And then she spoke. Like the soft trickle of a mountain spring, her voice pearled off her lips.

"I'm Holly, Holly Foster. The agency sent me."

"Hi Holly, Holly Foster," he greeted her, letting her name roll off his tongue. "I'm Daniel, Daniel Sinclair."

She stretched out her hand, and he grasped it with his. "Hi Daniel, Daniel Sinclair," she repeated and chuckled nervously. The chuckle sliced right through his body, making him feel like a college kid

wirklich seine Verabredung für den Abend? Wann genau war er gestorben und im Himmel gelandet? War der Flieger abgestürzt?

„Bitte, komm herein! Ich hole nur schnell mein Jackett und dann können wir gehen." Daniel lud sie in seine Suite ein. Dieser verdammte Empfang! Er konnte sich schönere Dinge vorstellen, als sie zu einer langweiligen Geschäftsveranstaltung zu schleifen. Es war ihm mehr danach, sie zu seinem Bett zu schleifen.

Als Daniel nebenan im Schlafzimmer verschwand, nutzte Sabrina die Zeit, um sich zu beruhigen. Sie hatte die erste Hürde überwunden. Als er sie angestarrt hatte, während sie an seiner Tür gewartet hatte, war sie sich nicht sicher gewesen, ob sie das richtige Zimmer erwischt hatte. Wieso sollte ein Mann, der so gut aussah wie Adonis, eine Hostess brauchen?

Zu seiner imposanten Statur, die in einer dunklen Hose und einem weißen Anzughemd steckte, kam noch seine Ausstrahlung; er sprühte geradezu vor Bildung und Selbstsicherheit. Allein auf diesem Stockwerk hätten wohl

again. When exactly had he died and gone to heaven? Had the plane crashed?

"Please, come in. I'll just get my jacket, and we can leave." Daniel motioned her into the suite. Damn reception. He could think of better things to do with her than drag her to a boring business event. Drag her to his bed was more like it.

As he disappeared in the adjoining bedroom, Sabrina took the time to calm her nerves. She'd passed the first hurdle. When he'd stared at her while she'd waited at the door, she'd not been sure if she'd come to the right room. Why would a man as gorgeous as Adonis need an escort?

His imposing figure clad in dark pants and a white dress shirt just reeked of breeding and confidence. Surely more than a dozen women on this hotel floor alone would have loved to run their hands through his thick dark hair and throw themselves at him—or under him. Why he needed to

mehr als ein Dutzend Frauen wahnsinnig gern ihre Hände durch sein dichtes dunkles Haar gestrichen und sich auf ihn geworfen – oder unter ihn. Warum er eine professionelle Begleiterin anheuern musste, wenn er sicher alles, was er wollte, auch umsonst bekommen könnte, war ihr schleierhaft.

Plötzlich war der Gedanke daran, mit einem Fremden zu schlafen, gar nicht mehr so abschreckend. Sie würde jederzeit mit ihm ins Bett gehen. Ach Gott, sie klang in ihren eigenen Ohren wie ein Flittchen! Was war mit der reservierten und vorsichtigen Frau passiert, die sie normalerweise war? Hatte sie sich schon ganz in Holly verwandelt?

Sabrina war immer noch in Gedanken versunken, als Daniel aus dem Schlafzimmer zurückkam und nun auch ein passendes Jackett trug, das ihn aussehen ließ, als wäre er gerade von einem Mode-Fotoshooting gekommen. Warum durfte ein Sterblicher so gut aussehen? Spielten die Götter ihr einen Streich?

„Ich werde dir auf dem Weg alles erklären." Daniel nahm sie am Arm und führte sie zur Tür. Seine Hand auf ihrer nackten Haut zu spüren, schickte ein warmes

hire an escort when he could certainly get anything he wanted for free was beyond her.

Suddenly the thought of having sex with a stranger wasn't quite as daunting anymore. She'd do him anytime. God, she sounded like a hussy in her own mind. What had happened to the reserved and cautious woman she normally was? Had she turned into Holly already?

Sabrina was still absorbed in her thoughts when Daniel returned from the bedroom, now wearing a matching jacket, making him look like he'd just stepped out of a fashion photo shoot. Why was a mortal allowed to look this good? Were the Gods messing with her?

"I'll fill you in on the way." Daniel took her arm and led her to the door. The feel of his hand on her naked skin sent warm tingles rippling through her body.

"Where are we going?"

"To a reception at the

Kribbeln durch ihren Körper.

„Wohin gehen wir?"

„Zu einem Empfang im Fairmont."

Während sie sich zum Fairmont Hotel begaben, das genau gegenüber des Mark Hopkins Hotels lag, gab er ihr weitere Informationen.

„Du wirst mich auf einen wichtigen Geschäftsempfang begleiten. Ich werde dich als meine Freundin vorstellen." Er blickte sie an und lächelte. Als sie so neben ihm ging, sog sie seinen maskulinen Duft ein. Er roch berauschend.

„Werden die Leute das denn glauben? Sicherlich wissen sie doch, ob du eine Freundin hast oder nicht." Ihre Frage nach einer etwaigen Freundin hatte nichts damit zu tun, dass sie skeptisch bezüglich seines Vorhabens war. Stattdessen war es Neugierde, die sie fragen ließ, doch anscheinend wollte er nicht antworten.

„Keine Angst. Niemand weiß etwas über mein Privatleben. Das sind alles nur Geschäftsbekanntschaften. Deine Aufgabe für heute Abend ist die: Bleib an meiner Seite, flirte mit mir und wenn wir wirklich getrennt werden und du mich mit einer Frau unter fünfzig reden

Fairmont."

As they made their way to the Fairmont Hotel, which was located just across the street from the Mark Hopkins, he gave her more information.

"You'll be accompanying me to an important business reception. I'll introduce you as my girlfriend." He glanced at her and smiled. Walking next to him, she could smell his masculine scent. It was intoxicating.

"Will people believe that? Surely, they know whether or not you have a girlfriend."

"Don't worry. Nobody knows anything about my private life. They're all business acquaintances. So, here's your job for tonight: stay by my side, flirt with me, and if we do get separated and you see me talking to any woman under fifty, rescue me."

"Rescue you?"

Daniel laughed softly. "Yes, and that's your most important job for tonight. I don't want any of these eligible single women digging their claws into

siehst, rette mich!"

„Dich retten?"

Daniel lachte leise. „Ja, und das ist deine wichtigste Aufgabe für heute Abend. Ich will nicht, dass irgendeine dieser heiratswütigen Frauen ihre Krallen in mich bohrt und denkt sie kann ... Naja, jedenfalls, wenn mir eine davon zu nahe kommt, musst du dazwischengehen und deinen Anspruch geltend machen. Sorg dafür, dass sie wissen, dass es dir ernst ist!"

Sabrina lachte. „Irgendwelche Vorlieben, wie ich meinen Anspruch geltend machen soll?" Sie hatte selbst ein paar Ideen, wollte aber nicht voreilig sein.

Der Blick, den Daniel ihr zuwarf, war glühend heiß. „Eine innige Berührung wirkt immer Wunder, glaub mir. Und wenn du ein paar angemessene Kosenamen verlauten lässt, passt das auch."

„Ich bin sicher, mir fällt etwas ein."

Ihre Blicke trafen sich. „Daran zweifle ich nicht."

An der Tür zur Halle, in der der Empfang stattfand, hielten sie an. „Ich sollte deine Hand halten, wenn wir da reingehen."

„Natürlich."

Als er ihre Hand nahm und seine Finger mit ihren

me thinking they can ... Well, anyway, if any of them come too close, you need to jump in and assert your claim on me. Make sure they know you mean business."

Sabrina laughed. "Any preference on how I should assert my claim?" She had a few ideas when it came to that.

Daniel's gaze was searing hot. "An intimate touch always works wonders, trust me. And any appropriate terms of endearment will be appreciated too."

"I'm sure I can come up with something."

His eyes locked with hers. "I'm positive you can."

At the door to the hall where the reception was being held, they stopped. "I should hold your hand when we go in there."

"Of course."

When he took her hand and intertwined his fingers with hers, a bolt of lightning shot through her body. She was surprised at herself. Never had a simple touch by a man had

verschränkte, schoss ein Blitz durch ihren Körper. Noch nie hatte eine einfache Berührung eines Mannes eine so tiefgreifende Wirkung auf sie gehabt.

Die Halle war gerammelt voll. Sabrina schätzte, dass über hundert gut angezogene Leute anwesend waren. Kellner reichten Kanapees und Champagner herum. Obwohl auch eine Menge Frauen anwesend waren, gab es eine Überzahl von Männern in dunklen Anzügen. Manche sahen gelangweilter aus als Andere. Sicherlich Anwälte. Sie erkannte diese Gattung.

Daniel zog sie hinter sich her, während sie sich ihren Weg durch die Menschenmenge zum anderen Ende des Raumes bahnten. Er strahlte Sicherheit und Bestimmtheit aus, als ob dies sein Wohnzimmer wäre.

„Ah, da sind Sie ja. Wir haben uns schon gefragt, wo Sie bleiben." Ein vornehmer Gentleman Ende Fünfzig hielt sie auf.

„Martin. Schön, Sie zu sehen." Daniel streckte seine Hand aus und schüttelte Martins.

„Darf ich Ihnen meine Frau vorstellen? Nancy, das ist Daniel Sinclair, der Mann, der uns aufkauft."

such a profound effect on her.

The hall was busy. Sabrina estimated that over a hundred well-dressed people were in attendance. Waiters circulated with platters of canapés and trays of champagne. While there were certainly many women in attendance, there was an overwhelming number of men dressed in dark suits, some looking more bored than others. Lawyers, for sure. She recognized the type.

Daniel pulled her with him as they made their way through the crowd to the back of the room. He gave off an air of confidence and determination, as if this were his backyard.

"Ah, there you are. We were wondering when you'd show." A distinguished gentleman in his late fifties stopped them.

"Martin. Nice to see you again." Daniel stretched out his hand and shook Martin's.

"May I introduce my wife? Nancy, this is Daniel Sinclair, the man who's buying us out."

The petite woman on Martin's arm smiled broadly

Die zierliche Frau an Martins Seite lächelte übers ganze Gesicht und schüttelte Daniels ausgestreckte Hand. „Es ist so eine Freude, Sie endlich kennenzulernen", piepste sie, während sie Sabrina ansah.

„Gleichfalls. Ich denke, Sie werden Martin dann wohl viel öfter sehen, sobald das Geschäft abgeschlossen ist."

Nancy stupste ihrem Mann in die Rippen und verdrehte die Augen. „Sagen Sie das nicht! Er wird mich verrückt machen, wenn er so viel Zeit zuhause verbringt."

Ihr Ehemann schenkte ihr ein liebevolles Lächeln. „Sie scherzt nur. In Wirklichkeit kann sie es gar nicht erwarten, dass ich mehr Zeit mit ihr verbringe. Aber genug von uns." Martins Augen ruhten auf Sabrina. „Daniel, würden Sie uns Ihrer Begleitung vorstellen?"

„Entschuldigung. Martin, Nancy, das ist Holly, meine Verlobte."

In dem Moment, als die Worte aus Daniels Mund heraus waren, sah ihn Sabrina überrascht an, wandte sich aber sofort wieder ihren Gastgebern zu und warf ihnen ein charmantes Lächeln zu. Warum war er nicht bei seinem ursprünglichen Plan geblieben? Warum hatte er sie plötzlich zu

and shook Daniel's outstretched hand. "Such a pleasure to finally meet you," she chirped while she glanced at Sabrina.

"Likewise. I suppose you'll see much more of Martin once this deal is finalized."

Nancy nudged her husband in the ribs and rolled her eyes. "Don't remind me. He's going to drive me crazy spending so much time at home."

Her husband returned a loving smile. "She's just joking. In reality, she can't wait to have me spend more time with her. But enough about us." Martin's eyes rested on Sabrina. "Daniel, would you introduce us to your companion?"

"My apologies. Martin, Nancy, this is Holly, my fiancée."

As soon as the words were out of Daniel's mouth, Sabrina gave him a surprised look but immediately turned back to their hosts and flashed them a charming smile. Why had he suddenly upgraded her to

seiner Verlobten befördert?

Nachdem sie sich die Hände geschüttelt und sich begrüßt hatten, fingen sie an, Small Talk zu betreiben.

„Holly, Sie klingen nicht so, als ob sie aus New York wären", bemerkte Nancy.

„Ich bin aus der Bay Area."

Martin warf Daniel einen verschwörerischen Blick zu. „Jetzt verstehe ich. Meine Firma ist also nicht die einzige Errungenschaft, die sie in San Francisco machen."

Daniel grinste und führte Sabrinas Hand zu seinem Mund, um diese zu küssen. „Schuldig im Sinne der Anklage."

„Was machen Sie beruflich, Holly?", fragte Nancy.

Als Daniel Nancys Frage hörte, zuckte er zusammen. Verdammt, sie hatten überhaupt keine Hintergrundgeschichte
besprochen. Er sah Holly an und versuchte, aus ihren Augen abzulesen, ob sie improvisieren konnte, aber da fing sie auch schon an zu reden.

„Ich bin Anwältin", bot sie an.

Daniel schloss für eine Sekunde die Augen, da er erwartete, dass gleich eine Bombe hochging. Verdammt, mit dieser Aussage hatte sie sich selbst ein Bein

fiancée?

After exchanging handshakes and greetings, they started to make small talk.

"You don't sound like you're from New York, Holly," Nancy remarked.

"I'm not. I'm from the Bay Area."

Martin gave Daniel a knowing look. "I see. So my company isn't the only *acquisition* you're making in San Francisco."

Daniel grinned and led Sabrina's hand to his mouth, planting a small kiss on it. "Guilty as charged."

The kiss was unexpected and made Sabrina's heart beat faster.

"What do you do, Holly?" Nancy asked.

When Daniel heard Nancy's question, he flinched. Damn, they hadn't discussed a back story at all. He glanced at Holly, trying to catch her eye, wondering whether she could improvise, but her mouth was already in motion.

gestellt. In diesem Raum waren mehr Anwälte anwesend als auf einem Anwaltskongress in Las Vegas. Er hätte sie vor dem Eintreffen instruieren sollen. Nun stand ihnen ein Desaster bevor.

„Lass uns nicht von der Arbeit reden, okay?", fiel er ihr ins Wort, in dem Versuch die Situation zu retten. „Champagner, Liebling?" Er hielt einen Kellner an, nahm zwei Gläser von dessen Tablett und gab ihr eines. Zu spät.

Nancy hatte schon einen Mann zu ihnen hergewinkt. Daniel erkannte ihn sofort. Er war einer der Anwälte, die an der Übernahme arbeiteten.

„Bob, Daniel kennst du ja schon, aber lass mich dir seine Verlobte vorstellen, Holly Foster, sie ist auch Anwältin."

Daniel verschluckte sich fast an seinem Champagner. Wie würde seine hübsche Escort-Dame das handhaben? Bob war kein Typ, der Small Talk machte. Alles worüber dieser schmächtige Anwalt sprach, war seine Arbeit.

„Nett, Sie kennenzulernen, Holly. Auf welcher Uni waren Sie denn?"

„Hastings", antwortete sie ohne Zögern.

„Wow, welch ein Zufall. Abschlussjahrgang '99.

"I'm an attorney."

He blinked his eyes shut for a second as if waiting for a bomb to drop. Hell, she'd trip herself up with a statement like that. There were more lawyers in the room than at a legal convention in Las Vegas. This was a disaster waiting to happen.

"Let's not talk business, shall we?" he cut in, trying to save the day. "Champagne, darling?" He stopped a waiter and took two glasses off the tray, handing her one. Too late: Nancy had already waved a man to them. Daniel recognized him as one of the attorneys working on the acquisition.

"Bob, you know Daniel already, but let me introduce you to his fiancée, Holly Foster. She's an attorney."

Daniel almost choked on his champagne. How would his pretty escort handle this? Bob was never one for small talk. All this lanky attorney ever talked about was his work.

"Nice to meet you, Holly.

Unterrichtet Bunburry noch?"

Bob war in seinem Element. Perfekt, die ganze Charade würde ihm innerhalb der nächsten zwei Minuten um die Ohren fliegen. Dessen war Daniel sich sicher. Hätte sie nicht wenigstens eine kleine unbedeutende Universität irgendwo in der Provinz wählen können, anstatt die Jurafakultät von Hastings, von der selbst er als Ortsfremder wusste, dass sie in San Francisco war? Wahrscheinlich kannte sie keine andere Jurafakultät. Jetzt saß er wirklich in der Scheiße.

„Er hat sich letztes Jahr endlich zur Ruhe gesetzt", antwortete Sabrina selbstsicher.

„Das wurde auch Zeit."

Gut geraten, vermutete Daniel.

Bevor Daniel die Konversation unterbrechen und in eine andere Richtung lenken konnte, unterbrach ihn Martin, um ihm eine schöne rothaarige Frau vorzustellen.

„Sie müssen Grace Anderson kennenlernen. Sie sitzt im Vorstand von so gut wie allen Wohltätigkeitsorganisationen der Stadt. Grace, meine Liebe, das ist Daniel Sinclair."

Grace hauchte einen Kuss in Martins Richtung und schoss sich sofort auf Daniel ein. Er kannte

Which school?"

"Hastings," she replied without hesitation.

"Wow, what a coincidence. Class of '99. Is Bunburry still teaching?"

Bob was in his element. Perfect, the whole charade would blow up in his face in the next two minutes. Couldn't she at least have chosen some obscure little school somewhere out in the boonies, rather than Hastings School of Law, which even he as an out-of-towner knew, was right in San Francisco? God, he was so screwed.

"He retired last year, finally," Sabrina answered confidently.

"About time."

Lucky guess, Daniel reckoned.

Before he could disrupt the conversation and steer it in another direction, Martin interrupted him to introduce a beautiful redhead.

"You have to meet Grace Anderson. She sits on practically every charity board

diesen Blick gut. Er wurde von Kopf bis Fuß von einer Frau gemustert, die genau wusste, was sie suchte: einen wohlhabenden Ehemann. Aus dem Augenwinkel sah er, dass seine Schein-Verlobte in ein Gespräch mit Bob vertieft war. Schlechtes Timing.

„Nett, Sie kennenzulernen, Miss Anderson."

Daniel schüttelte ihr die Hand und ließ sie so schnell er konnte wieder los.

„Warum so formell? Bitte nennen Sie mich Grace."

Ihr zuckersüßes Lächeln war ekelerregend. Genau diese Situation hatte er versucht zu vermeiden. Er fühlte sich wie ein eingesperrter Tiger, nur etwas weniger zahm. Ihr zweideutiges Lächeln sagte ihm unmissverständlich, dass sie ihn anbaggern würde, sobald er unachtsam war.

„Bei welchen Wohltätigkeitsorganisationen sind Sie involviert?" Er musste Small Talk betreiben, obwohl er keinerlei Interesse hatte, mit dieser Frau zu reden. Sie war eine exakte Kopie von Audrey: oberflächlich, protzig und nur darauf aus, einen reichen Ehemann zu ködern. Komischerweise konnte er jetzt,

in the city. Grace, dear, this is Daniel Sinclair."

Grace blew a kiss into Martin's direction and immediately locked onto Daniel. He'd seen that look before. He was being sized up by a woman who knew what she was looking for: a wealthy husband. Glancing back, he saw that his pretend fiancée was in deep conversation with Bob. Bad timing.

"Nice to meet you, Ms Anderson."

Daniel shook her hand and let go of it as soon as he could.

"Why so formal? Please call me Grace." Her saccharine sweet smile was nauseating. This was exactly what he'd been trying to avoid. He felt like a caged tiger, just a little less tame.

"Which charities are you involved in?" He had to make small talk, even though he had no interest in talking to this woman at all. She was a carbon copy of Audrey: shallow, pretentious, and out to find a rich husband. Funny, how now

wo er mit Audrey Schluss gemacht hatte, genau sehen, wie sie wirklich war.

Daniel hörte kaum auf das Gerede der Frau und versuchte indes, etwas von dem Gespräch zwischen Holly und Bob mitzubekommen. Aber sie waren zu weit von ihm entfernt, sodass er aufgrund der dröhnenden Stimmen im Raum nicht einmal Fetzen ihrer Unterhaltung aufschnappen konnte.

Er bemerkte, dass Grace aufgehört hatte zu reden und etwas gefragt hatte, als er plötzlich ihre Hand auf seinem Unterarm spürte.

„Denken Sie nicht auch so?"

Er lächelte unverbindlich und fragte sich, wie er nur ihren Fängen entkommen könnte.

„Liebling!", rettete ihn eine Stimme von hinten. Er drehte sich dankbar um, als er Hollys Hand auf seinem Rücken spürte. „Bob hat mir gerade die lustigste Geschichte seines Jurastudiums erzählt. Ich glaube, du wirst dich köstlich darüber amüsieren, besonders wo du doch Baseball liebst." Sabrina warf Grace einen schroffen Blick zu und schaute dann dorthin, wo deren Hand lag. „Entschuldigen Sie uns. Ich muss meinen Verlobten kurz

that he'd broken up with Audrey, he could see her for what she truly was.

Daniel barely listened to the woman's chatter and instead tried to home in on the conversation between Holly and Bob, but they were too far away for him to pick up any snippets over the din of voices in the room.

He realized that Grace had stopped talking and asked him something, when he suddenly felt her hand on his forearm.

"Don't you think so?"

He gave a non-committal smile and wondered how he could get out of her clutches.

"Darling," a voice from behind saved him. He turned gratefully as he felt Holly's hand on his back. "Bob was just telling me the funniest story about his law school days. I think you'll get a kick out of it, especially since you love baseball." Holly gave Grace a pointed look, then lowered her eyes to where her hand rested on his arm. "Excuse us. I'll have to steal

entführen."

Grace zog ihre Hand unverzüglich zurück, als hätte sie sich verbrannt.

Sabrina zog ihn außer Hörreichweite der Frau. „War das so richtig?"

Daniel kam einen Schritt näher. „Perfekt", sagte er und küsste sie kurz auf die Wange – eine Wange, die sich sofort erhitzte. „Das war knapp. Ich weiß nicht, wie diese Frauen sich innerhalb von Sekunden so auf Junggesellen fixieren können. Sie stand kurz davor, ihre Klauen in mich zu schlagen."

„Eine ihrer Klauen hatte sie schon an dir dran." Holly kicherte leise. „Du magst Frauen wohl nicht besonders, oder?"

„Nein, so ist das nicht. Ich mag nur keine Goldgräberinnen. Also, wie hast du es geschafft, Bob zu überleben?"

„Ganz einfach. Mach dir keine Sorgen um mich! Mit Bob kann ich umgehen."

Er blickte sie bewundernd an. Sie konnte mit Bob bewiesenermaßen umgehen. Er vermutete, dass sie auch mit vielen anderen Dingen umgehen konnte, vielleicht sogar mit ihm. Vielleicht bekam er ja heute Abend noch einen Vorgeschmack

my fiancé for a moment."

Grace instantly withdrew her hand as if she'd been burned.

Holly pulled him away out of earshot of the woman. "Was that all right?"

Daniel took a step closer to her. "Perfect," he said and planted a quick kiss on her cheek—her now flushed cheek. "That was close. I don't know how these women home in on bachelors within seconds. She was about to dig her claws into me."

"One of her claws was already on you." Holly chuckled softly. "You don't like women much, huh?"

"No, that's not it. I don't like gold diggers much. So, how did you manage to survive Bob?"

"Easy. Don't worry about me. I can handle Bob."

She evidently could. He figured there were a lot of other things she could handle too, maybe even him. Maybe he could get a taste tonight of exactly *how* she would handle

darauf, *wie* genau sie mit ihm umgehen würde.

„Komm! Wir müssen uns noch ein bisschen unters Volk mischen, bevor wir aus diesem Zirkus abhauen können." Er nahm wieder ihre Hand, nicht dass es notwendig wäre, sondern weil er es wollte. Er mochte es einfach, sie zu berühren.

him.

"Come, we'll have to mingle a little before we can get out of this circus." He took her hand again, not that it was necessary, but he wanted to. He liked touching her.

5

Sabrina genoss den Abend. Daniel stellte sie vielen Leuten vor, deren Namen sie sofort wieder vergaß, sobald sie zu den nächsten weiterzogen, die ihre Bekanntschaft machen wollten.

Aus all dem Geplauder hatte sie sich zusammengereimt, dass Daniel in der Stadt war, um eine Firmenübernahme abzuschließen. Und angesichts der vielen schönen jungen Frauen, die ihn kennenlernen wollten, begriff sie, dass er einer der begehrtesten Junggesellen war, die sich momentan in der Stadt aufhielten. Kein Wunder, dass er jemanden als Schutzschild brauchte. Sie tat ihr Bestes, um wie von ihm gewünscht alle Frauen zu verscheuchen.

Obwohl dies ja ihre Pflicht für den Abend war, genoss sie das, was sie tun musste. Sie liebte es, ihn zu berühren, seine Hand zu nehmen, ihn Liebling zu nennen. Er hatte sie nur dieses einzige Mal auf die Wange geküsst, und sie fragte sich, ob er es nochmals tun würde. Seine Lippen hatten sich

Sabrina enjoyed the evening. Daniel introduced her to many people, whose names she instantly forgot as they moved on to others, who wanted to make her acquaintance.

From all the chitchat, she'd pieced together that Daniel was in town to finalize the acquisition of a company, and given the many beautiful young women, who wanted to meet him, she also realized that he was one of the most eligible bachelors currently in town. No wonder he wanted somebody as a buffer. She did her best to scare all women away as he'd requested.

Even though it was her job for the evening, she loved it. She loved touching him, taking his hand, calling him darling. He'd kissed her on the cheek only that one time, and she wondered whether he'd do it again. His lips had felt so warm

so warm und zärtlich angefühlt, und sie fing an sich vorzustellen, wie sich seine Lippen auf anderen Teilen ihres Körpers anfühlen würden. Der Gedanke daran machte sie heiß.

Na gut, immerhin verbrachte sie einen schönen Abend mit einem charmanten und attraktiven Mann. Die neidischen Blicke, die ihr viele der jungen Frauen während des ganzen Abends zuwarfen, bestätigten, dass sie nicht die einzige war, die Daniel zum Anbeißen fand.

Merkwürdigerweise schien ihm die Aufmerksamkeit, die ihm diese Frauen zollten, nicht zu gefallen. Die meisten seiner Unterhaltungen führte er mit einigen der Männer im Raum, und diese Gespräche waren hauptsächlich geschäftlicher Art. Immer wenn er einer Frau vorgestellt wurde, besonders einer Alleinstehenden, entzog er sich so schnell wie möglich dem Gespräch.

„Holly, Liebling, kann ich dir noch etwas zu trinken bringen?", sagte er lächelnd, als eine weitere junge Frau versuchte, ihn in ein Gespräch zu verwickeln.

Sabrina reichte ihm ihr leeres Glas, und während er es nahm, führte er ihre Hand zu seinem

and tender, and she'd started fantasizing about how his lips would feel on other parts of her body. The thought made her feel flushed.

The envious glances many of the young women gave her throughout the evening confirmed that she wasn't the only one who thought Daniel was yummy.

Strangely enough, he didn't seem to like the attention those women paid him. Most of his conversations were held with some of the men in the room and centered on business. Whenever he was introduced to a woman, especially an unattached one, he extracted himself from the conversation as quickly as possible.

"Holly, darling, can I get you another drink?" he said smilingly as another young woman tried to drag him into a conversation. Sabrina stretched out to hand him her empty glass and while he took it out of her hand and put it onto a side table, he led her hand to his mouth, kissing her fingertips in full view of the

Mund und küsste ihre Fingerspitzen, sodass es die andere Frau sehen musste, die daraufhin sofort verschwand.

„Du bist schrecklich!", züchtigte Sabrina ihn lachend, wohl wissend, dass er absichtlich Zuneigung vorgespielt hatte, um die andere Frau loszuwerden.

„Ich kann nichts dafür." Daniel zwinkerte ihr zu. Was auch immer er damit meinte, sie fragte nicht nach.

„Schon einmal von Selbstkontrolle gehört?"

„Das ist in Anwesenheit einer schönen Frau einfach unmöglich zu schaffen."

Er schleifte sie weiter, um sie noch mehr Leuten vorzustellen.

Etwas später standen sie und Daniel an einem Ende des Raumes neben einem wunderschönen Arrangement von farbenfrohen Blumen. Als ein Kellner vorbeiging, schnappte sich Sabrina noch ein Kanapee von seinem Servierteller und verschlang es. Sie hatte aufgehört zu zählen, und es war ihr auch egal, wie viele dieser leckeren kleinen Häppchen sie schon verschlungen hatte. Was machte es schon aus, wenn sie noch ein Pfund zunahm? Es war ja nicht so, als ob jemand sie in nächster Zeit

other woman who instantly made her exit.

"You're terrible," Sabrina chastised him laughingly, knowing he'd deliberately showed affection in order to get rid of the other woman.

"I can't help myself." Daniel winked at her.

"Ever heard of self-control?"

"Impossible to achieve in the presence of a beautiful woman." He pulled her with him to make more introductions.

Later, she and Daniel stood next to a beautiful arrangement of colorful flowers at one end of the large hall. As a waiter passed by, Sabrina snatched another canapé off the tray and devoured it. She'd stopped counting how many delicious little canapés she'd already gobbled down and didn't care. What did it matter if she gained another pound? It wasn't like anybody would see her naked anytime soon.

Daniel smiled at her briefly and continued his conversation with Martin while his wife

nackt sehen würde.

Daniel lächelte kurz und führte seine Unterhaltung mit Martin fort, während dessen Frau ihr erzählte, welche Reisen sie und ihr Mann für die Zeit nach dem Geschäftsabschluss geplant hatten.

Sabrina hörte höflich zu und stellte Fragen, wann immer sich die Gelegenheit bot, bis plötzlich ihre Nase unangenehm zu jucken anfing. Sie versuchte, ein Niesen zurückzuhalten, aber es war zu spät. Und ihr Niesen war für diese höfliche Gesellschaft eindeutig zu laut.

„Gesundheit!", sagten alle drei gleichzeitig.

„Allergie", antwortete Sabrina entschuldigend und zeigte auf die Blumen, während sie in ihrer Handtasche nach einem Taschentuch kramte. Sie ging nie ohne eines außer Haus. Als sie es herauszog, um sich die Nase zu putzen, fiel etwas kleines Quadratisches heraus und landete auf dem Tisch, auf dem das Blumenbouquet stand.

Sie blickte darauf, genauso wie ihre Gastgeber und Daniel.

Oh nein! Das Kondom, das sie in ihre Handtasche gesteckt hatte, hatte sich im Taschentuch verheddert und war

carried on telling her what travels she and her husband had planned after the deal was done.

Sabrina listened politely until suddenly her nose started twitching uncomfortably. She tried to hold back a sneeze, but too late.

"Bless you!" all three of them said in unison.

"Allergies," Sabrina replied apologetically and pointed at the flowers while she rummaged in her small handbag to find her handkerchief. As she pulled it out to clean her nose, something small and square fell out and onto the side table that housed the flower arrangement.

Her head snapped in its direction, as did everybody else's.

Oh, no! One of the condoms she'd tucked into her purse had gotten tangled up with her handkerchief and fallen out. Instantly, Daniel's hand elegantly swooped in, captured the errant Trojan and put it in his jacket pocket as if he were picking up nothing more than a

herausgefallen. Unverzüglich schnappte sich Daniel das Durex und steckte es in seine Jackentasche, so, als ob er lediglich ein Bonbonpapier aufhob.

Sabrina erhaschte seinen Blick. Oh Gott, sie hatte ihn blamiert! Sein Gesicht sah aufgewühlt aus. Seine Wangen waren rot. Oh nein, er war wütend!

„Ich glaube, es ist schon spät. Holly und ich sollten gehen. Wir haben einen anstrengenden Tag vor uns", sagte Daniel abrupt zu Martin.

Ja, sie hatte ihn blamiert, und jetzt wollte er gehen. Sowohl Martin als auch Nancy hatten das Kondom gesehen und waren so höflich gewesen, so zu tun, als hätten sie es nicht bemerkt. Sabrina hoffte, dass sich der Boden vor ihr auftun würde, damit sie darin verschwinden könnte. Aber stattdessen fühlte sie Daniels Hand an ihrem Rücken.

„Sollen wir, Liebling?" Seine Stimme war immer noch so süß wie zu Beginn. Offensichtlich hatte er genug Selbstbeherrschung und konnte seine Wut in Gegenwart ihrer Gastgeber unterdrücken.

Sie war wie benommen, als sie sich verabschiedeten und Daniel

candy wrapper.

Sabrina caught his look. Oh God, she'd embarrassed him. His cheeks turned red. Oh no, he was furious!

"I think it's getting late. Holly and I should head back. I've got a busy day ahead of me," Daniel abruptly said to Martin.

Yes, she'd embarrassed him, and now he wanted to leave. Both Martin and Nancy had clearly seen the condom but been polite enough not to comment on it. Sabrina was hoping for the ground in front of her to open up so she could disappear in it, but instead she felt Daniel's hand on the small of her back.

"Shall we, darling?" His voice was just as sweet as before. He was obviously trained in self control, keeping his anger in check while they were in the presence of their hosts.

She was in a daze when they said their goodbyes and Daniel led her out of the hall and back in the direction of the Mark Hopkins Hotel.

sie aus der Halle in Richtung des Mark Hopkins Hotels führte.

Sabrina fühlte sich schrecklich. Sie hatte alles komplett vermasselt. Misty würde es erfahren, und dann wäre Holly in Schwierigkeiten. Anstatt ihr aus der Patsche zu helfen, hatte sie es geschafft, sie noch weiter hineinzureiten. Holly zuliebe musste sie versuchen zu retten, was zu retten war.

„Es tut mir leid."

Daniel führte sie durch das Foyer des Mark Hopkins, das sie gerade betreten hatten. „Es tut dir leid?"

„Ich hatte nicht vor, dich zu blamieren. Es war ein Versehen." Sie hoffte, dass er die Aufrichtigkeit in ihrer Stimme hören konnte.

„Mich blamieren?" Er klang plötzlich amüsiert, als er auf den Knopf für den Fahrstuhl drückte.

„Ja, es tut mir leid. Ich wollte das wirklich nicht. Ich hätte vorsichtiger sein sollen." Sie war nicht für diese Arbeit geschaffen. Etwas musste ja zwangsläufig schiefgehen, und das war es auch.

Der Fahrstuhl war leer, als sie ihn betraten. Nachdem sich die Tür geschlossen hatte, drehte sich Daniel wieder zu ihr. „Du hast mich nicht blamiert. Im

She'd screwed up. This would get back to Misty, and then Holly would be in trouble. Instead of saving Holly's ass, she'd managed to get her even deeper into trouble. She had to try and salvage what she could, for Holly's sake.

"I'm so sorry."

Daniel led her across the foyer of the Mark Hopkins they'd just entered. "Sorry?"

"I didn't mean to embarrass you. It was an accident." She hoped he could hear the sincerity in her voice.

"Embarrass me?" He suddenly sounded amused as he pressed the button for the elevator.

"Yes, I'm so sorry. I really didn't mean to. I should have been more careful." She wasn't cut out to be an escort. Something was bound to go wrong, and it had.

The elevator was empty when they stepped inside. As soon as the door closed, Daniel turned back to her. "You didn't embarrass me. On the contrary."

"But then why did we leave

Gegenteil."

„Aber warum sind wir dann so plötzlich gegangen?"

Er ließ seinen Blick über ihren Körper wandern. „Weil ich mir für den Rest des Abends etwas Schöneres vorstellen kann, als mich auf diesem langweiligen Empfang aufzuhalten."

Daniel trat einen Schritt auf sie zu und stützte sich mit der Handfläche an der Wand hinter ihr ab. Sein Kopf war nur Zentimeter von ihrem entfernt, seine Augen auf ihre fixiert. Sie konnte seinen maskulinen Duft, eine schwache Mischung aus Rasierwasser und Mann, riechen. Ihr Magen verkrampfte sich zu lauter kleinen Knoten.

„Oh." Sie konnte nichts sagen, als Erkenntnis sich in ihr breitmachte. Die Nähe seines Körpers verwandelte ihr Gehirn zu Brei.

„Du musst mir aushelfen, Holly. Ich war noch nie mit einer Escort-Dame zusammen, also bin ich mir nicht sicher, was hier das Protokoll ist." Sie fühlte seinen Atem auf ihrem Gesicht, als er mit leiser Stimme zu ihr sprach.

„Protokoll?", fragte sie atemlos. Ihr war bewusst, dass sein Körper ihren fast berührte. Sie war an die Wand gedrückt und konnte nicht

so suddenly?"

He let his gaze wander over her body. "Because I can think of something much better to do with the rest of the evening than hang out at a boring reception."

Daniel took a step toward her and placed his palm on the wall behind her. His head was only inches from hers, his eyes fixed on hers. She could smell his masculine scent, a faint mixture of cologne and man, and her stomach twisted itself into tiny knots.

"Oh." Realization flooded her veins. The closeness of his body turned her brain into the consistency of porridge.

"You have to help me out here, Holly, but I haven't been with an escort before, so I'm not sure what the protocol is." She felt his breath on her face as he spoke to her in a low voice.

"Protocol?" she echoed breathlessly, being only too aware of his body virtually touching hers. She was pressed against the wall with nowhere to go.

mehr aus.

„Ja. Ich weiß nicht, aber ... küsst du?" Seine Augen waren jetzt auf ihre Lippen gerichtet. Wären sie Laser gewesen, wären sie innerhalb von Sekunden zu Asche verbrannt.

„J-ja."

Er hob seine Hand, um ihre Wange zu umschließen, und streichelte sie langsam mit seinem Daumen. Seine Berührung war elektrisierend. Instinktiv schlängelte sich ihre Zunge heraus, um ihre Lippen zu befeuchten. Falls er auf ein Zeichen von ihr gewartet hatte, dann war es das. Daniel drückte sanft seine Lippen auf ihre, und ein leiser Seufzer entfloh ihrem Mund. Und dann, mit einer Bewegung, eroberte er ihren Mund völlig und forderte ihre Kapitulation.

Seine Lippen zupften an ihren, saugten an ihrer Unterlippe und zogen sie in seinen Mund, wo er mit seiner feuchten Zunge darüberstrich. Er knabberte behutsam an ihr, bis sie ihre Lippen öffnete und seine suchende Zunge hineinbat.

Ihre Hand wanderte an seinen Nacken, um ihn näher heranzuziehen, obwohl er schon so nah wie möglich war. Sein

"Yes. I don't know, but ... do you kiss?" His eyes were focused on her lips now. Had they been lasers, she would have been burned to a crisp within seconds.

"Y-yes."

His hand came up to cup her jaw, lazily stroking her with his thumb. His touch was electrifying. Instinctively, her tongue snaked out to moisten her lips, and if he'd waited for a sign from her, this was it. Daniel lightly touched his lips to hers, and a faint sigh escaped her mouth. And then with one sweep, he captured her mouth fully, demanding her surrender.

His lips tugged on hers, suckling on her lower lip and pulling it into his mouth, where he swept over it with his moist tongue. He nibbled gently on her until she parted her lips, inviting his searching tongue inside her, expecting him.

Her hand went to the nape of his neck to pull him closer, when he couldn't get any closer than he already was. His body crushed hers against the

Körper drückte ihren gegen die Wand des Fahrstuhls und ließ ihr kaum Platz zum Atmen. Aber Sabrina war es egal. Wer brauchte schon Sauerstoff, wenn sie stattdessen seinen Duft einatmen konnte?

Daniel schmeckte wie ein kühler Schauer mitten im Regenwald, waldig, lebendig, und gleichzeitig so dunkel, mit vielen Schichten von verborgenen Schätzen, die alle aufeinandergestapelt waren. Und mit jeder Bewegung seiner Zunge setzte er eine neue Geschmacksrichtung frei. Und das ließ sie sich danach sehnen, seine Zunge einzufangen und mit ihrer gefangen zu halten.

Er küsste eine Hostess, eine Prostituierte! Er hatte vermutlich seinen Verstand verloren – und er wusste genau, wann es passiert war: Als versehentlich das Kondom aus ihrer Tasche gefallen war und er kapiert hatte, dass das, wofür er bezahlt hatte, nicht nur eine Schein-Freundin für den Empfang war. Ihr war offensichtlich von ihrer Agentur gesagt worden, dass sie mit Sex zu rechnen hatte.

Und warum sollte er sie enttäuschen?

wall of the elevator, barely leaving her space to breathe. But Sabrina didn't care. Who needed oxygen when she could inhale his scent instead?

Daniel tasted like a fresh shower in the middle of a rain forest, woodsy, vibrant, yet so dark, with layers of hidden treasures piled one on top of the other. And with every twirl of his tongue, he released yet another flavor, making her eager to capture his tongue with hers and imprison him within her.

He was kissing an escort, a prostitute. He'd probably lost his mind—and he knew exactly when it had happened. When she'd accidentally dropped the condom, he'd realized that what he'd paid for wasn't just to have a pretend girlfriend at the reception. She'd evidently been told by her agency to expect sex.

Who was he to disappoint her?

The way her mouth tasted made him feel intoxicated. He deepened his kiss, plundering

Der Geschmack ihres Mundes berauschte ihn. Er vertiefte seinen Kuss, plünderte ihren Mund und spielte mit ihrer empfänglichen Zunge. Jedes Mal wenn sie stöhnte, hallte der Ton in seiner Brust wider und füllte ihn mit ungeduldiger Erwartung darauf, was als Nächstes kommen würde.

Holly konnte ihn so erregen, wie es noch nie eine andere Frau zuvor geschafft hatte. Er war ein sexueller Typ, das stimmte schon, aber für gewöhnlich waren mehr als zwei Sekunden Küssen nötig, um erregt zu werden. Sie hatte es geschafft, ihn schon mit dem einen Blick zu erregen, den sie ihm zugeworfen hatte, bevor er seine Lippen auf ihre gelegt hatte.

Sie war sich bestimmt bewusst, was sie machte. Immerhin war sie eine Professionelle. Es war ihr Job, Männer zu erregen und zu befriedigen. Er konnte sich hundert Arten vorstellen, wie sie ihn befriedigen könnte, aber keine davon war für einen Hotelfahrstuhl angebracht.

Als die Türen aufgingen, führte Daniel sie heraus. Er sah sie an und bemerkte, dass ihre Wangen rot und ihre Lippen voller als zuvor waren. Er musste sich unbedingt in ein paar Sekunden wieder diesen Lippen widmen.

her mouth and playing with her responsive tongue. Every time she moaned, the sound reverberated through his chest and filled him with eager anticipation of what was to come.

Holly had a way of turning him on as no other woman had ever managed to. He was a sexual guy, all right, but he generally needed more than two seconds of kissing to get fully aroused. She'd managed to arouse him with just that look she'd given him before he'd planted his lips onto hers.

She definitely knew what she was doing. After all, she was a professional. This was her job, to arouse men and please them. He could think of hundreds of ways how she could please him, but none of those ways were prudent in a hotel elevator.

As soon as the doors opened, Daniel pulled her out of the elevator with him. He looked at her face and saw that her cheeks were red, and her lips were plumper than before. He'd get back to those lips in a

Aber erst musste er sie in sein Zimmer bringen, weg von neugierigen Blicken.

Sofort als Daniel die Tür hinter sich zuschlug, zog er sie wieder in seine Arme und machte da weiter, wo sie im Aufzug aufgehört hatten. Diese sinnlichen Lippen benötigten mehr Aufmerksamkeit, und er war nur allzu bereit, sie ihnen zu widmen. Er legte die Gedanken daran, dass sie eine Hostess war, beiseite. In diesem Moment war es ihm egal. Sie war eine Frau, die ihn mehr erregte als je eine Frau zuvor, und dabei küssten sie sich doch nur.

Er hatte noch nicht einmal ihre nackte Haut berührt. Er hatte ihre Brüste noch nicht geküsst. Und trotzdem war er schon so hart wie ein Stahlrohr und verzehrte sich nach Erlösung. Wenn eine Frau das bei ihm auslösen konnte, war es ihm egal, ob sie ein Callgirl war oder nicht. Zum Teufel mit den Konventionen!

Daniel nahm ihre Handgelenke und umfasste sie mit seinen Händen. Er zog ihre Arme an beiden Seiten ihres Kopfes hoch und presste sie gegen die Wand hinter ihr. Diese Frau weckte seinen Urinstinkt. Er drückte ihren Körper eng an die Wand. Sie sah irgendwie verletzlich aus, und

few seconds. But first, he had to get them into his room, away from prying eyes.

As soon as he let the door slam behind them, Daniel pulled her back into his arms and continued where he'd left off in the elevator. Those luscious lips needed more attention, and he was all too willing to give it to them. He put his thoughts about the fact that she was an escort aside. Right now, he didn't care. She was a woman, who excited him more than any woman had ever excited him, and he was only just kissing her.

He hadn't even touched her naked skin yet. He hadn't even kissed her breasts yet. And already he was as hard as an iron rod and yearning for release. If a woman could do that to him, he didn't care whether she was an escort or not. To hell with conventions.

Daniel took her wrists, fully encircling them with his hands, and pulled them up to each side of her head, pressing them against the wall behind her. This woman brought out his

trotzdem waren ihre Augen mit Hunger und Verlangen gefüllt.

Daniel rieb seine Hüften gegen sie und machte sie dadurch auf sein Bedürfnis aufmerksam. Ihre Antwort war ein unterdrücktes Stöhnen, als ob sie nicht zugeben wollte, dass sie ihn durch den dünnen Stoff ihres Kleides spüren konnte.

Stattdessen bewegte sie ihren Kopf in seine Richtung und flehte nach einem weiteren Kuss. Und er gab nach. Wie könnte er ihr auch widerstehen? Holly war entflammt, und er hatte nichts, womit er das Feuer in ihr löschen konnte, sondern nur seinen eigenen Treibstoff, um die Flammen noch weiter zu schüren. Außerdem war er kein Feuerwehrmann, also war es nicht seine Pflicht, ein Feuer zu löschen. Und er würde sicherlich nicht ihres löschen, zumindest nicht bevor er es zu seinem tosenden Höhepunkt gebracht hatte. Und dann noch höher.

Daniel taumelte mit ihr zum Sofa und zog sie mit sich, während er sich hinabließ, sodass sie auf ihm saß, als er sich ausstreckte. Zu keiner Zeit verließen seine Lippen die ihren. Er könnte sich an ihrem Geschmack betrinken. Ernsthaft

most primal instincts. Her body pressed flush against the wall behind her, she looked vulnerable, yet her eyes were hungry and filled with desire.

Daniel ground his hips against her, making her aware of his need. Her response was a stifled moan as if she didn't want to admit she could feel him pressed against her through the thin fabric of her dress.

Instead, her head moved toward him, begging for another kiss. And he complied. How could he not? Holly was full of fire, and he had nothing to douse the fire with, only his own fuel to stoke the flames even more. Besides, he wasn't a fireman; he had no duty to put out a fire, and he sure wasn't going to put hers out, at least not until he had brought it to its roaring crescendo. And then some.

Daniel tumbled to the couch with her and lowered himself, pulling her with him to rest on top of him as he stretched out, his lips never leaving hers. He could get drunk on her taste.

betrinken. Ihr Kuss war pure Sünde. Für einen Moment ließ er von ihr ab.

„Küsst du jeden Mann so? Nein. Beantworte das nicht!" Nein, er wollte nicht daran denken, dass sie ihren Lebensunterhalt damit verdiente, Fremde zu küssen und mit ihnen zu schlafen. Kein Wunder, dass sie so gut war. Sie hatte jede Menge Erfahrung.

Er seufzte tief.

„Ist das okay?" Holly ließ plötzlich kurz von seinen Lippen ab.

„Okay? Ich glaube, ich kann danach nie wieder eine Amateurin küssen."

„Amateurin?"

„Im Gegensatz zu einem Profi wie dir. Hat dir noch nie jemand gesagt, dass deine Küsse einen Mann dazu bringen können, jede Sünde der Welt zu begehen?" Er lachte leise.

„Und ist das etwas Gutes?"

„Oh ja, das ist etwas Gutes."

Ihre Lippen bogen sich zu einem Lächeln hoch, und er konnte nicht anders, als es wegzuküssen und ihre Lippen mit seinem Mund zu erdrücken. Sein Kuss wurde immer verlangender, während er ihren Mund immer gieriger brandmarkte. Seine Hände glitten zu den weichen

Seriously drunk. Her kiss was pure sin. He pulled away for a second.

"Do you kiss every man like this? No. Don't answer that." No, he didn't want to think of the fact that this was what she did for a living, kiss strangers and have sex with them. No wonder she was so good. She had plenty of practice.

He sighed deeply.

"Is this ok?" Holly suddenly asked as he released her lips for a brief moment.

"Okay? I don't think I can ever go back to kissing an amateur after this."

"Amateur?"

"As opposed to a professional like you. Has nobody ever told you that your kisses can make a man commit every sin in the book?" He chuckled softly.

"And that's a good thing?"

"Oh, yeah. That's a good thing."

Her lips curled into a smile, and he couldn't help but kiss it away and crush her lips with his mouth. His kiss became more demanding as he

Kurven ihrer Hüften und umfassten ihren Hintern, wobei er sie noch stärker an seine ausgewachsene Erektion presste.

plundered her mouth greedily. His hand slid to the soft curves of her lower back, and he squeezed the swell of her ass, pressing her harder against his full-blown erection.

6

Durch den dünnen Stoff ihres Kleides spürte Sabrina deutlich die Umrisse von Daniels Körper, einschließlich seiner gewaltigen Erektion. Sie wunderte sich, wie ein so gut aussehender Mann wie er so schnell von ihr erregt werden konnte. Sie hatte sich nie als Verführerin gesehen. Sie wusste, dass sie hübsch war und eine gute Figur hatte, aber sie war sicherlich keine solche Wucht wie Holly.

Aber dieser Mann ließ sie sich wie die begehrenswerteste Frau der Welt fühlen. Sollte es nicht anders herum sein? Sollte *sie* als Callgirl nicht das Verführen übernehmen? Stattdessen sah es so aus, als ob *er* versuchte, *sie* zu verführen. Vielleicht hätte sie detailliertere Anweisungen von Holly einholen sollen.

Dieser Mann konnte küssen und wusste, wie und wo er eine Frau berühren musste, um sie unter seinen Fingern schmelzen zu lassen. Trotz des Hungers, den sie in ihm spürte, gab es keine Hast, keine übereilten Bewegungen. Er erlaubte ihr, seine Berührungen

Through the thin fabric of her dress, Sabrina felt the outline of Daniel's body clearly, including his massive erection. She was amazed that he could get turned on by her so quickly. She'd never considered herself a vixen. She knew she was pretty and had a decent figure, but she certainly wasn't a stunner like Holly.

But this man made her feel like she was the most desirable woman in the world. Wasn't it supposed to be the other way around? As an escort, wasn't *she* supposed to do the seducing? Instead, it felt like *he* was trying to seduce *her*. Maybe she should have gotten more detailed instructions from Holly.

This man knew how to kiss and just how and where to touch a woman to make her melt under his hands. And there was no rush, no hasty movements despite the hunger

und Küsse zu genießen, so, als ob er sich selbst in ihnen verlor.

„Daniel", murmelte sie. Mit Augen dunkel vor Leidenschaft sah er sie an.

„Hmm?", antwortete er, während er an ihrer Lippe knabberte.

„Küsst du jede Frau so?"

„Du meinst so?", fragte er und küsste sie, als ob er sie brandmarken wollte, bevor er sie wenige Minuten später wieder freiließ.

"Mhm."

„Was war die Frage?"

„Ob du jede –"

Er unterbrach sie, indem er wieder ihren Mund erfasste und seine Zunge über ihre Lippen gleiten ließ. „Ich kann jetzt keine Fragen beantworten. Ich bin beschäftigt. Oder wäre es dir lieber, wenn wir stattdessen reden?"

„Nein!"

Daniel lachte, und sie errötete wie ein Schulmädchen. Er hatte keine Ahnung gehabt, dass Hostessen wirklich Vergnügen an ihrer Arbeit haben konnten. Aber es war offensichtlich, dass Holly das genoss, was sie miteinander taten. Sie konnte unmöglich vortäuschen, wie ihr Körper auf

she sensed in him. He allowed her to enjoy his touch and his kisses as if he got lost in them himself.

"Daniel," she murmured. His eyes dark with passion, he looked at her.

"Hmm?" he replied, nibbling on her lower lip.

"Do you kiss every woman like this?"

"You mean like this?" he asked and kissed her as if to brand her before releasing her a few minutes later.

"Uh-huh."

"What was the question?"

"Whether you kiss every—"

He interrupted her by capturing her mouth again, letting his tongue slide over her lips. "I can't answer any questions right now. I'm busy. Or would you rather we talked instead?"

"No!"

Daniel laughed, and she blushed like a schoolgirl. He'd had no idea that escorts could find real pleasure in their work, but it was clear to him that she enjoyed what they were doing.

seine Berührung reagierte. Und dann war da dieses leise, kaum vernehmbare Stöhnen, das sie von sich gab. Fast unhörbar, als ob es unbeabsichtigt war. Hätte sie ihm Vergnügen vortäuschen wollen, hätte sie eine lautere Version gewählt. Nein, ihre Reaktion war echt, und dieses Wissen schürte sein Verlangen noch mehr.

„Was?"

„Du bist wunderschön."

Da, sie errötete schon wieder. Das konnte sie doch unmöglich vortäuschen!

„Ich will dich berühren."

Sie richtete sich auf, sodass sie gegrätscht über ihm saß. Langsam verschwanden ihre Hände hinter ihrem Rücken, um den Reißverschluss ihres Kleides zu öffnen, aber er stoppte sie.

„Darf ich das tun?"

Sie senkte ihre Arme und nickte zustimmend. Daniel setzte sich auf. Dabei berührten sich ihre Körper. Während seine Hände auf ihren Rücken wanderten, um den Reißverschluss zu öffnen, waren seine Lippen nicht untätig. Sanft glitten sie ihren schlanken Hals entlang, und seine Zunge strich über ihre Haut. Mit seinen Zähnen kniff er ihre Haut und knabberte leicht daran. Sie erzitterte unter seiner Liebkosung.

She couldn't possibly be faking her body's responses to his touch. And then those quiet, barely-there moans she'd released. Almost inaudible, as if they were unintended. Her reaction seemed real, and that knowledge fueled his desire even more.

"What?"

"You're beautiful."

There, she blushed again. Impossible to fake.

"I want to touch you."

She sat up, straddling him around his mid section. Slowly, her hands went behind her back to lower the zipper of her dress, but he stopped her.

"May I do that?"

She dropped her arms and nodded in approval. Daniel pulled himself up to sit, and his body touched hers. While his hands went to her back to work on the zipper, his lips weren't idle. Softly, he traced her skin with his tongue, gently nipping and grazing it with his teeth. She trembled under his touch.

Daniel worked his way along her shoulders and pushed the spaghetti straps of her dress

Daniel arbeitete sich ihre Schultern entlang und schob die Spaghettiträger über ihre Arme hinunter. Sie rutschten leicht, jetzt, da er den Reißverschluss ihres Kleides etwas heruntergezogen hatte. Noch ein Zug, und das Kleid fiel bis zu ihren Hüften herab. Er wich ein paar Zentimeter zurück, um ihre nackten Brüste zu bewundern.

Perfekt. Sie waren rund und fest und brauchten keinen BH. Ihre dunkelrosa Brustwarzen waren hart. Er wollte herausfinden, wie sie sich anfühlten, und strich mit seiner Hand darüber.

Langsam senkte Daniel seinen Kopf, bis sein Mund über ihrer Brustwarze schwebte. Seine Zunge glitt in einer sanften Bewegung darüber, bevor seine Lippen ihre harte Brustwarze umschlossen und behutsam daran saugten.

Ihre Atmung wurde augenblicklich schwerer, schneller, und er wusste, dass sie genauso erregt war wie er. Ihre Hände fuhren durch seine Haare, und sie hielt ihn an ihren Körper gepresst, so als ob sie nicht wollte, dass er aufhörte. Das würde er auch nicht. Er wollte all das in Empfang nehmen, was sie ihm heute Abend bereitwillig anbot. Er

over her arms. They fell easily now that he'd pulled down the zipper of her dress. Another pull and her dress pooled at her waist. He inched back to admire her naked breasts.

Perfect. Round and firm, no bra needed. Her dark pink nipples were hard. He needed to know what they felt like and allowed his hand to brush over them.

Slowly, Daniel lowered his head until his mouth hovered over her nipple. His tongue swept over it in one smooth move before his lips encircled her hardened nipple and suckled slowly.

Her breathing instantly became heavier, faster, and he knew she was as aroused as he was. Her hands ran through his hair holding him to her body as if she didn't want him to stop. He wouldn't. He wanted everything she was willing to give him tonight. He would push her as far as she'd let him, and then he'd ask for more.

Daniel felt his erection strain against his pants and wasn't sure how long he'd be

würde so weit gehen, wie sie es ihm erlaubte, und dann um mehr bitten.

Daniel fühlte, wie sich seine Erektion gegen den Reißverschluss seiner Hose drängte und wusste nicht, wie lange er sich noch zurückhalten konnte. Aber er wollte nicht, dass alles zu schnell vorbei war. Er wusste ja nicht, ob er nur einen einzigen Geschlechtsakt mit ihr bekommen würde. Was, wenn sie nach dem ersten Mal sofort verschwand? Nein, er musste sich Zeit lassen.

Daniel wünschte sich, er hätte Tim mehr Fragen gestellt, nachdem dieser ihm die Details der Buchung gegeben hatte. Aber dazu war es jetzt zu spät. Er musste jetzt einfach mitspielen und hoffen, er würde bekommen, was er wollte. Und alles, was er wollte, war Holly, unter ihm, auf ihm, vor ihm, auf jede mögliche Art und Weise.

Daniel massierte ihre vernachlässigte Brust, während er weiter an der anderen saugte und sie sanft biss, bevor er die andere derselben süßen Folter unterzog. Holly unterdrückte ihr Stöhnen nicht, und er genoss es, wie ihr Körper auf ihn reagierte.

„Oh Daniel, das ist so..." Sie able to restrain himself, but he didn't want this to be over too quickly. For all he knew, all he'd get was only one act of sex with her. What if she left immediately after that? No, he had to make this last for a while.

Daniel wished he'd asked Tim more questions after he'd given him the details of the booking, but it was too late now. He'd just have to go along and hope he got what he wanted. And what he wanted was Holly, underneath him, on top of him, in front of him, every which way possible.

Daniel kneaded her neglected breast while he continued sucking and gently biting the other one before he switched and inflicted the same sweet torture on the other. She didn't suppress her moans, and he relished her body's response to him.

"Oh, Daniel, that's so..." She didn't finish her sentence.

"Holly, tell me what you want."

Her eyes flew open. "What I want?"

beendete ihren Satz nicht.

„Holly, sag mir, was du willst."

Ihre Augen öffneten sich weit. „Was ich will?"

Was hatte ihn veranlasst, das zu fragen? Sie war eine Hostess. Er sollte sie nicht fragen, was sie wollte. Es war nicht seine Aufgabe, ihr Vergnügen zu bereiten, sondern andersherum. Trotzdem wollte er sie zufriedenstellen. „Ja, ich will wissen, was du magst."

„Du verwandelst mich ja schon ohne Anleitungen zu Wachs in deinen Händen." Sofort, als Sabrina die Worte entkommen waren, wollte sie sie wieder zurücknehmen. Wie konnte sie nur etwas sagen, das sie so entblößte, etwas, das sie so verletzlich machte?

„Ja, aber stell dir vor, was ich tun könnte, wenn du mir erzählst, was du *wirklich* magst." Er lächelte sie sündhaft an.

Daniel Sinclair war definitiv etwas Besonderes. Welcher Mann engagierte ein Callgirl und bestand dann darauf, ihr Vergnügen zu bereiten, anstatt diese Aufgabe ihr zu überlassen? Was zum Teufel stimmte nicht mit ihm?

Bevor er seine Lippen zurück

What had made him ask that? She was the escort. He shouldn't be asking her what she wanted. It wasn't his job to pleasure her, but the other way around. Yet, he wanted to please her. "Yes, I want to know what you like."

"You're doing a pretty good job turning me into putty without any instructions." As soon as she'd said it, Sabrina wanted to take it back. How could she have said something that exposed her like this, something that made her so vulnerable?

"Yes, but imagine what I could do if you told me what you really liked." He gave her a wicked grin.

Daniel Sinclair was definitely something else. What man hired an escort and then insisted on pleasuring her rather than letting her do the job? What the hell was wrong with him?

Before he could sink his lips back onto her breasts, she cupped his face and pulled him up.

auf ihre Brüste senken konnte, umfasste sie sein Gesicht und zog seinen Kopf hoch.

„Warum?"

„Warum was?

„Warum willst du wissen, was mir gefällt?"

„Weil ich denke, dass wir heute Nacht viel mehr Spaß haben werden, wenn wir beide Befriedigung finden. Glaubst du das nicht auch?" Ihre Blicke trafen sich. „Und außerdem, welcher Mann würde nicht gerne als der beste Liebhaber bezeichnet werden, den eine Frau je hatte? Also vielleicht willst du mir hierbei behilflich sein?"

Sabrina lachte. Er stellte sich bis jetzt verdammt gut dabei an. Aber sie würde ihm das nicht gestehen. Wenn er sich noch mehr anstrengen wollte, dann hatte sie nichts dagegen einzuwenden.

„Ist das ein ‚ja'?"

Sie nickte. „Denkst du, wir könnten ins . . . " Sie deutete mit ihrem Kopf in Richtung Schlafzimmer.

„Wie du wünschst."

Sekunden später hob Daniel sie hoch und trug sie ins Schlafzimmer. Nun würde der richtige Spaß losgehen, das langsame Ausziehen, das Reizen,

"Why?"

"Why what?"

"Why do you want to know what I like?"

"Because I think this night is going to be much more fun if we're both satisfied. Don't you think so?" Their gazes locked. "And besides, what man wouldn't like to be considered the best lover a woman has ever had? So maybe you want to help me out here a little?"

Sabrina laughed. He was doing a damn fine job so far. But she wasn't about to tell him that. If he wanted to try harder, she'd let him.

"Is that a yes?"

"Do you think we could move to …?" She motioned her head toward the bedroom.

"Your wish is my command."

Seconds later, Daniel lifted her up and carried her to the bedroom. Now the real fun would start, the slow undressing, the teasing, the seduction. Not that he hadn't enjoyed kissing Holly, he had, more than any other woman

die Verführung. Nicht, dass er es nicht genossen hatte, Holly zu küssen – sogar mehr als jede andere Frau, die er je kennengelernt hatte. Aber nun lag sie auf seinem Bett, und es gab kein Zurück mehr.

Ihre nackten Brüste und ihre harten Brustwarzen waren seinem hungrigen Blick ausgeliefert. Unter ihren langen dunklen Wimpern, die ihre verführerischen grünen Augen schützten, sah sie zu ihm hoch. Er fühlte sich wie ein Wolf, der das Lamm verschlingen wollte, das außergewöhnlich willige Lamm.

Langsam zog Daniel sein Jackett aus und warf es auf einen Stuhl in der Nähe. Es kümmerte ihn nicht, dass es morgen verknittert sein würde. Einen Knopf nach dem anderen öffnete er langsam sein Hemd, während sie ihm stumm zusah, als wäre sie einfach davon fasziniert, wie ein Mann sich auszog. Als er sein Hemd auf den Boden fielen ließ, ertappte er sie, wie sie mit ihrer Zunge ihre Lippen leckte.

Er schleuderte seine Schuhe von sich, ließ sich auf das Bett sinken und bedeckte ihren Körper mit seinem.

„Hast du mich vermisst?"

„Ich habe deine Lippen he'd ever met. But now she lay on his bed, and there was no turning back from it.

Her bare breasts exposed to his hungry eyes, her nipples hardened, she looked up at him through her long dark lashes that guarded those tempting green eyes. She made him feel like the wolf, who wanted to devour the lamb, the very willing lamb.

Slowly, Daniel took off his jacket and threw it onto a nearby chair. He didn't care that it would be creased tomorrow. It didn't matter. Button after button of his shirt he eased open as she watched him silently as if fascinated by the simple action of a man undressing. When he dropped the shirt to the floor, he caught her tongue licking her lips.

He kicked off his shoes and dropped down onto the bed covering her body with his.

"Miss me?"

"I missed your lips."

He didn't know why he said ridiculous things to her, but he liked the way she responded. There was a truth and a

vermisst", gestand sie.

Er wusste nicht, warum er verrückte Dinge zu ihr sagte, aber er mochte die Art, wie sie antwortete. In ihren Worten lag eine Wahrheit und eine Schlichtheit, die ihn verblüffte. Es schien alles so einfach mit ihr zu sein, schwarz und weiß, unkompliziert. Keine Kinkerlitzchen, nur eine unverfälschte Frau.

Es sprach seine Männlichkeit an, seine dunkle, animalische Seite, seine wahre Leidenschaft. Es weckte die Seite in ihm, die meistens nur schlummerte. Die Seite, die für die Jagd lebte, seine Fleischeslust zu befriedigen. Sein Verlangen, eine Frau ganz und gar zu besitzen. Das Verlangen, dass auch sie von ihm Besitz ergreifen würde, und das war etwas, das er noch nie einer Frau erlaubt hatte, weil er immer davor zurückgewichen war, alles von sich zu geben. Das hatte er nie gewagt.

Alles, was er dieses Mal wollte, war, diese Frau zu nehmen, sie völlig zu besitzen und sich ihr vollkommen hinzugeben, ohne sich zurückzuhalten. Es war das erste Mal, dass er sich in Sicherheit wiegen würde: in Sicherheit vor all den Gefühlen,

simplicity in her answers that floored him. Things seemed to be simple with her, black and white, uncomplicated. Nothing high maintenance about her. No frills, just pure woman.

It appealed to his masculinity, to his darker, animalistic side, his true passions. It awakened the side of him that for the most part was dormant. The side that lived for the hunt to satisfy his carnal desires. His need to possess a woman, one hundred percent. And for her to possess him, something he had never let a woman do, because he'd always held back, never given all of himself. Never dared.

This time, all he wanted was to take this woman and possess her completely and give himself to her completely without holding back. This was the first time he'd be safe, safe from any emotions that could result, safe from any future implications. Because she'd be gone the next day, and he'd never see her again. That's why he could give her everything inside of him.

die daraus resultieren könnten, und sicher vor allen zukünftigen Konsequenzen. Weil sie am nächsten Tag weg sein würde, und er sie nie wiedersehen würde. Aus diesem Grund konnte er ihr alles geben, was in ihm verborgen lag.

„Vergiss, wer und was du bist! Heute Nacht bist du nur eine Frau und ich nur ein Mann. Das ist das einzig Wichtige."

In ihren Augen funkelte etwas, das wie Zustimmung oder Bestätigung aussah, er war sich nicht sicher. Als sie seine Lippen suchte, wusste er, sie war für alles bereit. Ihre Hände berührten seinen geschmeidigen Rücken und streichelten seine heiße Haut. Überall, wo sie ihn berührte, fühlte Daniel, als würde sie eine Spur heißer Lava zurücklassen.

Er rollte sie mit sich zur Seite, um sie von seinem Gewicht zu entlasten und seine Hände über ihren Körper gleiten zu lassen. Dann schob er den Stoff ihres Kleides hinunter und ließ seine Hände daruntergleiten, um die Kurven ihres perfekt geformten Hinterns zu finden. Der Slip, den sie trug, war aus einfacher Baumwolle, keine Spitze, keine Rüschen. Und trotzdem so einladend.

Ein sanftes Stöhnen entkam

"Forget who and what you are. Tonight you're just a woman, and I'm a man. That's all that's important."

There was a glimpse of something in her eyes that looked like agreement or recognition, he wasn't sure. When she sought his lips, he knew she was ready for anything. Her hands touched his smooth back and stroked his hot skin. Wherever she touched him, Daniel felt as if a trail of molten lava was left behind.

He rolled them to the side to relieve her of his weight and to let his hands glide around her body. Pushing the fabric of her dress farther down her back, he slipped his hands underneath it to find the gentle curves of her perfectly formed ass. The panties she wore were of simple cotton, no lace, no frills. Yet so inviting.

A gentle moan escaped her lips as he pulled her panties down a few inches to rest them at the apex of her thighs, just enough to expose the twin swells that reminded him of

ihren Lippen, als er ihren Slip die paar Zentimeter bis zum Ansatz ihrer Oberschenkel hinunter schob, um damit die beiden Erhebungen offenzulegen, die ihn an Twin Peaks erinnerten, dem berühmten Aussichtspunkt von San Francisco. Er strich mit seinen Händen darüber, um die Weichheit ihrer Haut, die sich wie Samt anfühlte, zu spüren.

Er würde langsam machen und sich Zeit nehmen, um jeden Zentimeter ihres göttlichen Köpers zu erforschen, bevor er sie vernaschen würde. Daniel trennte seine Lippen von ihren und spürte, wie sie dies nur widerwillig zuließ, doch sobald seine Lippen tiefer wanderten, um sich stattdessen ihren Brüsten zu widmen, stieß sie ein erneutes Seufzen aus. Mit seinen Zähnen zog er an ihrer Brustwarze und fühlte, wie sie unter ihm erbebte, bevor er die empfindliche Stelle mit seiner Zunge besänftigte.

Er wusste, wie man eine Frau sanft folterte, wie man lustvolle Reaktionen hervorrief, wie man ihr mit Vergnügen den Atem raubte. Daniel saugte gierig an ihrer Brust und trotzdem wölbte Holly ihren Rücken, um mehr zu fordern, indem sie ihre Brust in seinen Mund drängte und

Twin Peaks overlooking San Francisco. He ran his hand over them to feel the softness of her skin, just like velvet.

He'd go slowly and take his time to explore every inch of her divine body before he'd consume her. Daniel separated his lips from hers and felt her reluctance to do so, but as soon as his lips went lower to attend to her breasts instead, she let out another sigh. With his teeth, he tugged at her nipple, feeling her quiver beneath him before he smoothed the tender spot with his tongue.

He knew how to gently torture a woman, how to elicit wanton reactions, how to make her gasp with pleasure. Daniel sucked her breast like a babe that would never be weaned off, and still Holly arched her back to ask for more, thrusting more of her breast into his mouth, demanding that he suck harder.

"Oh, please, yes!"

She literally begged him for more, digging her fingers into his shoulders to hold him close to her. He'd asked her what she

verlangte, dass er fester daran saugte.

„Oh, bitte, ja!"

Sie flehte ihn buchstäblich an, indem sie ihre Finger in seine Schultern grub, um ihn an sich zu pressen. Er hatte sie gefragt, was sie mochte und anscheinend hatte sie die richtigen Worte gefunden, es ihm mitzuteilen. Daniel ignorierte ihre Wünsche nicht und widmete der anderen Brust dieselbe Aufmerksamkeit.

Er ignorierte seine schmerzende Erektion, die danach flehte, aus der Gefangenschaft seiner Hose entlassen zu werden. Er wusste, dass wenn er nachgab, es zu schnell vorbei sein würde. Es gab zu viel, was er mit ihr machen wollte, also unterdrückte er sein Verlangen. Es würde noch süßer sein, sie zu nehmen, wenn er noch länger wartete.

Was er jedoch nicht länger ignorieren konnte, war das Aroma ihrer Erregung. Er senkte seine Lippen auf ihren Bauch und sog den verführerischen Duft ein. Es war etwas Urtümliches in ihrem Duft, etwas Unverdorbenes und Reines. Pure Frau, keine Geziertheit.

Seine Hände ergriffen ihr Kleid, zogen es über ihre Hüften hinunter und entblößten damit

liked, and it seemed she'd found her voice to tell him. Daniel wasn't one to ignore her wishes, and bestowed the same attention on her other breast, leaving her nipples tender to the touch.

He ignored his aching erection, begging to be let out of the confinement of his pants. He knew if he gave in, it would be over too soon. There was too much he wanted to do with her, so he suppressed his need for now. It would be even sweeter to take her once he'd waited long enough.

What he couldn't ignore any longer though, was the aroma of her arousal. Dropping his lips down to her stomach, he soaked in the tempting scent, inhaling deeply. There was something primal about her scent, something unspoiled and pure. Pure woman, no games.

He grabbed hold of her dress and pulled it down over her hips, exposing her body fully to him except for the small area between her legs still coved with the tiny speck of fabric. With his teeth, he pulled at the

ihren Körper vollständig. Nur der Bereich zwischen ihren Beinen war noch mit einem kleinen Fleckchen Stoff bedeckt. Mit seinen Zähnen zog er an ihrem Slip und zerrte ihn nach unten, um ihre dunklen Locken darunter offenzulegen. Dann benutzte er seine Hände, um ihr Höschen vollständig loszuwerden.

Bereitwillig ließ sie ihn fortfahren.

„Oh Gott, Holly, du bist wunderschön." Es blickte zu ihr auf. Ihre Augen waren halbgeschlossen und ihre Lippen leicht geöffnet. „Ich muss dich kosten." Es war keine Frage oder Forderung, nicht einmal eine Bitte. Es war nur eine Aussage, um die unvermeidbare Handlung anzukündigen, die er durchführen musste, so als ob er von einer höheren Macht dazu gezwungen wurde. In dem Augenblick, als er seinen Kopf zu ihrem Geschlecht senkte und ihr verführerisches Aroma einatmete, wusste er, dass er keine Chance hatte, ihr zu widerstehen.

Seine Zunge traf auf ihr warmes, glänzendes Fleisch und leckte die Feuchtigkeit auf, die aus ihr herausquoll. Erwartungsvoll spreizte sie die Beine für ihn, um ihm einen

fabric and nudged it down to expose her dark curls underneath. Then he used his hands to rid her of her panties completely.

"Oh, God, Holly, you're beautiful." He glanced up at her. Her eyes were half closed, her lips parted. "I have to taste you." It wasn't a question or a demand, not even a request. It was just a statement of an inevitable action he had to perform as if compelled by a higher power. As soon as he sank his face onto her female center and soaked in her enticing aroma, he knew he was lost.

His tongue lapped against her warm and glistening flesh, licking at the moisture oozing from her. Eagerly, she spread her legs for him to allow him closer access, gasping when he repeated his tender strokes. His fingers spread her before him as he greedily continued his quest to explore every nook and cranny with his tongue.

Holly twisted and flexed under his mouth, and he scooped his hands under her

besseren Zugang zu gewähren, und keuchte, als er die zärtliche Liebkosung wiederholte. Seine Finger spreizten sie, während er gierig seine Aufgabe weiterführte, jeden Winkel und jede Spalte mit seiner Zunge zu erforschen.

Holly wand sich unter seinem Mund, und er schob seine Hände unter ihren Po, um sie noch fester an sich zu drücken. Heute Nacht gehörte sie ihm.

Er badete in der Hitze, die aus ihrer Mitte strömte, trank von ihren Säften und inhalierte ihren Duft.

Er wusste, dass es noch eine andere Stelle gab, die er kosten wollte. Er hatte sich das Beste für den Schluss aufgehoben. Seine Zunge wanderte nach oben zu dem kleinen, prall angeschwollenen Lustknopf, der am Fuße ihrer Locken versteckt war. In Zeitlupe graste er die Stelle ab und fühlte sofort, wie sie erzitterte.

Sie war sensibler als ein Seismograf. Daniels Lippen formten sich zu einem Lächeln.

„Baby, halte dich besser fest!" Es war nur fair, sie vorzuwarnen.

sweet ass to press her more firmly into him. For tonight, she was his.

He bathed in the heat emanating from her center, drank from her moisture and inhaled her scent. He knew there was another place he wanted to taste. He'd left the best for last. His tongue moved upwards to the small but fully engorged nub of flesh hidden at the base of her curls. In slow motion, he grazed the spot with his tongue and instantly felt her tremble.

She was more sensitive than a seismograph. Daniel's lips formed into a smile.

"Baby, you'd better hold on tight." It was only fair to give her advance warning.

7

Was hatte Daniel mit ihr vor? Sabrina hatte so etwas noch nie verspürt. Dieser Mann, der praktisch ein Fremder war, unterzog sie der köstlichsten Folter, die sie je erlebt hatte. Sie hatte keine Ahnung gehabt, dass Sex so gut sein konnte und dabei war er noch halb angezogen und noch nicht einmal in sie eingedrungen.

Die Tatsache, dass sie völlig nackt in den Armen eines gut aussehenden Fremden lag, der sich scheinbar in den Kopf gesetzt hatte, ihr jedes erdenkliche Vergnügen zu bereiten, wirkte surreal. Aber es war echt, so echt wie sein heißer Atem, der ihre Klitoris liebkoste, bevor seine Zunge immer wieder in einem Rhythmus so alt wie die Zeit selbst darüber streichelte.

Sie wusste, was er machte, und wäre er irgendein anderer Mann gewesen, hätte sie sich ihm bei der Intimität dieser Handlung sofort entzogen. Doch weil er ein Fremder war und sie vorgab, jemand Anderer zu sein, ließ sie

What was Daniel trying to do to her? Sabrina had never felt anything like it. This man, who was practically a stranger, was inflicting the most delicious torture she'd ever experienced. She'd had no idea that sex could be this good, and he was still half dressed and hadn't even penetrated her yet.

The fact that she was completely naked in the arms of a gorgeous stranger, who seemed to have put it into his head to give her every conceivable pleasure in his power, seemed surreal. But it was real, as real as his hot breath caressing her clit before his tongue stroked over it again and again in a rhythm as old as time.

She knew what he was doing, and had he been any other man, she would have pulled back and withdrawn at the intimacy of his action, but because he was a stranger and she was pretending to be

sich gehen und gab sich seiner zärtlichen Liebkosung hin. Sie erlaubte sich, ihren Gefühlen zu folgen, nicht ihrem Verstand.

Daniels Zunge war unermüdlich, aber als er anfing, sie mit seinen Fingern zu erforschen und behutsam in sie eindrang, wollte sie bei der intensiven Empfindung beinahe vom Bett springen. Sie hatte so lange keinen Mann mehr in sich gespürt. Wenn sein Finger schon solche Gefühle bei ihr hervorrufen konnte, konnte sie nur ahnen, was passieren würde, wenn sie endlich seinen Schwanz in sich spüren würde. Sabrina erbebte instinktiv.

Daniel glitt sanft mit seinem Finger in ihre feuchte Scheide und dann wieder heraus. Mit jeder Bewegung sammelte sich mehr Feuchtigkeit in ihrem Zentrum und mehr Hitze staute sich in ihr auf. Sie fühlte sich wie ein Vulkan, der kurz vor dem Ausbruch stand.

Obwohl sie sich vollkommen und gänzlich verletzlich fühlte, machte es ihr nichts aus. Er würde ihr nicht wehtun. Nach heute Nacht würde sie ihn nie wieder sehen. Es würde keine Peinlichkeiten geben, keine Gelegenheit, dass er ihr wehtun konnte. Er würde niemals ihren

somebody else, she let herself go and surrendered to his tempting caress. She allowed herself to feel and not to think.

Daniel's tongue was relentless, but when he explored her with his fingers and slowly drove one into her, she almost leapt off the bed at the intense sensation. She hadn't felt a man inside her in such a long time. And if his finger could create such an emotion in her, she could only guess what would happen when she'd finally feel his cock inside her. Sabrina shivered instinctively.

He slid his finger smoothly in and out of her slick flesh. With every movement, more moisture pooled at her center, more heat built up within her. She felt like a volcano ready to explode, ready to blow its top.

And she felt completely and utterly vulnerable and didn't care that she was. He wouldn't hurt her. After tonight, she'd never see him again. There would be no embarrassment, no possibility of being hurt by him. He would never even know her name.

Namen erfahren.

„Komm für mich, Baby", hörte sie ihn flüstern.

Daniels Finger bearbeiteten sie unermüdlich. Seine Zunge spielte mit ihrer Klitoris, und er wusste genau, mit welchem Rhythmus er sie an den Rand der Ekstase treiben konnte. Sie fühlte, wie sich ihre Erregung aufbaute, ihre Atmung unkontrollierter wurde. Es war Zeit, die Kontrolle an ihn abzugeben, ihm nachzugeben und das zu tun, was er verlangte.

Als seine Zunge über ihre Klitoris strich und sein Finger gleichzeitig ihren G-Punkt traf, gab es kein Zurück mehr. Wie ein Tsunami, der sich draußen auf dem Ozean bildete, begann sich ein schwaches Prickeln in ihrem Bauch zu bilden und sich weiter auszubreiten, bis es gegen die Welle schlug, die in ihren Händen und Füßen gestartet war. Zusammen schwollen sie zu einem gewaltigen Höhepunkt an, der in der Mitte ihres Körpers explodierte. Welle um Welle floss nach außen, und die Wogen wollten nicht mehr aufhören.

Sie wollten nicht enden, genauso wenig wie der Schrei, den sie in ihren Ohren hörte. Ein Schrei der Erlösung, der aus ihrer eigenen Kehle kam. Sie war sich

"Come for me, baby," she heard him whisper.

Daniel's fingers worked her frantically. His tongue played with her clit, and he knew just the right rhythm to drive her to the edge. She felt her excitement build, her breathing become more ragged. It was time to let go of her control and hand it over to him, surrender to him and do what he demanded.

When his tongue lapped against her clit again and his finger hit her g-spot at the same time, she was past the point of no return. Like a tsunami building out in the ocean, she felt a faint tingle start in her belly and ripple outward until it crashed against the wave that had started in her extremities, powering together in a massive crescendo, exploding in the center of her body. Flowing outward wave after wave, the ripples wouldn't stop.

There was no end to it, nor to the scream she heard in her ears, a scream of release coming from her own throat. Whether her orgasm lasted seconds or minutes, she was

nicht bewusst, ob ihr Orgasmus Sekunden oder Minuten dauerte, denn jegliches Gefühl für Zeit und Raum hatte sie verlassen. Sie wusste nur, dass sie so etwas noch nie verspürt hatte. Sie hatte sich noch nie so frei gefühlt.

Benebelt spürte sie, wie Daniel nach oben wanderte und sie an seine Brust drückte, bis ihr Körper sich wieder beruhigt hatte. Als Sabrina ihre Augen öffnete, blickte sie in das lächelnde Gesicht ihres Liebhabers.

„Oh. Mein. Gott."

„Ich bin froh, dass du die Vorspeise mochtest. Wie wäre es, wenn wir zum Hauptgericht übergingen?" Er strahlte sie ungeniert an.

Sie schüttelte langsam den Kopf. „Nicht bevor du *deine* Vorspeise probiert hast." Sabrina zog an seiner Hose. „Ich will dich nackt sehen, jetzt sofort."

Sie hatte noch nie einen Mann gesehen, der sich so schnell seiner Hose und seiner Boxershorts entledigt hatte.

Bevor er sich wieder aufs Bett legen konnte, stoppte sie ihn. Er stand genau vor dem Bett und seine Erektion ragte stolz nach vorne. Sein Körper war perfekt. Sein breiter Oberkörper war haarlos bis hinab zu seinem

unaware of time and place. She only knew she'd never felt anything like it. She'd never felt this free.

As if in a fog, she felt Daniel move up her body and cradle her against his chest until her body finally returned to normal. When Sabrina opened her eyes again, she looked into the smiling face of her lover.

"Oh. My. God."

"I'm glad you liked the appetizer. How about we move on to the main course?" He beamed unashamedly.

She shook her head slowly. "Not before you've tasted *your* appetizer."

Sabrina tugged at the button of his pants. "I want you naked, now."

She'd never seen a man get rid of his pants and boxers that quickly.

Before he had a chance to lower himself back onto the bed, though, she stopped him. He stood right in front of the bed, his erection proudly jutting out in front of him. His body was perfect. His broad chest was hairless down to his

Nabel, wo ein Pfad aus dunklen Haaren anfing und zu dem Nest von Locken führte, das sein Glied umgab.

Sein Bauch war flach. Obwohl er keinen Sixpack hatte, war er schlank und muskulös, als ob er seinen Körper gut pflegte. Sie würde heute Nacht diejenige sein, die sich dieses Körpers annahm.

„Wunderschön." Sabrina bewunderte ihn und streckte ihre Hand aus, um ihn zu berühren. Obwohl er hart war, war seine Haut weich und der Kopf seines großen Schafts fühlte sich wie Samt an. Er stöhnte auf, als sie ihn zum ersten Mal mit ihren Fingern berührte. Sie kniete sich vor ihm aufs Bett und brachte ihren Kopf genau auf die richtige Höhe für das, was sie vorhatte.

Sie blickte kurz zu seinem Gesicht hoch, um sich zu vergewissern, dass er wusste, was auf ihn zukam. Der hungrige Blick in seinen Augen bestätigte ihr, dass er nicht nur genau wusste, was ihn erwartete, sondern dass er es kaum noch erwarten konnte.

Wie ein griechischer Gott stand er vor ihr. Und sie würde ihn nur mit Hilfe ihrer Zunge und ihres Mundes dazu bringen, sich ihr zu ergeben. Langsam und

navel, where a small trail of dark hair started and led to the nest of curls surrounding his shaft.

His stomach was flat, and while he didn't quite have a six-pack, he was lean and muscular as if he took good care of his body. She would make sure to take good care of his body tonight.

"Beautiful." Sabrina admired him and reached out her hand to touch him. Despite his hardness, his skin was soft, and the head of his enormous shaft felt like velvet. He moaned at the first touch of her fingers on him. As she kneeled before him on the bed, her head was at the perfect height for what she wanted to do.

Quickly glancing at his face, she made sure he knew what he was in for. The hungry look in his eyes told her that not only did he know what she was planning, but he could barely wait.

Like a Greek God, he stood before her. And she would make him surrender to her with as little as her tongue and her mouth. Slowly and seductively,

verführerisch bewegte sie sich auf ihn zu, bis seine Erektion nur noch einen Zentimeter von ihren Lippen entfernt war. Ihre Zunge stellte den ersten Kontakt her, indem sie liebevoll gegen die Spitze seines Schafts leckte und dann daran hinunterglitt.

Daniel atmete scharf aus und brachte sie dadurch zum Lächeln. Ja, sie würde ihn zu Wachs in ihren Händen machen, genauso, wie er es mit ihr getan hatte. Und nichts konnte sie davon abhalten. Und sie würde ihn dazu bringen, dass er sie anflehte. Sie wollte nichts mehr, als ihn betteln zu hören, dass sie ihn in ihrem Mund begrub.

„Mehr?", fragte Sabrina ihn.

„Oh, Gott, ja!" Seine Stimme war heiser und klang gar nicht wie die Stimme, mit der er sich auf dem Empfang unterhalten hatte.

„Mehr?" Aber er hatte immer noch nicht gebettelt.

„Ja, bitte, Holly, erlöse mich von meinem Elend!"

Sofort leckte sie ihn von der Spitze bis zum Ansatz und wieder zurück. Dann nahm sie ihn in ihren Mund und bewegte sich an seinem Schwanz hoch und runter. Sie fühlte ihn erbeben. Er schmeckte einen Hauch salzig, und es war ein eigentümlich

she moved toward him until his erection was less than half an inch from her lips. Her tongue made the first contact, lapping tenderly at the very tip of his shaft, then sliding down his length.

Daniel gasped loudly, making her smile. Yes, she could reduce him to putty just like he'd done with her. And nothing could stop her from doing just that. But she'd make him beg for it. She wanted nothing more right now than to hear him begging for her mouth to bury him.

"More?" Sabrina asked him.

"Oh, God, yes." His voice was hoarse and had nothing in common with the voice with which he'd made conversation at the reception.

"More?" He hadn't begged yet.

"Oh, please, Holly, put me out of my misery!"

Instantly, she licked him from tip to base and back, then took him into her mouth and moved down his cock, taking him as deep as she could. She felt him shudder. His taste was a hint salty, mixed with a very

männlicher Geschmack, den sie nicht beschreiben konnte. Dies war nicht das erste Mal, dass Sabrina einem Mann einen blies, aber bisher hatte sie es nie wirklich genossen. Dies hier war anders.

Zu wissen, dass sie ihn mit der Liebkosung ihrer Zunge und dem sanften Saugen ihrer Lippen in die Knie zwingen konnte, ließ sie sich nicht nur mächtig fühlen, es erregte sie gleichzeitig. Bald würde sein Schwanz in ihrem Inneren pulsieren und ihr bodenloses Vergnügen bereiten. Ihre Muskeln würden sich um ihn klammern, um ihn zu melken, bis er nichts mehr zu geben hatte. Aber im Moment gab sie sich damit zufrieden, ihn soweit zu bringen, dass er nicht mehr klar denken konnte.

Daniel legte seine Hände auf ihre Schultern und hielt sich daran fest, um die Balance zu halten, während er im Gleichklang mit ihrem Rhythmus vor und zurück wippte. Mit geschlossenen Augen und zurückgeworfenem Kopf ließ er sich gehen. Sie machte es ihm einfach, nur das zu fühlen, was ihm sein Körper vorschrieb. Er vergaß seinen Verstand, vergaß seine Arbeit, seine Ziele und

primal essence that was all him, something she couldn't describe. Sabrina had given blowjobs before, but never really enjoyed it. This was different.

Knowing that she could bring him to his knees with a stroke of her tongue or the gentle sucking of her lips closing around his erection, made her feel powerful and incredibly turned on. Soon the pulsating cock in her mouth would fill her core and rock her very center of gravity, and her muscles would clench around him to milk him until he had nothing more to give. But for now, she'd only drive him to the point where he couldn't think straight anymore.

Daniel's hands went to her shoulders, holding on to balance himself as he rocked back and forth in synch with her rhythm. His eyes closed, his head thrown back, he let himself go. She made it easy for him to only feel what his body wanted him to feel and forget his mind, forget his work, his goals, and only

konzentrierte sich nur darauf, dass er ein Mann in den Händen einer schönen Frau war.

Ihr Mund um seinen harten Schwanz war warm und feucht. Ihre Zunge spielte mit seiner Haut, kitzelte und reizte ihn. Sie gab ihm keinen mechanischen Blowjob wie seine Ex-Freundinnen vor ihr. Nein, dies war völlig anders. Dies war der Mund einer Frau, die mit jeder Faser ihres Körpers mitmachte.

Holly machte nichts automatisch. Die Art, wie sie ihn blies, ihn leckte und ihn sanft mit ihren Zähnen touchierte, ohne ihn zu verletzen, ließ ihn wissen, dass sie ihm den besten Blowjob geben wollte, den er je gehabt hatte. Und sie hatte Erfolg. Als sie stärker zog und ihn tiefer in ihren Mund saugte, wusste er, dass er nicht viel länger durchhalten konnte. Es war einfach zu gut.

Daniel wollte nicht in ihrem Mund kommen, zumindest nicht beim ersten Mal. Er musste in ihr sein und spüren, wie ihre Muskeln sich um ihn verengten, wenn er kam. Und er musste in ihre Augen schauen, wenn das passierte. Er musste sich in diesen wunderschönen grünen Augen verlieren.

Die Art, wie sie seinen Schwanz

remember that he was a man in the hands of a beautiful woman.

Her mouth around his hard cock was warm and moist. Her tongue played with his skin, tickling and teasing him. This was not the kind of mechanical blowjob he'd received from his ex-girlfriends, no, this was something entirely different. This was the mouth of a woman, who was in it with every fiber of her body.

Holly wasn't just going through the motions. The way she sucked him, licked him and teasingly grazed him with her teeth without hurting him, he knew she wanted to give him the best blowjob he'd ever had. And she was succeeding. She pulled harder, sucking him deeper into her mouth, and he realized that he couldn't go much longer. This was too good.

Daniel didn't want to come in her mouth, at least not the first time. He needed to be inside her and feel her muscles tighten around him when he came. And he needed to look into her eyes when he did so.

leckte, machte ihn verrückt, und er spürte, wie er nahe daran war, die Kontrolle zu verlieren. Bevor es zu spät war, zog er sich aus ihrem Mund und hielt sie von sich weg.

„Ich war noch nicht fertig", beschwerte sie sich und schmollte. Süß.

„Baby, du machst mich fertig." Er zog sie zu sich hoch und küsste ihre vollen Lippen. „Ich will in dir drinnen sein."

Sie zog ihn mit sich aufs Bett hinab, doch er hielt mitten in seiner Bewegung inne.

„Warte!"

Sie blickte ihn fragend an.

„Kondom." Er schnappte sich sein Jackett vom Stuhl und zog das Kondom aus der Tasche, bevor er ihr aufs Bett folgte.

„Darf ich?", fragte sie und zeigte auf das Kondom.

Er schüttelte den Kopf. Als ob er noch eine weitere ihrer Berührungen überleben würde! „Ich werde nicht durchhalten, wenn du mich jetzt berührst."

Er wandelte auf einem Drahtseil. Jede Sekunde könnte er die Kontrolle verlieren und der Erlösung nachgeben, der er so nahe war. Er musste sie haben, und er konnte keine Sekunde länger warten. Daniel streifte sich

He needed to lose himself in those beautiful green eyes.

The way she sucked his cock drove him insane, and he felt his control slipping. Before it was too late, he pulled himself out of her mouth and held her back, away from him.

"I wasn't done," she complained and pouted. Cute.

"Baby, you're killing me." He brought her up him and kissed her plump lips. "Let me be inside of you."

She pulled him down onto the bed with her. He stopped in mid-motion.

"Wait."

She gave him a questioning look.

"Condom." He snatched his jacket off the chair and pulled the condom out of its pocket before joining her on the bed.

"May I?" she asked and pointed at the condom.

He shook his head. As if he could survive her touch. "I won't last if I let you touch me right now."

He was walking a tightrope. Any second, he could lose his control and give into the release that he felt so close to

das Kondom über und zog sie wieder in seine Arme.

Ihr Körper formte sich perfekt an seinen an, als ob sie für ihn gemacht wäre. Seine Erektion drängte gegen den Eingang ihres Körpers, während er ihr tief in die Augen blickte. Als er langsam Zentimeter für Zentimeter in sie hineinglitt, verlor er sich in der Tiefe ihrer Augen. Er musste sie ansehen, während er in sie eindrang, und ihre Reaktion sehen, sehen, was sie fühlte.

Was er in ihren Augen sah, war Vergnügen, Begierde und Leidenschaft. Niemand konnte das vorspielen. Er fing ihre Lippen mit seinen ein und stieß gleichzeitig bis zum Ansatz in sie hinein. Holly war enger, als er erwartet hatte. Wie sie ihre Muskeln so eng um seinen Schwanz geschlossen halten konnte, überraschte ihn. Sie fühlte sich so eng wie eine Jungfrau an, nicht wie die professionelle Begleiterin, die sie war.

Daniel blieb für einige lange Sekunden in ihr vergraben, unfähig sich zu bewegen, aus Angst, dass er sofort kommen würde. Doch endlich kehrte seine Stärke zurück, und er konnte sich in ihr bewegen. Feuchtes Fleisch traf auf feuchtes Fleisch, während

the surface. He had to have her, and he couldn't wait another second. Daniel sheathed himself with the condom and pulled her back into his arms.

Her body molded to his perfectly as if she were made for him. His erection nudged at the entrance to her body, and he locked eyes with hers. As he slowly slid into her inch by inch, he lost himself in the depth of her eyes. He had to watch her as he entered her. He had to see her reaction, see what she felt.

What he saw in her eyes was pleasure, desire, and passion. Nobody could fake that. He captured her lips with his, and thrust into her to the hilt, slicing through her body as through butter. Holly was tighter than he'd expected. How she kept her muscles so tight around his cock surprised him. She felt as tight as a virgin, not the professional escort she was.

Daniel stayed buried in her for several long seconds, unable to move for fear he'd lose it right there and then. Finally, he felt his strength

ihre Körper sich im Gleichklang bewegten. Er zog sich fast komplett wieder aus ihr heraus, bevor er eine Sekunde später wieder in sie hineinstieß, als sie ihm entgegenkam und damit die Empfindung nur noch intensivierte.

In ihr zu sein war, als ob er in einen glatten, feuchtwarmen Handschuh hineinglitt, der um eine Nummer zu klein war und so seine Größe mit außergewöhnlich enger Passgenauigkeit aufnahm. Als ob sie für ihn geschaffen wäre, und nur für ihn. Jedes Mal, wenn er seinen Schwanz so weit herauszog, dass nur noch die Spitze in ihrer Hitze versunken war, flehte sie ihn an, sie wieder zu füllen. Und jedes Mal kam er ihrer Bitte nach.

Plötzlich benutzte sie sein Gewicht gegen ihn, indem sie ein Bein hinter ihm verhakte und ihn auf den Rücken rollte. Als sie sich aufsetzte, während seine Erektion immer noch tief in ihr vergraben war, lächelte sie ihn mit Lust in ihren Augen funkelnd an.

Der Anblick ihres nackten Körpers während sie ihn ritt und ihre Brüste mit jeder Bewegung auf und ab hüpften, strapazierte seine schon angegriffene Beherrschung. Jedes Mal, wenn

return and was able to move inside her. Slick flesh on slick flesh, their bodies moved in synch with each other. Pulling out almost entirely, he slammed into her again a second later as she met his thrust with an equal but opposite reaction, only intensifying his movement.

Being inside her was a slide into slickness and warmth, but with the tightness of a glove one size too small, accommodating his size with an extraordinarily snug fit. As if she'd been built for him and for him alone. Every time he pulled out so only the very tip of his cock was still submerged in her heat, she begged for him to fill her again, and every time he did so, and did so completely.

Daniel knew he'd met his match when she used his weight against him, hooking her leg behind him and rolling him over. As she sat up, keeping his erection deeply buried inside her, she gave him a wanton smile.

The sight of her naked body straddling him, her boobs

sie sich nach unten bewegte, drückte er seine Hüften nach oben, um ihr entgegenzukommen und dabei kraftvoller in sie zu stoßen als es seine Position sonst erlauben würde. Es reichte nicht. Er hatte die Grenze seiner Beherrschung erreicht und brauchte mehr.

„Oh, Baby."

Daniel rollte sie beide herum und drehte sie wieder auf ihren Rücken. „Bitte, komm mit mir!"

Seine Hand wanderte zwischen ihre Körper, um ihren Lustknopf zu finden, mit dem er jetzt schon so vertraut war. Er streichelte diesen, während er immer wieder in sie eindrang und sich dem Rhythmus ihrer Herzschläge und ihrer angestrengten Atemzüge anpasste, bis er endlich fühlte, wie sich ihre Muskeln um seinen Schwanz verkrampften. Es war perfekt. Ihre Zuckungen heizten seinen eigenen Orgasmus an, und er explodierte wie ein ausbrechender Vulkan.

Langsam klang sein Höhepunkt ab, und sein Körper beruhigte sich. Schwer atmend blickte er sie an.

„Du bist erstaunlich", konnte er trotz der wenigen Energie, die er noch hatte, murmeln.

„Ebenso", krächzte sie.

bouncing with every move she made, was beyond his strained control. Every time she moved upwards and then down again, his hips moved up to meet her, pounding into her with as much force as his position allowed. It wasn't enough. He was near his breaking point and needed more.

"Oh, baby."

Daniel rolled them and flipped her onto her back again. "Please, come with me."

His hand went between their bodies finding the little nub of pleasure he was so familiar with by now and caressed her as he plunged into her over and over, matching the rhythm of their beating hearts and their labored breaths until he finally felt her muscles clench around his cock. It was perfect. Her spasms ignited his own release, and he exploded like an erupting volcano.

As their climaxes ebbed, their bodies stilled. Breathing hard, he gazed at her.

"You're amazing," he was able to mumble despite the little energy he had left.

"Likewise," she rasped.

Und dann küsste er sie, sanft, zärtlich, ohne ein Ende in Sicht. Seine Zunge erforschte ihren Mund, als ob sie noch nie zuvor in ihn eingedrungen wäre und tanzte dabei den schüchternen Tanz zweier High-School-Schüler. Ihre Zungen verflochten sich miteinander, als ob sie einen neuen Gordischen Knoten bilden wollten.

In seinem Kuss lag keine Forderung, keine Absicht, dass es zu etwas Weiterem führen würde. Er war Mittel und Zweck zugleich. Ein Kuss. Ein Kuss voller Zärtlichkeit und Wertschätzung, voller Bewunderung und Respekt. Eine endlose Liebkosung.

Nur widerwillig entließ er sie aus seinem Kuss.

„Oh, mein Gott, was war das?", flüsterte sie atemlos, während sie tief in seine Augen blickte.

Daniel lächelte. „Die Nachspeise."

And then he kissed her, lazily, tenderly, without an end in sight. His tongue explored her mouth as if it had never invaded before, dancing with her the timid dance of two high school kids, and entangled itself with its counterpart as if to create another Gordian knot.

There was no demand in his kiss, no intent for it to lead to anything else. It was a means and an end in itself. A kiss. A kiss full of tenderness and appreciation, of adoration and respect. A timeless caress.

Only reluctantly, he released her from their kiss.

"Oh, my God, what was that?" she whispered breathlessly, her eyes gazing into his.

Daniel smiled. "Dessert."

8

Es war nach Mitternacht und Holly hatte sich angezogen. Während sie im Badezimmer war, holte Daniel seine Brieftasche und nahm mehrere hundert Dollarscheine heraus. Er hatte die Agentur schon bezahlt, aber er hatte das Gefühl, dass es nicht genug war. Was Holly ihm heute Nacht geschenkt hatte, war weitaus mehr, als er je erwartet hatte. Nie zuvor hatte er sich so in jemandem verlieren können wie in ihr. Und nie zuvor hatte er sich einer Frau so völlig hingegeben.

Daniel blickte zurück auf die zerwühlten Laken auf dem Bett, die Zeugen ihrer leidenschaftlichen Begegnung geworden waren. Holly hatte in ihm das erweckt, was es bedeutete, lebendig zu sein. Sein Leben war von Arbeit überschattet gewesen. Er hatte vergessen, Spaß zu haben, sich zu entspannen und zu lieben. Holly hatte ihm gezeigt, dass es mehr im Leben gab als Arbeit.

Er legte das Geld zusammen mit einer kurzen Notiz in einen

It was past midnight, and Holly had gotten dressed. While she was in the bathroom, Daniel retrieved his wallet and took out several hundred dollar bills. He'd already paid the agency, but he didn't feel it was enough. What she'd given him tonight was beyond what he'd expected. Never before had he been able to lose himself as he had with her, and never before had he felt a woman give herself so completely to him.

Daniel looked back at the tangled sheets on the bed, witnesses to their passionate encounter. She'd awakened in him what it meant to be alive. His life had been consumed with work, and he'd forgotten how to enjoy himself, how to relax and how to love. She'd shown him there was more to life than work.

He placed the money into an

Briefumschlag, versiegelte ihn und schob ihn in ihre Handtasche, da er ihre letzten Minuten nicht durch den Austausch von Geld verderben wollte.

Holly kam aus dem Badezimmer und war bereit zu gehen. Ihre gemeinsame Liebesnacht war wie auf ihren Körper tätowiert. Sie schien zu leuchten. Stumm legte er seinen Arm um ihre Taille und führte sie zur Tür. Dann drehte er sie zu sich und zog sie nochmals an sich.

Ohne ein Wort suchte er ihre Lippen und fand, wie sie seinen Kuss begierig akzeptierte. Ein letztes Mal streifte seine Zunge durch ihren Mund und besuchte die Plätze, die er jetzt auf so intime Weise kannte. Er spürte ihre Hände in seinen Haaren und liebte das Gefühl. Es fühlte sich zu gut an, um aufzuhören.

Widerwillig entließ er sie aus seiner Umarmung und blickte in die grünen Augen, die nach ihrer Liebesnacht so viel dunkler erschienen.

„Du solltest besser gehen, bevor ich dich wieder ins Bett ziehe und mit dir mache, was ich will." Seine Stimme war heiser und dunkel von Verlangen. Er war ein Idiot, sie gehen zu lassen, und er wusste es.

envelope together with a simple note, sealed it and slipped it into her purse, not wanting to taint their goodbyes with the exchange of money.

She came out of the bathroom and was ready to leave. Their lovemaking was written all over her body. She seemed to glow. Silently, he put his arm around her waist and led her to the door, then turned her toward him and pulled her close to his body.

Without a word, he sought her lips and found her eagerly accepting his kiss. One last time, his tongue swept through her mouth, visiting the places he knew so intimately by now. He felt her hands in his hair, and he loved the feel of it. It felt too good to stop.

Reluctantly, he pulled away from her and looked into her green eyes which seemed so much darker after their night of passion.

"You'd better leave before I drag you back into bed and have my way with you." His voice was hoarse and dark with

„Ich dachte, ich habe mit dir gemacht, was ich wollte", neckte sie ihn.

„Läuft aufs Gleiche hinaus."

Sobald sich die Tür hinter ihr geschlossen hatte, ließ sich Daniel dagegen fallen und atmete tief aus. Holly war weg, doch sie hatte ihn mit der Erkenntnis zurückgelassen, dass er nicht so kalt und gefühllos war, wie ihn einige seiner Ex-Freundinnen hingestellt hatten. Er konnte eindeutig das Feuer in seinem Bauch spüren, das sie entzündet hatte.

~ ~ ~

Sabrina torkelte in Richtung Aufzug. Ihre Beine zitterten immer noch aufgrund des intensiven Austausches mit Daniel. Sie hatte versucht, im Bad ihre Fassung wiederzuerlangen – ohne Erfolg. Sie war durcheinander, und die Anzeichen von Sex standen ihr überall auf den Körper geschrieben: zerzauste Haare, gerötetes Gesicht, die Knutschflecke, die er auf ihrer Haut hinterlassen hatte, das angenehme Summen zwischen ihren Beinen, Daniels Geruch auf ihrer Haut.

Sie war sich sicher, dass jeder,

desire. He was a fool for letting her leave, and he knew it.

"I thought I had my way with you," she teased him.

"Same difference."

Once the door closed behind her, Daniel let himself fall against it and exhaled deeply. She was gone but had left him with the realization that he wasn't as cold and indifferent as some of his ex-girlfriends had accused him of being. He could clearly feel the fire in is belly, the fire she'd ignited.

~ ~ ~

Sabrina staggered toward the elevator, her legs still shaking from the intense encounter. She'd tried to compose herself in his bathroom—to no avail. She was a mess, and the signs of sex were clearly written all over her body: her ruffled hair, her flushed face, the love bites he'd left on her skin, the pleasant humming between her legs, the scent of Daniel on her skin.

dem sie auf dem Nachhauseweg begegnen würde, sofort wissen würde, dass sie gerade den atemberaubendsten Sex ihres Lebens erlebt hatte. Sie war erleichtert, dass der Aufzug leer war, aber ihr graute vor dem Moment, wenn sie durch die Lobby gehen musste, wo die Hotelangestellten sicher erraten konnten, dass sie im Zimmer eines Gastes gewesen war, um Sex zu haben.

Schweißperlen bildeten sich auf ihrer Stirn. Sabrina öffnete ihre Handtasche, um ein Taschentuch herauszunehmen und sich trocken zu tupfen, und bemerkte sofort, dass sich ein unbekannter Gegenstand darin befand. Sie zog den Umschlag heraus, von dem sie wusste, dass er vorher nicht da gewesen war.

Neugierig öffnete sie ihn. Es waren einige hundert Dollarscheine und eine handgeschriebene Notiz darin.

Danke für die wundervolle Nacht. Daniel.

Sabrina wusste, dass sie das Geld nicht annehmen konnte. Sie konnte kein Geld für etwas annehmen, das ihr geholfen hatte, sich wieder wie eine echte Frau zu fühlen. Kein Mann hatte ihr in ihrem Leben so viel Vergnügen

She was certain that anybody she'd run into on her way home would instantly know that she'd just had the most mind-blowing sex of her life. She was relieved to see that the elevator was empty but dreaded the moment she had to cross the lobby, where the hotel staff could surely guess that she'd been in a guest's room to have sex.

Pearls of sweat built on her forehead. Sabrina opened her purse to pull out her handkerchief to pat herself dry and instantly noticed an unfamiliar item in it. She pulled out the envelope she knew hadn't been there earlier.

Curiously she opened it. In it were several hundred dollar bills and a handwritten note.

Thank you for the most wonderful night. Daniel.

Sabrina knew she couldn't accept the money. She couldn't accept money for something that had made her feel like a real woman again. No man had ever given her so much pleasure in her life, and she

bereitet, und sie wollte dieses Gefühl nicht verunglimpfen, indem sie sein Geld nahm. Ja, er hatte die Agentur bezahlt, aber sie würde Holly sagen, dass sie das Geld behalten sollte. Sabrina wollte keinen Cent davon.

Was sie Daniel heute Nacht gegeben hatte, hatte sie ihm aus freiem Willen gegeben. Und was sie im Gegenzug von ihm bekommen hatte, war mehr, als sie je erwartet hatte von einem Mann zu bekommen. Geschweige denn, von einem, der dachte, sie wäre ein Callgirl.

Seine Zärtlichkeit, seine Leidenschaft und seine Selbstlosigkeit, sie zu befriedigen, waren alles Dinge, die sie bei den Männern, mit denen sie ausgegangen war, nie gesehen hatte. Warum ein Mann, der glaubte, sie sei eine Hostess, sie so gut behandelte, konnte sie nicht einmal ansatzweise verstehen.

Im Foyer schrieb sie eine Nachricht an Daniel, schob sie in einen neuen Umschlag, den sie vom Empfangstisch genommen hatte, und legte das Geld hinein, bevor sie ihn versiegelte. Dabei achtete sie darauf, dass die Empfangsangestellten nicht sahen, was sie in den Umschlag steckte.

„Könnten Sie das bitte morgen wasn't going to let him sully this feeling by taking his money. Yes, he'd paid the agency, but she would tell Holly to keep the money. She didn't want a penny of it.

What she'd given Daniel tonight, she'd given freely, and what she had received in turn from him, was more than she'd expected to ever receive from any man, let alone from one, who thought she was an escort.

His tenderness, his passion, his selflessness in pleasing her were things she'd never seen in any of the men she'd dated. Why a man who believed her to be an escort would treat her with such care, she couldn't even begin to comprehend.

In the foyer, she wrote a note to Daniel, slipped it into a new envelope she picked up from the front desk and placed the money in it before she sealed it. She was careful so the front desk staff didn't see what she'd put in the envelope.

"Could you please give this to Mr. Sinclair in 2307 in the morning?"

früh Mr. Sinclair in Zimmer 2307 geben?"

„Sicherlich, Madam", antwortete der Angestellte und nahm ihr den Umschlag ab. Er sah sie von oben bis unten an, und sie fragte sich, ob er dachte, dass sie eine Frau war, die ihren Gigolo bezahlte. Weit davon entfernt.

Sabrina verließ schnell die Lobby und stieg in ein wartendes Taxi.

Holly wartete auf sie, als sie nach Hause kam. In dem Moment, als Sabrina die Tür aufsperrte, hörte sie Holly schon aus dem Wohnzimmer rufen.

„Sabrina, ist alles in Ordnung?

Sie ging in Richtung Wohnzimmer und stoppte an der Tür. Holly lag auf der Couch, einen trockenen Keks in einer Hand und eine Tasse Tee auf dem Beistelltisch.

„Geht es dir schon besser?"

Holly winkte ab. „Viel besser. Jetzt erzähl mir schon, was passiert ist. Ich habe nicht erwartet, dass du so lange weg bleibst.

Sabrina lächelte verschämt. „Er war sehr nett."

„Was? Sehr nett? Du denkst, du kannst mich mit *sehr nett* abspeisen? Ich will die ganze Geschichte hören."

"Certainly, madam," the employee answered and took the envelope from her. He looked her up and down, and she wondered what he was thinking. Was she a sugar mama, who was paying off her gigolo? Not even close.

Sabrina quickly left the lobby and stepped into a waiting cab.

Holly was waiting for her when she came home. As soon as Sabrina unlocked the front door, she heard her friend call out to her from the living room.

"Sabrina, is everything ok?"

She walked toward the living room and stopped at the door. Holly was propped up on the couch, a dry biscuit in one hand and a cup of tea on the coffee table.

"Are you feeling better?"

Holly waved her off. "Much better. Now, tell me, what happened? I didn't expect you to be out so long."

Sabrina smiled coyly. "He was very nice."

"What? Very nice? You think you can dish me off with

Holly klopfte auf den freien Platz neben sich auf der Couch und signalisierte Sabrina damit, sich zu setzen.

„Ich bin wirklich müde. Ich sollte ins Bett gehen." Ihr Widerstand wurde von Holly mit einem ernsten Blick erwidert.

„Nein, das wirst du nicht. Nicht bevor du mir alle schmutzigen Einzelheiten erzählt hast."

Sabrina merkte, wie ihre Wangen heiß wurden. Ihre Freundin konnte eine echte Nervensäge sein, wenn sie etwas wissen wollte.

„Du hattest Sex mit ihm", stellte Holly das Offensichtliche fest. „Nein warte! Du hattest fabelhaften Sex mit ihm!"

Sabrina konnte ihr Lächeln nicht unterdrücken.

„Oh mein Gott! Setz dich hin und erzähl mir alles!"

Sie erzählte Holly nur das absolut Nötigste und verschwieg die intimen Details ihrer Nacht mit Daniel. Sie wollte diese Dinge für sich behalten, weil sie wusste, dass dies alles war, was sie bekommen würde: eine einzige fabelhafte Nacht mit einem erstaunlichen Mann. Sie wollte diese Erfahrung mit niemandem teilen, nicht einmal mit ihrer besten Freundin.

very nice? I want the whole story."

Holly patted the space next to her on the couch, signaling to Sabrina to sit down.

"I'm really tired. I should go to bed." Her resistance was met with a stern look by Holly.

"Oh, no, you won't. Not until you've given me the dirt."

Sabrina felt her cheeks turn hot. Her friend could be a pest when she wanted to know something.

"You had sex with him," Holly stated the obvious. "No, wait! You had fabulous sex with him!"

Sabrina couldn't suppress her smile.

"Oh my God! Sit down, and tell me everything."

She only told Holly what was absolutely necessary and didn't go into any of the intimate details of her night with Daniel. She wanted those things to be her own, because she knew that this was all she would get, one fabulous night with an amazing man. She didn't want to share this

Sie war sich sicher, dass Holly bemerkte, dass sie ihr Dinge verheimlichte, aber nach einer halben Stunde bohrte diese nicht weiter nach.

~ ~ ~

Daniel erwachte von dem besten Schlaf, den er seit Jahren gehabt hatte. Die Sonne schien ins Zimmer, da er die Nacht zuvor vergessen hatte, die Vorhänge zuzuziehen. Anstatt wie normalerweise sofort nach dem Aufwachen aus dem Bett zu springen, verschränkte er die Arme hinter seinem Kopf und starrte zur Decke hoch. Dann blickte er sich im Zimmer um.

Seine Kleidung war auf dem ganzen Boden verstreut. Hollys Duft war immer noch überall, auf seiner Haut, auf seinen Lippen, in den Bettlaken. Er würde in den nächsten Wochen von den Erinnerungen an diese Nacht zehren, bis er das Geschäft abgeschlossen hatte, und dann sein Leben umstellen. Seit sie gegangen war, hatte er viel nachgedacht.

Sie hatte ihn daran erinnert, dass er ein leidenschaftlicher Mann war und dass er eine leidenschaftliche Frau brauchte.

experience, not even with her best friend.

She was certain Holly realized that she was holding things back from her, but after a half hour she didn't press her any longer.

~ ~ ~

Daniel woke from the best sleep he'd had in years. The sun shone into his bedroom since he'd neglected to close the drapes the night before. Instead of jumping out of bed instantly the moment he woke as he normally did, he folded his hands behind his head and stared at the ceiling. Then he gazed around the room.

His clothes were strewn all over the floor. Holly's scent was still all around him, on his skin, on his lips, in the sheets. The memories of the night would see him through the next few weeks until he finalized the deal and then refocused his life. He'd done a lot of thinking since she'd left.

She'd reminded him that he

Er hatte mehr als nur seine Olivenhaut von seiner Mutter geerbt. Er hatte auch ihre Leidenschaft geerbt. Er erinnerte sich an die hitzigen Wortgefechte, die sie und sein Vater von Zeit zu Zeit hatten. Als Teenager war Daniel immer erschaudert, wenn er sie sah, wie sie danach in ihr Schlafzimmer gerannt waren und die Tür hinter sich verschlossen hatten. Ihre Liebesspiele waren genauso leidenschaftlich gewesen wie ihre Auseinandersetzungen. Daniel hatte sein Zimmer auf die andere Seite des Hauses verlegt, als ihm der *Igitt-Faktor* zu viel geworden war.

Erst jetzt verstand er, was sie durchgemacht hatten. Er hatte dieselbe Leidenschaft in sich selbst gespürt.

Sobald er zurück in New York war, würde er versuchen, eine Frau zu finden, um sein Leben zu vervollständigen. Vielleicht könnte er seiner Mutter dann doch einen ihrer Wünsche erfüllen: *Bambini*. Aber jetzt musste er sich erst auf das Geschäft konzentrieren.

Nach einer langen Dusche zog sich Daniel an und machte sich auf den Weg zur Lobby, um zu seinem ersten Termin zu kommen. Bevor er den Türsteher bitten

was a passionate man and that he needed a passionate woman. He'd inherited more than his olive skin from his mother. He'd inherited her passion as well. He remembered the heated arguments she and his father had from time to time. As a teenager, Daniel had always cringed when he saw them afterwards as they ran off to their bedroom and locked the door behind them. Their lovemaking had been just as passionate as their fights, and Daniel had moved his room to the other side of the house once the *ick* factor had become too much for him.

Only now, he understood what they were going through. He had felt the same passion in himself.

When he was back in New York he'd do something about it, try to find a woman to complete his life. Maybe he could fulfill one of his mother's wishes after all: *bambini*. But for now, he needed to concentrate on the deal.

konnte, ihm ein Taxi zu rufen, klopfte ihm ein Hotelangestellter auf die Schulter.

„Mr. Sinclair. Das wurde gestern Nacht für Sie abgegeben." Der Mann reichte ihm einen Umschlag. Sein Name stand handschriftlich darauf. Der Brief fühlte sich beim Anfassen ziemlich dick an.

„Vielen Dank." Neugierig öffnete er den Umschlag und fand darin Bargeld zusammen mit einer Notiz vor. Er las sie und blieb stehen.

Daniel. Du hast mir schon viel zu viel gegeben.

Der Brief war nicht unterschrieben. Holly! Sie hatte sein Geschenk abgelehnt! Er verstand nicht warum, doch er hatte im Moment keine Zeit, darüber nachzudenken. Er musste zu seinem Meeting gehen.

Den ganzen Morgen hatte er keine einzige Minute Zeit, um über Hollys Nachricht nachzudenken. Einige neue Themen bezüglich einer Klausel im Vertrag, die noch nicht erfüllt worden war, waren aufgeworfen worden, und er musste sich auf dieses Problem konzentrieren. Alles könnte zerplatzen, wenn er jetzt nicht vorsichtig war. Zu viele Dinge hingen von diesem

After a long shower, Daniel got dressed and made his way down into the lobby to get to his first meeting of the day. Before he could ask the doorman to call him a taxi, a hotel employee tapped him on the shoulder.

"Mr. Sinclair. This was left for you last night." The man handed him an envelope. His name was handwritten on it. The letter felt rather thick to the touch.

"Thank you." Curiously, he opened it, discovering cash together with a note. He read it and stopped in his tracks.

Daniel. You've given me too much already.

It wasn't signed. Holly. She'd rejected his gift. He didn't understand why, and he had no time to think about it now. He had to get to his meeting.

The entire morning, he didn't have a single minute to reflect on Holly's note. Several new issues were raised regarding a contingency that hadn't yet been met, and he

Geschäft ab.

Daniel war froh, als die Mittagszeit heranrückte. Er hatte mit Tim ausgemacht, sich mit ihm in einem Restaurant in der Innenstadt zu treffen. Sie hatten sich am Abend seiner Ankunft schon getroffen und sich über alle Neuigkeiten unterhalten, insbesondere darüber, warum Daniel mit Audrey Schluss gemacht hatte.

„Du siehst erschöpft aus, Danny." Abgesehen von seinen Eltern war Tim der Einzige, der ihn Danny nannte. Mit seinen zotteligen blonden Haaren war Tim das Ebenbild eines Surfers und sah kein bisschen wie das Finanzgenie aus, das er eigentlich war.

„Hab' nicht viel Schlaf bekommen." Ein verruchtes Grinsen stahl sich auf seine Lippen.

Tim biss sofort an. „Du Hundesohn! Du hast die Hostess gefickt. Wer hätte das gedacht!"

Er zuckte nur mit den Achseln. „Mach nicht so viel Wind drum! Sie war süß." Sie war mehr als nur süß gewesen, aber er würde nicht einmal seinem besten Freund mehr über sie erzählen.

„Also los, erzähl mal!"

„Hol dir deinen Nervenkitzel

needed to concentrate on the issue at hand. Everything could still fall apart if he wasn't careful now. Too many things were riding on this deal.

Daniel was glad when it was time for lunch. He'd arranged to meet Tim at a downtown restaurant. They'd met the night he'd flown in and already caught up on the latest events, particularly on the breakup with Audrey.

"You look exhausted, Danny." Tim was the only one who called him Danny besides his parents. With his blond shaggy hair, Tim was the picture of a surfer dude and didn't look a bit like the financial whiz kid he actually was.

"Didn't get much sleep." A wicked grin stole itself onto his lips.

Tim immediately caught on. "You dog! You fucked the escort. Who would have thought?"

He simply shrugged. "Don't make a big deal out of it. She was cute." She was more than

von jemand Anderem, Tim! Ich teile mein Liebesleben nicht."

„Du hast ein Liebesleben mit einer Hostess?"

„Thema abgeschlossen." Er wechselte das Thema. „Danke, dass du mir die Anwälte besorgt hast. Ich werde sie morgen früh treffen. Das ist gutes Timing, denn wir haben ein Problem wegen einer der Kontingenz-Klauseln."

„Irgendwas Ernsteres?" Tim hatte einen genauso scharfen Geschäftssinn wie Daniel und war immer bereit, Probleme durchzusprechen.

„Nichts, was die Anwälte nicht managen können. Aber ich muss wahrscheinlich etwas länger bleiben als erwartet."

„Hört sich gut an. Hey, ein paar Kumpel und ich wollen uns heute Abend eine Show ansehen. Ich bin sicher, wir können eine zusätzliche Karte für dich besorgen. Das Ensemble ist aus London und –"

„Tut mir leid, aber ich kann nicht. Ich habe schon Pläne." Er hatte keine, doch er hatte vor, Pläne zu machen. Die Nachricht, die Holly ihm hinterlassen hatte, hatte ihn neugierig gemacht. Sie war ein

cute, but he wasn't about to share his experience, not even with his best friend.

"So, tell me more."

"Get your kicks out of somebody else, Tim. I'm not sharing my sex life."

"You have a sex life with an escort?"

"Subject closed." He changed tracks. "Thanks for setting me up with the attorneys. I'll meet them tomorrow morning. Just as well, we're running into a few snags with some of the contingencies."

"Anything major?" Tim had a business mind just as sharp as Daniel's and was always at hand to bounce ideas off of.

"Nothing the attorneys won't be able to manage. But I'll probably have to stay a little longer than I anticipated."

"Sounds good to me. Hey, a few buddies and I are going to see a show tonight. I'm sure we can get you an extra ticket. The cast is from London and—"

"Sorry, can't. I've got plans already." He didn't, but he was

Callgirl. Sie arbeitete für Geld, also warum hatte sie das Trinkgeld nicht angenommen? Welches Callgirl, das bei klarem Verstand war, würde zusätzliches Geld ablehnen?

about to make plans. The note Holly had left intrigued him. She was an escort. She worked for money, so why hadn't she taken his tip? What escort in her right mind would reject extra money?

9

Holly wartete schon ungeduldig auf Sabrina, bis diese endlich nach Hause kam.

„Wurde auch Zeit!"

Sabrina schaute sie verblüfft an. Es war erst sechs Uhr, die übliche Zeit, zu der sie auch sonst von der Arbeit kam. Sie war sofort in Alarmbereitschaft. „Was ist los?"

„Er hat dich wieder verlangt."

Ihr Herz setzte kurz aus. Sie musste nicht fragen, wer *er* war.

„Für heute Abend. Du musst dich sofort fertig machen." Holly war ganz aus dem Häuschen und hüpfte buchstäblich in die Luft.

„Aber ich kann nicht. Das war eine einmalige Sache. Ich kann das nicht weiter machen." So sehr sie die Nacht mit ihm auch genossen hatte, sie konnte nicht weiter vorgeben, Holly zu sein.

„Süße, du musst aber. Wenn ich statt dir da auftauche, wird er die Agentur anrufen und Misty wird alles herausfinden. Bitte! Ich bin sicher, das wird das letzte Mal sein. Er ist aus New York. Er wird in ein paar Tagen wieder heimreisen", flehte Holly sie an.

Holly was anxiously awaiting Sabrina when she returned home.

"About time!"

Sabrina gave her a stunned look. It was only about six o'clock, her usual time to return from work. "What's wrong?" She was instantly on alert.

"He requested you again."

Her heart missed a beat. She didn't need to ask who *he* was.

"For tonight. You have to get ready now." Holly was all excited and literally jumped in the air.

"But, I can't. This was a one night thing. I can't continue doing this." As much as she'd enjoyed the night with him, she couldn't continue pretending to be Holly.

"Sweetie, you've got to. If I show up instead of you, he'll call the agency, and Misty will find out. She'll fire me. Please. I'm sure this is the last time. He's from New York. He'll go

„Hab' ich dich jemals schon mal um was gebeten?"

Sie hatte recht. Holly hatte sie nie um irgendeinen Gefallen gebeten, außer dem der vorherigen Nacht und jetzt diesem. Eigentlich war es nur ein Gefallen, der sich auf zwei Nächte ausdehnte.

Sabrina fühlte sich hin- und hergerissen. Ein Teil von ihr wollte Daniel wiedersehen und da weitermachen, wo sie aufgehört hatten, der andere hatte Angst vor den Konsequenzen. Sie konnte doch nichts mit ihm anfangen, nicht mit einem Mann, der mit Callgirls schlief, okay, mit Schein-Callgirls.

„Holly, bitte. Das wird nicht klappen."

„Du hast ihn doch gemocht. Und du hast gesagt, der Sex war gut. Also bitte mach das für mich. Nur heute Abend."

Wider besseres Wissen merkte sie, dass sie nickte. „Aber das ist das letzte Mal!"

„Versprochen."

~ ~ ~

Eine Stunde später traf Sabrina Daniel in der Hotellobby. Er trug schwarze Jeans und ein legeres Hemd und sah noch besser aus als

back in a few days." Holly's voice was pleading. "Have I ever asked you for anything?"

She was right. She'd never asked for any favors apart from the one the previous night and now this one. Actually, it was really just one favor stretched over two nights.

Sabrina felt torn. One side of her wanted to see Daniel again and continue where they'd left off, the other was scared of the consequences. She couldn't get involved with him, not with a man who slept with escorts, well, okay, pretend escorts.

"Holly, please. This won't work."

"You liked him. You said the sex was good. So, please just do this for me. Just tonight."

Against her better judgment, she felt herself nod. "But this is the last time."

"Promise."

~ ~ ~

An hour later, Sabrina met Daniel in the hotel lobby. He was dressed in black jeans and

in der Nacht zuvor. Er blickte hinter seiner Zeitung hervor, als sie die Eingangshalle betrat, und sprang sofort auf.

Mit ein paar Schritten war er bei ihr, um sie zu begrüßen. Er nahm ihre Hand in seine.

„Hi."

„Hi", echote sie zurück.

„Ich hoffe, du bist hungrig. Wir gehen in der Nähe von Telegraph Hill zum Abendessen."

Sabrina sah ihn überrascht an. „Wir gehen aus? Spiele ich wieder deine Verlobte?"

Daniel schüttelte den Kopf. „Heute gehen wir beide alleine aus." Er ließ seine Augen über ihren Körper wandern, bevor er sie wieder auf ihre Lippen richtete. „Und nachher kommen wir hierher zurück."

Der lodernde Blick in seinen Augen war ein Versprechen, an das sie ihn binden würde.

Ein Taxi brachte sie an ihr Ziel, und während der ganzen Fahrt hielt Daniel ihre Hand. Als er ihr aus dem Auto half, streifte sein Körper an ihren, und sie erzitterte leicht. Ihre Brustwarzen wurden sofort hart.

„Hast du mich vermisst?", flüsterte er ihr ins Ohr, wartete aber nicht auf eine Antwort. „Komm!"

a casual shirt and looked even more handsome than he had the night before. He looked up from his newspaper when she entered the lobby and jumped up instantly.

With a few strides, he was there to greet her. He took her hand into his.

"Hi."

"Hi," she echoed back.

"I hope you're hungry. We're having dinner at a place near Telegraph Hill."

Sabrina gave him a surprised look. "We're going out? Am I playing your fiancée again?"

Daniel shook his head. "We're going out just the two of us." He let his eyes glide over her body before resting them on her lips again. "And we're coming back here later."

The searing look in his eyes was a promise she'd hold him to.

A taxi took them to their destination, and during the entire cab ride Daniel held her hand. When he helped her out of the taxi, his body brushed against hers, and she shivered slightly. Her nipples instantly

Daniel führte sie hinein. Es war nicht das, was sie erwartet hatte. Es war kein Restaurant, das sie betraten, sondern eine große Küche. Mehrere andere Pärchen waren anwesend, ebenso drei Köche, die zunftgemäß gekleidet waren.

„Willkommen bei Tante Maries Kochschule."

Sabrina warf ihm einen erstaunten Blick zu und sah ihn grinsen. „Ich wollte das schon immer mal versuchen", flüsterte er ihr zu. „Das wird Spaß machen."

Tim hatte ihm erzählt, dass diese Kochschule Abendkochkurse für Pärchen anbot. Das war so weit von dem entfernt, was Daniel normalerweise während eines Dates tat, dass es für seine Zwecke perfekt war. Er wollte etwas Ungewöhnliches machen und dabei Holly besser kennenlernen und verstehen, warum sie sein Geld nicht angenommen hatte. Er glaubte, dass die entspannte Atmosphäre bei einem Kochkurs dabei helfen würde.

Das Menü für den Abend war einfach: Salat, hausgemachte Pizza und Tiramisu. Viel Wein,

hardened.

"Miss me?" he whispered into her ear but didn't wait for a reply. "Come."

Daniel led her inside. It wasn't what she'd expected. It wasn't a restaurant but a large kitchen. Several other couples were assembled as well as three chefs dressed in customary chef's garb.

"Welcome to Tante Marie's Cooking School."

Sabrina shot him an astounded look and caught him grin. "I've always wanted to try this," he whispered to her. "It'll be fun."

Tim had told him about the place and that they offered dinner cooking classes for couples. It was so far removed from what Daniel normally did on a date that he thought it would be perfect. He wanted to do something different, and he wanted to get to know Holly and understand why she'd rejected his money. He figured the relaxed atmosphere at a cooking class was the perfect place to do just that.

The menu was simple: a

sowohl während des Kochens als auch beim Abendessen. Genug, um jedem die Zunge zu lösen.

Der Chefkoch demonstrierte zuerst die Zubereitung der Gerichte und wies dann den verschiedenen Pärchen ihre Aufgaben zu, bevor sie auf ihre Arbeit losgelassen wurden. Holly und er hatten die Aufgabe, den Pizzateig zu machen. Sie befolgten das Rezept haargenau, maßen alle Zutaten ab, vermischten sie mit einem Löffel in einer großen Schüssel und gaben sie dann auf ein großes Holzbrett.

„Willst du kneten oder soll ich?", fragte sie ihn.

„Warum fängst du nicht an und wenn deine Hände müde werden, übernehme ich." Daniel stand neben ihr und beobachtete all ihre Bewegungen. Beide trugen sie Kochschürzen, die ihnen die Schule gestellt hatte.

Hollys elegante Hände arbeiteten sich durch den Teig, und er schaute ihr fasziniert zu. Leise stellte er sich hinter sie und schmiegte seinen Körper an ihren. Er spürte ihre Überraschung, aber sie versuchte nicht, ihm auszuweichen.

Sie passte perfekt an seine Brust, und er wusste instinktiv,

salad, handmade pizza, and a tiramisu. Plenty of wine both during the cooking and during dinner. Enough to loosen anybody's tongue.

The chef first demonstrated the preparation of the dishes then assigned the duties to the different couples before they were let loose on the tasks. He and Holly had the task of making pizza dough. Following the recipe to a *t*, they measured the ingredients, mixed them with a spoon in a large bowl, and then emptied them out onto a large wooden board.

"Do you want to knead or shall I?" she asked him.

"Why don't you start on it, and when your hands get tired I'll take over." Daniel stood right next to her watching her every move. They both had donned aprons the school had provided.

Her elegant hands worked through the dough, and he watched her, fascinated. Silently, he stepped behind her and molded his body to hers. He felt her surprise, but she didn't move away.

She fit perfectly into his

dass er besser als je zuvor in seinem Leben schlafen würde, wenn er sich von hinten an sie schmiegen und seinen Kopf in ihre Halsbeuge legen würde. Das war es, was er wollte: dass sie die ganze Nacht bei ihm verbrachte und er mit ihr in seinen Armen einschlief. Später, wenn sie wieder im Hotel waren, würde er sie bitten, bis zum Morgen zu bleiben.

Er streckte seine Hände nach vorne, legte sie auf ihre und half ihr, den Teig zu kneten, während er seine Wange an ihre schmiegte.

„Warum hast du mein Geld letzte Nacht nicht angenommen?"

Sie versteifte sich.

„Du hast es verdient", versicherte er ihr und knetete mit seinen Händen weiter zusammen mit ihren durch den Teig.

„Du musstest mir nichts geben."

„Warum?"

„Es war mehr als genug."

„Was war mehr als genug?"

„Was du mir letzte Nacht gegeben hast."

Daniel musste der Sache auf den Grund gehen. „Das Geld, das ich der Agentur gezahlt habe?"

„Nein, das meinte ich nicht."

„Bitte, Holly. Was hast du gemeint?"

„Niemand hat mich jemals dazu

chest, and he knew instinctively that he would have the best sleep of his life if he could only spoon her and nuzzle his head in the crook of her neck. That's what he wanted, have her stay with him the entire night and fall asleep with her cradled in his arms. Later, when they were back at his hotel, he'd ask her to stay until morning.

Reaching his hands forward, he placed them onto hers and helped her knead the dough while he put his cheek to hers.

"Why didn't you take my money last night?"

She stiffened.

"You deserved it," he assured her and continued moving her hands with his through the dough.

"You didn't need to give me anything."

"Why?"

"It was more than enough."

"What was more than enough?"

"What you gave me last night."

Daniel needed to get to the bottom of this. "The money I paid to the agency?"

gebracht, mich so gut zu fühlen."

Seine Hände stoppten. „Aber—"

„Niemand", wiederholte sie und drehte ihren Kopf, um ihn anzusehen. „Du bist der beste Liebhaber, den ich je hatte."

Er blickte in ihre grünen Augen und glaubte ihr. Sein Mund fand ihren ohne nachzudenken. Er verlor sich in einem tiefen Kuss. Hungrig verschlang er sie fast und verlor jedes Gefühl für Zeit und Raum.

Als sie seine fordernden Lippen auf ihren spürte, wünschte sie sich, sie könnten wieder in seinem Hotel sein, wo sie ihm die Kleider vom Leib reißen könnte. Sein Kuss erregte sie, und sie spürte, wie sich ihr Höschen mit der warmen Feuchtigkeit tränkte, die aus ihrem Inneren floss.

„Hey, ihr Turteltäubchen, bekommen wir den Pizzateig irgendwann noch?", riss sie eine Stimme aus ihrer Umarmung. Das Pärchen, das den Belag für die Pizza vorbereiten sollte, grinste sie an.

Daniel schmunzelte. „Pizzateig kommt sofort." Und dann blickte er sie noch einmal mit brennendem Verlangen in den Augen an und flüsterte ihr zu,

"No. That's not what I meant."

"Please, Holly. What did you mean?"

"Nobody has ever made me feel this good."

His hands stopped. "But—"

"Nobody," she repeated and turned her head to look at him. "You're the best lover I've ever had."

Looking into her green eyes, he believed her. His mouth found hers without thinking. He lost himself in a deep kiss. Hungry as he was, he all but devoured her, losing any sense of time and place.

When Sabrina felt his demanding lips on hers, she wished they were back at his hotel, where she could rip his clothes off. She was more than aroused by his kiss and felt her panties getting soaked with warm moisture oozing from her core.

"Hey, lovebirds, are we going to get that pizza dough any time soon?" a voice pulled them out of their embrace. The couple who was assigned with preparing the toppings for the

sodass nur sie es hörte: „Damit machen wir später weiter."

Sabrina wollte sich unbedingt hinsetzen, um zu vermeiden, dass ihre Knie zitterten. Wie dieser Mann sie mit nur einem Kuss so schwach machen konnte, konnte sie sich nicht erklären.

Das Essen war besser als jedes, das sie in einem Fünf-Sterne-Restaurant hätten essen können. Sie saßen mit den anderen Pärchen an einem langen Gemeinschaftstisch zusammen, unterhielten sich, tranken und machten sich gegenseitig Komplimente über ihre Kochkünste.

Sie unterhielten sich mit dem Pärchen, das sich als Kim und Marcus vorgestellt hatte und ihnen gegenüber saß.

„Ihr zwei seid entweder frisch verheiratet oder kurz davor zu heiraten, hab' ich recht?", fragte Kim neugierig.

Ihr Ehemann stieß sie in die Rippen.

„Sei nicht so neugierig, Schatz!"

„Das geht schon in Ordnung", antwortete Daniel. „Wieso glauben Sie das, Kim?"

„Nichts für ungut, aber ihr könnt offensichtlich eure Hände nicht voneinander lassen. So waren wir am Anfang auch.

pizza grinned at them.

Daniel chuckled. "Pizza dough, coming right up." And then he gave her another searing look and whispered just for her to hear, "We'll continue this later."

Sabrina so desperately wanted to sit down to stop her knees from shaking. How this man could turn her weak like this with just one kiss was beyond her.

The food was better than what they could have eaten at a five star restaurant. They sat together at a long communal table with the other couples, chatting, drinking and complimenting each other on their cooking skills.

They were engaged in a conversation with the couple sitting opposite them, who had introduced themselves as Kim and Marcus.

"You guys are either newlyweds or engaged to be married, am I right?" Kim asked curiously. Her husband nudged her in the ribs.

"Don't be so nosy, honey."

"That's quite all right," Daniel replied. "So, what

Erinnerst du dich, Schatz?" Kim sah ihren Mann verschmitzt an.

„Sicher doch", antwortete er und gab ihr einen feuchten Kuss auf den Hals.

Sie lachte laut auf. „Entschuldigen Sie, aber Marcus wandert offensichtlich wieder in diese Zeit zurück."

Er grummelte scherzhaft. „Wie habt ihr euch kennengelernt?

„Party eines Freundes."

„Internet", sagte Daniel fast gleichzeitig mit ihr.

Sabrina warf Daniel einen nervösen Blick zu.

„Ich meinte, ich hatte vor, mich auf einer Internet-Dating-Seite anzumelden", zog Daniel sich aus der Affäre.

„Aber dann schmiss meine Freundin eine Party für alle ihre unverheirateten Freunde", half Sabrina ihm.

„Und wir sollten alle unsere Profilinfos auf der Party zusammenschreiben. So wie wir uns auf der Dating-Seite beschreiben wollten. Und Holly half mir, mein Profil zu schreiben und eins führte zum anderen."

Gut gerettet. Sie lächelte ihn an und er lächelte zurück.

„Das ist urkomisch", rief Kim aus. „Ich bin neugierig. Wie haben Sie ihn beschrieben?"

makes you think that, Kim?"

"You guys obviously can't keep your hands off each other, no offense. That's what we were like at the beginning too. Do you remember, honey?" Kim gave her husband a sheepish look.

"Sure do," he replied and planted a wet kiss on her neck.

She laughed out loud. "Sorry, Marcus is obviously regressing to that time."

He grunted humorously. "Where did you guys meet?"

"A friend's party."

"Internet," Daniel said almost simultaneously.

Sabrina shot Daniel a nervous look.

"I mean, I was going to sign up for some internet dating service," Daniel back-pedaled.

"But then, my friend threw a party for all her single friends," Sabrina helped him.

"And we were supposed to all write up our bios at that party. You know, how we were going to describe ourselves for that internet dating service. And Holly helped me write up my bio, and one thing led to the next."

Sabrina musste etwas improvisieren. Aber das war einfacher, als sie dachte. Sie würde ihn so beschreiben, wie sie ihn jetzt sah.

„Gut aussehender Adonis sucht griechische Liebesgöttin, der er im Austausch für unsterbliche Liebe und Hingabe jegliche Sinnesfreuden spenden wird." Die Worte rollten ganz einfach von ihren Lippen und überraschten sie selbst.

Sie bemerkte Daniels erstaunten Blick.

„Wow!", ertönte Kims Stimme von der anderen Seite des Tisches.

„Und da erkannte ich, dass meine Liebesgöttin schon neben mir saß. Also verließen wir die Party, ohne uns auf der Dating-Seite anzumelden", fügte Daniel hinzu und schaute Sabrina wieder hungrig an.

Nachdem das Dessert serviert worden war, wurde es ruhiger; sie verließen die Schule und flohen in die frische Abendluft.

„Danke", sagte Sabrina zu ihm. „Das hat viel Spaß gemacht. Komm, jetzt will ich dir etwas zeigen."

Er zog eine Augenbraue hoch. „Was willst du mir zeigen?"

„Einen unglaublichen Ausblick über die Bucht. Und der ist nur ein

Good save. She smiled at him, and he smiled back.

"That's hilarious," Kim exclaimed. "I'm curious. How did you describe him?"

Sabrina had more improvising to do. But this was easier than she thought. She would just describe him the way she saw him right now.

"Handsome Adonis seeks Goddess of Love on whom to bestow carnal pleasures in exchange for undying love and devotion." The words rolled easily off her lips, surprising herself.

She caught Daniel's stunned look.

"Wow!" Kim's voice came from across the table.

"And that's when I realized that my Goddess of Love was sitting right next to me, so we left the party without signing up for the internet dating service," Daniel added and gave her another hungry look.

After dessert was served, it quieted down, and they left the school, escaping into the fresh evening air.

"Thank you," Sabrina said to him. "It was so much fun.

paar Blocks von hier entfernt." Sie kannte eine Treppe, die versteckt an der Green Street lag und zwischen einigen Wohnhäusern hindurch zu einer Aussichtsplattform führte, von der aus man einen atemberaubenden Blick über die Bucht hatte. Sie gingen die steile Straße hinauf und hielten auf halbem Wege an.

Die Treppe war links von ihnen, aber zu Sabrinas Erstaunen war dort ein eisernes Tor, das den Eingang versperrte.

„Oh, nein, es ist abgeschlossen." Sie war enttäuscht. Es wäre romantisch gewesen, von hier über die Stadt und die Bucht zu blicken. Sie drehte sich um. „Das ist aber schade."

Daniel sah ihren enttäuschten Blick und zog sie zu sich. Heute Abend würde es keine Enttäuschungen geben. „Was hältst du von Hausfriedensbruch?"

„Hausfriedensbruch? Das würdest du nicht tun!"

„Warum nicht?" Er fühlte sich wie ein Lausbub und grinste schelmisch.

„Wir könnten festgenommen werden!"

„So lange sie uns in dieselbe Zelle sperren, ist mir das egal. Komm, zieh deine Schuhe aus,

Come, now I want to show you something."

He raised an eyebrow. "What do you want to show me?"

"A fabulous view over the Bay, and it's only a block away from here." She knew of a staircase, hidden away off Green Street, which ran in between several homes and ended at a little viewing platform affording a breathtaking view over the Bay. They walked up the steep street and came to a halt midway.

The staircase was to their left, but to Sabrina's surprise there was an iron gate blocking the entry.

"Oh, no, it's locked." She was disappointed. It would have been romantic to look out over the city and the Bay from up there. She turned away. "That's a shame."

Daniel saw her disappointed look and pulled her back. There would be no disappointments tonight. "How do you feel about trespassing?"

"Trespassing? You

und ich heb dich über das Tor!"

Daniel würde ein ‚Nein' nicht gelten lassen. Er beugte sich hinab und zog einen Schuh von ihrem Fuß. Dann drängte er sie, das andere Bein anzuheben, um sie von dem zweiten Schuh zu befreien. Da er schon bei ihren Füssen war, dachte er sich nichts dabei, die Gelegenheit zu nutzen, seine Zunge von ihrem Knöchel bis zu ihrem Knie wandern zu lassen.

Sie atmete schwer, und er blickte sie vielsagend an. Er liebte es, sie ganz nervös und zittrig zu machen. „Also, willst du, dass ich dir übers Tor helfe, oder willst du, dass ich hier vor allen Passanten jeden Zentimeter deines Körpers küsse?" Er warf ihr einen Blick zu, der ihr hoffentlich klar machte, dass er die Absicht hatte, seine Drohung zu verwirklichen.

„Übers Tor", meinte sie schnell.

Innerhalb von Sekunden hatte er ihr über das anderthalb Meter hohe Tor geholfen und ihr die Schuhe hinübergereicht, bevor er sich selbst darüber hievte.

Die etwa fünfzig Stufen führten zu einer kleinen Plattform, die an drei Seiten von einem Holzgeländer und an der vierten Seite von einer Böschungsmauer umgeben war. Es gab auch eine

wouldn't!"

"Why not?" He felt like a rascal as he grinned mischievously.

"We could get arrested!"

"As long as they lock us up in the same cell, I don't care. Come, take off your shoes, and I'll lift you over the gate."

Daniel wouldn't take no for an answer. He bent down and slipped one shoe off her foot, then made her lift the other leg to free her from her other shoe. Since he was already down at her feet he thought nothing of using the opportunity to run his tongue from her ankle to her knee.

She panted heavily, and he gave her a suggestive look. He loved making her all nervous and shaky. "So, do you want me to help you over the gate, or do you want me to kiss every inch of your body right here in full view of every passerby?" He gave her a look that would tell her that he had every intention of carrying out his threat.

"Over the gate," she exclaimed quickly.

Within seconds, he'd helped

Parkbank als Sitzgelegenheit.

Daniel gefiel die Aussicht auf Alcatraz, die Bay Bridge und die Lichter auf der anderen Seite der Bucht gut, aber was ihm noch mehr gefiel war Hollys Körper, wie sie so vor ihm stand und sich an das Geländer stützte. Seine Hände fanden von hinten ihren Weg um ihre Hüften und zogen sie an sich.

Hollys Konturen passten perfekt an seine Brust. „Wie viele andere Leute denkst du begehen hier heute Abend noch Hausfriedensbruch?"

„Ich glaube, niemand ist so verrückt wie du!"

„Gut. Das bedeutet, wir haben hier etwas Privatsphäre." Er wusste, dass sie verstand, wozu er Privatsphäre brauchte, denn eine Sekunde später wanderte seine Hand zu ihrer Brust, um diese zu umfassen. Mit seinem Mund erfasste er einen Träger ihres Kleides und zog ihn über ihre Schulter. Der Stoff, der ihre Brüste bedeckt hatte, fiel herunter und seine Hand streichelte nun ihre nackte Haut.

Während er mit seinen Fingern mit ihrer Brustwarze spielte und diese hart machte, wanderte seine andere Hand unter ihren Rock.

„Warum ziehst du dein Höschen

her over the four-foot high gate and handed the shoes back to her before lifting himself over it.

The fifty-or-so steps led to a small platform surrounded by wooden balustrades on three sides and a retaining wall at the back. There was also a park bench to sit.

Daniel certainly enjoyed the view toward Alcatraz, the Bay Bridge and the lights across the Bay, but what he enjoyed even more was Holly's body standing in front of him, braced against the railing. His hands snaked around her waist and pulled her into him.

Her contours fit perfectly to his chest. "How many other people do you think might trespass here tonight?"

"I don't think anybody is as crazy as you."

"Good. That means we have privacy up here." He knew she was aware what he needed privacy for, because a second later his hand went to her breast and captured it. With his mouth, he took hold of the strap of her dress and pulled it over her shoulder. The fabric

nicht aus?" Seine Stimme klang rau, und er drückte seine wachsende Erektion an sie. Daniel wusste, dass das, was sie gerade machten, verrückt war, aber sie hielt ihn nicht auf. Im Freien mit ihr zu sein und sie so intim zu berühren, machte ihn geiler als einen sechzehnjährigen Schüler, der gerade ein Playboy-Magazin gefunden hatte.

Als Holly aus ihrem Höschen gestiegen war, griff er es sich und steckte es in seine Jeanstasche „Das bekommst du im Hotel wieder." Vielleicht. Aber eher nicht. Wie ein Indianer einen Skalp behielt, würde er ihr Höschen behalten.

„Wir sollten das hier nicht machen!" Ihr Protest war bestenfalls schwach und er ignorierte ihn einfach.

Er stand immer noch hinter ihr. „Dieses Mal bitte nicht schreien, so gern ich das auch höre", warnte er sie. Oh Gott, wie hatte er den Schrei genossen, den sie ausgestoßen hatte, als er sie die Nacht zuvor das erste Mal zum Höhepunkt gebracht hatte. Roh und ungezähmt. Voll von Leben, voll von Leidenschaft.

Daniel fiel hinter ihr auf die Knie und hob ihr Kleid an, um den süßesten Hintern zu

that had covered her breast dropped, and his hand stroked her naked skin.

While he teased her nipple with his fingers and turned it hard, his other hand reached under her skirt.

"Why don't you lose those panties?" His voice was hoarse, and he pressed his growing erection against her. Daniel knew what they were doing was crazy, but she didn't stop him. Being out in the open with her, touching her the way he did made him hornier than a sixteen year old high school kid having discovered Playboy magazine.

As soon as Holly stepped out of her panties, he grabbed them and put them into his jeans pocket. "You'll get these back at the hotel." Maybe. But most likely not. Like an Indian warrior kept a scalp, he'd keep her panties.

"We shouldn't be doing this here." Her protest was weak at best, and he ignored it.

He still stood behind her. "No screaming this time, as much as I love to hear it," he cautioned her. God, how he'd

bewundern, den er je berührt hatte. Seine Hände streichelten sanft über ihre weiche Haut. Innerhalb von Sekunden spürte er, wie sie Gänsehaut bekam und ein sanftes Seufzen ihren Lippen entwich.

Er streifte mit seinen Lippen über ihre Haut und leckte mit seiner Zunge über ihre Pobacken, während er sie sanft mit seinen Händen knetete.

„Oh, Daniel."
„Ja, Baby?"
„Du bist verrückt."

Eine Hand wanderte zwischen ihre Oberschenkel und bewegte sich in Richtung ihres warmen Zentrums. Seine Finger glitten die wohlbekannten Falten aus feuchter Haut entlang, bis sie ihren einladenden Eingang fanden. Zu ungeduldig, um länger zu warten, tauchte er einen Finger in sie.

„*Das* hier nicht zu tun wäre verrückt", korrigierte Daniel sie.

Bei der Kraft, mit der er eindrang, rang sie nach Luft. Er widmete sich ihrem Po mit unzähligen Küssen, während er seinen Finger weiterhin vor und zurück bewegte, hinein und hinaus aus ihrem feuchten Fleisch. Dann fügte er einen weiteren Finger hinzu und intensivierte

enjoyed the scream she'd released when he'd first brought her to climax the night before. Raw and untamed. Full of life, full of passion.

Daniel dropped down to his knees behind her and lifted her dress to admire the cutest ass he'd ever had the pleasure to touch. His hands stroked gently over her soft skin. Within seconds, he felt goose bumps and a soft sigh escaping her lips.

He brushed his lips against her skin and licked his tongue over her cheeks, squeezing them gently with his hands.

"Oh, Daniel."
"Yes, baby?"
"You're insane."

One hand went between her thighs heading for her warm core. His fingers slid along the familiar folds of her moist flesh before they found her inviting entrance. Too impatient to wait, he plunged one finger into her.

"Not doing *this* would be insane," Daniel corrected her.

She gasped at the force of his penetration. He continued to lavish her ass with kisses all

somit das Gefühl, während er damit weitermachte, seine Finger hinein und hinaus gleiten zu lassen.

Seine Erektion hatte kaum mehr Platz in seiner Hose, und der Reißverschluss biss schmerzhaft in sein hartes Fleisch. Holly hatte ihn heute Abend geiler gemacht, als er seit langer Zeit gewesen war, und er konnte es kaum erwarten, in sie einzudringen. Der Duft ihrer Erregung, der Geschmack ihres süßen Hinterns an seinen Lippen und seiner Zunge, ihr Stöhnen, all das hatte ihn heiß gemacht. Zu viele Empfindungen, denen kein Mann widerstehen konnte.

Daniel stand hinter ihr auf und ließ seine Finger aus ihr gleiten. Er machte den Knopf seiner Jeans auf und öffnete den Reißverschluss, während er seine Hose bis zu seinen Oberschenkeln hinunter schob. Seine Boxershorts folgten. Dann zog er ein Kondom aus seiner Tasche und zog es sich schnell über.

„Ich kann nicht länger warten, Baby." Er beugte sie nach vorne und brachte seinen Schaft in eine Linie mit ihrer Muschi. „Ich muss dich jetzt haben."

Ein kräftiger Stoß und er war in sie eingedrungen.

the while continuing to move his finger back and forth, in and out of her slick flesh. Then he added a second finger, intensifying the sensation and continued sliding in and out of her.

His erection strained against his pants, the zipper painfully biting into his hard length. She'd gotten him hornier tonight than he'd been in a long time, and he couldn't wait to be inside of her. The scent of her arousal, the feel of her sweet ass on his lips and tongue, her moans, they had set him off. Too many sensations for one man to endure.

Daniel pulled himself up to a standing position behind her and let his fingers slip out of her. He undid his jeans and pulled down the zipper, wedging his pants to his thighs. His boxers followed. Then he pulled out a condom from his pocket and sheathed himself quickly.

"Can't wait any longer, baby." He tilted her toward the front and aligned his shaft with her pussy. "Gotta have you now."

„Oh, ja", hörte er sie flüstern. Gut, er hatte sie mit seiner Ungeduld nicht verletzt.

„Ich hätte dich gerne auf den Küchentisch geworfen und den Pizzateig mit deinem Körper ausgewalzt."

„Ich glaube, dann hätten die uns rausgeworfen."

„Mmm, hmm." Daniel zog sich heraus und tauchte wieder in sie ein. Und wieder. Mit kraftvollen Stößen drang er in sie ein, immer und immer wieder, während er sie an ihren Hüften festhielt, um sie davon abzuhalten, sich wegzubewegen. Sie stützte sich an das Geländer, um ihn aufzunehmen, ohne zusammenzubrechen.

Daniel beobachtete, wie sein Schwanz zwischen ihren Beinen vor- und zurückglitt. Die Wärme ihres Körpers und die Feuchtigkeit ihres Fleisches umschlossen ihn.

„Baby, ich kann nicht aufhören!"

„Dann tu es nicht!"

Ihre seidene Stimme in seinen Ohren verstärkte seine Erregung. Er war im Freien, unter den Sternen und stieß in die erotischste Frau ein, die er je getroffen hatte. Nichts könnte noch besser sein. Daniel war es egal, ob jemand sie sah. Wenn das

One powerful thrust, and he was buried inside her.

"Oh, yes," he heard her whisper. Good, he hadn't hurt her with his impatience.

"I would have loved to throw you onto that kitchen table and flatten the pizza dough with your body."

"I think they would have thrown us out."

"Mmm, hmm." Daniel pulled himself out and plunged back into her. And again. His thrusts powered into her, one after the other as he held onto her hips to prevent her from moving. She braced herself against the railing to receive him without crumbling.

Daniel watched his shaft slide back and forth between her legs. The warmth of her body and the slickness of her flesh engulfed him.

"Baby, I can't stop."

"Then don't."

Her silken voice in his ears added to his excitement. He was out in the open, under the stars and plunging himself into the sexiest woman he'd ever met. Nothing could get better than this. Daniel didn't care if

der Fall wäre, würde derjenige eifersüchtig auf ihn sein, weil er eine so schöne Frau sein Eigen nennen durfte.

Ihr Körper passte so perfekt zu seinem, und die Art und Weise, wie ihre Muskeln ihn in ihr drückten, machte ihn verrückt vor Vergnügen. Seine Hand wanderte zu ihrem perfekten Hintern und streichelte sie.

„Daniel."

Sie seinen Namen flüstern zu hören, gab ihm den Rest. Er konnte seinen Höhepunkt nicht länger zurückhalten. Er war zu lange am Rand der Klippe gestanden, doch jetzt trat er darüber, oder besser gesagt: Er sprang. Er stürzte in den Abgrund, und es gab kein schöneres Gefühl, als sich fallenzulassen. Sein Körper versteifte sich, und sein Höhepunkt fuhr wie ein starker Stromstoß, der jede Zelle seines Körpers in Brand setzte, durch ihn hindurch, während sein Samen aus ihm schoss.

Schwer atmend schloss Daniel sie fest in seine Arme. Er wollte ihren Körper nicht verlassen, der sich wie ein Zufluchtsort für ihn anfühlte.

„Es tut mir leid, Holly. Es tut mir so leid." Er wusste, sie war nicht gekommen, aber er war

anybody saw them. If they did, they'd be envious of him for being allowed to make such a beautiful woman his own.

Her body fit so perfectly to his, and the way her muscles squeezed him so tightly inside her, drove him insane with pleasure. His hand went to the contours of her perfect ass and stroked her.

"Daniel."

Hearing her whisper his name did him in. No longer could he hold back his release. He had been hovering right at the blade's edge, but now he stepped over it, or rather jumped over it. He was heading for the abyss, and there was no better feeling than letting himself fall. His body buckled, and his climax rocked through him like powerful currents of electricity, igniting every cell in his body on the way to releasing his seed.

Breathing heavily, Daniel hugged her tightly to his body. He didn't want to leave her body, which felt like a sanctuary to him.

"I'm sorry, Holly. I'm so sorry." He knew she hadn't

nicht in der Lage gewesen, noch länger durchzuhalten. Er war über sich selbst verärgert.

„Was tut dir leid?" Sie schien nicht zu verstehen, was ihn quälte.

Er zog sich aus ihr heraus, streifte das Kondom ab und zog schnell seine Boxershorts und seine Jeans hoch, bevor er sie zu sich drehte und zurück in seine Arme zog.

„Ich war selbstsüchtig!"

Daniel hob sie hoch und trug sie zur Parkbank. Als er sich hinsetzte, behielt er sie auf seinem Schoß. „Jetzt bist du dran." Seine Hand wanderte unter ihr Kleid und streichelte die Innenseite ihres Oberschenkels.

Sabrina stoppte seine Hand, bevor diese weiter an ihrem Oberschenkel hochwandern konnte.

„Du musst das nicht machen." Sie war seine Hostess, nicht seine Freundin. Er musste sie nicht sexuell befriedigen.

Er blickte sie ernst an. „Okay, Holly. Spuck es aus! Warum willst du nicht, dass ich dich befriedige? Ich dachte, du magst es."

Daniel sah so aus, als hätte sie ihn verärgert. Oh verdammt! Sie vermasselte es schon wieder. „Du

come, but he hadn't been able to hold on any longer. He was incensed with himself.

"Sorry about what?" She seemed oblivious to his torment.

He pulled himself out of her, shed the condom and quickly pulled his boxers and jeans up before turning her and pulling her back into his arms.

"I was selfish."

Daniel picked her up and carried her to the bench. When he lowered himself onto it to sit, he kept her in his lap. "Now it's your turn." His hand tunneled underneath her dress, stroking along her inner thigh.

Sabrina stopped his hands from moving any farther up her thigh.

"You don't have to do this." She was his escort, not his girlfriend. There was no need for him to satisfy her sexually.

He gave her a serious look. "Okay, Holly. Spit it out. Why is it that you don't want me to pleasure you? I thought you liked it." Daniel definitely looked like he was annoyed with her.

hast mich gebucht, damit ich dich befriedige, nicht andersrum."

„Gibt es eine Regel, die mir nicht erlaubt, dich zu befriedigen? Schreibt dir die Agentur vor, keinen Spaß dabei zu haben?" Seine Augen durchbohrten sie förmlich.

„Nein, aber –"

„Ich habe für deine Zeit mit mir bezahlt. Aber das bedeutet auch, dass ich sage, was wir tun. Und wenn ich entscheide, dass ich diese Zeit dafür verwende, dich zu befriedigen, dann tue ich das auch. Und wenn ich dir einen Orgasmus nach dem anderen schenken will und das alles ist, was ich will, wirst du mich dann davon abhalten?"

„Aber –"

„Aber was? Magst du es nicht, berührt zu werden? Magst du meine Hände nicht auf dir?"

Sabrina wusste, er provozierte sie, und es funktionierte. „Doch, ich mag es."

„Was dann?"

„Du machst mich zu Brei. Ich kann nicht klar denken, wenn du mich berührst." Gab sie zu viel preis? Vielleicht hätte sie ihren Mund halten sollen. Sie machte sich verwundbar.

„Dann denke einfach nicht! Fühle! Das ist alles, was ich von

Oh, damn. She was screwing up again. "You hired me so that I can please you, not the other way around."

"Is there a rule that I'm not allowed to please you? Is the agency telling you that you can't enjoy yourself with me?" His eyes were piercing.

"No, but—"

"I paid for your time with me. But that also means I say what we do. And if I decide I'll spend my time pleasuring you, then that's what we're going to do. And if all I want is to give you orgasm after orgasm, are you going to stop me?"

"But—"

"But, what? You don't like the feeling of being touched? You don't like my hands on you?"

Sabrina knew he was provoking her, and it worked. "No. I do like it."

"Then what?"

"You reduce me to putty. I can't think straight when you touch me." Was she giving too much away? Maybe she should have kept her mouth shut. She was making herself vulnerable.

"Then don't think. Feel.

dir will. Weißt du, wie sehr es einen Mann anmacht, wenn er weiß, dass er eine Frau zur Ekstase bringen kann? Glaub mir, jedes Mal, wenn ich dich berühre, komme ich fast. Und jetzt im Moment bin ich geiler, als ich es je zuvor in meinem Leben war."

Sie ließ seine Hand, die sie an ihrem Oberschenkel festgehalten hatte, los. „Ich will dich."

„Gut, denn das ist genau das, was du bekommst. Und wir gehen hier nicht eher weg, bevor du vollkommen befriedigt bist. Und ich entscheide, wann du vollkommen befriedigt bist." Dann fuhr seine Hand auf dem Weg fort, den sie zuvor so unsanft unterbrochen hatte.

That's all I want you to do. Do you have any idea what a turn on it is for a man to know he can drive a woman to ecstasy? Believe me, I get off every time I touch you. Right now, I'm hornier than I've ever been in my life."

She released his hand she'd held captured on her thigh. "I want you."

"Good, 'cause that's what you'll get. And we're not leaving here until you're completely satisfied, and I'll decide when you're truly satisfied." Then his hand continued the path she had so rudely interrupted moments earlier.

10

Sie waren nicht alleine im Aufzug, als sie nach oben fuhren. Daniel stand hinter Sabrina. Sie schaute auf das ältere Pärchen, das mit dem Rücken zu ihnen starr auf die Fahrstuhltür blickte, als sie Daniels Kopf nah an ihrem Ohr spürte.

„Willst du wissen, wie hart ich bin, weil ich weiß, dass du kein Höschen trägst?", flüsterte er ihr ins Ohr, bevor er ihren empfindlichen Nacken küsste.

Sie musste ihr Taschentuch aus ihrer Tasche nehmen und vorgeben, sich die Nase zu putzen, um ihr Lachen zu unterdrücken. Nicht nur versuchte Daniel, ihr die Fassung zu rauben und sie vor dem anderen Pärchen in Verlegenheit zu bringen, sondern er hatte auch die Dreistigkeit, seine Hand auf ihren Po gleiten zu lassen und sie verführerisch durch den Stoff ihres Kleides zu streicheln. Ohne ihr Höschen fühlte es sich an, als streichelte er ihre nackte Haut.

Aber das war offensichtlich nicht genug für ihn. Sabrina

They weren't alone in the elevator as they rode up to his floor. Daniel stood behind Sabrina. She eyed the older couple, who was staring straight at the elevator door in front of her, their backs to them, when she felt Daniel's head close to her ear.

"Do you want to know how hard I am, knowing that you're not wearing any panties?" he whispered into her ear before he kissed her sensitive neck.

She had to pull her handkerchief out of her bag and pretend to blow her nose in order to stifle her laughter. Not only was Daniel trying to make her lose her composure and embarrass her in front of the other couple, he had the audacity to slide his hand onto her backside and stroke her seductively through the fabric of her dress. Without her panties, it felt as if he was stroking her naked skin.

But evidently that wasn't

bemerkte, wie seine Hand den Stoff ihres Kleides ergriff und langsam hochzog. Ein kalter Luftzug streifte ihren nackten Po, bevor sie fühlte, wie er seinen Unterleib an sie presste. Es war unmöglich, seine Erektion zu ignorieren.

Jeden Augenblick würde sie jetzt unkontrollierbar stöhnen und sich in dem Loch verkriechen, das sich vor ihr auftun würde. Sie wurde nur dadurch gerettet, dass der Aufzug in dem Stockwerk hielt, bei dem das andere Pärchens ausstieg. Sobald sich die Tür hinter ihnen geschlossen hatte, drehte sie sich zu ihm um.

„Was zum Teufel machst du da?"

Daniel lachte laut. „Ich necke dich doch nur, Baby. Und ich wollte dir beweisen, dass ich nicht gelogen habe."

Er nahm ihre Hand und legte sie auf seine Erektion, die gegen den Reißverschluss seiner Jeans drückte. Begierig ließ sie ihre Finger seine ganze Länge entlanggleiten – seine sehr eindrucksvolle Länge entlang.

„Darf ich das kosten?", fragte sie anzüglich und klimperte ihm mit ihren langen Wimpern zu, während sie mit ihrer Hand stärker gegen seine Erektion

enough for him. Sabrina felt how his hand gathered the fabric of her dress and slowly pulled it up. A whiff of cold air grazed her bare backside before she felt him press his groin into her. His erection was impossible to ignore.

Any minute now, she'd moan uncontrollably and hide in the hole that would open up in front of her. She was saved by the elevator stopping on the other couple's floor. As soon as the door closed behind them, she turned to him.

"What the hell do you think you were doing?"

Daniel laughed out loud. "Just teasing you, baby. I wanted to prove that I wasn't lying."

He took her hand and placed it on the erection straining against the zipper of his jeans. She eagerly ran her fingers up and down its length—its very impressive length.

"Can I taste that?" she asked suggestively and batted her long lashes at him as she pressed her hand harder against his erection.

He groaned loudly. "Oh,

drückte.

Er stöhnte laut. „Oh, Gott, ja."

Je mehr Zeit sie mit ihm verbrachte, desto verwegener wurde sie – als ob es sie süchtig machte. Der Gedanke, dass sie jemals in einem Fahrstuhl einem Mann vorschlagen würde, ihm einen zu blasen, hätte sie vor zwei Tagen entsetzt. Sicher, sie hatte schon zuvor Blowjobs gegeben, aber so etwas außerhalb des Schlafzimmers vorzuschlagen, war etwas komplett Anderes. Es war etwas, das sie normalerweise nie sagen, geschweige denn tun würde.

Aber ihn mit schmutzigen Worten zu erregen, machte sie geil.

„Ich kann es kaum erwarten, meine Lippen um dich zu legen und dich zu lecken und an dir zu saugen bis du kommst." Oh mein Gott, sie hatte sich in Holly verwandelt, oder wer war diese lüsterne Kreatur, die ihren Körper und ihren Geist übernommen hatte? „Und ich werde dich in meinem Mund behalten bis du völlig erschöpft bist und um Gnade flehst."

Daniel stieß sie gegen die Wand und presste seinen Körper an ihren. „Wenn du nicht sofort zu reden aufhörst, nehme ich dich

God, yes."

The more time she spent with him, the more daring she became—as if it was addictive. The thought that she would ever be in an elevator and suggest to a man that she'd suck his cock, would have horrified her two days ago. Of course, in the bedroom she'd given blowjobs before, but to suggest one in a non-bedroom environment was entirely different. It wasn't something she'd normally talk about, much less do.

But to excite him with some dirty talk suddenly turned her on.

"I can't wait to wrap my lips around you and lick you with my tongue and suck you until you come." Oh my God, she'd turned into Holly, or who was this wanton creature, who'd taken over her body and mind? "And I'm going to keep you in my mouth until you're completely spent and beg me for mercy."

Daniel pushed her against the wall and pressed his body to hers. "If you don't stop talking, I'll take you right here

gleich hier und schere mich nicht darum, ob uns jemand sieht." Seine Augen waren dunkel vor Verlangen und kaum im Zaum gehaltener Kontrolle.

Sabrina blickte ihn an und leckte erwartungsvoll ihre Lippen. Wenn er sie hier im Aufzug nehmen würde, würde sie nicht widersprechen. „Nur zu. Tu es!"

„Gott, Holly, du bringst mich um."

Er senkte seine Lippen auf ihre und ließ sie erst los, als das Klingeln des Aufzugs ertönte, als dieser auf ihrem Stockwerk anhielt. Sekunden später öffnete er die Tür zu seinem Zimmer, stieß sie hinein und ließ die Tür hinter sich ins Schloss fallen.

Ohne Worte drückte er sie an die Wand und ließ sich zu Boden fallen, während er ihr Kleid hochhob. Weniger als eine Sekunde später drückte er seinen Mund zwischen ihre Beine, und seine Zunge leckte ihre Muschi, wobei er die Feuchtigkeit aufschleckte, die aus ihr tropfte. Er leckte sie, als ob er am Verhungern war und stöhnte in ihren Körper.

„Daniel, wie kommt's, dass du so etwas nie mit mir machst?", riss eine weibliche Stimme Sabrina aus ihrem Glück. Daniel

and won't care if anybody sees us." His eyes were dark with desire and barely leashed control.

Sabrina looked at him and licked her lips in anticipation. If he took her right here in the elevator, she wouldn't object. "Go ahead. Do it."

"God, Holly, you're killing me."

He sunk his lips onto hers and only released her when the ping of the elevator sounded as it stopped on their floor. Seconds later, he opened the door to his room, pushed her in and let it slam shut behind them.

Without a word, he pressed her against the wall and dropped down to the floor as he lifted her dress. Less than a second later, his mouth was pressed between her legs, his tongue licking her pussy, lapping up the moisture that oozed from her. He licked her as if he were starving, moaning into her body.

"Daniel, how come you never do that to me?" a female voice pulled Sabrina out of her bliss.

ließ sie unverzüglich los und schnellte hoch. Beide gafften die schöne Rothaarige an, die in der Tür zum Schlafzimmer stand und ein freizügiges Negligé trug. Sie lehnte verführerisch am Türrahmen.

„Audrey, was zum T –" Daniel klang wütend.

Eine Erkenntnis schoss sofort durch Sabrina hindurch. Er kannte diese Person! Seine Frau? Verlobte? Freundin? Warum hatte sie angenommen, er wäre ungebunden? Das konnte einfach nicht wahr sein! Was sich gerade vor ihr abspielte, war ihr schlimmster Alptraum.

„Das könnte ich auch sagen. Ich lasse dich für ein paar Tage alleine, und sieh dir an, was passiert!" Ihre Stimme klang zuckersüß.

„Audrey, wie bist du hier rein gekommen?"

„Du vergisst wohl, dass mein Name auf der Reservierung stand. Ich bin gekommen, um mit dir zu reden."

„Wir haben nichts zu bereden." Mit jedem Wort wurde seine Stimme wütender und aufbrausender, als ob er kaum noch in der Lage wäre, seinen Zorn zu zügeln.

Sabrina wich zurück und griff

Daniel let go of her instantaneously and jolted upright. They both gaped at the beautiful redhead, who stood in the door to the bedroom, dressed in a revealing negligee. She leaned seductively at the door frame.

"Audrey, what the f—" Daniel sounded furious.

Realization flushed through Sabrina. He knew her. His wife? Fiancée? Girlfriend? Why had she assumed he was unattached? This couldn't be happening. This was her worst nightmare playing out right in front of her.

"Well, that's what I could say. I leave you alone for a couple of days, and look what happens." Her voice was sugary sweet.

"Audrey, how did you get in here?"

"You forget that my name was on the reservation. I came to talk to you."

"We have nothing to talk about." With every word, his voice became angrier and more booming as if he was barely able to keep his temper in check.

nach der Türklinke. „Ich gehe besser."

Sie dachte erst, niemand hätte sie gehört und drückte den Türgriff hinunter, aber Daniel machte einen Satz auf sie zu.

„Nein Holly, du bleibst! Audrey verschwindet!" Seine Stimme klang befehlend.

„Ich kann nicht." Sabrina drückte sich vorbei und rannte aus der Tür.

„Holly. Komm zurück!", brüllte Daniel hinter ihr her, aber sie lief Richtung Aufzug, dessen Türen sich wie durch ein Wunder sofort öffneten. Sie schlossen sich, bevor Daniel sie erreichen konnte.

Als sie durch die Lobby rannte und zum Ausgang hinauseilte, war es ihr egal, dass die Angestellten ihr seltsame Blicke zuwarfen. Sie musste hier weg. Sie war nicht Holly, und sie war für so etwas nicht geschaffen. Sie hatte sich versprochen, nicht verletzt zu werden, aber sie wusste, dass es trotzdem geschehen war. Sie musste gehen, bevor es noch schlimmer wurde.

Daniel war nur ein Kerl, der seine Frau oder Freundin betrog. Er hatte sie wahrscheinlich angelogen, als er gesagt hatte, er wäre noch nie mit einem Callgirl zusammen gewesen.

Sabrina backed away and reached for the door. "I'd better go."

She first thought nobody had heard her and pushed down the handle, but Daniel jerked around to her.

"No, Holly, you're staying. Audrey is leaving." His voice was commanding.

"I can't," Sabrina pressed out and ran out the door.

"Holly, come back," Daniel's voice roared behind her, but she ran for the elevator, which opened miraculously. The doors closed before he could reach her.

In the lobby, she didn't care that the staff gave her strange looks when she ran out the door. She had to get away. She wasn't Holly, and she wasn't made for this. She had promised herself that she wouldn't get hurt, but she knew she had. She had to leave before it got any worse.

Daniel was just another man out for some amusement, cheating on his wife or girlfriend. He'd probably lied to her when he'd said he'd never been with an escort.

Wahrscheinlich tat er das auf jeder Geschäftsreise.

Wie hatte sie nur ihren Schutzwall fallen lassen und ihm ihren Körper anvertrauen können? Von Anfang an waren ihre Emotionen mit im Spiel gewesen. Sie hätte nie einwilligen dürfen, Holly zu vertreten. Das war nicht ihre Welt, und jetzt hatte sie die Kampfwunden als Beweis.

Als Sabrina ihre Wohnung erreichte, rannte sie in ihr Zimmer und schloss die Tür, bevor sie ihren Tränen erlaubte, ihre Wangen hinunter zu kullern. Holly kannte sie gut genug, um sie alleine zu lassen, bis sie bereit war zu reden. Doch dieses Mal würde Sabrina nichts erzählen. Sie konnte niemandem von der Scham, die sie fühlte erzählen, oder von dem Schmerz in ihrem Herzen.

Warum hatte sie das geschehen lassen? Sie hätte aufhören sollen, solange es noch möglich gewesen war. Nach der ersten Nacht mit ihm hätte sie nie zurückkommen dürfen. Sie fühlte sich wie ein Spieler in Las Vegas, der in der ersten Nacht den großen Gewinn gemacht hatte, und am nächsten Abend alle Chips auf den Tisch gelegt und alles verloren hatte.

Sie hatte ihre Schutzmauer

Most likely, he did this on every business trip.

How could she have let her guard down and trusted him with her body the way she had? And what was even worse: with her heart. Her emotions had been along for the ride, all the way. She should have never given into Holly and substituted for her. This wasn't her world, and now she had the wounds to show for it.

When Sabrina reached her apartment, she ran into her room and shut the door before she allowed the tears to run down her face. Holly knew her well enough to leave her alone until she was ready to talk. This time she wouldn't talk. She couldn't tell anybody about the shame she felt or the hurt in her heart.

Why had she let this happen? She should have quit while she was ahead. After the first night with him, she should have never gone back. She felt like a gambler in Las Vegas who'd won big the first night and then gone back to put all her chips on the table the next night and lost it all.

fallen lassen und ihm erlaubt, ihr nahe zu kommen, nicht nur sexuell, sondern auch emotional. Vielleicht würde es dieses Mal keine Peinlichkeiten geben, weil sie ihn nie wiedersehen musste, aber das verringerte den Schmerz, den sie fühlte, nicht. Dies tat mehr weh als das, was ihr während des Jurastudiums passiert war.

Es war eine Erleichterung, als der Schlaf sie endlich holte und ihren Kopf vom Nachdenken abhielt.

~ ~ ~

Daniels Nacht war noch nicht ganz vorbei. Audrey war hysterisch. Als sie endlich verstand, dass ihre Verführungsversuche nicht fruchteten, versuchte sie es, indem sie auf die Tränendrüse drückte. Doch dieses Mal würde das bei ihm nicht funktionieren. Sie könnte genauso gut eine Steinstatue anflehen.

„Ich höre mir das nicht mehr an! Es ist Zeit, dass du verschwindest." Er hatte genug von ihr. Sie hatte seinen perfekten Abend mit Holly zerstört und diese veranlasst wegzurennen. Er wollte mit Audrey einfach nichts mehr zu tun haben.

She'd let her guard down and allowed him to come close, not just sexually, but more so emotionally. Maybe there wouldn't be the embarrassment this time since she'd never see him again, but it didn't diminish the pain she felt. This hurt more than what had happened to her in law school.

It was a relief when sleep finally claimed her and stopped her mind from clicking.

~ ~ ~

Daniel's night wasn't quite over yet. Audrey was in hysterics. When she'd realized that her seduction efforts didn't pay off, she'd tried the tearful route. This time it wouldn't work on him. She might as well talk to a stone statue.

"I'm not listening to any more of this. It's time for you to leave." He'd had it with her. She'd completely destroyed his perfect evening with Holly and caused her to run out on him. He wanted nothing more to do with Audrey.

"What does this little tramp have that I don't?" she

„Was hat diese kleine Schlampe, was ich nicht habe?", provozierte sie ihn.

Daniel warf ihr einen wütenden Blick zu. „Sie ist keine Schlampe!"

„Das muss sie aber sein. Das ist deine dritte Nacht hier, und sie schläft schon mit dir. Nur eine Nutte würde das machen!"

„Wer zum Teufel bist du, sie eine Nutte zu nennen? Bist du denn besser? Nein, dein Preis ist nur höher. Aber du machst deine Beine genauso schnell für einen Mann breit, wenn er genug Geld oder genug Ansehen hat, und du denkst, du kannst ihn dazu bringen, dich zu heiraten. Denk nur nicht, du kannst auf deinem hohen Ross sitzen und auf andere Frauen herabschauen!"

Der schockierte Ausdruck in ihrem Gesicht sagte ihm, dass sie diese Reaktion nicht von ihm erwartet hatte.

„Also nenn sie nicht Nutte! Sie hat mehr Aufrichtigkeit in ihrem kleinen Finger, als du in deinem ganzen Körper finden kannst. Und ja, ich habe mit ihr geschlafen. Und ich habe in meinem ganzen Leben noch nie besseren Sex gehabt. Und ich gehe wieder zu ihr zurück. Das zwischen dir und mir war in der Minute aus, in der

provoked him.

Daniel lashed an angry glare at her. "She's not a tramp!"

"She must be. This is your third night here, and already she's sleeping with you. Only a whore would do that!"

"Who the hell are you, calling her a whore? Are you any better? No, your price is just higher. But you spread your legs for a man just as quickly if he's got enough money or prestige and you think you can get him to marry you. Don't think you can stay on your high horse and look down on other women."

The shocked look on her face told him she hadn't expected his reaction.

"So don't you call her a whore! She's got more honesty in her little finger than you can muster in your entire body. And yes, I've been sleeping with her. And I've never had better sex in my entire life. And I'm going to go right back to her. You and I were over the minute you jumped into bed with Judd. Go right back to him, and see if he can make you happy. 'Cause I'm not

du mit Judd ins Bett gestiegen bist. Geh wieder zu ihm zurück und schau, ob er dich glücklich machen kann! Denn ich bin nicht mehr interessiert."

Mittlerweile qualmte er vor Wut. Sie hatte nicht nur fast einen Treffer gelandet, als sie Holly Nutte genannt hatte, sondern in dem Moment hatte er auch erkannt, dass es ihm egal war, ob Holly eine Nutte war oder nicht. Er wollte sie nur wieder in seinen Armen halten. Zumindest verkaufte sich Holly ehrlich, was mehr war, als er von diesen Society-Nutten sagen konnte, die vorgaben, edel und erhaben zu sein, sich aber für eine ganz andere Währung verkauften: Macht, Ansehen und einen reichen Ehemann.

„Raus!" Daniel rastete aus, und Audrey schien endlich die Wut in ihm wahrzunehmen. Ja, sie sollte ihn fürchten, denn wenn sie ihn noch länger von Holly fernhalten würde, würde er seine gute Erziehung vergessen und sie mit nicht mehr auf dem Leibe als dem Negligé, das sie trug, aus dem Zimmer werfen.

Weniger als eine Minute später schnappte Audrey ihren Koffer, warf sich einen Mantel über ihr Negligé und stampfte durch die

interested."

By now he was fuming. Not only did it hit close to home when she'd called Holly a whore, but in that instant he'd realized that he didn't care if she was a whore or not, he just cared about having her back in his arms. At least, Holly was honest about selling herself, which was more than could be said for those society whores, who pretended to be so high and mighty but sold themselves for another currency: power, prestige, and a rich husband.

"Get out!" Daniel snapped, and Audrey finally seemed to see the rage in him. Yes, she should fear him, because if she kept him from Holly any longer, he'd forget his good upbringing and toss her out of his room without the benefit of clothes other than the ones she wore at present.

Less than a minute later, she'd grabbed her suitcase, thrown a coat over her negligee and stomped through the door he held open for her. He'd never seen her act this quickly on anything.

"You'll regret this, and then

Tür, die er ihr aufhielt. Er hatte sie noch nie so schnell handeln sehen.

„Du wirst es bedauern und mich anflehen, dass ich zu dir zurückkehre", zischte sie.

Daniel schüttelte den Kopf. „Halte besser nicht die Luft an! Ich garantiere dir, dass du ersticken wirst."

Er ließ die Tür hinter ihr zuschlagen. Es war das schönste Geräusch, das er in der letzten halben Stunde gehört hatte.

Auf seinem Blackberry suchte er die Nummer der Agentur heraus und wählte sie. Er musste mit Holly in Kontakt treten.

Eine weibliche Stimme antwortete. „Guten Abend." Kein Name.

„Ja, ich versuche, eine Ihrer Angestellten zu kontaktieren. Wir wurden heute Abend aus Versehen getrennt, und ich muss … ich muss sie erreichen, um ihr zu sagen, wo ich mich befinde." Er hoffte, er klang glaubwürdig.

„Es tut mir leid, Sir, aber es widerspricht den Firmenrichtlinien, die Kontaktinformationen unserer Angestellten herauszugeben. Es dient deren Sicherheit. Ich bin sicher, Sie können das verstehen." Sie war zwar freundlich, aber direkt.

you'll beg me to come back to you," she hissed.

Daniel shook his head. "Don't hold your breath. I can guarantee you, you'll suffocate."

He let the door slam behind her. It was the best sound he'd heard in the last half hour.

On his Blackberry, he found the number for the agency and dialed it. He needed to get in touch with Holly.

A female voice answered. "Good evening." No name.

"Yes, I'm trying to get in touch with one of your employees. We accidentally got separated this evening, and I need to … I need to contact her to give her my whereabouts." He hoped it sounded believable enough.

"I'm sorry, sir, but it's company policy not to give out our employees' contact information. It's for their protection, I'm sure you'll understand." She was friendly enough but firm.

"But this is really an emergency. As I said, we got separated, and our evening isn't over yet."

„Aber das ist wirklich ein Notfall. Wie gesagt, wir wurden getrennt, und unser Abend ist noch nicht um."

Er musste sie sehen.

„Es tut mir leid, Sir", wiederholte sie im selben Tonfall. „Ich kann eine Nachricht aufnehmen und sie ihr morgen früh zukommen lassen."

„Morgen früh?" Unakzeptabel. Zu spät.

„Ja, Sir. Wir kontaktieren unsere Angestellten nach Mitternacht nicht mehr."

„Vergessen Sie es."

Er legte auf. Verdammte Audrey! Er könnte jetzt mir Holly im Bett sein und den besten Sex seines Lebens haben. Stattdessen stand er da, wütend, frustriert und ohne eine Möglichkeit, sie zu finden.

Gut aussehender Adonis sucht griechische Liebesgöttin.

Wo war sie, seine Liebesgöttin? Warum war sie weggerannt? Vielleicht war es eine Firmenrichtlinie, Auseinandersetzungen mit den Frauen oder Freundinnen von Klienten aus dem Weg zu gehen. Oder es war vielleicht ein Überlebensinstinkt von Callgirls, nicht zwischen einen Klienten und seine wütende bessere Hälfte zu

He needed to see her.

"I'm sorry, sir," she repeated in the same tone. "I can take a message and pass it on to her tomorrow morning."

"Tomorrow morning?" Unacceptable. Too late.

"Yes, sir. We don't contact our employees after midnight."

"Forget it."

He disconnected the call. Damn Audrey! He could be in bed with Holly now, having the most amazing sex of his life, and instead, here he stood, angry, frustrated and without a means to contact her.

Handsome Adonis seeks Goddess of Love.

Where was she, his love goddess? Why had she run off? Maybe it was company policy to avoid fights with clients' spouses or girlfriends. It was probably survival instinct for any escort not to get between a client and his angry other half.

Hell, if he'd only known how to get in contact with her, then they could continue where they'd left off. His body was yearning for her. Her taste was still on his tongue, and he hadn't had nearly enough of

geraten.

Verdammt, wenn er nur wüsste, wie er sie erreichen könnte, dann könnten sie dort weitermachen, wo sie unterbrochen worden waren. Sein Körper verlangte nach ihr. Ihr Geschmack lag immer noch auf seiner Zunge, und er hatte noch nicht annähernd genug von ihr. Er konnte es sich selbst nicht erklären, und er wollte es nicht analysieren, aber er wusste, er wollte sie. Und bei Gott, er würde sie bekommen!

Die Art, wie sie sich in seinen Armen angefühlt hatte, als er sie auf der Bank zum Orgasmus gebracht hatte, und wie sie ihn danach geküsst hatte, war nichts, was irgendjemand kaufen konnte. Nein, was sie ihm gegeben hatte, stand nicht zum Verkauf. Sie hatte ihn nicht so geküsst, weil er dafür bezahlte. Davon war er überzeugt. Holly wollte ihn genauso sehr wie er sie. Das musste einfach so sein.

her. He couldn't explain it to himself, and he didn't want to analyze it, but he knew he wanted her. And by God, he'd have her.

The way she'd felt in his arms when he'd made her come on the bench, and how she'd kissed him after that, wasn't something anybody could buy. No, what she'd given him wasn't for sale. The way she'd kissed him wasn't because he was paying for it. He was convinced of it. Holly wanted him too. It had to be. It just had to be that way.

11

Sabrina fiel es schwer, aufzustehen. Sie hätte sich gerne krank gemeldet, aber dann wäre sie den ganzen Tag nur traurig durch die Wohnung gelaufen und hätte noch mehr geweint. Sie wusste, es war besser, sich nicht noch tiefer in ihren Sorgen zu vergraben, sondern sich hochzuziehen. Sie musste vorgeben, dass alles in Ordnung war, auch wenn es das nicht war.

Obwohl sie sich versprochen hatte, nicht verletzt zu werden, war es trotzdem geschehen. Sie hatte sich in Daniel verliebt. Wann es passiert war, wusste sie nicht genau. Vielleicht während des Kochkurses, als sie den Teig zusammen geknetet hatten, oder vielleicht als er sich wie ein Lausbub benommen und Hausfriedensbruch begangen hatte. Es war egal, wann es passiert war. Aber es war passiert.

Doch er war diese Gefühle nicht wert. Daniel war ein betrügender, lügender Bastard und nicht besser als der Typ, mit dem sie während des Jurastudiums geschlafen hatte.

Sabrina had a hard time getting up and would have liked to call in sick, but then she would have moped around the flat all day long and just cried some more. She knew it was better not to allow herself to sink any deeper into her sorrow and pull herself up. She had to pretend that everything was okay, even though she knew it wasn't.

Despite what she'd promised herself, she'd gotten hurt. She'd fallen hard for Daniel. When it had happened, she wasn't quite sure. Maybe during the cooking class when they'd kneaded the dough together, or maybe when he'd turned into a rascal and they'd trespassed. It didn't matter when it had happened, just that it had.

But he wasn't worthy of those feelings. Daniel was a cheating, lying son of a bitch, not any better than the guy she'd slept with in law school. How could he? And all this

Wie konnte er nur? Und die ganze Zeit war er so nett zu ihr gewesen, so fürsorglich. Es machte ihn nur noch mehr zu einem Schuft.

Nein, sie musste ihn vergessen. Er war es nicht wert. Sie musste darüber hinwegkommen. Und niemand durfte davon wissen, nicht einmal Holly. Wenn Holly herausfinden würde, dass sie sich in ihn verliebt hatte, würde sie sich nur Vorwürfe machen. Und es war nicht Hollys Schuld. Es war ihre eigene.

Sabrina schenkte sich eine Tasse Kaffee ein und trank sie stehend in der Küche. Sie wollte ihrer Mitbewohnerin aus dem Weg und früh zur Arbeit gehen, aber sie hatte kein Glück. Holly hatte sie offensichtlich gehört und war aufgestanden, obwohl es für sie viel zu früh war. Holly stand sonst nie vor zehn Uhr morgens auf.

„Was ist letzte Nacht passiert?" Holly kam immer gleich zur Sache, wenn sie etwas auf den Grund gehen wollte.

Sabrina wich ihrem Blick aus. „Nichts. Alles ist in Ordnung. Ich muss früh in der Arbeit sein. Großer Fall."

Sie stellte ihre Kaffeetasse auf die Theke und schnappte sich ihren Aktenkoffer.

time, he'd been so sweet to her, so caring. It made him even more of a cad.

No, she had to forget about him. He wasn't worth it. She had to move on. And nobody could know about it, not even Holly. If Holly found out that she'd fallen in love with him, she'd blame herself. And it wasn't Holly's fault. It was hers.

Sabrina poured herself a quick cup of coffee and drank it standing in the kitchen. She wanted to avoid her roommate and get into work early, but she wasn't lucky. Holly had obviously heard her and gotten up despite the fact that it was far too early for her. Holly never got up before ten in the morning.

"What happened last night?" Holly needed no preliminaries when she wanted to get to the bottom of things.

Sabrina avoided her gaze. "Nothing. Everything's fine. I have to be at work early. Big case."

She put her coffee mug down on the counter and snatched her briefcase.

"Sabrina, please," Holly insisted.

„Sabrina, bitte", beharrte Holly.

„Alles ist okay." Sie eilte hinaus und ließ die Tür hinter sich zufallen.

Sie musste an keinem großen Fall arbeiten. Nichts wirklich Wichtiges erwartete sie im Büro. Aber zumindest konnte sie sich beschäftigen, und der Tag würde so schneller vergehen. Als sie in der Firma ankam, schwirrten alle bereits wie in einem Bienenstock herum.

„Was ist los, Caroline?", fragte sie die Empfangsdame. „Warum sind alle schon so früh da?"

„Hast du denn noch nichts davon gehört? Wir haben einen wirklich großen Klienten von der Ostküste bekommen. Er kommt in einer Stunde wegen eines Meetings."

Sabrina zuckte mit den Achseln. Niemand erzählte ihr jemals etwas, und wahrscheinlich würde sie sowieso nicht an dem Fall des neuen Kunden mitarbeiten dürfen, vor allem nicht, wenn es sich um einen wirklich großen Klienten handelte, wie Caroline es ausgerückt hatte. Niemand gab ihr jemals irgendwelche wichtigen Aufgaben.

Sie öffnete die Tür zu ihrem kleinen Büro und vergrub sich in langweiligen Zeugenaussagen, die

"It's fine." She rushed out and let the door close behind her.

She had no big case to attend to. Nothing particularly important was waiting for her at work. But at least she could busy herself and make the day go by faster. When she arrived at work, the place was already buzzing like a beehive.

"What's going on, Caroline?" she asked the receptionist. "Why's everybody in so early?"

"Haven't you heard? We picked up some really big client from the East Coast. He's coming for a meeting in an hour."

Sabrina shrugged. Nobody ever told her anything, and obviously she wasn't going to be working on the new client's case anyway, especially not if he was a really big client, as Caroline had put it. Nobody ever gave her any important assignments.

She opened the door to her tiny office and buried herself in boring depositions, which needed reviewing. Everybody left her alone. It appeared everybody but she was assigned to the new client.

einer Überprüfung bedurften. Jeder ließ sie in Ruhe. Es sah so aus, als wären alle – nur nicht sie – dem neuen Klienten zugeteilt worden. Perfekt. Ihr Liebesleben war ein Durcheinander, und ihre Karriere führte in eine Sackgasse.

Ihre Sprechanlage summte. „Hannigan will eine Kopie der Zeugenaussagen im Fall Fleming. Hast du die, Sabrina?", ertönte Carolines Stimme.

„Ich bin gerade mit der Durchsicht fertig geworden. Du kannst sie abholen und für ihn kopieren."

„Tut mir leid, ich kann nicht. Ich darf den Empfangsbereich heute nicht verlassen."

„Dann lass es Helen machen!"

„Helen arbeitet an etwas für den neuen Klienten. Tut mir leid, aber keiner hat Zeit, jetzt etwas zu kopieren. Und Hannigan will die Sachen sofort."

Sabrina seufzte. „Gut, ich mach es selbst." Jetzt war sie sogar schon zu Sekretariatsaufgaben abgestiegen. Großartig! Der Tag wurde immer besser. Was würde noch schieflaufen?

Auf ihrem Weg zum Kopierraum ging sie am Konferenzraum vorbei. Der Konferenzraum war an einem Ende ihres Stockwerks und hatte

Perfect. Her love life was a mess, and her career was going nowhere.

Her intercom buzzed. "Hannigan wants a copy of the Fleming depositions. Do you have those, Sabrina?" Caroline's voice came through.

"I've just finished reviewing them. You can pick them up and copy them for him."

"Sorry, can't. I'm not allowed to leave the reception desk today."

"Then have Helen do it."

"Helen is working on something for the new client. I'm sorry, but there's nobody else to copy those. And Hannigan wants them now."

Sabrina sighed. "Fine. I'll do it myself." Now she was even relegated to secretarial duties. Great! The day was getting better by the minute. What else was there that could go wrong?

She passed the conference room on her way to the copier room. The conference room was on one end of their floor and had glass walls. When they'd remodeled the office, the partners had insisted on something grand to impress the clients. The conference room

Glaswände. Als das Büro umgebaut worden war, hatten die Partner auf etwas Großartigem bestanden, um die Klienten zu beeindrucken. Der Konferenzraum überblickte die Stadt und die Glaswand zwischen dem Raum und dem Foyer trug zu diesem beeindruckenden Anblick bei.

Alle Partner, mehrere Kollegen und andere Männer, die Sabrina nicht kannte, waren um den Konferenztisch herum versammelt, unterhielten sich laut und tauschten Dokumente untereinander aus. Ein Haufen Anzüge. Im Endeffekt sahen sie alle gleich aus. Keine einzige Frau war darunter.

Sie betrat den Kopierraum und tippte ihren Code ein, um mit dem Kopieren der Zeugenaussagen anzufangen. Die Maschine machte ein lautes, summendes Geräusch, als sie mit dem Kopierauftrag anfing. Gelangweilt trommelte Sabrina mit ihren Fingern auf das Kontrollfeld.

„Warten Sie auf etwas?", schreckte sie eine Stimme an der Tür auf.

Sie drehte sich blitzschnell um und sah, wie Hannigan die Tür hinter sich schloss und von innen verriegelte. Sofort brach sie in

looked out over the city, and the glass wall between the room and the foyer added to the impressive view.

All partners, several associates and other men Sabrina couldn't quite make out were huddled over the conference table talking loudly among themselves and passing documents between them. A bunch of suits. In the end, they all looked the same. Not a single woman among them.

She entered the copier room and punched in her code to start copying the depositions. The machine made a loud humming noise as it started its job. Bored, she tapped her fingers on the control panel.

"Waiting for something?" a voice coming from the door startled her.

She turned in lightning speed and saw how Hannigan closed the door behind him and locked it from the inside. Instantly, cold sweat broke out on her skin. Oh God, he'd tricked her. He'd sent her to do the copying job, knowing that none of the secretaries was available, so he could trap her in here.

Sabrina's stomach turned,

kaltem Schweiß aus. Oh Gott, er hatte sie reingelegt. Er hatte ihr einen Kopierauftrag gegeben, weil er wusste, dass keine der Sekretärinnen verfügbar war und er sie so hier in die Falle locken konnte.

Sabrinas Magen drehte sich um, und Übelkeit stieg ihr hoch.

„Ich bin hier fast fertig. Ich kann die Dokumente gleich in Ihr Büro bringen." Sie versuchte, ruhig zu bleiben und vorzugeben, nicht zu wissen, was er vorhatte.

„Das wird nicht nötig sein." Seine ekelhafte Zunge schnellte heraus und leckte über seine Lippen.

Sie fühlte ihre Galle hochkommen. Es gab nur einen Ausgang aus diesem Raum, und Hannigan blockierte ihn.

„Es ist sowieso viel gemütlicher hier. Meinen Sie nicht auch, Sabrina?"

Er ging einen Schritt auf sie zu, und sie schreckte zurück.

„Mr. Hannigan, ich werde die Dokumente in Ihr Büro bringen." Sie versuchte, so formell wie möglich zu bleiben, um ihm klarzumachen, dass er nicht willkommen war.

„Komm schon, Sabrina, ich bin mir sicher, unter diesem kalten Äußeren liegt sehr viel and she felt sick.

"I'm almost done here. I can bring the papers to your office." She tried to remain calm and pretend she didn't know what he was up to.

"That won't be necessary." His disgusting tongue snaked out and licked his lips.

She felt bile rise. There was only one exit to this room, and Hannigan was blocking it.

"It's much cozier here anyway. What do you say, Sabrina?"

He made a step toward her, and she jerked back.

"Mr. Hannigan, I'll bring the papers to your office." She tried to be as formal as possible to tell him that he wasn't welcome.

"Come on, Sabrina, I'm sure under this cool exterior there's a whole lot of passion buried." He was only too right, but the passion in her wasn't meant for him, not even if he were the last man on earth and the future of the world depended on them procreating.

"Mr. Hannigan, I have to ask you to let me pass. I have work to do." She tried to keep the shaking of her voice under control. She couldn't show him

Leidenschaft begraben." Er hatte schon recht, aber die Leidenschaft in ihr war nicht für ihn bestimmt, nicht einmal, wenn er der letzte Mann auf Erden wäre und die Zukunft der Welt davon abhinge, dass sie sich fortpflanzten.

„Mr. Hannigan, ich muss Sie bitten, mich durchzulassen. Ich muss arbeiten." Sie versuchte, das Zittern ihrer Stimme unter Kontrolle zu bringen. Sie durfte ihm nicht zeigen, wie viel Angst sie hatte.

„Ich sage dir, wo deine Arbeit ist. Sie ist genau hier." Er fasste sich in den Schritt.

„Mr. Hannigan, ich muss Sie bitten, damit aufzuhören, oder ich werde –"

„Oder du wirst was? Es den Partnern erzählen?" Er lachte. „Die werden mich nicht anrühren, glaub mir!"

Er ging noch einen Schritt auf sie zu. Sabrina wich zurück und prallte gegen einen Stapel Papier. Zu ihrer Linken war der Kopierer, der zu sperrig war, um daran vorbeizukommen, und zu ihrer Rechten waren mehrere Schachteln mit Papier, die nur etwa einen halben Meter hoch aufgestapelt waren. Es wäre einfach, darüber zu steigen.

„Sabrina, ich kann dir die Arbeit

how scared she was.

"I'll tell you where your work is. It's right here." He grabbed his crotch.

"Mr. Hannigan, I have to ask you to stop this, or I'll—"

"Or you'll what? Tell the partners?" He laughed. "They're not going to touch me, trust me."

He took another step toward her. Sabrina backed up against a stack of paper. To her left was the copier machine, which was too bulky for her to get around, and to her right were several cases of paper, but stacked only one foot high. It would be easy to step over them.

"Sabrina, I can make your work here easy or hard. You choose."

She had the feeling he wasn't here to give her a choice. He was here to force his choice on her. His position was pretty clear from where she stood. Either she gave into his demands, or he'd force himself on her. No, she couldn't let this happen. She had to get out of here before he laid as much as a finger on her.

Sabrina sized up the situation quickly. In order for

hier leicht oder schwer machen. Es ist deine Entscheidung."

Sie hatte das Gefühl, dass er nicht hier war, ihre eine Wahl zu geben. Er war hier, um ihr *seine* Entscheidung aufzuzwingen. Das war aus ihrer Position ziemlich klar zu erkennen. Entweder gab sie seinen Forderungen nach, oder er würde sich ihr aufzwingen. Nein, sie konnte das nicht zulassen! Sie musste hier raus, bevor er auch nur einen Finger auf sie legte.

Sabrina schätzte die Situation schnell ein. Um hinter ihn zu kommen und die Tür aufzuschließen, musste sie ihn näher an sich heranlassen. Es war riskant und nicht nur das: Der Gedanke, sich ihm zu nähern, war ekelerregend und schürte den Wunsch in ihr, sich zu übergeben.

Aber sie musste es machen. Die Tür hinter ihm im Auge behaltend, zwang sie ein Lächeln auf ihre Lippen. Hoffentlich hatte sie genug von Holly gelernt, um ihm vormachen zu können, dass er das von ihr bekommen würde, was er wollte. Sie sah, wie er sich entspannte, als er ihr Lächeln bemerkte. Langsam machte Hannigan einen Schritt auf sie zu.

Jetzt war es Zeit zu handeln.

her to get behind him to unlock the door, she'd have to let him get closer. It was risky and not only that: the thought of having him come any closer was disgusting and made her want to puke.

But it had to be done. Eying the door behind him, she forced a smile on her lips. Hopefully, she'd learned enough from Holly to know how to trick him into thinking he'd get his way with her. She saw him relax when he noticed her smile. Slowly, Hannigan made another step toward her. Now was the time to act.

12

Daniel starrte aus dem Fenster des Konferenzraumes der Anwaltskanzlei von Brand, Freeman & Merriweather. Hinter ihm diskutierten die Anwälte die besten Möglichkeiten, wie sie mit der Kontingenz-Klausel umgehen sollten, die das Geschäft verzögerte. Er hatte das Interesse an der Diskussion schon eine halbe Stunde zuvor verloren, denn seine Gedanken waren wieder zu Holly zurückgeschweift. Bevor er ihr begegnet war, hatte er nie Schwierigkeiten gehabt, sich auf die Arbeit zu konzentrieren. Dieses Mal war es anders.

Er hatte plötzlich kein Interesse mehr an dem Geschäft, an dem er schon mehr als ein Jahr lang arbeitete. Die Vorstellung, in den nächsten Tagen noch unzählige dieser Meetings durchstehen zu müssen, machte ihn plötzlich müde.

„Mr. Sinclair, wie wäre es, wenn wir von der anderen Partei eine Ein-Million-Dollar Bürgschaft verlangen, die nur wieder zurückerstattet wird, wenn

Daniel stared out the window of the conference room at the Law Offices of Brand, Freeman & Merriweather. Behind him, the lawyers discussed the best way to handle the contingency that was holding up the deal. He'd lost interest in the discussions half an hour ago, and his mind had drifted back to Holly. Before he'd met her, he'd never had any trouble keeping his mind squarely focused on business. It was different this time.

He suddenly didn't care much about the deal he'd worked on for over a year. The thought that he had to sit through countless other meetings like this one in the next few days made him feel exhausted and weary.

"Mr. Sinclair, how about we ask them for a one million dollar bond to be released only if the contingency is met by our

die Kontingenz bis zu unserem erweiterten Stichtag erfüllt wird?", schlug Mr. Merriweather vor.

Daniel drehte sich um, um den Vorschlag zu überdenken, und erstarrte, als seine Augen in Richtung des Empfangsbereichs schweiften. Holly – *seine Holly!* – betrat von einer der Bürotüren das Foyer und durchquere es hastig. Sie sah anders aus. Sie trug einen Hosenanzug, aber ihre Haare waren zerzaust, und der Kragen ihrer Bluse war verrutscht. Als sie durch eine andere Tür verschwand, wurde sein Blick plötzlich wieder auf die Tür gezogen, durch die sie gekommen war. Als sich diese Tür noch einmal öffnete, kam ein Mann Mitte Vierzig heraus. Er schaute sich in alle Richtungen um, als ob er sichergehen wollte, dass er nicht beobachtet wurde, während er seine Krawatte wieder zurücksteckte und sein Jackett gerade richtete. Sein Gesicht sah gerötet aus.

Verdammt! Oh, Gott, nein! Das durfte nicht wahr sein! Holly war hier, um einen anderen Kunden zu betreuen.

„Mr. Sinclair?", erinnerte Merriweather ihn, dass er ihm immer noch eine Antwort extended due date?" Mr. Merriweather suggested.

Daniel turned to consider the proposition and froze. His eyes had drifted toward the reception area. Holly—*his Holly!*—walked through one of the office doors into the foyer and crossed it hastily. She looked different. She wore a business suit, but her hair was disheveled and the collar of her blouse was out of place. As she disappeared through another door, his gaze was suddenly drawn back to the door she'd exited from. It opened again, and a man in his forties came out. He glanced to each side as if he didn't want to be noticed while he tucked his tie back into his suit and adjusted his jacket. His face appeared flushed.

Damn! Oh, God, no! This couldn't be happening. Holly was here to service another client.

"Mr. Sinclair?" Merriweather reminded him that he was still waiting for an answer.

"Sure, let's do that. Why

schuldete.

„Sicher, lassen Sie uns das so machen. Ich überlasse es Ihnen, die Details auszuarbeiten. Sie kennen meine Ansichten. Meine Herren, Sie wissen, was Sie zu tun haben", entschuldigte er sich.

Daniel eilte aus dem Raum, darauf erpicht, Holly einzuholen. Der Gedanke, dass sie mit einem anderen Mann zusammen gewesen war, fühlte sich genauso gut an, als ob ihm ein Kleiderbügel langsam durch die Eingeweide geschoben wurde. Verdammt noch mal; er würde keinem anderen Mann erlauben, sie anzufassen!

Seine Suche nach Holly stellte sich als ergebnislos heraus. Die Tür, durch die Holly verschwunden war, führte ins Treppenhaus. Bis er das Erdgeschoss erreicht hatte und hinausgegangen war, gab es weit und breit keine Spur mehr von ihr. Sie wusste offensichtlich, wie man schnell abhaute, nicht, dass sie ihn gesehen hatte, aber sie wusste wahrscheinlich, wie man ungesehen verschwand, für den Fall, dass die Büroangestellten etwas mitbekommen hätten.

Seine Hände ballten sich zu Fäusten, als er sich an das Gesicht des Mannes erinnerte, der nach ihr

don't I leave you to work out the details? You know my sentiments. Gentlemen, you know what to do," he excused himself.

Daniel hurried out of the room, eager to catch Holly. The thought that she'd been with another man was as if a wire hanger was slowly being pushed through his guts. Excruciatingly slowly. Damn, if he'd let some other man touch her!

His search for her was fruitless. The door he'd seen her leave through went straight to the stairs, and by the time he'd reached the ground floor and gotten outside, she was nowhere to be seen. She obviously knew how to make a quick escape, not that she'd seen him, but she probably knew how to get away unseen in case the office staff had noticed anything going on.

His hands balled into fists as he recalled the face of the man who'd come out of the room after her. The thought of that pig's hands on her made him want to kick somebody,

aus dem Zimmer gekommen war. Der Gedanke, dass dieses Schwein sie mit seinen Händen berührt hatte, schürte den Drang in ihm, jemanden zu treten, vorzugsweise dieses Schwein. Er musste all seine Selbstbeherrschung aufbieten, um nicht wieder hoch ins Büro zu gehen und das Gesicht dieses Schweinehundes mit seinen Fäusten zu bearbeiten, bis es nur noch blutiger Brei war.

Daniel zog sein Handy heraus und wählte.

„Guten Morgen", zirpte eine freundliche Frauenstimme.

"Miss Snyder, bitte! Daniel Sinclair."

Er wurde sofort verbunden.

„Mr. Sinclair, wie kann ich Ihnen helfen?"

„Ich möchte Holly buchen."

„Sicherlich. Für wann?"

„Exklusiv, von heute bis Ende nächster Woche. Sie darf außer mir keine anderen Kunden haben", bellte er ins Telefon.

„Mr. Sinclair. Das ist höchst ungewöhnlich. Ich glaube, es wäre besser, wenn wir das in meinem Büro besprechen würden."

„Gut."

„Ich kann sie um 14.00 Uhr empfangen. Meine Assistentin wird Ihnen eine Wegbeschreibung

preferably that pig. He had to draw on all his self control not to go back up to the office and pummel that bastard's face with his fists until his face was bloody mush.

Daniel pulled out his cell phone and dialed.

"Good morning," a friendly female voice chirped.

"Miss Snyder, please. Daniel Sinclair."

He was connected instantly.

"Mr. Sinclair, how may I help you?"

"I'd like to book Holly."

"Certainly. What time slot?"

"Exclusively starting from today through the entire next week. She's not to have any other clients," he barked into the phone.

"Mr. Sinclair. This is highly unusual. I believe it would be better if we discussed this in my office."

"Fine."

"I can see you at 2 p.m. My assistant will give you instructions on how to get here."

She transferred him back to the girl, who'd answered the

geben."

Ms. Snyder verband ihn wieder mit der Assistentin, die den Anruf angenommen hatte. Nachdem sie ihm die Adresse gegeben hatte, unterbrach er sie.

„Ich weiß, wo das ist."

Daniel war es egal, dass er unfreundlich klang. Er war nicht in der Stimmung, höflich zu sein. Er wusste genau, was das Gefühl in seinem Magen war, aber er wollte es sich nicht eingestehen. Es war besser, nicht daran zu denken.

Er ging in die nächstbeste Kneipe und bestellte einen starken Drink an der Bar. Er musste mehr als zwei Stunden totschlagen, und obwohl Tim bestimmt mit ihm zu Mittag gegessen hätte, war er sich nicht sicher, ob er seinem allzu scharfsinnigen Freund im Moment gegenübertreten wollte. Tim würde ihn sofort durchschauen und ihn zur Rede stellen. Und was dann? Dann müsste er sich selbst eingestehen, was passiert war. Nein, dazu war er noch nicht bereit.

Es war einfacher, ein paar Drinks in einer Bar hinunterzukippen und vorzugeben, auf dem über der Theke hängenden Fernseher Sport zu schauen. Im Moment wollte er

phone. After she gave him the address, he cut her off.

"I know where it is."

Daniel didn't care that he sounded rude. He was in no mood to be polite. He knew exactly what the feeling in his gut was, but he wasn't ready to acknowledge it. It was better not to think of it.

He headed for a dive and ordered a stiff drink at the bar. He had over two hours to kill, and while he was sure Tim would have loved to have lunch with him, he wasn't sure he could face his all too perceptive friend right now. He'd see right through him and call him on it. And then what? He'd have to admit to himself what had happened. No, he wasn't quite ready for that.

It was easier to kick back a couple of drinks at a bar and pretend to watch sports on the TV that hung over it. Right now, he was all for doing the easy thing. It would get much harder later.

The bartender gave him a look as if he knew what was going on inside his head. "You

einfach nur die einfachen Dinge tun. Schwieriger würde es früh genug noch werden.

Der Barkeeper sah ihn an, als ob er wüsste, was in Daniels Kopf vorging. „Wollen sie ein paar Nüsse dazu?"

„Gern." Er hatte noch nichts zu Mittag gegessen und war auch nicht hungrig, also konnten Nüsse nicht schaden.

Als ihm der Barkeeper die Schüssel Nüsse hinschob, nickte Daniel nur.

„Man kann nicht mit ihnen leben, aber auch nicht ohne sie", sagte der Barkeeper plötzlich.

„Sehe ich so aus, als würde ich Klischees hören wollen?", fauchte Daniel zurück.

„Nicht wirklich, aber zumindest hat es Sie zum Reden gebracht."

„Wer sagt, dass ich reden will?"

„Mittag, allein in einer Bar, starker Alkohol. Ja, Sie sind zum Reden hier. Ich kenne diesen Typ."

„Was ist das mit euch Typen? Habt ihr alle einen Abschluss in Psychologie?" Irritiert zog Daniel die Nase hoch.

„Ich persönlich nicht, aber ich kann nicht für all meine Kollegen sprechen. Also, was hat sie angestellt?", fragte er beiläufig, während er einen Tragekasten mit

want nuts with that?"

"Sure." He hadn't had any lunch, and he wasn't hungry, so nuts were as good a choice as any.

As the bartender shoved the bowl of nuts in front of him, Daniel only nodded.

"Can't live with them, can't live without them," the bartender suddenly said.

"Do I look like I want to listen to some clichés?" he snorted.

"Not really, but at least it got you talking."

"Who says I want to talk?"

"Midday, alone in a bar, hard liquor. Yeah, you're here for a talk. Seen the type."

"What is it with you guys? Do you all have degrees in psychology?" Irritated, Daniel sniffed.

"Personally I don't, but I can't speak for the rest of my colleagues. So, what's she done?" he asked casually while taking out a tray of wet glasses from the dishwasher.

"Who we're talking about?"

"The woman who's driving you into a bar at midday."

nassen Gläsern aus dem Geschirrspüler nahm.

„Über wen sprechen wir?"

„Über die Frau, die Sie mittags in eine Bar treibt."

Gott, der Barkeeper war eine Nervensäge. Vielleicht sollte Daniel einfach schnell austrinken und verschwinden. Es gab bestimmt noch andere Kneipen in der Nähe, bei denen weniger nervende Barkeeper arbeiteten.

„Warum muss eine Frau daran Schuld sein, wenn ein Mann etwas trinken will?" Er würde es dem Typen nicht so leicht machen.

„Es gibt immer eine Frau. Das hält uns am Laufen." Diese weisen Worte liefen genauso leicht über seine Zunge, wie ein Penny eine steile Straße hinunterkullern würde – und waren ebenso wertvoll, da war sich Daniel sicher.

Er war bereit, mit Sarkasmus zurückzubeißen, entschied sich jedoch anders. Es gab keinen Grund, Energie zu verschwenden. „Na und?"

„Sie will Sie also nicht. Liege ich richtig?"

„Hat Ihnen noch nie jemand gesagt, wie unwillkommen Ihre Ratschläge sind?" Daniel kippte den Rest seines Drinks hinunter und stand auf. „Hier." Er legte

God, that bartender was one pain in the ass. Maybe he should just finish his drink and leave. There had to be another bar somewhere nearby with a less irritating bartender.

"Why does there have to be a woman if a man wants to have a drink?" He wasn't going to cave in that easily.

"There's always a woman. That's what makes us tick." The words of wisdom just rolled off his tongue like a penny down a steep street—and just as valuable, Daniel was sure.

He was ready to bite back with sarcasm but thought better of it. There was no need to waste his energy. "So what?"

"So, she doesn't want you. Is that it?"

"Has nobody ever told you how unwelcome your advice is?" Daniel kicked back the rest of his drink and stood. "Here." He put a bill on the counter, not bothering to wait for his change. "And just so you know, she *does* want me. And I'm going to make her realize that."

einen Geldschein auf den Tresen, und wartete nicht auf sein Wechselgeld. „Und nur damit Sie es wissen, sie *will* mich. Und ich werde dafür sorgen, dass sie das kapiert."

Daniel schlenderte durch die Straßen, bis es Zeit war, sich mit Miss Snyder, der Besitzerin des Escortservices – oder besser gesagt der Madame – zu treffen. Als er das elegante, aber karge Büro betrat, wusste er, dass sie ein strenges Regiment führte. Die Empfangsdame trug einen konservativen Hosenanzug und minimales Make-up. Es gab einen Wartebereich und mehrere private Büros.

Nichts deutete darauf hin, dass dies die Büros eines Escortservices waren. Es hatte nichts Verräterisches an sich. Wer ihn im Wartebereich sehen würde, würde denken, er wäre hier, um seinen Finanzberater zu treffen.

Offen gesagt hatte er etwas Anderes erwartet: ein paar Rüschen, etwas Außergewöhnliches, nicht das peinlich saubere Büro, in dem er nun ungeduldig wartete.

„Mr. Sinclair", begrüßte ihn eine Frau mittleren Alters und schüttelte ihm die Hand. Sie hatte einen ähnlich langweiligen

Daniel strolled through the streets until it was time to meet with Misty Snyder, the owner of the escort service, or rather the Madam. As soon as he entered the elegant but sparse office, he knew she ran a tight ship. The receptionist was dressed in a conservative business suit and wore minimal makeup. There was a waiting area and several private offices.

Nothing gave away the fact that these were the offices of an escort service. There was nothing smutty about it. If anybody saw him in the waiting area, they would think he was here to meet his accountant.

Frankly, he had expected something different, some frills, something over the top, not the neat and clean office he was impatiently waiting in.

"Mr. Sinclair," a middle-aged woman greeted him and shook his hand. She was dressed in an equally conservative business suit as her receptionist and wore her hair in a loose bun. She was attractive and gave him a

Hosenanzug wie ihre Empfangsdame an und trug die Haare zu einem losen Dutt gesteckt. Sie war attraktiv und lächelte ihn charmant an.

„Ms. Snyder."

„Eva, bring Holly ins Konferenzzimmer, sobald sie eintrifft!", instruierte sie ihre Empfangsdame, bevor sie ihn zu einer der Türen geleitete. „Bitte."

„Holly kommt hierher?", fragte Daniel, als sich die Tür hinter ihm schloss.

„Ja, ich halte es für angebracht, lange Buchungen mit meinen Angestellten zu besprechen. Wir wollen nicht, dass es später irgendwelche Missverständnisse gibt." Sie schaute ihn ernst an.

„Das ist sehr klug."

„Besonders da Sie um Exklusivität gebeten haben, denke ich, dass Holly allen Punkten zustimmen muss. Finden Sie nicht auch?"

Daniel konnte erkennen, dass sie neugierig war, warum er Exklusivität verlangte, aber er würde nicht mehr erzählen, als unbedingt notwendig war, um den Vertag abzuschließen. Er war ein erfahrener Verhandlungspartner und wusste, wie wichtig es war, sich nicht in die Karten schauen zu lassen. „Dem stimme ich zu."

charming smile.

"Ms. Snyder."

"Eva, show Holly into the conference room as soon as she arrives," she instructed her receptionist before she directed him toward one of the doors. "Please."

"Holly is coming here?" Daniel asked as soon as the door closed behind them.

"Yes, I find it prudent to discuss such lengthy bookings with my employees. We don't want there to be any misunderstandings later." She gave him a serious look.

"That's very wise."

"Especially given your request of exclusivity, I feel that Holly needs to agree to all terms. Don't you think so?"

Daniel could tell she was curious why he required exclusivity, but he wouldn't say more than he absolutely had to in order to strike the deal. He was an experienced negotiator and knew not to show his hand. "I agree."

"You'll of course understand that the daily cost for such a booking will be

„Sie werden verstehen, dass der Tagessatz für eine solche Buchung viel höher ist als das, was Sie für ihre Abende bezahlt haben. Da wir bei dieser Buchung nicht die Möglichkeit haben, Holly während des Tages anderweitig einzuteilen, müssen wir das miteinberechnen."

Misty war eine gerissene Geschäftsfrau, das konnte er sofort sehen. Sie positionierte sich schon so, dass sie den höchsten Preis von ihm verlangen konnte. Wenn sie nur wüsste, dass wenn es um Holly ging, Geld keine Rolle spielte.

Die Wahrheit war, dass es ihm egal war, ob sie ihm das Fünffache des Tarifs in Rechnung stellte, solang damit garantiert war, dass er mit Holly zusammen sein konnte und kein anderer Mann Hand an sie legte. Und je eher das passierte, desto besser.

„Und selbstverständlich wird es eine Stornierungsgebühr geben, sollten Sie sich entscheiden, das Ganze frühzeitig zu beenden." Misty suchte sein Gesicht nach irgendwelchen Einwänden gegen ihren Vorschlag ab. Es würde keine frühzeitige Beendigung geben. Am Ende der Woche würde er Holly genau da haben, wo er sie haben wollte und –

higher than what you've been paying for her evenings. Since we won't be able to charge her out during the day, we'll have to factor this in."

Misty was a shrewd business woman, he could tell. She was already positioning herself so she could get the best price from him. If she only knew that money was no object when it came to Holly.

The truth was he didn't care if she charged him five times the going rate, as long as it guaranteed that he could be with Holly and no other man laid a hand on her. And the sooner this happened, the better.

"There'll of course also be a cancellation fee should you decide to terminate early." Misty searched his face for any objection to her suggestion. There'd be no early termination. By the time the end of the week rolled around, he'd have Holly right where he wanted her, and—

The door opened, interrupting his thoughts when a young blond woman stepped

Als sich plötzlich die Tür öffnete und eine junge blonde Frau hereinkam, wurde er schlagartig aus seinen Gedanken gerissen.

„Entschuldigung, Eva sagte, ich sollte gleich hereinkommen."

Misty winkte sie herein und deutete auf einen Stuhl. „Setz dich, Holly. Ich gehe nur die allgemeinen Geschäftsbedingungen mit Mr. Sinclair durch."

Holly? Daniel zuckte zusammen und starrte die Frau an. Das war nicht Holly! Das musste eine Verwechslung sein. Das war nicht *seine* Holly!

Die blonde Frau schaute ihn direkt an, so als ob sie ihm etwas mitteilen wollte, sagte jedoch kein Wort.

Da ihm klar wurde, dass hier etwas nicht mit rechten Dingen zuging, wandte er sich an die Madame. „Ms. Snyder, hätten Sie etwas dagegen, wenn ich ein paar Minuten allein mit Holly sprechen würde?"

Misty zog die Augenbrauen nach oben und sah so aus, als ob sie nachdächte, ob es sicher wäre, sie alleine zu lassen.

„Ich warte vor der Tür."
„Vielen Dank."
Nachdem sich die Tür hinter ihr in.

"Eva said to come right in, sorry."

Misty waived her in and pointed to a chair. "Sit down, Holly. I'm just going over the terms and conditions with Mr. Sinclair."

Holly? Daniel jerked and stared at the woman. This wasn't Holly. This had to be a mistake. This wasn't *his* Holly. The blond woman looked directly at him as if she wanted to tell him something, but she didn't say another word.

Realizing something was fishy, he addressed the Madam. "Ms. Snyder, would you mind if I talked to Holly privately for a few minutes?"

Misty raised her eyebrows and seemed to debate whether it was safe to leave them alone. "I'll be right outside."

"Thank you."

As soon as the door shut behind her, Daniel turned back to the blond woman.

"Who the hell are you, and where is the real Holly?"

"I am the real Holly," she insisted.

geschlossen hatte, drehte sich Daniel wieder zu der blonden Frau um.

„Wer zum Teufel sind Sie, und wo ist die richtige Holly?"

„Ich bin die richtige Holly", behauptete sie beharrlich.

„Hören Sie zu, ich weiß nicht, was das für eine Bauernfängerei sein soll, aber halten Sie mich nicht zum Narren! Ich habe die letzten zwei Nächte mit Holly verbracht, und das ist die Holly, die ich will", verlangte er entschlossen. Wenn sie ihn hier reinlegen wollten, würde er dafür sorgen, dass sie es später bereuten.

Die Blondine presste schnell ihre Augenlider zusammen und schaute ihn dann wieder an. „Oh Gott, ich wusste nicht, dass das passieren würde. Ich war in der Nacht krank, in der Sie mich gebucht hatten, also ließ ich jemanden für mich einspringen. Misty weiß davon nichts."

Ein Hauch Erleichterung durchfloss ihn. „Kein Problem. Sagen Sie mir nur den Namen Ihrer Vertreterin und ich buche sie stattdessen. Nichts für ungut." Er würde sich daran gewöhnen müssen, sie mit einem anderen Namen anzusprechen, aber das wäre das geringste seiner

"Listen, I don't know what kind of bait and switch operation this is, but don't take me for a fool. I've spent the last two nights with Holly, and that's the Holly I want." His tone was determined. If they tried to play him, he'd make sure they'd be sorry later.

The blonde pressed her eyelids together quickly, then looked back at him. "God, I had no idea this would happen. I was sick that night I was booked to see you, so I had somebody fill in for me. Misty doesn't know."

A sense of relief flooded through him. "No problem. Just tell me what her name is, and I'll book her. No offense." He'd have to get used to calling her a different name, but that was the least of his problems.

"Well, that's a problem."

"That's not a problem. I'll just tell your boss that I changed my mind and then book your colleague."

Holly shifted uncomfortably in her chair. She nervously flicked her hair back over her shoulder. "She isn't a

Probleme.

„Aber das ist genau das Problem."

„Das ist kein Problem. Ich sage Ihrer Chefin, ich hätte es mir anders überlegt und buche dann Ihre Kollegin."

Holly rutschte unbehaglich auf ihrem Stuhl herum. Nervös warf sie eine Haarsträhne über ihre Schulter. „Sie ist keine Kollegin."

„Sie meinen, sie arbeitet bei einer anderen Agentur?" Daniel wurde ungeduldig. Er wollte seine Zeit hier nicht vergeuden. Jede Minute, die er von *seiner* Holly getrennt war, bedeutete, dass irgendein schleimiger Kerl sie anfassen konnte.

„Wer ist sie? Wollen Sie, dass ich Ms. Snyder hereinrufe?" Wenn er ihr drohen musste, würde er das tun.

Holly hob ihre Hand, um ihn davon abzuhalten. „Tut mir leid, ich kann es Ihnen nicht sagen."

Daniel stand auf. „Ich diskutiere das besser mit Ihrer Chefin."

„Sie ist meine Mitbewohnerin. Sie ist kein Callgirl", stoppte ihn Holly.

Die eigentliche Bedeutung ihrer Worte drang nicht sofort zu ihm durch. *Ihre Mitbewohnerin. Kein Callgirl.* Er fiel zurück in seinen Stuhl.

colleague."

"You mean she's from a different agency?" Daniel was getting impatient. He didn't want to waste his time here. Every minute he was separated from *his* Holly meant some slimy guy could get his hands on her.

"Who is she? Do you want me to call Ms. Snyder in here?" If he had to threaten her, he would.

Holly held up her hand to stop him. "I'm sorry, I can't tell you."

Daniel got up. "I'd better discuss this with your boss."

"She's my roommate. She's not an escort," Holly stopped him.

The implications of her words didn't immediately register with him. *Her roommate. Not an escort.* He fell back onto the chair.

"Hold it! What did you say?"

"She's my roommate."

"No. Not that."

"She's not an escort."

"But…" He stopped. "But she was with me. The last two

„Halt! Was haben Sie gesagt?"

„Sie ist meine Mitbewohnerin."

„Nein. Nicht das."

„Sie ist kein Callgirl."

„Aber …" Er hielt inne. „Aber sie war die letzten zwei Nächte mit mir zusammen."

„Weil ich krank war", erklärte Holly. „Misty hätte mich gefeuert, wenn ich die Buchung nicht angenommen hätte. Also habe ich sie überredet."

Gott, seine Holly war kein Callgirl. „Sie ist kein Callgirl. Sie ist eine richtige Person?"

„Vielen Dank!"

„Entschuldigung, so habe ich das nicht gemeint. Sie ist kein Callgirl. Sie ist … Wie heißt sie wirklich?

„Sabrina."

„Sabrina." Er ließ den Namen über seine Zunge rollen und wusste sofort, dass er besser zu ihr passte. Dann erinnerte er sich plötzlich wieder an den Vorfall in der Kanzlei.

„Wenn sie kein Callgirl ist, was zum Teufel hat sie dann mit diesem Arschloch im Büro gemacht?" Wut stieg in Daniel auf, als er nur daran dachte.

„Welches Arschloch in welchem Büro?"

„Brand, Freeman & Merriweather. Sie war heute nights."

"Because I was sick," Holly explained. "Misty would have fired me if I hadn't taken the booking, so I talked her into it."

God, his Holly wasn't an escort. "She's not an escort. She's a real person?"

"Thanks a lot!"

"Sorry, didn't mean it. She's not an escort. She's… What's her real name?"

"Sabrina."

"Sabrina." He let it roll off his tongue and immediately knew it suited her so much better. Then he suddenly remembered the incident at the law offices.

"If she's not an escort, what the hell was she doing with that pig at the office?" Daniel was angry just thinking about it.

"What pig at what office?"

"Brand, Freeman & Merriweather. She was there this morning and came out of somebody's office all ruffled." He gave Holly a questioning look.

"The pig you're referring to is Hannigan. He's been

Morgen dort und kam ganz zerzaust aus einem der Büros." Er sah Holly fragend an.

„Das Arschloch, von dem Sie reden, ist Hannigan. Er belästigt sie schon, seit sie dort zu arbeiten angefangen hat."

Der Zorn in seinem Magen kochte fast über, und Daniel schlug mit seiner Faust auf den Tisch. „Ich prügle die Scheiße aus diesem Schweinehund heraus."

„Hinten anstellen. Ich hab mir das Arschloch schon reserviert."

Daniel lehnte sich wieder in seinen Stuhl zurück. Es gefiel ihm, dass Sabrina eine Freundin hatte, die sich für sie schlagen würde. Er lächelte sie an. „Sie arbeitet dort?"

Holly nickte. „Sie ist Anwältin."

Nun dämmerte es ihm. Bei dem Geschäftsempfang hatte sie lediglich sich selbst gespielt. Kein Wunder, dass sie mit Bob so gut umgegangen war.

„Hastings Jurafakultät?"

„Woher wissen Sie das?

„Sie erwähnte es auf dem Empfang, zu dem ich sie mitgenommen hatte. Ich dachte, sie würde sich damit ein Bein stellen. Ich hätte mich wohl nicht sorgen müssen." Er machte eine Pause und wurde wieder ernst. „Holly, erzählen Sie mir, was los

harassing her ever since she started working there."

Anger flared up from his gut, and he slammed his fist on the table. "I'll kick the shit out of that bastard."

"Get in line. I've got first dibs on that asshole."

Daniel settled back into his chair. It pleased him that Sabrina had a friend, who was willing to go to bat for her. He gave her a smile. "She works there?"

Holly nodded. "She's an attorney."

Now it dawned on him. At the reception she'd simply reverted to being herself. No wonder she'd been able to handle Bob.

"Hastings Law School?"

"How did you know?"

"She mentioned it at the reception I took her to. I thought she'd trip herself up. I guess I didn't have to worry." He paused, now serious. "Holly, tell me what's going on. I don't understand why she did it."

"Why? I'm very persuasive. She knew what was at stake for

ist! Ich verstehe nicht, warum sie das gemacht hat."

„Warum? Ich kann sehr überzeugend sein. Sie wusste, was für mich auf dem Spiel stand. Ich wünschte nur, ich hätte sie nie darum gebeten." Sie schaute ihn ebenfalls ernst an.

„Was meinen Sie? Sie war doch nicht mit noch jemandem außer mir zusammen, oder? Hat sie das schon mal gemacht?" Wut stieg wieder in ihm auf. Wenn sie jemand Anderer angefasst hatte, wäre er bereit, dem Typen den Kragen umzudrehen.

„Nein! Es waren nur Sie. Aber jetzt erzählen *Sie* mir mal etwas. Warum zum Teufel hat sie sich gestern Abend die Augen aus dem Kopf geheult? Was haben Sie ihr angetan?" Holly beugte sich vor, um zu unterstreichen, dass sie auf einer Antwort bestand.

„Sie hat geweint? Oh Gott, ich bin so ein Idiot." Daniel fuhr sich mit der Hand durchs Haar.

„Hey, ich bin die Erste, die Ihnen da zustimmt, wenn Sie mir erst mal mehr Einzelheiten geben." Holly lehnte sich zurück und machte sich offensichtlich auf eine pikante Geschichte gefasst.

„Gestern Abend tauchte meine Ex-Freundin im Hotel auf", erklärte Daniel.

me. I just wish I would have never asked her to do it." She gave him a serious look of her own.

"What do you mean? She wasn't with anybody else but me, was she? Has she done this before?" Anger boiled up in him again. If somebody else had touched her, he'd be ready to kill him.

"No! It was just you. So *you* tell me something now. Why the hell was she crying her eyes out last night? What did you do to her?" Holly moved forward to emphasize that she wanted an answer.

"She cried? Oh God, I'm an idiot." Daniel raked his hands through his hair.

"Hey, I'll be the first one to agree with you if you give me more details." Holly sat back, clearly getting ready for a juicy story.

"Last night my ex-girlfriend showed up at the hotel," he explained.

"Oh, boy. That's not a good start."

"It didn't end well either. I think Holly… sorry, Sabrina

„Oh, Mann. Das fängt nicht gut an."

„Es ist auch nicht gut ausgegangen. Ich glaube, Holly ... ich meine Sabrina dachte, ich betrüge meine Freundin mit ihr. Sie wusste nicht, dass Audrey meine Ex ist. Audrey tauchte einfach unerwartet auf und dachte, sie könnte mich zurückbekommen." Er zuckte bei dem Gedanken angewidert zusammen. Jetzt verstand er, warum Sabrina weggerannt war. Es war keine Firmenregel gewesen, sich aus der Schusslinie zwischen einem Pärchen zu entziehen. Sie war geflohen, weil sie sich von ihm betrogen fühlte.

„Und nehmen Sie sie zurück?", wollte Holly wissen.

„Audrey? Nicht in einer Million Jahre. Die Frau ist völlig oberflächlich und ichbezogen. Leider schaffte sie es, Sabrina einzureden, dass sie noch mit mir zusammen ist. Deswegen rannte sie weg. Und ich konnte seitdem nicht mehr mit ihr in Kontakt treten. Ich habe die Agentur gestern Nacht angerufen, nachdem Sabrina weg war, aber die wollten mir keine Informationen geben." Er pausierte und sah Holly direkt an. „Sie müssen mir helfen."

„Ihnen womit helfen?"

thought I was cheating on my girlfriend with her. She didn't know that Audrey is my ex. She just showed up thinking she can have me back." He winced at the memory. Now he understood why Sabrina had run. It wasn't some company policy to get out of the firing line between couples. She'd left because she felt betrayed by him.

"And, are you taking her back?" Holly wanted to know.

"Audrey? Not in a million years. The woman is completely shallow and self-absorbed. Unfortunately, she managed to make Sabrina think I was still with her. So she ran off. And I haven't been able to get in touch with her since. I called the office last night after she left, but they wouldn't give me any information." He paused and looked straight at her. "You have to help me."

"Help you with what?"

"I want Sabrina back." It was straight forward. He wanted her.

"Excuse me, but didn't you hear what I said earlier? She's

„Ich will Sabrina zurück." Es war ganz einfach. Er wollte sie zurück haben.

„Entschuldigung, aber haben Sie nicht gehört, was ich vorhin gesagt habe? Sie ist *kein* Callgirl."

Daniel ergriff Hollys Unterarm und brachte sie dazu, dass sie ihn direkt ansah. „Holly, ich will Sabrina zurück. Ich brauche sie."

„Sind Sie verrückt? Sie ist nicht zu verkaufen. Sie können sie nicht einfach buchen." Holly schüttelte den Kopf und entzog sich seinem Griff. „Was zum Teufel wollen Sie von ihr?"

Er konnte diese Frage nicht beantworten, nicht, wenn er sich nicht selbst gegenüber eingestehen wollte, warum er sie wollte und warum er jedes Mal wütend wurde, wenn er daran dachte, dass ein anderer Mann sie berührte.

„Ich muss ihr die Wahrheit über Audrey erzählen. Ich will nicht, dass sie denkt, ich sei ein fremdgehendes Arschloch. Bitte, Sie müssen mir sagen, wo ich sie finden kann."

„Und ihr sagen, dass Sie wissen, dass sie kein Callgirl ist?"

„Wie bitte? Ja sicher. Ich werde alles mit ihr ins Reine bringen."

„Den Teufel werden Sie tun!"

War diese Frau verrückt?

not an escort."

Daniel gripped Holly's forearms and made her look at him. "Holly, I want Sabrina back. I need her."

"Are you crazy? She's not for sale. You can't just book her." She shook her head and pulled out of his grip. "What the hell do you want from her?"

He couldn't answer that question, not if he didn't want to admit to himself why he wanted her and why he got angry every time he thought of another man touching her.

"I need to tell her the truth about Audrey. I don't want her to think I'm some cheating son-of-a-bitch. Please, you have to tell me where I can find her."

"And let her know that you know she's not an escort?"

"Excuse me? Of course. I'll clear everything up with her."

"The hell you will!"

Was this woman crazy? What reason could she possibly have for not telling Sabrina the truth?

"If she finds out that you

Welchen Grund könnte sie haben, ihn davon abzuhalten, Sabrina die Wahrheit zu sagen?

„Wenn sie herausfindet, dass Sie wissen, dass sie kein Callgirl ist, wird sie entsetzt sein."

„Entsetzt?" Er konnte nicht verstehen, was Holly meinte.

„Sie vertraut Männern nicht, weil zu viele Arschlöcher sie schlecht behandelt haben. Vor Ihnen hatte sie seit drei Jahren keinen Sex. Jetzt bekomme ich sie endlich dazu, ihre Hemmungen fallenzulassen und dann wollen Sie alles zerstören, weil Sie ihr sagen wollen, dass Sie wissen, dass sie kein Callgirl ist. Fabelhaft!", schnaubte Holly empört.

„Warum würde das alles zerstören?"

„Weil sie nur mit Ihnen geschlafen hat, weil sie dachte, sie würde Sie nie wiedersehen. Also könnten Sie sie nicht verletzen. Und abgesehen davon, fühlte sie sich sicher, weil sie vorgeben konnte, jemand Anderer zu sein. Sie konnte sich einreden, dass nicht *sie* mit einem Fremden schlief. Sie konnte sich vormachen, *ich* wäre es."

Dann dämmerte es ihm plötzlich. „Sie haben das geplant?" Verwundert schaute er

know she's not an escort, she'll be horrified."

"Horrified?" He had no idea what Holly was talking about.

"She doesn't trust men, because too many assholes treated her badly. Before you, she hadn't had sex in three years. Now I finally get her to let go of her inhibitions, and you're going to destroy it all by telling her you know she's not an escort. Fabulous!" Holly huffed indignantly.

"Why would that destroy anything?"

"Because she only slept with you because she thought she'd never see you again, so you couldn't hurt her. And besides, she felt safe because she could pretend to be somebody else. She could pretend it wasn't *her* having sex with a stranger. She could pretend it was *me*."

And then it dawned on him. "You planned this?" Startled, he looked at her.

"It took me long enough. I had to wait for the right man for her."

Her admission shocked him. What kind of person would

sie an.

„Es hat auch lange genug gedauert. Ich musste auf den richtigen Mann für sie warten."

Ihr Geständnis schockierte ihn. Wer würde seine Freundin wissentlich in die Höhle des Löwen schicken?

„Sie konnten doch nicht wissen, dass ich der richtige Mann bin. Sie könnten sie zu irgendeinem Perversen geschickt haben. Sind Sie verrückt?" Daniel kochte vor Wut.

Holly seufzte ungeduldig. „Denken Sie wirklich, wir sind Amateure? Wir bekommen Biografien und detaillierte Hintergrundinfos über jeden, der uns bucht. Glauben Sie mir, wir wissen, mit wem wir es zu tun haben. Warum glauben Sie, zahlen Sie solche Wucherpreise für unsere Zeit? All diese Hintergrundarbeit muss irgendwie bezahlt werden."

„Sie wussten, wer ich war?"

Sie nickte. „Bilder, Geburtsdatum, Sozialversicherungsnummer, Muttermale, Familiengeschichte, Geschwätz, Arbeit, Investitionen. Als ich Ihr Bild sah, wusste ich, dass Sie ihr gefallen würden. Verdammt, ich hätte es gerne selbst mit Ihnen gemacht, aber –"

knowingly send her friend into the lion's den?

"You couldn't have known that I'd be the right man. You could have sent her in with some pervert. Are you crazy?" Daniel was furious.

Holly sighed impatiently. "Do you really think we're amateurs? We get bios and detailed background checks on anybody who books us. Trust me, we know who we're dealing with. Why do you think you pay through the nose for our time? All that background work has to be paid for somehow."

"You knew who I was?"

She nodded. "Pictures, birth date, social security number, birthmarks, family background, gossip, jobs, investments. When I saw your picture I knew she'd like you. Hell, I would have done you, but—"

"—you were sick that night," he sarcastically completed her sentence.

"No. I have the constitution of a horse. I took some stuff to make myself throw up so it would look realistic. Otherwise

„– Sie waren ja in jener Nacht krank", beendete er sarkastisch ihren Satz.

„Nein. Ich habe die Konstitution eines Pferdes. Ich habe etwas eingenommen, um mich zu übergeben, damit es überzeugend wirkte. Andernfalls hätte sie den Braten gerochen. Also werden Sie ihr keinesfalls erzählen, dass Sie wissen, dass sie kein Callgirl ist. Sie ist dafür nicht bereit."

Holly verschränkte die Arme vor der Brust als sicheres Zeichen dafür, dass sie sich nicht umstimmen lassen würde.

„Gut. Für jetzt. Aber ich werde sie nicht weiterhin denken lassen, dass ich sie bezüglich Audrey belogen habe. Ich werde das ins Reine bringen. Und Sie, Holly, werden mir dabei helfen. Ich werde Holly für die nächste Woche buchen, und *Sie* werden dafür sorgen, dass *Sabrina* die Buchung wahrnimmt."

„Das ist nicht Ihr Ernst!"

„Das ist mein vollkommener Ernst. Sie werden ihr heute sagen, dass sie ab morgen früh bei mir ist."

„Da wird sie niemals mitmachen. Sie denkt, Sie hätten sie belogen. Sie ist verletzt."

Er würde sich nicht abbringen lassen. „Deswegen geben Sie ihr

she would have smelled a rat. So, there's no way you're going to tell her now that you know she's not an escort. She's not ready for that."

Holly crossed her arms in front of her chest, a sure sign that she wasn't going to budge.

"Fine. For now. But I'm not going to let her continue thinking I lied to her about Audrey. I'm going to fix this. So you, Holly, will help me just the same. I'll book Holly for the next week, and *you* will make sure *she* will take the booking."

"You can't be serious!"

"Oh, I'm dead serious. You'll tell her today that as of tomorrow morning she's with me."

"She's never going to agree. She thinks you lied to her. She's hurt."

He wouldn't be dissuaded. "That's why you're going to give her my cell number and have her call me tonight." He wrote his number on a card and handed it to her. "Tell her whatever you have to. Tell her if she doesn't want to take the

meine Handynummer und sorgen dafür, dass sie mich heute Abend anruft." Er schrieb seine Nummer auf eine Karte und gab sie ihr. „Sagen Sie ihr, was auch immer Sie wollen. Sagen Sie ihr, dass, wenn sie die Buchung nicht annehmen will, sie mich überzeugen muss, dass ich bei Ihrer Chefin storniere, da Sie sonst gefeuert werden. Ich muss mit ihr sprechen."

Widerwillig steckte Holly die Karte in ihre Tasche. „Hätte ich gewusst, wie stur Sie sind, hätte ich Sabrina nie gebeten, das zu tun."

„Wissen Sie was, Holly? Wenn Sie es an jenem Abend gewesen wären, hätte ich nie Sex mit Ihnen gehabt. Nichts für ungut, Sie sind eine schöne Frau, aber ich habe in jener Nacht nicht nach Sex gesucht. Ich habe nur jemanden gebraucht, um die ledigen Frauen auf dem Empfang abzuwehren. Aber als ich Sabrina sah, hat sich alles geändert. Und ich werde sie nicht einfach gehen lassen."

„Erinnern Sie mich noch einmal, warum ich Ihnen helfe."

„Weil Sie Ihre Freundin lieben", antwortete er einfach. „Und weil ich immer noch dafür sorgen könnte, dass Sie gefeuert werden, wenn ich es Ihrer Chefin erzähle."

booking, she'll have to convince me to cancel with your boss, otherwise you get fired. I need to speak to her."

Reluctantly, Holly put his card into her bag. "Had I known how stubborn you are, I would have never asked her to do this."

"You know what, Holly? If it had been you that night, I would have never had sex with you. No offense, you're a gorgeous woman, but I wasn't looking for sex that night. I just needed somebody to fend off those single women at the reception. But when I saw her, everything changed. And I'm not just going to let her go."

"Remind me again why I'm helping you."

"Because you love your friend," he responded simply. "And because I could still get you fired if I told your boss."

Daniel got up. "I will pay the entire exorbitant fee your boss suggests since we don't want anybody to smell a rat. Whether you give the money to Sabrina or not, doesn't matter to me."

Daniel stand auf. „Ich werde das gesamte exorbitante Honorar bezahlen, dass Ihre Chefin verlangt, da wir nicht wollen, dass jemand den Braten riecht. Ob Sie das Geld Sabrina geben oder nicht, ist mir egal."

„Sie hat das Geld für die ersten zwei Nächte auch nicht genommen. Sie hat es strikt abgelehnt", gab Holly zu.

Er lächelte und entspannte sich. „So etwas dachte ich mir schon." Sie hatte sein Trinkgeld auch nicht angenommen, und der Gedanke gefiel ihm, jetzt, wo er wusste, wer sie war. Wenn Sabrina vorgeben musste, ein Callgirl zu sein, um mit ihm zusammen zu sein, würde er mitspielen – für jetzt. Bis er es schaffte, dass sie ihm genug vertraute, um mit ihm zusammen zu sein, weil sie es wollte und nicht, weil er dafür bezahlte.

„Hey, Kumpel. Noch was: Wenn Sie ihr wehtun, werde ich Sie finden und Sie grün und blau schlagen." Holly sah ihn unerschütterlich an.

Daniel nickte. „Ich würde nichts Anderes erwarten."

"She didn't take the money for the first two nights. Flat out refused it," Holly admitted.

He smiled and relaxed. "I figured as much." She hadn't taken his tip either, and the thought of it pleased him now that he knew who she was. If Sabrina needed to pretend she was an escort in order to be with him, he'd play along—for now. Until he could figure out a way for her to trust him enough to be with him because she wanted to and not because he paid for it.

"Hey, buddy. One more thing: if you hurt her, I'm coming after you to kick the living daylights out of you." Holly gave him a firm stare.

Daniel nodded. "I wouldn't expect anything less."

13

„Nein, ich mache das nicht noch einmal", kündigte Sabrina wütend an. „Ich habe genug. Du gehst einfach zu Misty und erklärst es ihr." Sie stürmte in ihr Zimmer und schlug die Tür hinter sich zu. Sekunden später öffnete sich die Tür wieder.

„Das kann ich nicht. Sie wird mich feuern", erwiderte Holly, als sie ins Zimmer trat. „Die einzige Weise, wie wir aus diesem Schlamassel herauskommen, ist, wenn du es schaffst, dass er die Buchung von sich aus storniert."

„Und wie soll ich das machen?"

Holly reichte ihr eine Karte mit einer Nummer. „Ruf ihn an und sag ihm, dass du es nicht tun kannst. Sag ihm, dass du ihn ekelhaft findest! Sag, was auch immer du willst, nur damit er absagt."

„Ich will nicht mit ihm reden!"

„Ich befürchte, dass du das aber musst, sonst wird es nicht klappen."

Sabrina starrte ihre Freundin an. Sie verstand nicht, warum Holly sie nicht mehr unterstützte.

"No, I'm not doing this again," Sabrina announced angrily. "I've had enough. You'll just have to go to Misty and tell her." She stormed into her room and slammed the door shut behind her. Seconds later, it opened again.

"I can't. She'll fire me," Holly retorted as she stepped into the room. "The only way we can get out of it is if you can make him cancel the booking from his side."

"And how am I going to do that?"

Holly handed her a card with a number. "Call him, and tell him you can't do it. Tell him you find him disgusting, whatever it takes to make him cancel."

"I don't want to talk to him!"

"Well, I'm afraid that's the only way this is going to work."

Sabrina stared at her friend. She didn't understand why

Immerhin hatte Sabrina ihr aus einer Notlage geholfen. Zumindest könnte Holly verständnisvoller bezüglich ihrer Weigerung, Daniel wiederzusehen, sein. Sie könnte sich eine Ausrede für Misty einfallen lassen, um aus der Buchung herausgelassen zu werden. Aber Holly weigerte sich strikt, diesbezüglich einen Finger zu rühren.

Stattdessen bestand Holly darauf, dass Daniel derjenige war, der die Sache absagte, damit sie keinen Ärger bekam. Das war ja unglaublich!

Sabrina wusste nicht, warum Daniel sie immer noch sehen wollte. War seine Frau oder Freundin nicht gestern Abend zurückgekommen? Wie hatte er es geschafft, sie so schnell wieder loszuwerden? Er war einfach ein lügender, betrügender Bastard!

Am liebsten würde sie wegen dem, was sie die Nacht zuvor getan hatten, im Boden versinken. Sie hatte sich von ihm benutzen lassen. Dieser Schweinehund! Welche Unverfrorenheit, sie für eine Langzeitbuchung anzufordern, nach allem, was er ihr angetan hatte. So ein Schuft!

Jetzt war sie gerade in der richtigen Stimmung, ihm zu

Holly couldn't be more supporting. After all, she'd helped her out of a jam, and at least she could be more understanding about her refusal to see Daniel again. She could make up any excuse with Misty to get out of the booking, but she flat out refused to do just that.

Instead, Holly insisted that Daniel was the one who cancelled so she would be out of trouble. Perfect.

Sabrina didn't know why Daniel still wanted to see her. Hadn't his wife or girlfriend gotten back last night? How had he managed to get rid of her that quickly? Lying, cheating bastard!

She felt like sinking into the ground for shame about what they'd done the night before. She'd let him use her. Jerk! The gall he had to request her for a long-term booking after all he'd done. Cad!

She was in the right mood to tell him just what she thought of him! Self-righteous philanderer!

Sabrina grabbed the phone off the hook then gave her

sagen, was sie von ihm hielt! Selbstgerechter Aufreißer!

Sabrina hob den Telefonhörer hoch und funkelte ihre Freundin an. „Kann ich hier etwas Privatsphäre bekommen?", bellte sie.

Holly verschwand schnell aus dem Zimmer.

Der Anruf wurde sofort angenommen.

„Hier spricht Daniel." Seine Stimme war so sanft wie in der Nacht zuvor.

„Hier spricht S … Holly."

„Ich bin froh, dass du anrufst."

„Ich rufe nur an, um dir zu sagen, dass ich die Buchung nicht wahrnehmen kann." Sie hielt ihre Stimme in Zaum. „Also wenn du bitte Ms. Snyder anrufen könntest, um abzusagen, würde ich das begrüßen."

„Darüber sollten wir reden."

„Es gibt nichts zu bereden."

„Doch. Warum bist du gestern weggerannt?"

Sabrina schnaubte lautstark. „Warum? Ich komme nicht zwischen ein Pärchen. Ich bin vielleicht ein Callgirl, aber ich habe meine Prinzipien."

„Ich bin nicht mehr mit Audrey zusammen."

„Vielleicht nicht im Moment, aber du bist mit ihr zusammen.

friend a sharp look. "Can I get some privacy here?" she barked.

Holly instantly shuffled out of the room.

The line was picked up instantly.

"This is Daniel." His voice was as smooth as it had been the night before.

"It's S… Holly."

"I'm glad you're calling."

"I'm only calling to tell you that I can't take the booking." She kept her voice tight. "So, if you'd please call Ms. Snyder to cancel, I'd appreciate it."

"I think we should talk about this."

"There's nothing to talk about."

"There is. Why did you run out on me yesterday?"

Sabrina exhaled sharply. "Why? I don't come between couples. I might be an escort, but I have my standards."

"I'm not with Audrey anymore."

"Well, maybe not at this moment, but you are with her, she made that pretty clear."

"Holly, Audrey and I broke up before I left New York. She

Das hat sie ziemlich deutlich gemacht."

„Holly, Audrey und ich hatten bereits Schluss gemacht, bevor ich aus New York weg bin. Sie wollte es nur nicht wahrhaben. Bitte lass mich dir alles erklären! Bitte! Triff dich heute Abend mit mir und ich werde dir alles erklären. Und wenn du dann immer noch willst, dass ich die Buchung absage, dann tue ich das."

„So dumm bin ich nicht. Sobald ich in deinem Zimmer bin, wirst du mich in Richtung Bett ziehen und dann wird es kein Gespräch geben. Nein danke."

„Triff mich in einem Café! Bitte! Ich verspreche, wenn du nach unserem Treffen willst, dass ich absage, werde ich es tun."

Sabrina war hin- und hergerissen. Sie wusste, dass nichts Gutes dabei herauskommen würde, wenn sie sich mit ihm traf, aber sie erkannte auch die Beharrlichkeit in seiner Stimme. Er würde einer Stornierung nicht zustimmen, wenn er keine Chance bekam, seine Sicht der Dinge zu erklären.

„In Ordnung."

Sie gab ihm eine Wegbeschreibung zu einem Café in ihrem Viertel und legte auf. Sie sollte dafür ausgepeitscht werden, just couldn't face the truth. Please let me explain. Please. Meet me tonight, and I'll explain everything to you, and if you still want me to cancel then, I will."

"I'm not that stupid. As soon as I'm in your room, you'll just haul me off to bed, and there won't be any talking. No thanks."

"Meet me at a coffee shop. Please. I promise, if after our meeting you want me to cancel, I will."

Sabrina was torn. She knew nothing good could come from meeting him, but she could also sense the determination in his voice. He wouldn't agree to a cancellation if he didn't get a chance to give his side of the events.

"Okay."

She gave him directions to a coffee shop in her neighborhood and hung up. She should be whipped for agreeing to see him.

Sabrina had chosen the coffee shop around the corner because it was always busy. There'd be no chance he could pull a fast one on her there.

dass sie zustimmte, sich mit ihm zu treffen.

Sabrina hatte ein Café um die Ecke gewählt, weil es dort immer sehr zuging. Dort gab es keine Möglichkeit, dass er sie in die Ecke drängen konnte. Und es war ganz bestimmt kein intimer Ort. Es gab keine Versteckmöglichkeiten, keine dunklen Ecken oder Nischen, wo er sie mit seinem Charme verwirren konnte.

Sie würde früher als geplant dort erscheinen, um den am wenigsten abgeschiedenen Sitzplatz im Café zu ergattern. Sie wollte diese Sache nicht angenehm für ihn machen. Wenn er dachte, er könnte ihr mit seinem sexy Körper den Kopf verdrehen, dann hatte er sich aber getäuscht.

Leider gehörte zu seinem sexy Körper ein extrem scharfer Verstand, der bereits ihre Absicht vorausgesehen hatte. Als sie zehn Minuten vor dem vereinbarten Zeitpunkt im Café ankam, erblickte sie ihn bereits. Daniel hatte es geschafft, die einzige Couch im Lokal zu ergattern. Wie er das gemacht hatte, war ihr ein Rätsel, weil die Couch ständig von irgendjemandem belagert war.

And it certainly wasn't an intimate place. There was no place to hide, no dark corners or niches where he could ply her with his charm.

She would arrive early to stake out the least private area in the coffee shop. She wasn't going to make this pleasant for him. If he thought he could use his sexy body to change her mind, he'd have another thing coming.

Unfortunately, it turned out that his sexy body came with an extremely sharp mind that had already anticipated her move. As soon as she arrived at the coffee shop, ten minutes early, she saw him. Daniel had managed to snatch up the only couch in the place. How he'd done it, she had no idea, since the couch was permanently occupied by somebody or other.

He stood up and waved at her. Grudgingly, she walked toward him.

"I see you're early too." He smiled knowingly and pointed to the spot on the two-seater couch next to him. As they sat, she was too aware of his body

Er stand auf und winkte ihr. Widerwillig ging sie auf ihn zu.

„Ich sehe, du bist auch früh dran." Er lächelte wissend und zeigte auf den Platz neben sich auf dem Zweisitzer. Als sie sich setzten, war ihr sein Körper und sein männlicher Duft, der die Luft durchdrang, nur allzu bewusst.

„Danke, dass du gekommen bist." Er blickte sie ernst an. „Es tut mir leid, was gestern Abend passiert ist."

„Welcher Teil?", schoss sie zurück.

„Nur der Teil, als Audrey auftauchte. Alles Andere war perfekt."

„Oh, das kann ich mir denken!"

„Würdest du mich bitte erklären lassen? Audrey und ich sind ein paar Monate miteinander ausgegangen, aber das führte nirgends hin. Ich war nicht gerade der aufmerksamste oder romantischste Freund. Ich glaube, sie fühlte sich einsam, und dann erwischte ich sie diese Woche im Bett mit meinem Anwalt. Also habe ich mit ihr Schluss gemacht."

„Weiß sie, dass du mit ihr Schluss gemacht hast? Für mich sah es nicht so aus", warf Sabrina bissig ein.

„Sie weiß es. Sie will der

and his male scent permeating the air.

"Thanks for coming." He gave her a sincere look. "I'm sorry for what happened last night."

"Which part?" she shot back.

"Only the part when Audrey showed up. Everything else was perfect."

"Oh, I bet!"

"Would you please let me explain? Audrey and I were dating for a few months, but things weren't really going anywhere. I wasn't exactly the most attentive boyfriend or the most romantic. I guess she felt lonely, and then this week I found her in bed with my attorney. So I broke up with her."

"Does she know you broke up with her? It didn't look to me like she did," Sabrina interjected caustically.

"She knows. She just didn't want to face the truth. She figured she could get me back if she pouted long enough."

"So, did she pout long enough?" Sabrina didn't dare look at him as she asked her

Wahrheit nur nicht ins Auge sehen. Sie dachte, sie könnte mich zurückbekommen, wenn sie nur lange genug schmollte."

„Und, hat sie lange genug geschmollt?" Sabrina wagte es nicht ihn anzusehen, während sie ihre Frage stellte. Aus den Augenwinkeln sah sie, wie er seinen Kopf langsam schüttelte.

„Alles Schmollen der Welt wird mich nicht dazu veranlassen, wieder zu ihr zurückzugehen." Gänzlich unerwartet nahm Daniel ihre Hand in seine. „Du stellst dich nicht zwischen ein Pärchen. Ich bin ungebunden. Ich bin in keiner Beziehung, und ich bin frei zu tun, was ich will." Er zwang sie, sich zu ihm umzudrehen.

„Warum ich? Warum kannst du nicht eine Andere buchen? Die Agentur hat viele nette Frauen zur Auswahl."

Er rückte näher heran, während Sabrina in ihre Ecke der Couch zurückwich. Sie versuchte, ihre Hand wegzuziehen, aber er ließ sie nicht los. „Ich fühle mich mit dir wohl. Ich würde gerne mehr Zeit mit dir verbringen."

„Ich glaube nicht, dass das eine gute Idee ist. Misty will nicht, dass wir uns so an einen bestimmten Kunden gewöhnen", log Sabrina.

question. From the corner of her eye, she saw how he shook his head slowly.

"No amount of pouting will make me get back with her." Quite unexpectedly, Daniel took her hand. "You're not getting in between a couple. I'm single, I'm not in a relationship, and I'm free to do what I want." He forced her to turn toward him.

"Why me? Can't you just book somebody else? The agency has lots of nice women you can choose from."

He inched closer to her as Sabrina sank back into her corner of the couch. She tried to pull her hand away, but he didn't release her. "I feel comfortable with you. I'd like to spend more time with you."

"I don't think it's a good idea. Misty doesn't like us to get too comfortable with our clients," Sabrina lied.

"Misty didn't seem to have a problem with it when I negotiated the deal with her this afternoon." Daniel pulled her hand to his mouth and kissed it tenderly.

His kiss spread a wave of

„Misty sah nicht so aus, als hätte sie ein Problem damit, als ich das heute Nachmittag mit ihr ausgehandelt habe." Daniel zog ihre Hand zu seinem Mund und küsste sie zärtlich.

Sein Kuss löste eine Hitzewelle in ihrem Körper aus. „Ich kann das nicht tun. Tut mir leid. Such dir jemand Anderen aus. Es gibt genug Frauen, die sich darum reißen würden, mit dir zu schlafen. Aber ich gehöre nicht dazu."

„Du bist nicht mehr daran interessiert, mit mir zu schlafen?" Seine Augen verengten sich.

„Nein, bin ich nicht." Sie konnte sich nicht daran erinnern, dass ihr jemals eine größere Lüge über die Lippen gekommen war.

Er schaute sie lange an. „Gut."

Gut, sie hatte ihn endlich überzeugt, dass sie nichts mehr mit ihm zu tun haben wollte. Nun musste er nur noch die Buchung stornieren, und sie und Holly wären frei und aus diesem Schlamassel heraus.

Sabrina bewegte sich auf der Couch, um aufzustehen, aber er zog sie zurück, bevor sie eine Chance bekam, sich aufzurichten.

„Ich sagte, gut, kein Sex. Aber ich sagte nicht, dass du aus der Buchung herauskommst."

heat throughout her body. "I can't do it. Sorry. Choose somebody else. There are plenty of women who'd jump at the chance to have sex with you. But I'm not one of them."

"You're not interested in having sex with me anymore?" His eyes narrowed.

"No, I'm not." She couldn't remember ever having had a bigger lie come over her lips.

He gave her a long look. "Fine."

Good, she'd finally convinced him that she wanted nothing to do with him. Now all he needed to do was to cancel the booking, and she and Holly would be home free and out of trouble.

Sabrina shifted on the couch to get up, but his arm pulled her back down before she'd even had a chance to lift herself up.

"I said fine, no sex. But I didn't say you'll get out of the booking."

She glared at him, shocked. If he didn't want sex, why hire an escort? What was wrong with this man? "Excuse me?"

"You heard me. You'll call

Sie starrte ihn schockiert an. Wenn er keinen Sex wollte, warum würde er dann ein Callgirl buchen? Hatte der Mann nicht alle Tassen im Schrank? „Wie bitte?"

„Du hast mich gehört. Du bestimmst, wenn es um Sex geht. Wenn du nicht mit mir schlafen willst, werde ich dich nicht zwingen. Aber du fährst mit mir übers Wochenende ins Weingebiet. Ich habe uns für morgen Nacht ein kleines Bed-and-Breakfast gebucht. Wir schlafen im selben Bett. Und ich darf dich küssen."

Sie war so am Arsch. Wie sollte sie *nicht* Sex mit ihm haben wollen, wenn er darauf bestand, dass sie sich das Bett teilten?

„Du bist verrückt."

„Nenne es, wie du willst. Das ist mein Kompromiss. Du verbringst das Wochenende mit mir, ebenso die Abende und die Nächte, wenn wir wieder in der Stadt sind, und du schläfst in meinem Bett. Ich werde dich nicht zum Sex zwingen, außer du möchtest es."

Daniel schien es mit seinem Vorschlag ernst zu sein. Doch sie verstand ihn nicht. „Warum buchst du ein Callgirl, wenn du weißt, dass sie nicht mir mir schlafen will? Das ist die bekloppteste Idee, die ich je

the shots when it comes to sex. If you don't want to sleep with me, I won't force you. But you'll come to the wine country with me this weekend. I've reserved us a little bed and breakfast for tomorrow night. And you'll share my bed. And I'm allowed to kiss you."

She was so screwed. How was she supposed to *not* want to have sex with him when he insisted on them sharing a bed?

"You're crazy."

"Be that as it may, that's my compromise, you spend the weekend with me, as well as the evenings and nights when we're back in town, and you'll sleep in my bed. I'll make no attempt to have sex with you unless you want me to."

Daniel seemed serious about the proposal. But she didn't understand him. "Why would you book an escort, knowing she doesn't want to have sex with you? That's the most hare-brained idea I've ever heard."

He shrugged. "I like your company, with or without sex." He moved his head closer to hers, looking suggestively at

gehört habe."

Daniel zuckte mit den Achseln. „Ich mag deine Gesellschaft, mit oder ohne Sex." Er bewegte seinen Kopf näher zu ihrem und schaute verführerisch auf ihre Lippen. „Vielleicht solltest du jetzt *ja* sagen, bevor ich andere Mittel benutze, um dich zu überzeugen. Mittel, die vielleicht nicht für ein Café in der Nachbarschaft angebracht sind."

Sabrina warf ihm einen schockierten Blick zu. „Das würdest du nicht tun!" Würde er sie wirklich beide blamieren und mitten im Café mit ihr rumknutschen, wo ihnen jeder zusehen konnte? Er konnte doch unmöglich vorhaben, sie so zu berühren, wie er es getan hatte, als sie alleine waren.

Als sie das verruchte Glitzern in seinen Augen sah, wurde ihr klar, dass er keine Skrupel hatte. Und da er von auswärts war, war es ihm wahrscheinlich egal, ob er sie beide blamierte. *Er* musste ja nicht jeden Tag hierher zurückkommen, um seinen Kaffee zu holen. *Sie* aber.

„Baby, du hast keine Ahnung, zu was ich allem fähig bin."

Seine Lippen strichen in einem kaum vorhandenen Kuss leicht über ihre.

her lips. "Maybe you should say *yes* right now, before I have to use other means of persuasion, which might not be appropriate for a neighborhood coffee shop."

Sabrina shot him a shocked look. "You wouldn't!" Would he really embarrass them both and make out with her right in the middle of the coffee shop where everybody could see them? He couldn't possibly have in mind to touch her the way he'd touched her before when they were alone.

Looking at the wicked glint in his eyes, she realized he had no scruples. And knowing that he was from out of town, he probably didn't even care if he embarrassed them. *He* didn't have to come back here day after day to get his coffee. *She* did.

"Baby, you have no idea what I'm capable of."

His lips brushed lightly against hers in a barely-there kiss.

Sabrina gasped instantly. "Okay. But you have to keep your side of the bargain. No sex."

Sabrina rang sofort nach Luft. „Ok. Aber du musst deinen Teil des Handels einhalten. Kein Sex."

„Solange du deinen einhältst. Du teilst mein Bett und ich darf dich küssen."

Sekunden verstrichen, bis sie schließlich zustimmend nickte, und Daniel sich zurücklehnte und lächelte. „Ich bin froh, dass wir uns endlich einig sind. Obwohl das sicher Spaß gemacht hätte."

Sie zuckte zusammen, als sie sein verruchtes Lächeln sah, bevor er in ein herzliches Gelächter ausbrach.

„Komm, ich begleite dich nach Hause, damit ich weiß, wo ich dich morgen früh abholen muss."

„Nein, das ist nicht notwendig." Es war besser, wenn er nicht wusste, wo sie wohnte. „Und abgesehen davon ist das gegen die Firmenregeln."

„Ms. Snyder hat es genehmigt, da wir morgen aus der Stadt wegfahren."

Er nahm ihren Arm und geleitete sie aus dem Café.

Als sie bei dem Mietshaus ankamen, in dem sie wohnte, nahm er wieder ihre Hand. „Nimm legere Kleidung mit, weil wir eine Tour durch die Weingärten in Sonoma machen werden. Und einen Badeanzug. Es

"As long as you keep to yours. You share my bed, and you'll let me kiss you."

Seconds ticked by until she finally nodded in agreement and Daniel pulled back and smiled. "I'm glad we finally agree. Even though, this could have been fun."

She cringed when she saw his wicked smile before he broke out in hearty laughter.

"Come, I'll walk you home so I know where to pick you up tomorrow morning."

"No, that's not necessary." It was better if he didn't know where she lived. "And besides, it's against company policy."

"Ms. Snyder authorized it since I'm taking you out of town tomorrow."

He took her arm and led her out of the coffee shop.

As they arrived at her building, he took her hand into his again. "Bring some casual clothes, we'll be touring the vineyards in Sonoma. And a swimsuit. There's a pool at the place we're staying. I'll pick you up at 9am."

He kissed her palm then let go of her hand.

gibt einen Pool in der Pension. Ich hole dich um 9 Uhr ab."

Er küsste ihre Handfläche und ließ ihre Hand los.

„Daniel", fing sie an.

Er sah ihr in die Augen. „Was?"

Sie schüttelte langsam ihren Kopf. Nein, sie konnte ihm nicht die Wahrheit sagen. „Nichts. Ich sehe dich morgen."

„Gute Nacht."

Als sie ihre Wohnung erreichte und die Tür öffnete, wartete Holly schon auf sie.

„Und? Wird er stornieren?", kam sie sofort zur Sache.

Sabrina schüttelte den Kopf. „Nein, er holt mich morgen früh ab, um übers Wochenende mit mir ins Weingebiet zu fahren."

„Bist du damit einverstanden?", fragte Holly leise.

„Besorge lieber einen Vorrat Eiscreme, weil ich Essen für die Seele brauchen werde, sobald er abreist und zu seinem normalen Leben in New York zurückkehrt. Viel Essen für die Seele. Holly, ich stecke wirklich tief in der Scheiße."

Ihre Freundin legte sofort ihre Arme um sie und zog sie in eine feste Umarmung. „Ist er so schlimm?"

Sabrina schluchzte unkontrollierbar in die Schulter

"Daniel," she started.

He locked eyes with her. "What?"

She shook her head slowly. No, she couldn't tell him the truth. "Nothing. I'll see you tomorrow."

"Good night."

When she reached the flat and opened the door, Holly was waiting for her.

"And? Is he going to cancel?" she got down to the most important question immediately.

Sabrina shook her head. "No, he's picking me up tomorrow morning to go to the wine country for the weekend."

"Are you okay with that?" Holly asked softly.

"I think you should stock up on ice cream, because when he leaves and goes back to his normal life in New York, I'm going to need comfort food. A lot of comfort food. Holly, I'm so screwed."

Her friend instantly wrapped her arms around her and took her into a tight bear hug. "Is he that bad?"

Sabrina sobbed uncontrollably into her friend's

ihrer Freundin. „Nein, er ist so gut", heulte sie.

   Holly streichelte sanft ihre Haare. „Oh Süße, versuch' einfach die Zeit, die du mit ihm hast zu genießen, und vielleicht wird ja doch noch alles gut."

~ ~ ~

   Daniel hatte in Betracht gezogen, den Abend mit Sabrina zu verbringen, aber er wollte sie nicht drängen. Er musste jetzt vorsichtig vorgehen. Er musste ihr Vertrauen gewinnen, und das würde ein langwieriger Prozess werden.

   Sie sofort wieder ins Bett zu schleifen, würde nicht funktionieren, so sehr er genau das tun wollte. Deshalb hatte er ihr auch vorgeschlagen, dass Sex von ihr ausgehen müsste. Vielleicht würde ihr das die Sicherheit geben, die sie brauchte. Und er war bereit, seinen Teil des Handels einzuhalten, so schwer es ihm auch fiel.

   Er musste an einer langsamen Verführung arbeiten, ohne dass sie überhaupt bemerkte, was er vorhatte. Holly hatte recht, Sabrina könnte schnell wieder verschreckt werden, wenn sie zu früh herausfand, dass ihre ganze

shoulder. "No. He's that good," she wailed.

   Holly gently stroked her hair. "Oh, sweetie, just try to enjoy the time you have with him, and maybe it'll all turn out all right."

~ ~ ~

   Daniel had debated whether to spend the evening with Sabrina, but he didn't want to push her. He needed to tread carefully from now on. He had to make her trust him, and this would be a slow process.

   Instantly dragging her back into bed with him wouldn't work, as much as he wanted to do just that. That's why he'd suggested to her that she would be the one to initiate sex. Maybe it would give her the safety net she needed. And he was willing to keep up his end of the bargain, as hard as it was for him.

   He had to work on a slow seduction without her even noticing what he was doing. Holly was right, Sabrina could be easily scared away if she found out too early that her

Charade schon längst aufgeflogen war. Sie fühlte sich jetzt sicher, weil sie vorgab, jemand Anderer zu sein. Aber wie würde sie reagieren, wenn sie wüsste, dass sie schon enttarnt war? Sie würde sich erst sicher fühlen, wenn die Tarnung mit Vertrauen ersetzt wurde.

Daniel saß Tim während des Abendessens in einem kleinen Restaurant in einer ruhigen Wohngegend gegenüber.

„Lass mich das klarstellen. Du willst eine romantische Beziehung mit einem Callgirl?" Tim grinste von einem Ohr zum anderen.

„Wie schon gesagt, sie ist kein wirkliches Callgirl", korrigierte er seinen Freund.

„Auslegungssache. Nichtsdestotrotz hat sie für Geld mit dir geschlafen." Tim hatte sichtlich Spaß daran, ihn zu sticheln und würde weitermachen, solange er damit durchkommen konnte.

„Sie hat das Geld nicht genommen, sondern ihrer Freundin gegeben."

„Also hat sie mit dir geschlafen, weil …? Hilf mir aus, Danny."

Daniel schaute verärgert drein. „Was? Du denkst, ich kann keine Frau an Land ziehen, ohne mit Geld um mich zu werfen?

whole charade had already been uncovered. She felt safe now, pretending to be somebody else, but how would she react when she knew her cover was blown? The only way to make her safe after that was to replace her cover with trust.

Daniel sat across from Tim during dinner at a small neighborhood restaurant.

"Let me get this straight. You want to romance an escort?" Tim grinned from one ear to the other.

"As I've already told you, she's not a real escort," he pointedly corrected his friend.

"Semantics. Nevertheless, she slept with you for money." Tim was clearly having fun needling him and would continue as long as he could get away with it.

"She didn't take the money, her friend did."

"So she slept with you because…? Help me out here, Danny."

He frowned. "What? You think I can't attract a woman without shelling out money? Maybe she found me attractive.

Vielleicht hat sie mich attraktiv gefunden. Ist das so weit hergeholt?" Er war sich dessen bewusst, dass Tim versuchte, ihn zu hänseln.

„Beruhige dich. Ich mache nur Spaß. Natürlich fand sie dich attraktiv. Verdammt, ich finde dich attraktiv." Tims Stimme war ein bisschen zu laut für das kleine Restaurant, und einige Köpfe drehten sich schon in ihre Richtung.

Daniel verdrehte die Augen, doch Tim schmunzelte nur. „Entspann dich! Wir sind in San Francisco. Niemanden interessiert das."

„Du redest dich leicht, da du aus Kalifornien bist. Ich bin aus New York, schon vergessen?"

„Wie könnte ich das jemals vergessen? Vielleicht solltest du hierher ziehen. Das Leben ist viel entspannter. Ich wette, sogar du würdest hier nicht so verklemmt sein."

„Ich bin nicht verklemmt", bellte Daniel empört. Höchstens ein kleines bisschen.

„Natürlich bist du das. Aber ich denke, die Luft in San Francisco hat bereits einen guten Einfluss auf dich. Kaum bist du ein paar Tage in der Stadt, schon gehst du mit einem Callgirl aus. Wenn das

Is that so farfetched?" Tim was pushing all his buttons, and he knew it.

"Calm down. I'm just messing with you. Of course she found you attractive. Hell, I find you attractive." Tim's voice was a little too loud for the small restaurant, and several heads turned into their direction.

Daniel rolled his eyes, and Tim just chuckled. "Relax. This is San Francisco. Nobody cares."

"Easy for you to say, you're a Californian. I'm from New York, remember?"

"How could I forget? Maybe you should move out here. Life's much more relaxed. I bet even you wouldn't be that uptight here."

"I'm not uptight," Daniel barked indignantly. Maybe just a little uptight.

"Of course, you are. But I think the San Francisco air is having a good effect on you already. Barely in town for a few days, and here you are, dating an escort. Now if that's not liberating, I don't know what." Tim sipped from his

nicht befreiend ist, weiß ich auch nicht." Tim nippte von seinem Wein.

„Würdest du bitte aufhören, sie als Callgirl zu bezeichnen? Sie heißt Sabrina."

„Wie willst du sie Mama und Papa vorstellen?" Tim liebte es, von Daniels Eltern zu sprechen, als ob sie seine eigenen wären.

Daniels Mund klappte auf.

„Schau mich nicht so an, als ob du darüber noch nicht nachgedacht hättest. Ich kenne dich zu gut."

„Wovon zum Teufel sprichst du jetzt?" Daniel starrte ihn frustriert an.

„Wann hast du dir das letzte Mal ein paar Tage frei genommen, um einen Wochenendurlaub zu genießen?"

Daniel öffnete den Mund, aber Tim stoppte ihn.

„Beantworte das nicht, weil ich die Antwort kenne. Du weißt nicht mehr wann. Komisch. Während der ganzen Zeit, in der du mit Audrey zusammen warst, hast du nicht ein einziges faules Wochenende irgendwo zusammen mit ihr verbracht. Und auf einmal nimmst du dir ein Wochenende frei, um mit der heißen kleinen Sabrina ins Weingebiet zu fahren. Ohne Geschäftstreffen weit und

wine.

"Would you stop calling her an escort. Her name is Sabrina."

"How are you going to introduce her to Mamma and Dad?" Tim liked referring to Daniel's parents as if they were his own.

Daniel's mouth dropped open.

"Don't look at me like you haven't thought this through. I know you too well."

"What the hell are you talking about?" Daniel gave him a frustrated stare.

"When did you last take a couple of days off to go out of town on a vacation?"

Daniel opened his mouth, but Tim stopped him.

"Don't answer that, 'cause I know the answer. You can't remember when. Funny. During the entire time you dated Audrey you didn't spend one lazy weekend with her anywhere. Yet suddenly, you're taking a weekend off to take the hot little Sabrina up into the wine country without a business meeting in sight. So why would that be? Go ahead,

breit. Also warum ist das so? Komm schon, du kannst das beantworten."

Daniel schüttelte den Kopf. „Ich würde lieber deine Theorie hören."

„Na gut. Weil der hochnäsige *Ich-will-keine-chaotischen-Beziehungen*-Daniel sich endlich in eine richtige Frau verliebt hat. Keine Plastikfreundinnen wie Audrey und Co mehr. Glückwunsch, mein Freund, ich hoffe, ihr geht's genauso."

Tim erhob sein Glas, um anzustoßen, doch Daniel saß nur verstört da. Er hatte es tief drinnen gewusst, war aber nicht bereit gewesen, es zu akzeptieren, weil es so unmöglich erschien. Die eifersüchtige Wut, die er gefühlt hatte, als er Hannigan gesehen und gedacht hatte, er wäre einer ihrer *Klienten* gewesen, war ein klares Indiz für seine Gefühle für Sabrina gewesen. Aber er hatte versucht, diese Gefühle zu ignorieren.

Er, Daniel Sinclair, verliebte sich nicht in nur zwei Tagen in eine Frau, vor allem nicht in eine, von der er gedacht hatte, dass sie eine Prostituierte sei. Trotzdem bestätigte ihm die Tatsache, dass er sie von Anfang an mehr wie ein Date und nicht wie ein Callgirl

you can answer that."

Daniel shook his head. "I'd rather hear your theory."

"Very well. 'Cause the high and mighty *I-don't-want-any-messy-relationships* Daniel has finally fallen for a real woman. No more plastic girlfriends like Audrey et al. Congratulations, my friend, I hope she feels the same way."

Tim lifted his glass in toast to Daniel, who just sat there, shell-shocked. He'd known it deep down, but had been unwilling to accept it, because it seemed so impossible. The jealous rage he'd felt when he'd seen Hannigan and thought he'd been one of her *clients* had been a clear indication of his feelings for her, but he'd tried to ignore it.

He, Daniel Sinclair, didn't fall in love with a woman in two days, especially not one he, at the time, had believed to be a prostitute. Yet, the fact that he'd treated her more like a date than an escort from the very beginning, had shown him that there'd been something special right from the start. Right from the moment when

behandelt hatte, dass von Anfang an etwas Besonderes zwischen ihnen gewesen war – von dem Moment an, als sie an der Tür seines Hotelzimmers gestanden war.

„Tim, ich glaube, ich brauche Hilfe." Daniel schaute seinen Freund ernst an. „Ich kann es mir nicht leisten, das zu vermasseln. Und ich befinde mich schon auf Glatteis."

Tim rieb sich die Hände. „In diesem Fall müssen wir uns einen kleinen Plan ausdenken." Er schaute auf seine Uhr. „Wir haben vierzehn Stunden, genug Zeit, um ein paar Dinge vorzubereiten. Komm, iss auf, wir dürfen nicht herumtrödeln!"

she'd stood at the door to his hotel room.

"Tim, I think I need help." Daniel gave his friend a serious look. "I can't afford to screw this up. And I'm already walking on thin ice with her."

Tim rubbed his hands. "In that case, we'll have to devise a little plan of action." He looked at his watch. "We have about fourteen hours, plenty of time to put a few things together. Come on, eat up, we can't dilly dally."

14

Als es um neun Uhr an der Tür klingelte, wusste Sabrina gleich, wer es war. Sie nahm ihre kleine Reisetasche und warf einen Blick zurück auf Holly, die in der Tür ihres Schlafzimmers stand und sich den Schlaf aus den Augen rieb.

„Atme!" Holly lächelte sie ermutigend an. „Du schaffst das!"

Ohne ein weiteres Wort verließ Sabrina die Wohnung, um Daniel unten zu treffen. Er sah in seinen Shorts und seinem Polohemd recht erholt aus, während er leger an der Motorhaube eines roten Cabrios lehnte. Ein Lächeln breitete sich auf seinem Gesicht aus, als sie sich ihm näherte.

Obwohl seine Augen hinter einer Sonnenbrille versteckt waren, hatte Sabrina das Gefühl, dass diese sie von Kopf bis Fuß verschlangen. Sie hatte sich für eine kurze Hose und ein Tank-Top sowie flache Sandalen entschieden. Der Wetterbericht hatte selbst für San Francisco ein brennend heißes Wochenende vorhergesagt, was ungewöhnlich

When the door bell rang exactly at nine o'clock, Sabrina knew who it was. She took her small travel bag and cast a look back at Holly, who stood in the door to her bedroom wiping the sleep out of her eyes.

"Breathe." Holly gave her an encouraging smile. "You can do this."

Without another word, Sabrina left the flat to meet him downstairs. Daniel looked relaxed in his shorts and polo shirt as he leaned casually against the hood of a red convertible. A large grin spread over his face as soon as she approached him.

Sabrina felt his eyes taking her in from head to toe despite the fact that they were hidden behind his sunglasses. She'd opted for a pair of shorts and a tank top as well as flat sandals. The weather report had promised a scorching hot weekend even in San

war. Oben in Sonoma Country, wohin sie fuhren, würde es noch gute zehn Grad wärmer sein.

Daniel begrüßte sie mit einem freundlichen Kuss auf die Wange. „Du siehst großartig aus."

Nachdem er ihr Gepäck im Kofferraum verstaut hatte, hielt er ihr die Tür zum Beifahrersitz auf und schloss diese, nachdem sie eingestiegen war.

Minuten später bahnten sie sich ihren Weg durch leichten Verkehr in Richtung Golden Gate Brücke. Es stellte sich heraus, dass es eine gute Idee gewesen war, früh aufzubrechen. Da es ein nebelfreier Tag sein würde, würden die Einheimischen die Gelegenheit nutzen, den Sonnenschein an den zahlreichen Stränden der Bucht sowie am Ozean aufzusaugen. Und deswegen würde es auf allen Straßen, die aus der Stadt heraus führten, später zu erheblichen Verkehrsstaus kommen.

Während der ganzen Fahrt machte Daniel leichte Konversation, in der er ihr von seiner Familie zuhause an der Ostküste, seiner temperamentvollen italienischen Mutter und seinem amerikanischen Vater erzählte.

„Nein, ich bin leider ein

Francisco, which was unusual. Up in Sonoma County, where they were headed, it would be a good ten to fifteen degrees hotter.

He greeted her with a friendly kiss on the cheek. "You look great."

After stowing her luggage in the trunk, he held the door of the car open for her and closed it after she'd taken her seat.

Minutes later, they were weaving through light traffic making their way to Golden Gate Bridge. It turned out to be a smart idea to leave early. Since it would be a fog-free day, San Franciscans would use the opportunity to soak up the sunshine at the various beaches around the Bay and the Ocean, and all roads leading out of town would be choking with traffic later.

Daniel made light conversation during the entire drive north, telling her about his family back East, his temperamental Italian mother, and his American father.

"No, I'm an only child, unfortunately. I always hoped

Einzelkind. Ich habe immer auf einen kleinen Bruder oder eine kleine Schwester gehofft, aber das ist leider nicht passiert. Sie haben es aber versucht, regelmäßig." Er blickte sie verschmitzt von der Seite an.

Sabrina lachte. „Willst du damit sagen, dass du deine Eltern beim Sex belauscht hast? Das ist ja eklig!"

„Es war kaum zu vermeiden. Meine Mutter ist eine sehr lautstarke Frau. Als ich es nicht mehr aushielt, habe ich sie endlich dazu gebracht, mein Zimmer auf die andere Seite des Hauses zu verlegen. Das war vielleicht eine Erleichterung. So sehr ich meine Eltern auch liebe, ich brauchte das mentale Bild von ihnen zusammen im Bett nicht. Das kann ein Kind wirklich fertigmachen."

„Hast du irgendwelche Züge deiner Mutter geerbt?" Nachdem Sabrina die Frage gestellt hatte, wurde ihr sofort klar, dass die Bedeutung komplett missverstanden werden konnte. Und das wurde sie auch. Nichts entging Daniel.

„Sag du es mir doch!"

Ihre Wangen brannten, und sie wusste, dass sie bis zum Haaransatz errötete. Natürlich musste er die sexuelle Bedeutung

for a little brother or sister, but it just didn't happen. They sure were trying, constantly." He gave her a mischievous sideways glance.

Sabrina laughed. "Are you saying you listened in on your parents having sex? That's gross!"

"It was hard to avoid. My mother is a very vocal woman. When I couldn't take it any longer, I finally got them to move my room to the other side of the house. Now that was a relief. As much as I love my parents, I didn't need the mental picture of them in bed together. It can really screw a kid over."

"Have you inherited any of your mother's traits?" As soon as she asked the question, Sabrina realized how its meaning could be completely misconstrued. And it was. Nothing escaped him.

"You tell me."

Her cheeks burned, and she knew she blushed down to the roots of her hair. Of course he had to pick up on the sexual meaning, typical him.

aufgreifen. Typisch Daniel!

„Ich meine ihr Temperament und ihre körperliche Erscheinung." Sabrina versuchte, die Unterhaltung wieder in die richtigen Bahnen zu lenken.

„Ich bin nicht gerade eine ein Meter fünfundfünfzig große, kurvige Frau", begann er und grinste von einem Ohr zum anderen, „aber ich habe ihren dunklen Teint, ihre Augen und ihr Haar geerbt. Meine Statur habe ich von meinem Dad. Er ist ziemlich athletisch. Er spielt hervorragend Tennis und schwimmt täglich. Mama versucht so gut es geht, mit ihm mitzuhalten."

Sabrina sah ihn von der Seite an und konnte sich instinktiv vorstellen, wie er in dreißig Jahren aussehen würde. Immer noch derselbe makellose Körper, aber mit etwas Grau an seinen Schläfen, ein paar Falten mehr im Gesicht, um den Mund und um die Augen herum, und immer noch dasselbe verruchte Lächeln.

„Es ist schön, Eltern zu haben, die immer noch zusammen sind und sich lieben", sinnierte sie.

„Sind deine das nicht? Noch zusammen, meine ich?", fragte Daniel etwas überrascht.

Sie schüttelte den Kopf. „Sie

"I mean her temperament and her physical appearance." Sabrina tried to bring their conversation back on the straight and narrow.

"I'm not exactly a five foot two, curvy woman," he started, grinning from one ear to the next, "but I did inherit her dark complexion, her eyes, and her hair. I got my physique from Dad. He's quite an athlete. He's a great tennis player, and he swims daily. Mamma tries to keep up with him as much as she can."

Sabrina looked at him from the side and could instinctively imagine what he would look like thirty years older. Still the same flawless body but with some gray around his temples, a few more lines on his face, around his mouth and eyes, and still the same wicked smile.

"It's nice to have parents, who are still together and love each other," she mused.

"Yours aren't? Still together, I mean?" Daniel asked somewhat surprised.

She shook her head. "They divorced when I was fourteen,

haben sich scheiden lassen, als ich vierzehn war, aber zumindest blieben sie in derselben Stadt. Unter der Woche war ich bei Mom und am Wochenende bei Dad."

„Warst du zwischen ihnen hin- und hergerissen?"

„Manchmal. Aber offen gestanden habe ich gelernt, sie gegeneinander auszuspielen."

Daniel zog eine Augenbraue hoch. „Du meinst, sie zu manipulieren?" Ein Lächeln entsprang seinen Lippen.

„Das klingt krass. Ich wusste nur, wie ich das Beste aus beiden Welten bekam. Daran ist nichts falsch, besonders nicht, weil ich mitten drin steckte."

„Also, wie gut bist du bei deinen manipulativen Spielchen?"

Sabrina lachte. „Als Geschäftsmann solltest du wissen, dass man nie all seine Karten auf den Tisch legt. Das ist wie beim Poker spielen."

„Das einzige Pokerspiel, das ich mit dir spielen möchte, ist Stripp-Poker", erwiderte er schnell, behielt aber seine Augen auf der Straße.

Das musste sie ihm lassen. Egal, über welches Thema sie auch sprachen, er schaffte es jedes Mal, auf Sex zurückzukommen. Er

but at least they both stayed in the same town. During the week, I lived with Mom and on the weekend with Dad."

"Were you torn between them?"

"Sometimes. But frankly, I learned to play them."

Daniel raised an eyebrow. "You mean manipulate them?" A smile curled around his lips.

"That sounds harsh. I just knew how to get the best of both worlds. Nothing wrong with that, especially since I was in the middle of it all."

"So, how good are you at that manipulation game of yours?"

Sabrina laughed. "As a businessman you should know never to show all your cards. It's like playing poker."

"The only poker I'm interested in playing with you is strip poker," he retorted quickly but kept his eyes on the road.

She had to hand it to him. No matter what subject they were talking about, he managed to bring it back to sex every time. He might have

hatte ihr vielleicht versprochen, sie nicht zu zwingen, mit ihm zu schlafen, und sie glaubte ihm, dass er sein Versprechen halten würde, aber das bedeutete scheinbar nicht, dass er das Thema nicht doch zur Sprache brachte.

Sie würde vorsichtig sein müssen, von ihm nicht ausgetrickst zu werden. Wenn sie dieses Wochenende nicht wachsam war, würde sie im Nu in seinen Armen landen. Sie konnte sich nicht erlauben, ihr Schutzschild abzunehmen, und ihm nochmals die Gelegenheit geben, sie zu verletzen. Der Schaden, den er verursacht hatte, war bereits groß genug.

Obwohl sie ihm die Erklärung über seine Ex-Freundin Audrey abgekauft hatte, war sie nicht vollkommen überzeugt, dass er ehrlich mit ihr war. Kein Mann würde Tausende Dollar für ein paar Tage mit einem Callgirl ausgeben, ohne Sex von ihr zu erwarten. Er hatte etwas vor, und sie war entschlossen, der Sache auf den Grund zu gehen.

Nachdem sie die Autobahn verlassen hatten, um die Abzweigung zu finden, die sie zu der Pension, die er für sie reserviert hatte, führen sollte,

promised her to not force her to have sex with him, and she trusted him to keep his word, but it didn't mean he was going to keep the subject off the table.

She'd have to be careful not to have him trip her up. If she wasn't vigilant this weekend, she'd be tumbling into his arms in no time. She couldn't allow herself to let her guard down and give him another chance at hurting her. The damage he'd caused was already big enough.

Even though she'd accepted his explanation about his ex-girlfriend Audrey, she wasn't truly convinced that he was honest with her. No man would spend thousands of dollars for a few days with an escort without expecting to have sex with her. He was up to something, and she was determined to get to the bottom of it.

After they left the highway to find the turnoff that would bring them to the little bed and breakfast he'd reserved for them, they got lost for a short time. She was surprised when

verfuhren sie sich. Sie war überrascht, als Daniel anhielt, um einen vorbeikommenden Bauern nach dem Weg zu fragen. Sie kannte genug Männer, die lieber im Kreis gefahren wären, als zuzugeben, dass sie sich verfahren hatten.

Er lächelte sie an, als ob er wüsste, was sie dachte. „Wir dürften in ein paar Minuten dort sein."

Die Unterkunft, die er ausgewählt hatte, war ein Traum. Sie waren an einem aktiven Weingut angekommen, das nebenbei ein Bed-and-Breakfast betrieb. Aber ganz anders als bei anderen Frühstückspensionen hatte diese mehrere Cottages auf einem großen Gelände verteilt. Eines davon würde ihres sein.

Daniel stellte ihre Taschen im Wohnzimmer ab, als sie in das Haus eintraten, nachdem sie den Schlüssel im Haupthaus abgeholt hatten. Links von ihnen gab es eine kleine Küche. Sie würde ausreichen, um morgens Kaffee zu machen.

Sabrina ging durch das Schlafzimmer. Es war mit einem Doppelbett, Nachttischen und einer Kommode sowie gemütlichen Sesseln möbliert. Das zimmereigene Bad hatte sowohl

Daniel stopped to ask a passing farmer for directions. She knew plenty of men who would have rather driven around in circles than admitted they were lost.

He smiled at her as if he knew what she was thinking. "We should be there in a couple of minutes."

The place he'd chosen was a dream. They'd arrived at a working vineyard, which operated a small bed and breakfast. But unlike other bed and breakfasts, this one had a few little cottages dotted around the large estate. One of those would be theirs.

Daniel dropped their bags in the living room as they stepped into the place after picking up the key from the main house. There was a small kitchen to the left of them. It would be sufficient to make coffee in the morning.

Sabrina walked through to the bedroom. It was furnished with a Queen size bed, night stands, and a dresser as well as a couple of comfortable chairs. The en-suite bathroom had both a tub and a shower. The

eine Badewanne als auch eine Dusche. Doppeltüren aus Glas führten vom Schlafzimmer aus auf eine großzügige Terrasse, die sich über die gesamte Breite des Cottages erstreckte.

Die Aussicht war etwas ganz besonderes. Als Sabrina die Türen öffnete und hinausging, war sie fasziniert. Von dem Hügel aus, auf dem das Cottage lag, konnte sie sehen, wie sich das Weingut bis ins Tal hinunter ersteckte. Die sanft ansteigenden Hänge auf beiden Seiten waren mit unzähligen Reihen von Weinreben bepflanzt.

„Es ist wunderschön", flüsterte sie.

„Atemberaubend", hörte sie seine Stimme hinter sich, wobei sein Atem ihren Nacken liebkoste. „Denkst du, du wirst es genießen, hier das Wochenende zu verbringen? Selbst wenn du es mit mir aushalten musst?"

Sie drehte ihren Kopf und lächelte ihn sanft an. „Selbst wenn ich es mit dir aushalten muss."

Seine Augen liebkosten sie, aber er machte keine Anstalten, sie zu berühren oder zu küssen, was sie verwunderte. „Komm, lass uns im Weingut spazieren gehen!"

Daniel bot ihr seine Hand an, und sie nahm sie ohne Zögern,

French doors in the bedroom led out to a large terrace spanning the entire width of the cottage.

But the view was something else. As soon as Sabrina opened the doors and stepped out onto it, she was mesmerized. Looking down from the top of the hill on which the cottage was perched, the vineyard stretched out into the valley. Gently rising slopes on either side were planted with rows and rows of vines.

"It's beautiful," she whispered.

"Breathtaking," she heard his voice behind her, his breath caressing her neck. "You think you'll enjoy staying here for the weekend? Even if you have to put up with me?"

She turned her head and gave him a soft smile. "Even if I have to put up with you."

His eyes caressed her, but he made no attempt to touch or kiss her, which surprised her. "Come, let's go for a walk around the vineyard."

Daniel offered his hand, and she took it without hesitation as

und so verließen sie das Cottage und wanderten gemeinsam den Pfad hinunter, der durch die vielen Reihen von Rebstöcken führte. Die Sonne schien bereits heiß und berührte angenehm ihre Haut, während sie mit ihm den Trampelpfad entlangschlenderte, ihre Finger mit seinen verschränkt.

Es war eine zwanglose Berührung, nicht die rein sexuelle Berührung, die sie sonst von ihm gewohnt war. Sie fragte sich, was diesen Wandel verursacht haben könnte. Sogar als sie sich am Abend zuvor in dem Café getroffen hatten, war er voll von kaum kontrollierbarem Verlangen gewesen. Doch abgesehen von den vereinzelten sexuellen Anspielungen, die er im Auto gemacht hatte, hatte er keine Anzeichen gemacht, dass er sie verführen wollte.

Es kam ihr so vor, als ob er seine verführerische Seite hinter sich gelassen hätte, je weiter sie sich von San Francisco entfernt hatten. Sein gelassenes Auftreten entspannte sie, und sie fühlte sich, als ob die Anspannung der letzten Tage endlich ihren Körper verlassen hätte. Sogar die unangenehme und gefährliche Situation mit Hannigan

they left the cottage and wandered down the path, which led through the vines. The sun was already hot and pleasantly touched her skin while she strolled along the dirt paths with him, her fingers intertwined with his.

It was a casual touch, not the purely sexual touch she was used to by him. She wondered what had brought this change about. Even when they'd met at the coffee shop the night before, he'd been full of barely contained desire. But now he'd turned into the sweet guy from next door. He was funny and entertaining, and apart from the few sexual innuendos he'd made in the car, he'd shown no sign of wanting to seduce her.

It had felt as if the farther away from San Francisco they'd driven, the more he'd left his seductive side behind. His easygoing demeanor relaxed her, and it felt as if the tension from the last few days finally left her body. Even the unpleasant and potentially dangerous situation with Hannigan faded into the

verschwamm mit der Entfernung in ihrer Erinnerung.

Daniel half ihr einen steilen Pfad hinauf, und plötzlich standen sie auf einem grasbedeckten Plateau. Mehrere Bäume spendeten Schatten. Die Dreihundertsechzig-Grad-Aussicht war überwältigend: die hügelige Landschaft, die Bäume, die Weinreben, ein kleiner Bach in der Ferne. Die gesamte Szenerie wirkte wie aus einem Werbeprospekt für Touristen entnommen.

Als Sabrina das Plateau genauer erkundete, bemerkte sie eine große Decke mit einem Korb unter einem der Bäume. Er folgte ihrem Blick.

„Ich hoffe, du bist hungrig. Ich habe uns einen kleinen Picknickkorb zusammenstellen lassen."

Als Antwort auf ihren überraschten Gesichtsausdruck lächelte Daniel nur.

„Wow!"

Daniel nahm das Essen aus dem Korb: Brot, Käse, Oliven, Brotaufstriche, Aufschnitt und natürlich eine Flasche Wein. Im Weingebiet wäre ein Picknick ohne Wein nicht komplett!

Sabrina ließ sich verwöhnen. Es war sehr aufmerksam von ihm,

distance.

Daniel helped her up a steep path, and they suddenly stood on a little grassy plateau. Several trees provided shade. The view was three hundred and sixty degrees and stunning. Rolling hills, trees, vines, a small stream in the distance. It looked as if taken right out of a tourist brochure.

As Sabrina examined the plateau more closely, she noticed a large blanket with a basket resting underneath one of the trees. He followed her gaze.

"I hope you're hungry. I had a little picnic basket put together for us."

Daniel smiled in response to her surprised face.

"Wow."

Daniel took out the food from the basket: bread, cheeses, olives, spreads, cold cuts, and of course a bottle of wine. No picnic in the wine country would be complete without wine.

Sabrina let herself be pampered. It had been very thoughtful of him to plan ahead

vorauszuplanen und das Mittagessen für sie zu organisieren. Sie hatte nicht von ihm erwartet, dass er so viel Planung in dieses Wochenende stecken würde.

Daniel schenkte den Wein ein und gab ihr ein Glas.

„Auf ein wundervolles Wochenende!", prostete er ihr zu.

„Auf ein wundervolles Wochenende!"

Bevor sie die Gelegenheit hatte, von ihrem Wein zu kosten, beugte er sich nach vorne und presste seine Lippen sanft auf ihre. Es dauerte nur eine Sekunde, bevor er wieder zurückwich und dann von seinem Glas trank. Sabrina nahm schnell einen Schluck, um die Tatsache zu verschleiern, dass die einfache Berührung seiner Lippen sie völlig durcheinandergebracht hatte. Sein Kuss hatte sofort den Wunsch nach einer tieferen Verbindung hervorgerufen, und nicht nur nach der leichten, kaum spürbaren Berührung, mit der er sie gereizt hatte.

„Ich bin froh, dass du dich entschieden hast, mich zu begleiten."

„Du hast mir wirklich keine Wahl gelassen." Sabrina nahm eine Olive und steckte sie schnell

and organize a lunch for them. She hadn't expected him to put this much thought and planning into the weekend.

Daniel poured the wine and handed her a glass.

"To a wonderful weekend," he toasted.

"To a wonderful weekend."

Before she had a chance to drink from her wine he bent to her and softly pressed his lips on hers. It only lasted a second before he pulled back and drank from his glass. Sabrina quickly took a sip to disguise the fact that the simple touch of his lips had completely ruffled her. When she'd felt him kissing her, she'd instantly wished for more, for a deeper connection and not the light, barely-there touch he'd teased her with.

"I'm glad you decided to join me."

"You didn't exactly leave me much of a choice." Sabrina took an olive and popped it into her mouth.

"Some people need a little persuasion." Daniel's smile was warm and kind. But she

in ihren Mund.

„Manche Leute brauchen einfach ein bisschen Überredung." Daniels Lächeln war warm und herzlich. Aber sie ließ sich nicht so leicht täuschen. Unter dem süßen Äußeren lauerte das Raubtier. Der Mann, der sie im Bett praktisch verschlungen hatte, war immer noch da. Er war nicht einfach verschwunden.

„Sag mal, was hast du sonst noch so alles geplant?"

„Geplant?" Er blickte sie fragend von der Seite an.

„Für das Wochenende. Es sieht so aus, als hättest du einen Plan. Dieses Picknick ist nicht einfach aus dem Nichts aufgetaucht. Welchen Trumpf hast du noch im Ärmel stecken? Du versuchst mich weich zu machen, oder?"

„Wenn ich das vorhätte, glaubst du wirklich, dass ich dir dann erzählen würde, was noch auf dich zukommt? Damit würde ich doch meine Karten aufdecken." Er wechselte das Thema. „Käse?"

Sie nahm sein Angebot an, und beide begannen zu essen.

wasn't easily fooled. Underneath the sweet exterior the predator lurked. The man who'd practically devoured her in bed was still there. He hadn't just disappeared.

"Tell me, what's your plan?"

"My plan?" he gave her a sideways glance.

"For this weekend. It looks like you have a plan. This picnic didn't just appear out of nowhere. What other things do you have up your sleeve? Planning to soften me up, are you?"

"If I were, what makes you think I'd tell you what else you're in for? It would be showing my cards, wouldn't it?" He changed the subject. "Cheese?"

She took his offering, and they both started eating.

15

Daniel lächelte in sich hinein. Sabrina war klug, und es gab nur wenig, das er ihr verheimlichen könnte. Sie musste ihm scheinbar zeigen, dass sie ihm auf der Spur war, sein kleines Schein-Callgirl. Natürlich hatte er einen Plan fürs Wochenende, aber er würde sie niemals wissen lassen, was für Sachen er geplant hatte, um sie in seine Arme zu locken.

Mit Tims Hilfe war er auf allerlei Ideen gekommen, und er würde so viele wie möglich davon umsetzen. Wenn sie am Ende des Wochenendes nicht genauso verrückt nach ihm war wie er nach ihr, würde er in der nächsten Woche einfach stärkere Geschütze auffahren. Versagen war keine Option.

Als er den Rest des Weins in ihr Glas einschenkte, bemerkte er, dass sie locker mithalten konnte. Während des Essens plauderten sie über Wein, Essen und Urlaub. Nachdem er seinen letzten Schluck Wein getrunken hatte, legte sich Daniel zurück auf die Decke. Der Schlafmangel forderte

Daniel smiled inwardly. Sabrina was sharp, and there was little he'd get past her. She had to let him know that she was onto him, his cute pretend escort. Sure, he had a plan for the weekend, but there was no way he'd let her know the things he'd planned to sweep her off her feet and right into his arms.

With Tim's help, he'd come up with all kinds of ideas, and he would put as many as possible into practice. If by the end of the weekend she wasn't as taken with him as he was with her, he'd just have to try harder the next week. Failure was not an option.

Pouring the last of the wine into her glass, he noticed that she could hold her own. They were making light conversation during their meal, talking about wine, food, and vacations. Daniel lay back onto the blanket after he'd finished the last sip of wine. The lack of

seinen Tribut.

Die Planung und Vorbereitung des perfekten Wochenendes mit Sabrina hatte sogar mit Tims Hilfe fast die ganze Nacht gedauert. Er hatte kaum zwei Stunden Schlaf abbekommen, und der Wein hatte ihm den Rest gegeben. Sein Körper konnte sich gegen die Müdigkeit nicht länger wehren.

Am Morgen hatte er seinen neuen Anwälten eine Nachricht hinterlassen, wo sie ihn in absoluten Notfällen erreichen konnten, aber sie darauf hingewiesen, dass er nicht gestört werden wollte. Er hatte sogar seinen Blackberry ausgeschaltet, was er noch nie zuvor getan hatte.

„Hast du etwas dagegen, wenn ich meine Augen ein paar Minuten schließe?", fragte er sie.

„Nur zu. Es ist schön hier. Ich döse vielleicht auch ein bisschen. Der Wein hat mich ein wenig schläfrig gemacht."

Daniel sah ihr Lächeln, bevor er die Augen schloss. Sekunden später bemerke er, wie sie sich auf der Decke bewegte und wusste, dass sie sich neben ihn gelegt hatte. Während ihn eine sanfte Brise streichelte, entschwand er schnell in den Schlaf. Die Bäume spendeten genug Schatten, damit es trotz der warmen Sonne relativ

sleep was catching up with him.

Planning and preparing for the perfect weekend with Sabrina, even with Tim's help, had taken most of the night. He'd barely gotten two hours of sleep, and the wine had done the rest. His body couldn't hide the tiredness any longer.

In the morning, he'd left a message with his new lawyers about where they could reach him in case of absolute emergency but told them he didn't want to be disturbed. He'd even switched off his Blackberry, which he'd never done before.

"Do you mind if I close my eyes for a few minutes?" he asked her.

"Go ahead. It's nice up here. I might just nap a little too. The wine has made me a little tired."

Daniel saw her smile before he closed his eyes. Seconds later, he felt her shift on the blanket and knew she'd lain down next to him. He drifted off quickly, feeling a light breeze caress him. The tree provided sufficient shade for

kühl blieb.

Er fiel in einen leichten Traum, in dem er sich vorstellte, Sabrina würde ihn umarmen, während ihr Kopf auf seiner Brust lag und ihr gleichmäßiges Atmen ihn beruhigte. Er konnte sich zusammen mit ihr sehen und nicht nur im Bett. Er konnte sie an seiner Seite sehen, während sie die verschiedensten Dinge wie ganz normale Pärchen taten. Aber hauptsächlich konnte er sie in seinen Armen sehen.

Als er mit Plastikfrauen, wie Tim sie nannte, ausgegangen war, war er nie sehr demonstrativ mit seinen Gefühlen umgegangen. Abgesehen davon, einer Frau seinen Arm anzubieten, um sie zu einem Tisch zu geleiten oder ihr aus dem Auto zu helfen, war er nicht der Typ dafür, in der Öffentlichkeit Händchen zu halten, geschweige denn vor aller Augen seine Partnerin zu küssen. Seine Freundinnen hatten das immer verstanden.

Mit Sabrina wollte er aller Welt zeigen, dass sie zu ihm gehörte. Er wollte, dass alle sahen, dass er derjenige war, der ihre Hand hielt, dass er der Einzige war, der sie küssen durfte. Als er ihr in ihrer ersten gemeinsamen Nacht Knutschflecke hinterlassen hatte,

them to remain relatively cool despite the warmth of the sun.

He fell into a light dream, imagining her arms around him, her head resting on his chest and her even breathing soothing him. He could easily see himself with her, and not just in bed. He could see her by his side doing things couples did. But mostly, he could see her in his arms.

When he'd dated plastic women as Tim liked to call them, he'd never been very demonstrative with his feelings. Apart from lending a woman his arm to lead her to the table or to help her out of a car, he wasn't one to hold hands in public, let alone kiss. His girlfriends had always understood this.

With Sabrina, all he wanted to do was show the world that she was his. He wanted everybody to see that he was the one holding her hand, that he was the only one allowed to kiss her. When he'd left her with love bites after their first night together, he hadn't understood why he'd done it. He wasn't a teenager anymore,

hatte er nicht verstanden, warum. Er war kein Teenager mehr, der solche Dummheiten machte, und er hatte es bei seinen früheren Freundinnen ja auch nicht getan. Aber jetzt, da er sich der Gefühle, die er für sie hegte, bewusst war, wusste er, dass er ihr in der ersten Nacht instinktiv sein Brandzeichen verpasst hatte.

Daniels Brust fühlte sich schwer an, als er endlich aufwachte. Er spürte etwas gegen seine Oberschenkel drücken. Als er die Augen öffnete, erkannte er verwundert, was der Grund für den Druck war, und seine Lippen formten sich zu einem Lächeln.

Sabrina hatte sich an ihn gekuschelt und schlief tief und fest mit ihrem Kopf auf seinem Oberarm ruhend. Ihr Arm lag schwer auf seiner Brust; ein Bein hatte sie über seine Schenkel gelegt. Nur einen Blick auf ihren friedlichen Körper zu werfen und ihre nackten Beine zu spüren, die die bloße Haut seiner Schenkel berührten, war genug, um seinen Körper in Wallung zu bringen.

Plötzlich reichte weder der Schatten der Bäume aus, um ihn abzukühlen, noch konnte die kühle Brise seine Körpertemperatur senken.

Er saß tief in der Klemme.

who did stupid things like that, and he'd certainly never done it to any of his previous girlfriends. But now that he knew the feelings he harbored for her, he knew that during their first night he'd instinctively branded her.

Daniel's chest felt heavy when he finally woke, and he felt something pressing against his thighs. As soon as he opened his eyes, he realized to his amazement what the cause of the weight was. His lips lifted into a smile.

Sabrina had snuggled into him and slept deeply, her head resting on his bicep. Her arm lay heavy on his chest, and she'd placed one leg over his thighs. Just a look at her peaceful body sprawled over him, coupled with the feel of her bare legs touching the exposed skin on his shorts-clad thighs, was enough for his body to heat up.

Suddenly, the shade of the tree wasn't sufficient to cool him, nor was the light breeze getting even close to lowering his body temperature.

He was in deep shit. What

Wieso hatte er geglaubt, dass er die Nacht mit ihr zusammen im Bett verbringen könnte, ohne sie zu berühren? Selbst jetzt konnte er sich kaum zurückhalten, sie zu berühren und sie noch näher heranzuziehen oder seine Hand unter ihre kurze Hose wandern zu lassen, um die weiche Haut ihres Hinterns zu spüren. Und jetzt war sie noch angezogen. Heute Nacht würde sie nackt sein, oder fast nackt.

Panik erfasste ihn. Er würde seinen Plan nie durchziehen können. Die kälteste Dusche in der Antarktis wäre nicht genug, um seine Gedanken abzukühlen oder seine Erektion unter Kontrolle zu bringen, wenn Sabrina heute Nacht erst einmal in seinem Bett lag.

Wie konnte er nur jemals mit seiner langsamen Verführung weitermachen, damit sie zu ihm kam, wenn er sie bespringen würde, sobald sie wieder im Cottage waren? Wessen brillante Idee war das gewesen? Oh ja, seine eigene. Tim hatte von Anfang an bezweifelt, dass er dieses Vorhaben je durchziehen könnte, und hatte vorgeschlagen, ihr die Wahrheit zu sagen, sobald sie aus der Stadt heraus waren. Eins zu null für Tim.

had made him think he could spend the night in bed with her without touching her? Even now, he could barely restrain himself from putting his hands on her to tug her even closer, or run his hand underneath her shorts to touch the soft skin of her ass. And now she was dressed. Tonight, she'd be naked or as close to naked as possible.

Panic gripped him. He'd never be able to go through with his plan. The coldest shower in the Antarctic wasn't sufficient to cool his thoughts or bring his erection under control once Sabrina was in his bed tonight.

How could he ever go through with his slow seduction to make her come to him when he would jump her bones the minute they were back at the cottage? Whose brilliant idea had that been? Oh yes, his own. Tim had doubted from the start that he'd ever be able to go through with it and had suggested he'd tell her the truth the minute they got out of town. One-nil for Tim.

~ ~ ~

Tim winkte, um Hollys Aufmerksamkeit zu erregen, als er sie an der Tür des Cafés auftauchen sah. Sie nahm ihn unverzüglich war und schlängelte sich an den belebten Tischen vorbei, um sich neben ihn auf die Couch zu setzen. Sie küssten sich auf die Wange.

„Liebling, du hast keine Ahnung, was ich für eine Nacht hatte!", beschwerte sich Tim theatralisch.

„Mach kein Theater, Süßer! Zumindest musstest du nicht damit klar kommen, dass Sabrina sich wieder die Augen ausheulte." Sie atmete langsam aus.

„Ich liebe es, wenn du versaut mit mir redest", neckte er sie.

„Schön wär's, Süßer, schön wär's. Für dich würde ich meinen Job aufgeben, ehrlich."

Tim kniff sie freundschaftlich. „Tut mir leid, Liebling, aber ich kann nicht ändern, was ich bin. Aber wenn ich es könnte, würde ich es für dich unverzüglich tun."

Sie zuckte mit den Achseln. „Ich glaube, du bist mit Bezahlen dran. Ich möchte einen dreifachen –"

Er unterbrach sie sofort. „Schon bestellt. Ich bin dir weit voraus."

~ ~ ~

Tim waved to catch Holly's attention when he saw her appear at the door to the coffee shop. She spotted him instantly and shuffled past the busy tables to plop down next to him on the couch. They kissed on the cheek.

"Darling, you have no idea what kind of night I've had," Tim complained theatrically.

"Don't get your knickers in a twist, sweetie, at least you didn't have to deal with Sabrina crying her eyes out again." She let out a long breath of air.

"I love it when you talk dirty to me," he teased her.

"I wish, sweetie, I wish. For you I'd give up my job, honestly I would."

Tim gave her a friendly squeeze. "Sorry, darling, I can't change what I am. But if I could, I'd do it for you in a heartbeat."

She shrugged. "I think it's your turn to pay. I'll have a triple grande—"

He cut her off instantly. "Already ordered. I'm so way

Hollys Getränk wurde von der Barista ausgerufen, und Tim stand auf, um es für sie zu holen.

Holly nahm einen gierigen Schluck und wischte sich dann den Schaum von den Lippen. „Das habe ich gebraucht. Ich bin viel zu früh aufgestanden, um dafür zu sorgen, dass Sabrina auch wirklich mit ihm fortfährt und es sich nicht in letzter Minute anders überlegt."

„Das ist gar nichts. Danny hielt mich die halbe Nacht wach, um alles für das Wochenende zu organisieren. Okay, also ich habe mich freiwillig gemeldet, ihm zu helfen."

Holly zog eine Augenbraue nach oben.

„Naja. Ich habe ihn überzeugt, dass er sich ein paar Gedanken darüber machen sollte." Tim schaute sie an und grinste. „Ich ließ ihn einen Crashkurs in sinnlicher Massage machen."

„Du hast was gemacht?" Holly verschüttete fast ihren Café Latte.

„Ich habe meine Masseuse angerufen, und sie hat ihm beigebracht, wie man sinnlich massiert. Vertrau mir! Sabrina wird uns später dafür danken. Er hat es schnell gelernt. Und er ist so motiviert."

Holly schüttelte den Kopf.

ahead of you." Her drink was called out by the barista and Tim got up to collect it for her.

Holly took a greedy gulp, then wiped the foam off her lips. "I needed that. I got up way too early to make sure Sabrina was really going to leave with him and not change her mind at the last minute."

"That's nothing. Danny kept me up half the night to organize everything for the weekend. Okay, so I volunteered to help him."

Holly raised an eyebrow.

"Fine. I convinced him that he needed to put some thought into this." Tim glanced at her and grinned. "I made him take a crash course in sensual massage."

"You did what?" Holly almost spilled her latte.

"I called my masseuse and had her teach him how to do a sensual massage. Trust me, Sabrina will thank us for it later. He's a fast learner. And he's motivated."

Holly shook her head. "Don't you think we're taking this too far?"

Tim made a dismissive hand

„Denkst du nicht, dass wir doch ein wenig zu weit gehen?"

Tim machte eine abweisende Handbewegung. „Nach allem, was du mir während der letzten Jahre von Sabrina erzählt hast, sage ich dir, sie sind wie für einander geschaffen."

„Ich habe da meine Zweifel. Sie wird womöglich wieder verletzt werden. Wir hätten das nie tun sollen. Was zum Teufel haben wir uns nur gedacht?" Tim hörte Besorgnis in Hollys Stimme.

Verschmitzt schaute er sie an. „Habe ich dir noch nicht erzählt, dass er sich in sie verliebt hat?"

Holly fiel die Kinnlade herunter. „Bist du dir sicher?"

Er warf ihr einen beleidigten Blick zu. „Kenne ich Danny oder kenne ich Danny nicht?"

„Hat er dir das gesagt?"

„Nein, ich habe es ihm gesagt. Er hat eine kleine Starthilfe gebraucht. Aber jetzt ist er angesprungen. Ich habe es in seinen Augen gesehen, mit allem Drum und Dran. Es hat ihn etwas durcheinandergebracht, aber er wird klarkommen." Er lächelte mit Gewissheit. „Ich bin sicher, alles wird sich einrenken, wenn er ihr erst die Wahrheit sagt."

Holly schüttelte den Kopf. „Und wann denkst du, dass der richtige

movement. "After all you've told me about Sabrina over the years, I'm telling you they're perfect for each other."

"I'm having second thoughts. She's going to get hurt. We should have never done this. What the hell were we thinking?" There was concern in Holly's voice.

Mischievously, Tim looked at her. "Did I mention that he's fallen in love with her?"

Holly's mouth dropped open. "Are you sure?"

He tossed her an offended look. "Do I know Danny, or don't I know Danny?"

"Did he tell you?"

"No, I told him. He needed a bit of a jolt. But he's on board now. I saw it in his eyes, the full shebang. Rattled him quite a bit, but he'll be fine." He smiled self-assuredly. "I'm sure everything will fall into place when he tells her the truth."

Holly shook her head. "And when do you think there'll ever be the right time for the truth to come out? Sabrina is so paranoid about getting hurt again that she'll just shut

Zeitpunkt sein wird, um mit der Wahrheit rauszurücken? Sabrina hat so einen Horror davor, wieder verletzt zu werden, dass sie einfach abschalten wird."

„Keine Sorge, er wird das schon hinkriegen. Unsere Arbeit ist getan. Und wir haben gute Arbeit geleistet. Meinst du nicht auch?"

„Das ist noch nicht entschieden. Übrigens, gutes Timing bezüglich des Anrufs. Sabrina hat es sofort geschluckt. Sie hat nichts gemerkt. Wer war das Mädchen?"

„Eine Kellnerin, die ich kenne. Ich habe ihr gesagt, sie soll sich vorstellen, es wäre ein Monolog für ein Vorsprechen."

„Ich wünschte, wir hätten das anders inszenieren können. Sabrina wird so wütend auf mich sein, wenn sie es herausfindet." Holly biss sich auf die Unterlippe.

„Hey, das ist doch nicht deine Schuld. Wir wollten ja, dass die beiden sich auf einem Blind Date kennenlernen, aber er wollte kein Date. Wir konnten uns diese Gelegenheit einfach nicht durch die Lappen gehen lassen. Wer weiß, wie lange wir wieder auf so eine Chance hätten warten müssen. Es war der perfekte Zeitpunkt. Glaub mir, obwohl ich seine Ex-Freundin nie kennengelernt habe, kenne ich den

down."

"Don't worry, he'll handle it. Our work is done. And a great job we did. Don't you think so?"

"That's still not decided. By the way, great timing with the phone call. Sabrina bought it instantly. Didn't suspect anything. Who was the girl?"

"A waitress I know. It told her to pretend it's a monologue for an audition."

"I wish we could have orchestrated this differently though. Sabrina is going to be so mad at me when she finds out." Holly bit her lower lip.

"Hey, not my fault. I wanted to set them up on a blind date, but he didn't want a date. I couldn't just let that opportunity slip through my fingers. Who knows how long we would have had to wait for another one. It was perfect timing. Believe me, even though I never met that ex-girlfriend of his, I know the type. None of those women he went out with were right for him. I love him like a brother. I'm not having him end up with some money-grabbing plastic

Typ. Keine der Frauen, mit denen er ausgegangen ist, war für ihn die Richtige. Ich liebe ihn wie einen Bruder. Ich will nicht, dass er bei einer geldgeilen Plastikschlampe endet. Er braucht eine richtige Frau mit echten Gefühlen", meinte er überzeugt.

Holly nickte zustimmend. „Gut, hier ist seine Chance. Sabrina hat wirklich ganz echte Gefühle. Ich hoffe nur, dein Freund kommt damit zurecht. Und ich hoffe, er spielt nicht mit ihr."

„Oh, er wird spielen, aber er wird es ernst meinen. Wenn er sich etwas in den Kopf setzt, wird er nicht aufhören, bis er hat, was er will. Und ich sage dir, er will sie. Er wollte sie schon, als er noch glaubte, sie sei ein Callgirl. Tief drinnen scheißt er auf Konventionen. Selbst wenn sie ein Callgirl wäre, würde er sie immer noch wollen. Selbst wenn er seinen Eltern erklären müsste, dass er in eine Prostituierte verliebt ist – obwohl ich um Mamas Willen dankbar bin, dass sie keine ist. Nicht, dass er es ihr jemals sagen würde." Tim kicherte leise, und sie stieß ihm in die Rippen.

„Es ist nichts falsch daran, ein Callgirl zu sein. Und würdest du bitte nicht Prostituierte sagen!", bitch. He needs a real woman with real feelings." His tone was adamant.

Holly nodded in agreement. "Well, here's his chance. She's got feelings all right. I just hope your friend can handle that. I hope he's not out to play her."

"Oh, he'll play, but he'll play for keeps. When he gets something into his head, he's not going to stop until he's got what he wants. And I tell you, he wants her. He wanted her already when he still thought she was an escort. Deep down he doesn't give a damn about conventions. Even if she were an escort, he'd still want her. Even if it meant he'd have to tell his parents that he's in love with a prostitute, even though for Mamma's sake I'm sure he's glad she's not. Not that he'd ever tell her." Tim chuckled softly, and she jabbed him in the ribs.

"There's nothing wrong with being an escort, and would you please not call it prostitute," she snorted.

He hugged her. "Absolutely right. It's all a matter of price."

schnaubte sie.

Er umarmte sie. „Du hast absolut recht. Es ist nur eine Frage des Preises."

„Du bist manchmal ein solcher Arsch", erwiderte sie lachend.

„Ich vermute, dass du mich deshalb liebst?" Tim schmunzelte.

„Warum hast du eigentlich nie versucht, mich mit ihm zu verkuppeln?"

Er warf ihr einen ungläubigen Blick zu. „Was? Und damit meine beste Freundin verlieren? Was bin ich denn? Da müsste ich schon komplett selbstlos sein! Kennst du mich denn gar nicht? Und abgesehen davon bist du nicht sein Typ."

Sie seufzte. „Er sagte so etwas Ähnliches, als ich ihn getroffen habe. Gott, er ist in natura sogar noch heißer als auf den Bildern, die du mir gezeigt hast."

„Das weiß ich doch selbst. Und keine Sorge, ich finde jemand Anderen für dich. Aber nicht gleich. Ich bin noch nicht bereit, loszulassen. Wen sonst kann ich um zwei Uhr morgens anrufen, wenn ich deprimiert bin?"

Holly schüttelte den Kopf und lachte. „Selbstsüchtiger Bastard!"

"You're such an ass sometimes," she retorted laughingly.

"I suspect that's why you love me?" Tim smirked.

"Why did you never try to set me up with him?"

He gave her an incredulous look. "What? And lose my best female friend? What am I, completely selfless? Don't you know me at all? And besides, you're not his type."

She sighed. "He said as much when I met him. God, he's even hotter in person than on the pictures you showed me."

"Don't I know it? And don't worry, I'll find you somebody else. But not yet. I'm not quite ready to let go. Who else can I call at two in the morning when I'm feeling blue?"

Holly shook her head and laughed. "Selfish bastard."

16

Daniel brauchte eine kalte Dusche, und er brauchte sie jetzt sofort. Sie waren in das Cottage zurückgekehrt. Nur auf Sabrinas Beine, die in ihrer kurzen Hose steckten, zu schauen, während er ihr folgte, ließ ihn sich fühlen, als ob er auf einem Bett aus heißen Kohlen ging. Barfuß.

„Entschuldigst du mich bitte für ein paar Minuten?", schaffte er gerade noch herauszubringen, bevor er ins Badezimmer eilte. Er verriegelte die Tür, zog sich aus und sprang unter die Dusche. Sabrina dachte wahrscheinlich, er wäre verrückt, aber es war entweder das, oder er würde sie auf den Boden werfen und ihr die Kleider vom Leib reißen.

Als sie schließlich in seinen Armen aufgewacht war, hatte sie beschämt geschaut, und er hatte es dabei belassen und keine sexuellen Kommentare darüber abgegeben. Aber das bedeutete nicht, dass er vergessen hatte, wie sich ihr Körper angefühlt hatte. Es hatte ihn an all die Dinge erinnert, die sie im Bett und außerhalb des

Daniel needed a cold shower, and he needed it now. They'd returned to the cottage, and just looking at Sabrina's legs sticking out from her shorts as he followed her inside made him feel like walking on a bed of hot coals. Barefoot.

"Will you excuse me for a few minutes please?" he managed to press out before he made a mad dash for the bathroom. Locking the door behind him, he stripped and jumped into the shower. She was probably thinking he was crazy, but it was either that or him wrestling her to the ground, tearing her clothes off.

When she'd finally awoken in his arms, she'd looked embarrassed, and he'd let it go and not made any sexual comments about it. But it didn't mean he could forget about how her body had felt. It had reminded him of all the things they'd done in and out

Bettes an den ersten beiden Abenden, die sie miteinander verbracht hatten, angestellt hatten.

Das kalte Wasser lief seinen heißen Körper hinab, tat jedoch nichts, um seine pochende Erektion zu lindern. Wie ein Soldat auf dem Paradeplatz stand sein Schaft da, aufrecht, hart und unnachgiebig. Wer hatte nur das Gerücht aufgebracht, dass eine kalte Dusche eine Erektion herunterbringen konnte? Das war offensichtlich nur Altweibergeschwätz.

Bei ihm funktionierte das nicht. Verdammt! Er konnte doch nicht hinausgehen und ihr mit diesem Ding unter die Augen treten. Er war wie eine geladene Waffe, die jeden Moment losgehen konnte. Es gab nur einen einzigen sicheren Weg, diese Waffe zu entschärfen.

Daniel nahm seinen Schwanz in die Hand, schloss seine Augen und stellte sich Sabrina mit ihm unter der Dusche vor. Wie ihre Hand ihn berührte. Ihr Mund. Ihre Zunge. Wie ihre Hand sich um seinen Schaft schloss und hoch und hinunter glitt, erst langsam und dann schneller und härter. Bis er keuchte.

Es dauerte nicht lange, bis er Erleichterung fand. Innerhalb

of bed the first two evenings they'd spent together.

The cold water ran down his hot body but did nothing to ease his throbbing erection. Like a soldier on the parade grounds, it just stood there, straight, hard, and unyielding. Who had ever created the rumor that a cold shower got rid of an erection? It obviously was some old wives tale.

For sure it wasn't working for him. Damn! He couldn't go out there and face her with that thing. It was like a loaded gun, liable to go off at any moment. No safety on. There was only one other surefire way to unload that weapon.

As Daniel took his cock into his hand, he closed his eyes and imagined Sabrina in the shower with him. Her hand touching him. Her mouth. Her tongue. Her hand tightening around his shaft, sliding up and down on it, first slow and then faster, harder. Until he was panting.

It didn't take much for him to find release. Within seconds, he came and shot his seed

weniger Sekunden kam er und schoss seinen Samen gegen die gefliese Duschwand. Daniel hoffte nur, dass diese Erleichterung ihm helfen würde, den restlichen Tag und die Nacht zu überstehen. Aber er hatte seine Zweifel.

Er fing an, die Tiefe seiner Gefühle für Sabrina zu verstehen, und sein Körper verzehrte sich nach einer Vereinigung mit ihr. Er musste sich unter Kontrolle bringen. Auf Grund dessen, was Holly ihm über Sabrina erzählt hatte, wusste er, dass sie sanft umworben werden musste. Sie mit seinem Schwanz zu rammen, war nicht der richtige Weg. Zumindest nicht gleich.

Als er wieder völlig angezogen zurück ins Schlafzimmer trat, blickte er sich nach Sabrina um. Er fand sie auf der Terrasse, wo sie bereits die nächste Überraschung entdeckt hatte, die er für sie geplant hatte.

Die Angestellten der Pension hatten einen professionellen Massagetisch organisiert und draußen aufgestellt. Sabrina sah ihn mit ihren grünen Augen fragend ihn.

„Was ist das?"

Er war sicher, dass sie schon einmal einen Massagetisch against the tile wall of the shower. Daniel only hoped that this release would help him get through the rest of the day and the night. But he had his doubts.

He started to understand the depth of his feelings, and his body yearned for a joining with her. He had to get himself under control. After what Holly had told him about Sabrina, he knew she had to be wooed gently. Ramming her with his rod wasn't the way to go. Not yet anyway.

When he stepped back into the bedroom, again fully dressed, he looked around for her. He found Sabrina on the terrace, where she'd already spotted the next surprise he'd planned for her.

The staff of the inn had organized a professional massage table and set it up outside. She looked at him, her green eyes questioning him.

"What is this?"

He was sure she'd seen a massage table before, but that wasn't her question. "It's exactly what it looks like. Are

gesehen hatte, aber das schien nicht ihre Frage zu sein. „Es ist genau das, wonach es aussieht. Bist du bereit für eine Massage?"

„Wann kommt die Masseuse?"

Er bemerkte, dass ihr die Idee einer Massage gefiel und lächelte. „Er ist schon da." Sabrina sah ihn an und innerhalb von Sekunden schwappte die Erkenntnis über ihr Gesicht.

„Du?"

Daniel nickte. „Ich habe einen Kurs belegt."

Naja, einen Crashkurs. In der vorherigen Nacht.

Daniel reichte ihr den Bademantel, der auf dem Massagetisch lag.

„Zieh dich aus und leg das an!" Er deutete in Richtung Badezimmer.

„Das ist nicht dein Ernst." Es war ein schwacher Protest.

„Ich habe dich schon öfter nackt gesehen. Es gibt keinen Grund, schüchtern zu sein. Ich verspreche dir, du wirst es genießen."

Sabrina überlegte, ob sie ihm erlauben sollte, sie zu massieren. Die Vorstellung einer entspannenden Massage gefiel ihr, aber sie war sich unsicher über ihre eigene Reaktion, wenn sie erst einmal seine Hände auf ihrer

you ready for your massage?"

"When's the masseuse coming?"

He could tell she liked the idea of a massage and smiled. "He's already here." Sabrina looked at him, and within seconds realization washed over her face.

"You?"

Daniel nodded. "I took a class."

More like a crash course. Last night. He handed her the bathrobe which lay on the massage table.

"Get undressed and put this on."

He nodded toward the bathroom.

"You can't be serious." It was only half a protest.

"I've seen you naked before. There's no need to be shy. I promise you, you'll enjoy it."

Sabrina contemplated whether to allow him to massage her. The idea of a relaxing massage pleased her, but she was unsure as to her reaction to feeling his hands on her naked skin. It was one hell

nackten Haut spüren würde. Es war eine außergewöhnlich große Versuchung, und sie fragte sich, ob sie vor ihm sicher war. Den ganzen Tag hatte er sich bisher wie ein Gentleman benommen.

Selbst als sie aufgewacht war und ihr halber Körper seinen bedeckt hatte, hatte er die Situation nicht zu seinem Vorteil ausgenutzt. Sie wusste, dass *sie* sich an *ihn* gekuschelt hatte und nicht umgekehrt. Kurz bevor sie eingeschlafen war, hatte sie den Drang verspürt, nahe bei ihm zu sein, und ihr Gehirn hatte bereits abgeschaltet. Ihre Instinkte hatten die Führung übernommen, und sie war zu ihm gerutscht. Ihr Körper hatte nur gemacht, was er wollte, und sich an seinen geschmiegt.

Er hatte ihr einen sanften Kuss auf ihren Kopf gehaucht, bevor sie sich von seinem Körper gelöst hatte, aber keinen weiteren Versuch gemacht, sie zu berühren. Sicher, ihre Abmachung beinhaltete, dass sie ihm erlaubte, sie zu küssen, aber sie hatte gedacht, er hätte diese wilden, heißen, schwelenden Küsse gemeint, die er ihr während ihrer vorhergegangenen, leidenschaftlichen Nächte gegeben hatte. Nicht diese tugendhaften Küsse, die er ihr

of a temptation, and she wondered if it would be safe. He'd been a gentleman all day up till now.

Even when she'd found herself waking up with her body half covering his, he'd not used the situation to his own advantage. She knew that she'd been the one who'd cuddled up to him and not the other way around. Just before she'd fallen asleep, she'd felt the urge to be close to him, and her mind had already shut off. Her instincts had taken over, and she'd scooted over to him. Her body had just done what it wanted and molded itself to his.

He'd placed a gentle kiss on the top of her head before she'd freed herself from his body but had made no other attempt at touching her. Well, their agreement had been that he was allowed to kiss her, but she'd thought he'd meant those steamy, hot, smoldering kisses he'd bestowed on her during their first two evenings of passion. Not the chaste pecks he'd given her today.

heute gegeben hatte.

„Ich bin gleich wieder zurück", kündigte Sabrina an, nahm den Bademantel und ging ins Haus. Weniger als zwei Minuten später war sie zurück und trug den Bademantel – ohne jegliches Stück Stoff darunter.

Es war an der Zeit zu sehen, ob seine Küsse so tugendhaft bleiben würden, wenn er sie massierte. Sie hielt mitten in ihren Gedanken inne. Warum zum Teufel dachte sie überhaupt an so etwas? Sie sollte froh darüber sein, dass er seine Zunge bei sich behielt. Seine Zunge. Der Gedanke daran, wie sie ihre Haut liebkoste …

Nein! Sie sollte nicht daran denken. Er hatte sie quasi zu diesem Wochenende und dieser Buchung gezwungen, und sie wäre verrückt, wenn sie sich wieder einlullen ließe. Sie musste an sich denken und an die Tatsache, dass er in ein paar Tagen weg sein würde und es ihr elendig gehen würde, weil sie sich in einen Mann verliebt hatte, der sie nur als Spielzeug ansah.

Sabrina ließ ihren Bademantel fallen. Ihr war vollkommen bewusst, dass Daniel sie ansah und schwer schluckte, als sie für nur ein paar Sekunden völlig nackt vor ihm stand, bevor sie

"I'll be right back," Sabrina announced, took the bathrobe and went back inside. Less than two minutes later she was back, wearing the bathrobe with not a stitch of clothing underneath it.

It was time to see whether his kisses would remain this chaste after he'd massaged her. She stopped her own thoughts. Why the hell was she even thinking that? She should be happy that he kept his tongue to himself. His tongue. The thought of it caressing her skin…

No! She shouldn't think of it. He'd basically blackmailed her into this weekend and this booking, and she'd be out of her mind if she let herself be lulled into this again. She had to think of herself and the fact that in a few days he'd be gone, and she'd be miserable, because she'd fallen for a man who only saw her as a toy to play with.

Sabrina dropped her bathrobe and lay down on her stomach. She was fully aware of his gaze on her and how he swallowed hard when she stood

sich auf den Bauch legte.

Daniel breitete ein großes weiches Handtuch über ihren gesamten Körper aus.

„Ich hoffe, du magst den Duft von Lavendel." Seine Stimme klang rau.

„Mmm hmm", antwortete sie und entspannte sich auf dem bequemen Massagetisch.

Sie fühlte seine Hände über ihre Schultern streifen, als er das Handtuch zu ihren Hüften hinunterzog. Das Geräusch, wie er seine Hände einölte, folgte, und in Erwartung seiner Berührung versteifte sie sich unwillkürlich.

In dem Moment, als sie seine starken Hände auf ihrem Rücken fühlte, wie sie sich mit langen Strichen von ihren Schultern bis zu ihren Hüften bewegten, wurde ihr sofort klar, dass sie genau dieselben Chancen hätte, ihm zu widerstehen, wie ein Schneeball in der Hölle, sollte er die Absicht haben, sie zu verführen. Aber es war zu spät, jetzt noch einen Rückzieher zu machen. Sie war in seinen Händen, in seinen sehr fähigen Händen!

Ein unfreiwilliges Stöhnen entkam ihrem Mund, als Daniels Hände weiter rhythmisch ihren Rücken auf und ab glitten. Sie presste ihren Kiefer zusammen,

before him entirely nude for a mere few seconds.

Daniel placed a large soft towel over the length of her body.

"I hope you like the scent of lavender." His voice sounded raspy.

"Mmm hmm," she replied and relaxed into the comfortable massage table.

She felt his hands graze her shoulders as he pulled the towel down to her hips. The sound of his hands lathering themselves with oil followed, and she went rigid in anticipation of his touch.

The instant she felt his strong hands on her back, starting with long strokes from her shoulders down to her waist, she realized that she would have a snowball's chance in hell of resisting him if he tried to seduce her. But it was too late to withdraw now. She was in his hands, in his very capable hands.

An involuntary moan escaped her as Daniel's hands continued to rhythmically glide up and down her back. She

um weitere hörbare Zeichen von Vergnügen zu unterdrücken. Das war das Letzte, was sie brauchte: ihn wissen zu lassen, dass sie Brei in seinen Händen war.

„Entspann dich, Baby!", flüsterte er. „Du bist so verkrampft."

Wusste er alles, was in ihr vorging? „Warum machst du das?"

„Du meinst die Massage?", fragte er leise.

Der Klang seiner Stimme alleine führte dazu, dass sie schmelzen wollte. Kombiniert mit den zarten, knetenden Bewegungen seiner Hände, stellte sich dies als ein giftiger Cocktail für ihre bereits gequälte Seele heraus.

„Alles, dieses Wochenende, die Massage."

Daniel pausierte, bevor er antwortete, so als ob er keine Antwort hätte. „Ich mag dich, Holly."

Sie musste ihn davon abhalten, solche Sachen zu sagen. Es würde zu nichts führen. Dadurch würde alles nur schwerer werden, wenn sie dann getrennter Wege gehen müssten.

„Daniel, ich bin ein Callgirl. Du scheinst das zu vergessen", log sie, in der Hoffnung, es würde ihn

clenched her jaw to avoid any more audible signs of pleasure. That was all she needed, letting him know that she was putty in his hands.

"Relax, baby," he whispered. "You're so tense."

Did he know everything that was going on inside her? "Why are you doing this?"

"You mean the massage?" he asked softly.

The sound of his voice alone made her want to melt. Combined with the gentle kneading motions of his hands, it proved to be a toxic cocktail for her already tortured heart.

"Everything, this weekend, the massage."

Daniel paused before he replied as if he didn't have an answer. "I like you, Holly."

She had to stop him from saying things like that. It wouldn't lead to anything. It would just make things harder when they parted ways.

"Daniel, I'm an escort. You seem to keep forgetting that," she lied, hoping he could be brought back to the reality of their situation. Even though she

auf den Boden der Tatsachen zurückbringen. Obwohl sie kein Callgirl war, hatte er sie als ein solches gebucht. Also war sie trotz allem ein Callgirl.

Sabrina hörte, wie er tief einatmete. Sekunden vergingen in Stille, während er mit seinen Händen ihre Wirbelsäule entlangfuhr, wobei er mit seinen Daumen genau den richtigen Druck darauf ausübte, um sie vor Vergnügen erzittern zu lassen.

„Mir ist egal, was du bist." Seine Stimme war ungewöhnlich angespannt, als ob er wütend wäre. „Ich kann erkennen, was unter der Schale liegt", fügte er hinzu, wobei seine Stimme etwas sanfter klang als zuvor.

Irgendwie sagte Daniel genau die richtigen Sachen. Wenn sie ihn unter anderen Umständen kennengelernt hätte, wäre er der perfekte Mann. Freundlich und aufmerksam, leidenschaftlich und erfahren, heißblütig und stark. Aber die Umstände waren nicht richtig gewesen. Er hatte ein Callgirl gebucht, weil er gerade mit seiner Freundin Schluss gemacht hatte. Er brauchte eine Ablenkung, und es war klar, dass er nicht nach einer neuen Beziehung suchte. Warum würde er sonst ein Callgirl anheuern? Es

wasn't an escort, he'd hired her as one, so for all intents and purposes she was his escort.

Sabrina heard him suck in a breath, and seconds ticked away in silence as he ran his hands down her spine, his thumbs putting just enough pressure on it to make her shiver with pleasure.

"I don't care what you are." His voice was unusually tense as if he was angry. "I can see what's underneath," he added, his voice a little softer than before.

Daniel was saying all the right things. If she'd met him under other circumstances, he'd be the perfect man. Kind and considerate, passionate and experienced, hot-blooded and strong. But the circumstances hadn't been right. He'd hired an escort because he'd just broken up with his girlfriend. He was on the rebound, and it was obvious that he didn't want to have another relationship. Why else hire an escort? It guaranteed sex without the strings attached.

Sabrina didn't comment but

garantierte Sex ohne Wenn und Aber.

Sabrina kommentierte nicht, sondern konzentrierte sich stattdessen auf seine Hände. Jedes Mal, wenn seine Hände zu ihren Hüften hinabstrichen, reichten seine Fingerspitzen weiter und liebkosten sanft den oberen Teil ihres Pos. Und jedes Mal wünschte sie sich, er würde weiter hinuntergleiten.

Als ob Daniel wüsste, was sie wollte, verließen seine Hände endlich komplett ihren Rücken und glitten unter das Handtuch, um ihre runden Pobacken zu streicheln. Sofort entwich ein weiteres, lustvolles Stöhnen ihrer Kehle. Nun wurden seine Bewegungen zu Liebkosungen und hatten nichts mehr mit den Massagestrichen zu tun, die er an ihrem Rücken und ihren Schultern angewandt hatte.

Seine Finger entfachten Pfade des Feuers auf ihren Pobacken. Sie wanderten weiter zu ihren Oberschenkeln hinab, bevor seine Hände wieder umkehrten.

Sabrina fühlte, wie Hitze durch ihren Bauch schoss. Innerhalb von Sekunden sammelte sich Feuchtigkeit zwischen ihren Schenkeln. Die Art und Weise, wie dieser Mann sie erregen

instead concentrated on his hands. Every time his hands stroked down to her waist, his fingertips reached lower, gently caressing the top of her ass. And every time, she wished he'd go lower.

As if Daniel could tell what she wanted, his hands finally left her back altogether and slid underneath the towel to stroke her round cheeks. Instantly, another guttural moan escaped her lips. His movements turned into a caress and had nothing to do with the massaging strokes he'd lavished on her back and shoulders.

His fingers blazed trails of fire over her cheeks, then rode down to her thighs before reversing and traveling back up again.

Sabrina felt heat shoot through her belly, and within seconds moisture pooled at the juncture of her thighs. The way this man could arouse her should be illegal. She had to stop herself from allowing her body to arch toward his hands.

If he continued a few minutes longer, she knew she'd

konnte, sollte illegal sein. Sie musste sich davon abhalten, ihrem Körper zu erlauben, sich seinen Händen entgegen zu drängen.

Wenn er noch ein paar Minuten so weitermachte, wusste sie, dass sie kommen würde, ohne dass er sie intimer anfasste. Ihr Körper erzitterte leicht bei dem Gedanken daran, und sie verspannte sich bei dem Versuch, sich zu beherrschen und nicht aufzuschreien und ihn zu bitten, sie zu nehmen.

„Tut mir leid", sagte Daniel plötzlich und zog seine Hände von ihr weg.

Enttäuschung durchzog sie. Er bedeckte ihren Rücken und ihre Schultern mit dem Handtuch, bevor er es von einem ihrer Beine wegzog. Die sanfte Nachmittagsbrise kühlte ihr heißes Bein jedoch nicht lange.

Nachdem er noch mehr Öl in seinen Handflächen verteilt hatte, legte Daniel seine Hände auf ihr Bein und bewegte sie langsam von ihrem Oberschenkel zu den Spitzen ihrer Zehen hinunter. Dachte er wirklich, dieses Streicheln würde sie davon abhalten, wieder erregt zu werden? Er musste sicher bemerkt haben, was er ausgelöst hatte, als er ihren Po liebkost hatte.

Mit jedem Strich wurde ihre

come without him ever touching her any more intimately. Her body trembled lightly at the thought of it, and she tensed, trying to control herself as not to scream and ask him to take her.

"I'm sorry," Daniel suddenly said and pulled his hands away from her.

Disappointment swept through her. He covered her back and shoulders with the towel before pulling it back from one of her legs. The soft late afternoon breeze cooled her hot leg but not for long.

After pouring more oil on his hands, Daniel placed them on her leg and slowly moved down from the top of her thigh to the tip of her toes. Did he really think those strokes would keep her from getting aroused again? He surely had to have noticed what he'd done by caressing her ass.

With every stroke, her skin turned hotter. As he ran his hands from the back of her knee up her thigh again, she held her breath. Would the hand which ran along the

Haut heißer. Als er seine Hände von der Rückseite ihres Knies wieder ihren Oberschenkel hinaufwandern ließ, hielt sie den Atem an. Würde die Hand, die die Innenseite ihres Oberschenkels hinaufglitt, weit genug nach oben wandern, um zu bemerken, wie feucht sie war? Würde er seine Finger hoch genug bewegen, um ihr feuchtes Fleisch zu berühren, vielleicht sogar, um in sie einzudringen?

Zu ihrer Enttäuschung stoppte Daniel, bevor er nur in die Nähe kam, änderte die Richtung und wanderte wieder hinab. Seine Hände fühlten sich wie glühend heiße Eisen auf ihrer Haut an, nur heißer und weicher. Sie wusste, ihr Körper war sehr angespannt, und sie fühlte, wie er die Knoten ihrer Muskeln bearbeitete.

Sabrina wollte sich einfach gehen lassen und an gar nichts mehr denken. Und je mehr sie sich auf seine Hände konzentrierte und alles Andere vergaß, desto mehr fühlte sie, wie sich ihre Muskeln entspannten.

Sie würde sich mit allem Anderen später befassen. Jetzt wollte sie nur in der Wärme seiner Hände baden und die Zärtlichkeit seines Streichelns spüren. Sie wollte nichts hineininterpretieren.

inside of her thigh reach high enough to notice how wet she was? Would he let his finger slide high enough to feel her moist flesh or even penetrate her?

To her dismay, Daniel stopped before he even got close and then reversed his stroke and moved back down. His hands felt like sizzling irons on her skin, just hotter and softer. She knew she kept a lot of tension in her body, but she felt how he worked through the knots in her muscles.

Sabrina just wanted to let go and not think of anything, and the more she concentrated on his hands and forgot about everything else, the more she felt her muscles relax.

She'd deal with everything else later. For now, she only wanted to bathe in the warmth of his hands and the tenderness of his strokes. She didn't want to read anything else into it.

"You have wonderful hands."

She could hear the smile in his words when he answered. "You have a beautiful body."

„Du hast wunderbare Hände."

Sie konnte das Lächeln in seinen Worten hören, als er antwortete: „Du hast einen wunderschönen Körper."

„Massierst du oft?" Sie beneidete seine Freundinnen, und bei dem Gedanken, dass er eine andere Frau mit dieser Art von Aufmerksamkeit überschüttete, formte sich ein Knoten in ihrem Magen.

„Das ist das erste Mal."

Sie war erstaunt. „Dein erstes Mal? Das ist unmöglich. Du bist fantastisch." Sie glaubte ihm nicht. Niemand konnte so talentiert sein.

„Mit einem geschmeidigen Körper wie deinem ist es einfach." Daniel zog das Handtuch wieder über ihre Beine und bedeckte sie komplett. „Wie fühlst du dich?"

Enttäuscht, dass es schon vorbei ist, wollte sie sagen, tat es aber nicht. „Schwach."

Er schmunzelte. „Ich glaube, man nennt das entspannt, nicht schwach."

Sabrina drehte ihren Kopf, um ihn anzusehen. Seine Lippen trugen ein sanftes Lächeln, aber seine Augen konnten sein Verlangen nach ihr nicht verbergen. Einige Sekunden lang sagte sie nichts und sah ihn nur

"Do you often give massages?" She envied his girlfriends, and a knot formed in her stomach at the thought of him lavishing another woman with this kind of attention.

"This is my first."

She was startled. "Your first? That's impossible. You're amazing." She didn't believe him. Nobody was this talented.

"It's easy with a pliable body like yours."

Daniel pulled the towel back over her legs, covering her completely. "How are you feeling?"

Disappointed that it was over, she wanted to say, but didn't. "Weak."

He chuckled. "I think it's called relaxed, not weak."

Sabrina turned her head to look at his face. His lips wore a soft smile, but his eyes couldn't hide his desire for her. For several seconds, she didn't say anything and only looked at him.

"Thank you. It was wonderful."

"You're welcome." He

an.

„Danke dir. Es war wundervoll."

„Gern geschehen." Er sah beinahe gefoltert aus, bevor er sich von ihr abwandte. „Ruh dich hier nur so lange aus, wie du willst."

Und mit diesen Worten ging er wieder hinein. Eine Minute später hörte sie die Dusche. Sie warf ihre Stirn in Falten. Er hatte eine Stunde zuvor schon geduscht. Obwohl es draußen ziemlich warm war, war es in der Nachmittagssonne nicht gerade brennend heiß und abgesehen davon lag die Terrasse im Schatten.

Sabrina drehte ihren Kopf in Richtung des Tals und des Weingutes. Es war ein schöner Anblick, und das Leben könnte perfekt sein, wenn nur die Umstände andere wären. Sie seufzte.

looked almost tortured before he turned away from her gaze. "Just keep resting here as long as you want to."

And with those words he went back inside. A minute later, she heard the shower. She knotted her eyebrows. He'd taken a shower only an hour earlier. Even though it had been pretty warm out, it wasn't exactly scorching hot in the late afternoon sun, and besides, the terrace was shady.

Sabrina turned her head out toward the valley and the vineyards. It was a beautiful sight, and life could be perfect if only circumstances were different. She sighed.

17

Seine zweite kalte Dusche des Tages half auch nicht mehr als die erste. Er war ein Idiot. Er hätte der richtigen Holly nie erlauben sollen, ihn dazu zu überreden, mit dieser Charade weiter zu machen. Er hätte auf sein Bauchgefühl hören sollen und Sabrina die Wahrheit sagen sollen, als er das Büro des Escortservices verlassen hatte.

Jetzt wusste er weder ein noch aus. Einerseits wollte er nichts mehr, als mit Sabrina zu schlafen, doch andererseits hatte er ihr versprochen, dass sie diejenige wäre, die Sex initiieren würde. Wenn er mit noch mehr solcher brillanten Ideen daherkam, würde er der nächste Gewinner der Darwin Awards sein, dafür, sich aus dem Genpool ausgelöscht zu haben.

Was hatte ihn glauben lassen, Sabrina würde zu ihm kommen, wenn er sie nur einen Tag lang nicht anbaggern würde? Die Massage hatte ihn äußerst heiß gemacht. Und *er* war derjenige, der sie gegeben hatte, um

His second cold shower of the day didn't do any more good than the first. He was an idiot. He should have never let the real Holly talk him into continuing this charade. He should have gone with his gut instinct and told Sabrina the truth as soon as he'd walked out of the Escort Service's offices.

Now he was stuck between a rock and an even rockier place. On the one hand, he wanted nothing more than to make love to her, but on the other, he'd promised her she'd be the one to initiate sex. If he came up with any more brilliant ideas like this one, he'd be the next addition to the Darwin Awards for eliminating himself from the gene pool.

What made him think Sabrina would come to him if only he wouldn't hit on her for a day? The massage had left him completely and utterly hot and bothered, and *he* was the

Himmels willen. Sicher, sie hatte die Massage genossen, aber abgesehen davon hatte er keine Reaktion von ihr bemerkt, die ihm gezeigt hätte, dass sie auf intimere Weise berührt werden wollte.

Als er ihren reizenden Po gestreichelt hatte, hatte sie sich unter seinen Händen verspannt, und er hatte von ihr ablassen müssen, um den Moment nicht komplett zu zerstören. Sie hatte ihn die ganze Zeit abgeblockt. Mit ihrem Kommentar, dass sie ein Callgirl war, hatte sie ihm praktisch zu verstehen gegeben, dass sie keine Beziehung mit ihm wollte. Sie hatte ihn in seine Schranken verwiesen.

Dieser Gedanke war es, der schließlich seine Erektion beruhigte, nicht das kalte Wasser der Dusche. Sabrina wollte ihn nicht. Holly hatte ihm erzählt, dass Sabrina seit drei Jahren keinen Sex und auch keine Beziehung gehabt hatte. Was, wenn sie den Sex mit ihm nur genossen hatte, weil sie so lange keinen gehabt hatte und in Wirklichkeit auch nichts Anderes wollte?

Daniel fühlte sich niedergeschlagen, als er aus der Dusche stieg und sich abtrocknete. Mit einem Badetuch

one who'd given it, for God's sake. Sure, she'd enjoyed it, but other than that, he'd seen no reaction from her that would have told him she wanted to be touched in a more sexual way.

When he'd caressed her delectable ass, she'd tensed under his hands, and he'd had to pull away in order not to destroy the moment altogether. She'd kept her wall up the entire time. Her comment that she was an escort had basically insinuated that she didn't want any other relationship with him. She'd put him in his place.

That thought was what finally brought his erection down, not the cold water of the shower. She didn't want him. As Holly had said to him, Sabrina hadn't had sex in three years, and she hadn't been in a relationship. What if she'd enjoyed sex with him only because she hadn't had any in such a long time, but in the end she really didn't want anything else?

Daniel felt depressed when he stepped out of the shower and dried off. Putting a towel

um den Unterleib gewickelt marschierte er zurück in das Schlafzimmer. Immer noch in Gedanken verloren ließ er das Badetuch fallen, schnappte sich frische Klamotten und zog sich langsam an.

Als er sich umdrehte, sah er Sabrina in der Tür zum Wohnzimmer stehen. Ihre Backen waren rosig. Wie lange war sie bereits dagestanden? Es war egal. Er war nicht prüde, und sie hatte ihn schon zuvor nackt gesehen. Aber ihre rosa Wangen deuteten an, dass es ihr peinlich war.

„Ich sollte auch duschen", sagte sie und huschte an ihm vorbei ins Badezimmer, während sie ihre Augen abwandte.

„Ich habe für sieben Uhr eine Reservierung fürs Abendessen gemacht. Lass dir Zeit."

Daniel sah auf seine Uhr. Er könnte einen Drink vertragen, aber er wusste, dass er sie zum Restaurant fahren würde und auch etwas Wein zum Abendessen wollte. Also konnte er sich jetzt keinen Alkohol erlauben.

Er ließ sich auf die Couch im Wohnzimmer fallen und schaltete den Fernseher ein. Egal was, nur um sich von dem Gedanken abzulenken, dass Sabrina unter der Dusche stand, nackt, während

around his lower body, he went into the bedroom. Still consumed with his thoughts about her, he dropped the towel, reached for a new set of clothes and slowly got dressed.

When he turned, he saw Sabrina standing in the door, which connected to the living room. Her cheeks were rosy. How long had she been standing there? It didn't matter. He wasn't shy, and she'd seen him naked before. But her pink cheeks suggested that he'd embarrassed her.

"I should take a shower too," she announced and brushed past him on her way to the bathroom, averting her eyes.

"I've made dinner reservations for seven o'clock. Take your time."

Daniel looked at his watch. He could do with a drink, but he knew he'd be driving them to the restaurant, and he wanted some wine with his dinner. No drink, then, for now.

He plopped down on the couch in the living room and switched on the TV. Anything to distract himself from the

das Wasser von ihrer perfekten Haut abperlte. Hatte dieses Cottage eigentlich eine Klimaanlage? Seine Augen suchten das Zimmer ab. Keine Klimaanlage.

Warum war ihm so heiß? Hatte er heute zu viel Sonne erwischt? Er schüttelte den Kopf. Nein, es war eher so, dass es ihn mit Sabrina erwischt hatte. Es schien so, als ob dies jetzt ein unheilbarer Zustand wäre.

Daniel schaute die Vorabendnachrichten an, hörte aber dem Nachrichtensprecher kaum zu. Aus den Augenwinkeln sah er eine Bewegung und drehte den Kopf zur Seite. Sabrina war schon mit dem Duschen fertig, und durch die offene Tür des Schlafzimmers sah er, dass sie nur mit einem Badetuch bekleidet aus dem Bad gekommen war.

Verdammt, wusste sie nicht, dass die Schlafzimmertür offen stand? Sekunden später keuchte er schwer, als er sah, wie sie das Badetuch fallen ließ und ihre Tasche nach neuer Kleidung durchsuchte. Zum Teufel, wusste sie denn nicht, dass er sie vom Wohnzimmer aus sehen konnte? Sie würde buchstäblich sein Tod sein.

Anstatt ein Gentleman zu sein

thought that she stood in the shower, naked, the water pearling off her perfect skin. Did this cottage have air conditioning? His eyes scanned the room. No air conditioning.

Why was he so hot? Had he gotten too much sun earlier in the day? He shook his head. No, it was more a case of having gotten too much of Sabrina under his skin. It appeared it was pretty much an incurable condition by now.

Daniel watched the early evening news but barely listened to the anchor. From the corner of his eye, he saw a movement and looked to the side. Sabrina had finished her shower already, and through the open door to the bedroom he saw that she'd come out of the bathroom only dressed in a towel.

Damn, didn't she know that the bedroom door was open? Seconds later, he panted heavily when he saw her drop the towel and pick through her bag for some new clothes. Hell, didn't she realize that he could see her from where he was? She was killing him. She

und in die andere Richtung zu blicken, ließ er seine Augen über ihren nackten Körper schweifen und beobachtete, wie sie sich anzog. Als erstes zog sie das kleine schwarze Höschen hoch und schlüpfte dann in ein dünnes Sommerkleid, ähnlich dem, das sie an dem Abend getragen hatte, als sie zu der Kochschule gegangen waren. Seine Hand wanderte instinktiv an seinen Schritt, wo er die bekannte Wölbung spürte, die zu seinem treuen Begleiter geworden war, seitdem er Sabrina getroffen hatte.

Fuck, konnte diese Frau keinen BH anziehen? Musste sie ohne einen in das Kleid schlüpfen, wissend, dass mit jedem Schritt, den sie heute Abend machen würde, ihre hübschen Brüste verführerisch auf und ab wippen würden?

Als sie sich hinabbeugte, um ihre hochhackigen Sandaletten anzuziehen, bewunderte er ihre wohlgeformten Beine und halluzinierte darüber, wie er Sabrina über die Kommode beugen, ihr Höschen herunterreißen und in sie eindringen würde.

Daniel sprang von der Couch auf und eilte Richtung Küche, riss den Gefrierschrank auf und

literally would be the death of him.

Instead of being a gentlemen and looking the other way, he let his eyes glide over her naked body and watched her get dressed. First, she pulled up the tiny black panties, then she stepped into yet another thin summer dress, similar to the one she'd worn the night they'd gone to the cooking class. His hand instinctively went to his crotch, where he felt the familiar bulge that had become his constant companion since he'd met her.

Fuck, could this woman not wear a bra? Did she have to slip into the dress without it, knowing that with every step she'd make tonight, her gorgeous boobs would bounce suggestively?

As she bent down to put on her high heeled sandals, he admired her shapely legs and hallucinated about how he'd throw her over the dresser, rip her panties off and plunge himself into her.

Daniel jumped up from the couch and headed to the kitchen, ripped the freezer open

steckte seinen Kopf hinein. Die kalte Luft schmerzte, aber das brauchte er. Langsam wurde seine Atmung wieder normal.

„Was machst du?" Sabrinas Stimme schreckte ihn auf, und als er seinen Kopf herauszog, stieß er sich an der Gefrierschranktür.

„Autsch!" Na großartig, wie würde er das nun wieder erklären? „Nichts. Ich habe nur nachgesehen, ob wir Eiswürfel haben."

Sie zog eine Augenbraue hoch, gab aber keinen Kommentar ab.

Sabrina sah atemberaubend aus. Ihre Haut glühte sowohl von der Sonne, die sie am Nachmittag abbekommen hatte, als auch von dem Öl, das er während der Massage bei ihr benutzt hatte. Der Duft von Lavendel umgab sie immer noch.

Sie trug praktisch kein Make-up. Nicht dass sie es brauchte. Ihr Gesicht war makellos, und ihre Wimpern waren so natürlich dicht, dass kein Mascara nötig war, um ihre ausdrucksstarken Augen weiter hervorzuheben.

„Ich habe nicht erwartet, dass du so schnell fertig bist." Keine seiner Freundinnen hatte sich je in weniger als einer Stunde geduscht und angezogen, geschweige denn in unter fünfzehn Minuten.

and stuck his head into it. The cool air hurt, but he needed it. Slowly, his breathing returned to normal.

"What are you doing?" Sabrina's voice startled him, and he hit his head on the freezer door as he pulled out.

"Ouch!" Great, how would he explain this? "Nothing. Just checking if we have ice cubes."

She raised an eyebrow but didn't comment any further. She looked stunning. Her skin glowed both from the sun she'd gotten in the afternoon and the oil he'd used on her during the massage. The scent of lavender was still all around her.

She wore practically no make-up. Not that she needed it. Her face was flawless, and her eyelashes so naturally thick that no mascara would have added anything to her expressive eyes.

"I didn't expect you to be done so quickly." None of his girlfriends had ever gotten showered and dressed in under an hour, let alone in under fifteen minutes.

Sabrina shrugged. "Sorry to disappoint you."

Sabrina zuckte mit den Schultern. „Tut mir leid, dich zu enttäuschen."

„Komm, wir können genauso gut früher in die Stadt fahren und etwas Sightseeing vor dem Abendessen machen." Egal was, nur um diesem Cottage und der Versuchung, sie nackt auszuziehen, zu entkommen.

Die hübsche Stadt Healdsburg war zentral zwischen Alexander Valley, Chalk Hill und Dry Creek Valley gelegen. Daniel war von dem Restaurant, das Tim ihm empfohlen hatte, nicht enttäuscht, und Sabrinas Appetit nach zu schließen, schmeckte ihr das Essen auch. Während er sie massiert hatte, hatte er bemerkt, dass ihre Kurven fülliger waren als die all seiner Ex-Freundinnen, die kaum mehr als einen kleinen Salat oder ein paar Sashimi gegessen hatten, nur aus Angst, ein oder zwei Pfund zuzunehmen.

Ihm gefiel es, die Rundungen von Sabrinas Hüften und die Fülle ihrer Brüste zu spüren, und es erinnerte ihn daran, dass er sie schon viel zu lange nicht mehr berührt hatte. Schwere Entzugserscheinungen machten sich in Form eines unangenehmen Stechens in seinem Unterleib bemerkbar.

"Come, we might as well drive into town early and do a little sightseeing before dinner." Anything to get out of this cottage and the temptation to strip her naked.

The little town of Healdsburg was centrally located in between Alexander Valley, Chalk Hill and Dry Creek Valley. Daniel wasn't disappointed in the restaurant Tim had recommended, and judging by Sabrina's appetite, she loved the food too. When he'd massaged her, he'd noticed that her curves were fuller than those of any of his ex-girlfriends, who'd barely ever eaten more than a little salad or some sashimi for fear of gaining a pound or two.

He liked to feel the roundness of her hips and the fullness of her breasts, and it reminded him that he hadn't touched her breasts in far too long. Severe withdrawal symptoms made themselves known in the form of uncomfortable pangs in his abdomen.

During dinner, their conversation centered around

Während des Abendessens konzentrierte sich die Unterhaltung auf ihre Beobachtungen im Weinanbaugebiet. Er vermied alles, was irgendwie auf sexuelle Weise ausgelegt werden konnte, und Sabrina schien dasselbe zu tun. Auf dem Rückweg zum Cottage schwiegen sie beide. Er wusste, was in ihrem Kopf vorging, weil es auch seine Gedanken beherrschte: Sie würden sich heute Nacht ein Bett teilen.

observations about the wine country. He avoided anything that could be construed in a sexual way, and Sabrina seemed to do the same. On the drive back to the cottage, they were both quiet. He knew what was on her mind, because it was also on his mind: they'd be sharing a bed tonight.

18

Sabrina hatte die Spannung zwischen sich und Daniel schon den ganzen Abend über gespürt. Auf dem Rückweg hatte im Auto eine unangenehme Stille zwischen ihnen geherrscht. Als sie im Cottage angekommen waren, hatte Daniel den Fernseher eingeschaltet und es sich auf der Couch bequem gemacht.

Sie ließ sich Zeit im Badezimmer, aber es kam der Punkt, an dem sie es nicht länger hinausschieben konnte und sie mit einem einfachen Baumwollnachthemd ins Schlafzimmer ging. Doch es war immer noch leer. Sie schlüpfte unter die Decke und fragte sich, wann Daniel endlich ins Bett kommen würde.

Sie vermisste seine Berührung und seine Küsse mehr, als sie zugeben wollte. Es führte wirklich kein Weg daran vorbei. Sie wollte ihn, und sie wollte sich seine Nähe nicht länger verweigern. Zum Teufel mit den Konsequenzen! Holly hatte jetzt wahrscheinlich schon den

Sabrina had felt the tension all evening. There'd been an awkward silence between them on the way back in the car. As soon as they'd gotten to the cottage, Daniel had switched on the TV and installed himself on the couch.

She took her time in the bathroom, but at some point she couldn't stall any longer and, dressed in a simple short cotton nightdress, she went into the bedroom. It was still empty. She slipped under the covers and wondered when he'd finally come to bed.

She missed his touch and his kisses more than she wanted to admit. There really was no way around it. She wanted him, and she didn't want to deny herself anymore. To hell with the consequences. By now Holly had probably stocked up their freezer with enough ice cream to see her through the worst once Daniel was gone.

Gefrierschrank mit genug Eiscreme aufgestockt, um ihr durch die schlimmste Zeit zu helfen, sobald Daniel weg war.

Der Fernseher verstummte, und ein paar Sekunden später kam Daniel ins Schlafzimmer und schloss die Tür hinter sich. Er ging direkt ins Badezimmer. Als Sabrina die Dusche wieder hörte, schüttelte sie nur den Kopf. Das müsste aufhören. Und sie würde dafür sorgen, dass das auch geschehen würde.

Daniel hätte nicht noch gequälter aussehen können, wenn ihm die Zähne gezogen worden wären. Und sie wusste, dass sie der Grund dafür war. Sie behandelte ihn nicht fair. Er hatte dafür bezahlt, Zeit mit ihr zu verbringen und sich zu amüsieren, und sie verdarb ihm den Spaß. Und gleichzeitig ihren eigenen Spaß.

Die Badezimmertür öffnete sich, und er trat nur mit seinen Boxershorts bekleidet heraus. Mit jedem Schritt, den er in Richtung Bett machte, schlug ihr Herz schneller. Sie hoffte, den Mut zu finden, um zu tun, was sie tun musste.

Die Matratze gab nach, als er sich auf das Bett setzte und gleich darauf unter die Bettdecke

The sound of the TV ceased, and a few seconds later Daniel came into the bedroom and closed the door behind him. He went straight for the bathroom. Sabrina shook her head when she heard the shower again. This would have to stop. And she would make sure it did.

Daniel couldn't have looked any more tortured if he'd just had his teeth pulled. And she knew that she was the reason for it. She wasn't being fair to him. He'd paid to spend time with her and to enjoy himself, and she was spoiling his fun. And her own fun at the same time.

The bathroom door opened, and he stepped out, dressed only in his boxer shorts. With every step he made toward the bed, her heart beat faster. She hoped to find the courage to do what she needed to do.

The mattress moved when he lowered himself onto the bed and slid under the covers. He reached for the light on the nightstand and switched it off.

"Good night, Holly."

He made no attempt to move

schlüpfte. Er griff nach der Lampe auf dem Nachtkästchen und schaltete sie aus.

„Gute Nacht, Holly."

Er machte keinen Versuch, näher zu ihr zu rutschen oder ihr einen Gutenachtkuss zu geben. Ihr Herz schlug bis zu ihrer Kehle, aber sie konnte jetzt nicht mehr zurück.

„Wie helfen dir diese kalten Duschen?"

Sie bemerkte, wie er aufschreckte. Sekunden später ging das Licht wieder an. Er saß aufrecht im Bett und drehte sich zu ihr. Er sah wütend aus. Das war offenbar nicht der richtige Ansatz gewesen.

„Ich glaube, es ist besser, wenn ich auf der Couch schlafe."

Bevor er aus dem Bett steigen konnte, legte Sabrina ihre Hand auf seinen Arm und zog ihn zurück. „Nein."

Er sah sie verwundert an, sagte jedoch nichts.

„Du hast versprochen, dass wir uns das Bett teilen, und du hast mir auch versprochen, mich zu küssen. Hast du vor, beide Versprechen zu brechen?"

Er zog die Augenbrauen hoch, sagte jedoch immer noch nichts.

„Verdammt, Daniel, du hast mich den ganzen Tag nicht

closer to her or to even kiss her goodnight. Her heart beat up into her throat, but she couldn't go back.

"How are those cold showers working for you?"

She felt him jolt up, and seconds later the light came back on. He sat upright in bed and turned to her. His face looked angry. This evidently hadn't been the right approach.

"I think it's better I sleep on the couch."

Before he could get out of bed, Sabrina put her hand on his arm and pulled him back. "No."

He gave her a startled look but didn't say anything.

"You promised we'd be sharing a bed, and you also promised you'd kiss me. Are you planning on backing out on both those promises?"

He raised his eyebrows but still didn't talk.

"Damn it, Daniel, you haven't kissed me all day, and you're moping around like somebody stole your lollipop. Why the hell don't you take what you want? You sure paid

geküsst, und du läufst mit einer Miene herum, als hätte dir jemand deinen Lutscher geklaut. Warum zum Teufel nimmst du dir nicht, was du willst? Du hast dafür bezahlt." Nun fühlte sie Wut in sich hochkochen. Wie konnte ein Mann nur so stur sein?

Er schien endlich seine Stimme wiederzufinden. „Ich nehme mir nicht, was mir nicht aus freien Stücken angeboten wird", zischte er.

„Was willst du von mir? Dass ich ein Schild trage, auf dem *fick mich* steht? Das kann ich nicht tun."

„Ich werde nicht so tief sinken, eine Frau zum Sex zu zwingen, wenn sie das offensichtlich nicht will. Egal, ob ich dafür bezahlt habe oder nicht. Du hast mir heute ziemlich deutlich gezeigt, dass du mich nicht willst. Ich hätte dich niemals zu diesem Wochenende überreden sollen."

„Was?" Sie dachte, sie hätte ihm genügend Signale gegeben, dass sie wollte, dass er sie berührte. Hatte er die Massage komplett vergessen, und wie sie unter seiner Berührung erbebt war?

„Spiel nicht mit mir! Jedes Mal wenn ich dich berühre, verspannst du dich."

for it." Now she felt anger boiling up in her. How could a man be so stubborn?

He finally seemed to find his voice again. "I don't take what's not offered freely," he hissed.

"What do you want me to do? Wear a sign saying *fuck me*? I can't do that."

"I won't sink so low as to force a woman to have sex with me when she obviously doesn't want me, no matter whether I paid for it or not. You made it pretty clear today that you don't want me. I should have never talked you into this weekend."

"What?" She thought she'd given him sufficient signals that she wanted him to touch her. Had he completely forgotten the massage and how she'd shivered under his touch?

"Don't play with me. Every time I touch you, you tense up."

Oh God, he'd completely misread her. She'd have to be much more obvious to get the message to him. Drawing on all her courage, she slid closer to

Oh Gott, er hatte sie komplett missverstanden. Sie würde viel eindeutiger sein müssen, damit er die Botschaft verstand. Sie packte ihren gesamten Mut zusammen und rutschte näher an ihn heran.

„Daniel, bitte." Sabrina blickte ihm in die Augen, aber er schien sie nicht zu verstehen. Sie nahm seine Hand und bewegte sie langsam, bis sie auf ihrer Brust lag. „Schlaf mit mir!"

„Weil ich dafür bezahlt habe?"

Sie schüttelte den Kopf. „Weil ich es möchte. Weil ich dich in mir spüren will."

Seine andere Hand wanderte zu ihrem Gesicht und umfasste es sanft. Daniel suchte ihre Augen ab, als ob er herausfinden wollte, ob sie meinte, was sie gesagt hatte. „Bist du sicher?"

Sie konnte seinen Atem auf ihrem Gesicht spüren. „Küss mich und du wirst es herausfinden!"

In dem Moment, als sie seine Lippen auf ihren spürte, machte ihr Herz einen Sprung, und sie fühlte sich, als ob sie in Ohnmacht fallen würde. Aber seine Lippen hielten sie wach. Sie konnte die Anziehungskraft zwischen ihnen beiden nicht verleugnen. Sein Kuss löste all die aufgestaute Anspannung des Tages auf. Ohne zu zögern, antwortete sie ihm,

him.

"Daniel, please." Sabrina looked into his eyes, but he didn't seem to understand. She took his hand and slowly moved it, placing it on her breast. "Make love to me."

"Because I paid for it?"

She shook her head. "Because I want you to. Because I need to feel you inside of me."

His other hand went to her face, cupping it gently. Daniel searched her eyes as if to determine whether she meant what she'd said. "Are you sure?"

She could feel his breath on her face. "Kiss me and you'll find out."

The instant she felt his lips on hers, her heart leapt, and she felt as if she'd faint. But his lips kept her conscious. There was no denying their chemistry. His kiss released all the pent up tension from the day. Without hesitation, she responded to him, demanded he play with her tongue and invade her mouth.

She clung to him with a

indem sie verlangte, dass er mit ihrer Zunge spielte und in ihren Mund eindrang.

Sie klammerte sich mit einer Verzweiflung an ihn, die sie nie gekannt hatte, bis sie schließlich fühlte, dass er sich ihr entzog. Erstaunt sah sie ihn an. Hatte sie ihn mit ihrem Benehmen vergrault?

„Wir müssen reden", sagte er mit ernster Stimme.

„Nein. Nicht reden. Ich möchte dich spüren."

Er nahm ihr Handgelenk, bevor sie ihn wieder an ihren Körper ziehen konnte. „Baby, ich will, dass du etwas verstehst."

Nein. Sie wollte nichts wissen. Sie wollte der Realität nicht ins Auge sehen, jedenfalls nicht der Realität, in der sie sich befanden.

„Schau mich an!", drängte er sie. „Wenn wir das heute Nacht machen, wenn wir miteinander schlafen, gehörst du mir. Es wird kein Zurück geben. Ich werde kein nein mehr akzeptieren. Verstehst du das?"

Sabrina nickte. Sie verstand. So lange er in San Francisco war und für die gesamte Zeit, für die er sie gebucht hatte, würde er fordern, dass sie Sex mit ihm hatte. Und er würde keine weiteren Entschuldigungen akzeptieren. Ja,

desperation she'd never known, until she suddenly felt him pull away. Stunned, she looked at him. Had she put him off with her behavior?

"We have to talk," he said in a serious voice.

"No. No talking. I want to feel you."

He grabbed her wrists before she could pull him back against her body. "Baby, I need you to understand something."

No. She didn't want to know anything. She didn't want to face reality, not the reality they were in anyway.

"Look at me." His tone was insistent. "If we do this tonight, if we make love, you're mine. There will be no backing down. I won't take no for an answer after this. Do you understand?"

Sabrina nodded. She understood. As long as he was in San Francisco and for the entire time he'd booked her, he'd demand that she have sex with him, and he wouldn't accept any more excuses. Yes, she understood. And she would comply, because she wanted him.

sie verstand das. Und sie würde einwilligen, weil sie ihn wollte.

„Ja."

„Gott, habe ich dich vermisst", sagte Daniel und riss sie zurück in seine Arme. Er lachte leise. „Ich muss dich warnen, diese kalten Duschen haben nicht geholfen, mein Verlangen nach dir abzukühlen."

Sabrina lachte. „Ich weiß nicht, warum du es überhaupt versucht hast. Du hast mich auf dem Massagetisch fast kommen lassen. Du hättest mich schon dort haben können."

Daniel schaute sie überrascht an. „Aber du hast dich verspannt."

„Weil ich etwa sechzig Sekunden von einem Orgasmus entfernt war."

Er küsste sie sanft. „Ich bin so ein Idiot. Wie kann ich das wiedergutmachen?"

„Da weiß ich so ein oder zwei Sachen ... oder drei ... oder vier." Sie schmunzelte.

Daniel lachte laut und zog sie in eine enge Umarmung, wobei sein Lachen sich in seinem gesamten Körper ausbreitete. Plötzlich war alles wieder perfekt. Sabrina war zu ihm gekommen und hatte ihm gestanden, dass sie ihn wollte. Und er hatte ihr gestanden, dass er

"Yes."

"God, I missed you," Daniel exclaimed and swept her back into his arms. He chuckled softly. "I have to warn you, those cold showers didn't do anything to cool my desire for you."

Sabrina laughed. "I don't know why you bothered. You almost made me come on the massage table. You could have had me right there and then."

Daniel gave her a surprised look. "But you tensed up."

"Because I was about sixty seconds away from an orgasm."

He kissed her softly. "I'm such an idiot. How can I make it up to you?"

"I can think of a thing or two or three or four." She smirked.

Daniel laughed out loud and hugged her tightly, his laughter rippling through his body. Suddenly everything was perfect again. Sabrina had come to him and admitted she wanted him. And he'd told her that he wanted her for good,

sie für immer wollte, und sie hatte diese Tatsache akzeptiert. Sie würden die Details ihres gemeinsamen Lebens später ausarbeiten. Aber jetzt wollte er einfach nur mit ihr schlafen. Er hatte schon viel zu lang gewartet.

Obwohl er ihre Brüste durch ihr dünnes Nachthemd spüren konnte, trug sie doch noch viel zu viel Stoff. Er würde es zur Regel machen, dass sie von jetzt an nichts mehr im Bett tragen durfte. Niemals.

Sein Mund war gierig, als er ihren einfing, denn es hungerte ihn noch mehr als jemals zuvor nach ihr. Das Wissen, dass er die Frau in seinen Armen liebte, machte jede Berührung und jeden Kuss doppelt so süß. Er hatte ihr seine Liebe noch nicht gestanden, aber er wusste, sie konnte es spüren. Bald würde er es offiziell machen.

Aber heute Nacht würde er nur ihren ersten Schritt, dass sie zu ihm gekommen war, auskosten. Er wusste, sie brauchte mehr Zeit, um alle Auswirkungen zu verstehen, aber sie hatte bereits einen großen Satz vorwärts gemacht, indem sie akzeptiert hatte, dass sie zu ihm gehörte.

Die einzige kleine Hürde, die er noch überspringen musste, war,

and she'd accepted it. They'd work out the details of their lives together later. But now, all he wanted was to make love to her. He'd already waited far too long.

Though he could feel her breasts through her thin nightgown, he decided she wore far too many clothes. He'd make it a rule that from now on she wouldn't be allowed to wear anything in bed. Ever.

His mouth was greedy when he captured hers, because he was hungrier for her than he'd ever been. The knowledge that he loved the woman in his arms made every touch and kiss double as sweet. He hadn't declared his love yet, but he knew she could feel it. Soon he'd make it official.

But for tonight, he would just savor her first step, savor that she'd come to him. He knew she needed more time for all implications to sink in, but she'd already made a large leap forward by acknowledging that she was his.

The only small hurdle he

ihr zu gestehen, dass er wusste, dass sie kein Callgirl war. Aber das war kein Gespräch für heute Nacht. Nach vierundzwanzig Stunden im Bett zusammen mit ihm würde sie bereit für diese Unterhaltung sein, weil sie bis dahin erkannt haben würde, wie sehr er sie liebte. Dafür würde er sorgen.

Nachdem Daniel sie von ihrem Nachthemd befreit hatte und aus seinen Boxershorts geschlüpft war, konnte er Sabrina endlich so spüren, wie er es den ganzen Tag schon gewollt hatte. Nackte Haut auf nackter Haut, die Lippen vereinigt, die Beine verflochten. Besitzergreifend wanderte seine Hand zu den weichen Kurven ihres Pos, um sie näher an sich zu ziehen. Mit einem Seufzer gab sie nach.

„Baby, ich bin noch nie glücklicher gewesen", murmelte er ihr ins Ohr, während er fortfuhr, die verführerische Biegung ihres Halses bis hinab zu der Einbuchtung an dessen Ansatz zu küssen.

Ihre Hände strichen über seine Brust und erforschten ihn; aber bevor er diese Berührung überhaupt wahrnehmen konnte, wanderten sie weiter nach Süden. Eine Sekunde später schloss

still had to jump over was to let her know that he was aware she wasn't an escort. But this wasn't a talk for tonight. After twenty-four hours of lovemaking she'd be ready to have that conversation, because by then she would have realized just how much he loved her. He'd make sure of that.

As Daniel freed her from her nightgown and slipped out of his boxers, he was finally able to feel Sabrina the way he'd wanted to all day. Naked skin on naked skin, lips locked, legs intertwined. Possessively, his hand moved to the soft curves of her ass and tugged her closer into him. With a sigh, she surrendered.

"Baby, I've never been happier," he murmured into her ear as he proceeded to kiss the tempting curve of her graceful neck down to the dip on the base of it.

Her hands roamed his chest exploring him, but before he could even register her touch, she moved south. A second later, she wrapped her hand

Sabrina ihre Hand um seine Erektion. Ein tiefes Stöhnen, das sich in seinem Bauch gebildet hatte, stieg hoch und entwich über seine Lippen.

Mit einer einzigen Berührung konnte ihn diese Frau komplett erobern. *Seine Frau*, korrigierte er sich. Die Macht, die sie über ihn hatte, war furchteinflößend, doch gleichzeitig auch erregend.

„Stopp, Baby, bitte! Oder ich komme sofort."

Als er in ihr Gesicht blickte, sah er, wie sich ein dreistes Lächeln ihre Lippen umspielte. „Sind wir ein bisschen zu empfindlich?"

„Sagt die Frau, die fast auf dem Massagetisch gekommen wäre", scherzte er. „Was mich an etwas erinnert. Was genau hat dich denn da so erregt?"

Bevor sie protestieren konnte, drehte er sie auf den Bauch. „Ich habe das Gefühl, ich sollte das herausfinden, damit ich es für die Zukunft weiß."

„Ich glaube nicht, dass ich solche Geheimnisse preisgeben sollte", neckte sie ihn.

Er kniete sich neben sie und legte seine Hände auf ihren Rücken. „Dann muss ich es wohl selbst herausfinden." Seine Hände machten sich an die Arbeit, indem sie langsam ihren Hals und ihre

around his erection. A deep moan originating in his gut traveled up to be released from his lips.

With one touch, this woman could completely undo him. His woman, he corrected himself. The power she had over him was frightening yet exciting at the same time.

"Stop, baby, please. Or you're going to make me come instantly."

As he looked into her face, he saw a naughty smile spread over her lips. "A little sensitive, are we?"

"Says the woman who almost came on the massage table," he joked. "Which reminds me. What exactly was it that set you off?"

Before she could protest, he flipped her onto her stomach. "I think I should find out in order to know for the future."

"I don't think I should give away secrets like that," Sabrina teased him.

He kneeled next to her and put his hands onto her back. "I'll just have to figure it out for myself then." And his

Schultern entlangwanderten, bevor sie weiter glitten und ihre Wirbelsäule entlangstrichen, bis sie die Kurven ihres Pos erreichten.

Daniel bemerkte eine Veränderung in ihrer Atmung und wusste genau, in welche Richtung er gehen musste. Er drehte sich auf dem Bett, drückte sein Knie zwischen ihre Schenkel und zwang sie damit, diese zu spreizen, um Platz für sich zu machen. Sie gab mit einem genüsslichen Stöhnen nach.

Seine Erektion wurde härter und größer, als er auf die verführerische Position schaute, die er eingenommen hatte, seine Hände an ihren Hüften und zwischen ihren Schenkeln kniend. Es war genau die Position, in der er sie haben wollte.

Sanft massierten seine Hände ihre Pobacken, indem sie Kreise auf ihrer Haut zogen und nach außen in Richtung ihrer Hüften und dann wieder nach innen und hinab zum Scheitelpunkt ihrer Schenkel wanderten. Sabrina hob ihren Po in Richtung seiner Hände an, um um mehr zu bitten, und er sah den glitzernden Eingang in ihr weibliches Inneres. Feuchtigkeit tropfte aus ihrer prallen rosa Muschi.

hands went to work, slowly moving along her neck and shoulders, before diving deeper, stroking along her spine and reaching the curve of her lower back.

Daniel noticed a change in her breathing and knew exactly what direction to go. He shifted on the bed and, pushing his knee in between her thighs, he forced her to spread them wider to make space for him. She complied with an appreciative moan.

His erection grew harder and bigger as he looked at the enticing position he'd taken, nestling between her thighs with his hands on her hips. It was exactly the kind of position he wanted her in.

Softly, his hands massaged her cheeks, making circles on her skin, moving outwards to her hips and then back inwards and down to the apex of her thighs. Sabrina lifted her ass up toward his hands asking for more, and he saw the glistening entrance to her female core. Moisture oozed from her plump pink pussy.

Daniel ließ seine Hand hinabgleiten und berührte das feuchtwarme Fleisch. Sofort wurde er mit einem Stöhnen belohnt.

„Ich kann mir denken, was du willst."

Während seine Finger die Außenseite ihrer weiblichen Falten entlangglitten, senkte er seinen Kopf zu ihrem Po hinab und küsste ihre Haut. Bald darauf unterstützte seine Zunge sein Vorhaben und leckte jeden Zentimeter ihrer beiden Hügel genussvoll. Ihre Atmung zeigte ihm an, dass sie auf gutem Wege zu einem sehr zufriedenstellenden Abschluss war. Seine Zähne zogen an ihrer Haut und bissen dabei sanft in ihr Fleisch.

Als Daniel fühlte, wie sie sich gegen seine Hand drückte, gab er nach und ließ einen Finger in ihren engen Kanal gleiten.

„Oh, Daniel!" Ihre Stimme war rau und unkontrolliert.

Während er weiter ihren Po biss und küsste, fügte er einen zweiten Finger hinzu und bewegte sich in ihr feuchtes Zentrum hinein und wieder heraus. Ihr Körper wölbte sich unter seiner Berührung und zwang ihn zu schnelleren und stärkeren Bewegungen.

„Bitte!", flehte sie. „Füll mich

Daniel slipped his hand down and touched the moist and warm flesh. Instantly, he was rewarded with her moan.

"I can guess what you want."

Sliding his fingers along the outside of her female folds, he sank his head onto her ass, planting kisses on her skin. Soon, his tongue came out to aid and licked every inch of her twin peaks. Her breathing told him that she was well on her way to a very satisfying conclusion. His teeth tugged at her skin, biting gently into her soft flesh.

Daniel felt her press against his hand, and he gave into her and slid his finger into her tight channel.

"Oh, Daniel!" Her voice was raspy and uncontrolled.

Continuing to bite and lick her ass, he added another finger and moved in and out of her moist core. Her body flexed under his touch, forcing him to move faster and harder.

"Please," she begged. "Fill me, now."

He was more than ready to

aus, jetzt!"

Er war mehr als bereit, das zu tun. Aber wo waren diese verdammten Kondome? „Warte, Kondom."

„Nachtkästchen, Schub, meine Seite", stieß Sabrina zwischen dem Keuchen hervor.

Er erhob sich, ohne seine Finger aus ihr zu ziehen, und beugte sich in Richtung Schublade, bis er sie endlich öffnen konnte und ein Kondom herauszog. Mit seinen Zähnen öffnete er die Verpackung.

„Tut mir leid, Baby." Er brauchte beide Hände, um es sich überzustreifen. Es dauerte nur Sekunden, bis es soweit war, und er ihre Hüften erneut zu ihm hochzog.

„Jetzt, Daniel, bitte!"

Seine Erektion stieß an ihr Zentrum und drang mit einer kontinuierlichen, langsamen Bewegung in sie ein, während er es genoss, wie er Zentimeter für Zentimeter tiefer in sie eintauchte. Er zog sich zurück und stieß wieder in sie hinein, aber es war schon genug für sie gewesen. Ihre Muskeln zogen sich um ihn zusammen, als ihr Orgasmus sie blitzartig durchfuhr. Es machte ihn unfähig, seine eigene Beherrschung aufrechtzuhalten.

join her. But where were those damn condoms? "Wait, condom."

"Nightstand, drawer, my side," Sabrina pushed out between pants.

Lifting himself up, but without pulling his fingers out of her, he struggled to reach the drawer, until he finally opened it and pulled a condom out. With his teeth he opened the wrapper.

"Sorry, baby." He needed both his hands to sheath himself. It took only seconds until he was ready and pulled her hips up to him.

"Now, Daniel, please."

His erection nudged at her center and sliced into her with one smooth, continuous, slow motion as he savored every inch he submerged in her. He pulled back and plunged in again, but it had been too much for her already. Her muscles clenched around him as her orgasm ripped through her, making him unable to hold on to his own control. He joined her in release as his cock jerked uncontrollably inside her.

Er kam im Gleichklang mit ihr, und sein Schwanz zuckte unkontrollierbar in ihr.

Daniel spürte ein Hochgefühl, wie er es noch nie empfunden hatte, so als ob er Drogen genommen hätte und über allen Wolken schweben würde. Dies war mehr als nur sexuelle Befriedigung. Physisch mit der Frau verbunden zu sein, die er liebte und die Höhen zu kennen, zu denen sie sich gegenseitig bringen konnten, brachte die Erkenntnis mit sich, dass er gefunden hatte, wonach er sein ganzes Leben lang gesucht hatte: seine zweite Hälfte, die Person, die ihn vervollständigte.

Nachdem die Wellen der Ekstase verebbt waren, rollte er sie zur Seite und kuschelte sich von hinten an sie. Er überschüttete Sabrinas Hals mit Küssen, unfähig damit aufzuhören, ihr seine Zuneigung zu zeigen. Mit einer Hand strich er ihr das Haar aus ihrem Gesicht, um sie anzusehen.

Ihre grünen Augen wirkten dunkler als vorher, und sie strahlte das gewisse Etwas einer Frau aus, die voll und ganz befriedigt war. Was ihn aber nicht davon abhalten würde, sehr bald wieder mit ihr zu schlafen. Diese Nacht würden sie beide keinen Schlaf bekommen,

Daniel felt a high he'd never felt before, as if he'd taken some drug and was floating. This was more than just sexual gratification. To be physically joined with the woman he loved, and to know the kind of heights they could drive each other to, brought with it the awareness that he'd found what he'd been unknowingly looking for all his life. His other half, the person who completed him.

As they collapsed, he rolled them to the side, spooning her. He showered Sabrina's neck with kisses, unable to stop showing his affection for her. With his hand, he smoothed her hair out of her face to look at her. She turned her face to him.

Her green eyes seemed darker than before, and she wore the look of a woman who seemed completely and utterly satisfied. Which wouldn't stop him from making love to her again very shortly. This night they wouldn't get any sleep, not if he could help it.

"Beats cold showers, hmm?" she asked.

nicht, wenn es nach ihm ginge.

„Übertrifft eine kalte Dusche, hmm?", fragte sie.

Daniel lachte leise. „Übertrifft alles, was ich in meinem ganzen Leben bisher gemacht habe." Bevor Sabrina eine Chance hatte, auf seinen Kommentar zu reagieren, versiegelte er ihre Lippen mit einem leidenschaftlichen Kuss.

Kein anderer Mann hatte es jemals geschafft, sie so zu befriedigen wie Daniel. Sie wusste, sie machte sich etwas vor, wenn sie vorgab, sie könnte ihn nach dieser Woche einfach verlassen und mit ihrem Leben weitermachen wie zuvor.

Sabrina blickte in seine braunen Augen, als er sie aus seinem Kuss entließ und sah einen Ozean der Zärtlichkeit in ihnen. Daniel war ein leidenschaftlicher Mann, und vielleicht führte er all seine Affären so, indem er hundert Prozent gab. Aber das bedeutete nicht, dass es nach dieser Woche irgendetwas Weiteres geben würde.

Sie erinnerte sich daran, wie kalt er seine Ex-Freundin angesehen hatte, und wusste, dass sie niemals diesen speziellen Blick von ihm bekommen wollte.

Daniel laughed softly. "Beats everything else I've ever done in my life." Before Sabrina had a chance to react to his comment, he seared her lips with a passionate kiss.

No other man had ever been able to satisfy her the way he had. She knew she was kidding herself if she pretended she could just walk away from him after this week and go on with her life.

Sabrina looked into his brown eyes when he released her from his kiss and saw an ocean of tenderness in them. She knew Daniel was a passionate man, and maybe that's how he conducted all his affairs, giving a hundred percent of himself. But it didn't mean that after this week there'd be anything else.

She remembered how coldly he'd looked at his ex-girlfriend and knew she didn't want to be at the receiving end of that particular stare. Once he was through with somebody, his passion would turn to ice, and there was nothing she hated

Wenn er mit jemandem durch war, würde seine Leidenschaft zu Eis werden, und es gab nichts, was sie mehr hasste als die Kälte. Sie musste sich dieser Affäre entziehen, bevor er die Möglichkeit hatte, die Eismaschine anzuschalten.

Jetzt natürlich war noch nichts von dem bevorstehenden Schneesturm zu sehen. Im Gegenteil, er war heißer als je zuvor. Seine Hände wanderten schon wieder über ihren Körper, seine Lippen und seine Zunge folgten und hinterließen einen Pfad des Feuers auf ihrer Haut.

Sie musste aufsaugen, was sie bekommen konnte, nehmen, was er bereit war, ihr zu geben. Das Verlangen in ihr nahm gewaltige Ausmaße an, und es erschreckte sie, dass er solche Ur-Emotionen in ihr wecken konnte. Aber sie hatte keine Angst mehr, um das zu bitten, was sie wollte. In einer Woche würde es zu Ende sein, doch jetzt würde sie verlangen, dass er sie immer wieder liebte.

„Ich will dich in mir."

War es ein Hauch von Stolz, den sie in seinen Augen sah? Es war egal, was es war. Was zählte war, dass Daniel so auf sie reagierte, wie sie es wollte.

„Es gibt keinen Ort, wo ich

more than the cold. She would have to get out of this before he ever had a chance to turn on the ice machine.

For now of course, nothing of the coming ice storm was visible. On the contrary, he was hotter than ever. Already his hands roamed her body again, and his lips and tongue followed, leaving a trail of fire on her skin.

She had to soak up what she could get, take what he was willing to give her. The need within her grew to monumental proportions, and it frightened her to know that he could awaken such primal emotions in her. But she wasn't frightened to ask for it anymore. In a week, it would be over, but for now she'd demand that he'd make love to her over and over again.

"I want you inside of me."

Was it a glimmer of pride she saw in his eyes? It didn't matter what it was, but only that Daniel responded to her the way she wanted him to.

"There's no place I'd rather be than inside of you."

lieber wäre als in dir."

Als er dieses Mal in sie eindrang, war der Sex langsam und bewusst. Daniel war genauso hart wie zuvor, aber jetzt konnte sie mehr von ihm spüren, da er langsam tiefer in sie eindrang und sich dann genauso langsam wieder herauszog, nur um seine Bewegungen eine Sekunde später zu wiederholen. Und keinen einzigen Moment unterbrach er den Augenkontakt mit ihr, als ob er in ihren Augen lesen musste, was sie fühlte, während er sie immer wieder aufspießte.

Mit jedem Stoß seines Schaftes kamen kurze, ruckartige Atemzüge aus ihrem Inneren. Ihr Körper fühlte sich an, als stünde er in Flammen; Flammen, die sich tief aus ihrem Bauch in alle Zellen ihres Körpers ausbreiteten.

Daniel flüsterte ihr etwas auf Italienisch zu, und obwohl sie kein Italienisch sprach, sagte ihr sein Tonfall, dass es Ausdrücke der Zärtlichkeit waren. Dieser Gedanke erwärmte sie umso mehr. Dass er die Sprache benutzte, die ihm seine Mutter gelehrt hatte und die er mit Familie und Liebe assoziierte, ließ sie sich ihm näher fühlen.

Alles, was sie tun musste war, seinen Berührungen nachzugeben,

This time when he entered her, their lovemaking was slow and deliberate. He was as hard and as thick as he'd been before, but now she could sense more of him as he slowly inched deeper into her and then just as slowly pulled out, only to repeat his movement a second later. And not for a single moment did he break eye contact with her as if he needed to read in her eyes what she felt while he impaled her again and again.

Small hitches of breath pushed out of her body at every stroke of his shaft. Her body felt like it was on fire, a fire that was spreading from low in her belly outwards into all cells of her body.

Daniel whispered words in Italian to her, and even though she spoke no Italian, his tone told her that they were terms of endearment, a thought that warmed her even more. Knowing that he used the language his mother had taught him and which he associated with family and love, made her feel closer to him.

sich von ihm ergreifen und in Höhen tragen zu lassen, die sie nie zuvor erreicht hatte, bis sich ihr Körper so leicht fühlte, als ob sie auf einer Wolke schwebte. Sie ließ die Wellen in sich brechen, als ob sie im Sog eines Sturmes stehen würde, der zu der Stärke eines Hurrikans heranwuchs. Trotzdem verspürte sie keine Angst, sondern nur die Erwartung, dass der Sturm seinen Höhepunkt erreichte und dann mit mehr Energie als der einer Atombombe durch ihren Körper fegte.

Sabrina fühlte Daniel in sich explodieren und konnte in seinen Augen den Moment sehen, als er seinen Höhepunkt erreichte, der genauso stark zu sein schien wie ihrer. Es war mehr, als sie ertragen konnte. Sie fühlte die Feuchtigkeit in ihren Augen, bevor sie verstand, was passierte.

Erst als sie spürte, wie seine Lippen ihre Augen küssten, wusste sie, dass er ihre Tränen wegküsste. Nie hatte sie sich so verwundbar und gleichzeitig so sicher gefühlt. Wenn sie diesen Moment festhalten und mitnehmen könnte für die Zeit, wenn er weg wäre, dann würde sie trotz allem alles überstehen.

Später kuschelte sie sich an ihn und fühlte, wie seine starken

There was nothing else to do but to surrender to his touch, to let him sweep her up and carry her to heights she'd not been to before, to feel her body float as if it were as light as a cloud. To feel the waves crash into her as if she stood in the wake of a storm, to feel them rise to hurricane strength and yet to feel no fear, only anticipation as it reached its peak and then swept through her body with more energy than an atom bomb.

Sabrina felt him explode with her, could see in his eyes the second he reached his climax, which seemed as powerful as hers. It was more than she could take. She felt the wetness in her eyes before she understood what was happening.

Only when she felt his lips kiss her eyes did she know he was kissing away her tears. Never had she felt so vulnerable and at the same time so safe. If she could hold onto this one moment and take it with her once he was gone, she knew she would be okay

Arme sie umschlossen, so, als ob er sie nie wieder gehen lassen wollte.

„Es ist schade, dass wir morgen wieder nach San Francisco zurück müssen", klagte sie.

Daniel legte seine Hand unter ihr Kinn und zog ihr Gesicht hoch, um sie anzusehen. „Willst du, dass wir länger bleiben?"

„Liebend gerne, aber du musst bestimmt wegen deines Geschäfts wieder zurück in die Stadt."

„Ich kann alles Nötige von hier aus erledigen. Ich sage dem Gastwirt morgen früh, dass wir unseren Aufenthalt verlängern."

Sabrina küsste ihn innig. Sie wusste, dass sie sich krankmelden musste, aber das war ihr egal. Alle waren sowieso mit dem großen neuen Klienten beschäftigt, und keiner nahm sie wahr außer der Person, von der sie es nicht wollte: Hannigan. Ein paar Tage vom Büro weg war genau das, was sie brauchte. Und sie wollte so viel Zeit wie möglich mit Daniel verbringen.

„Danke. Ich liebe es hier."

Er strahlte. „Ich liebe es hier auch", sagte er und ließ seine Finger vielsagend durch das Dreieck ihrer Locken wandern und in ihr feuchtes Zentrum tauchen.

despite everything.

Later, she curled up beside him and felt his strong arms cradle her as if he never wanted to let her go.

"It's a shame we have to go back to San Francisco tomorrow," she lamented.

Daniel put his hand under her chin and pulled her face up to look at her. "Would you like us to stay longer?"

"I would love to, but I know you'll have to be back in the city for business."

"I can do everything I need to do from here. I'll tell the innkeeper tomorrow morning that we'll extend our stay."

Sabrina kissed him hard. She knew she'd have to call in sick, but she didn't care. Everybody was busy with the big new client anyway, and nobody took any notice of her, except for the person she didn't want to be noticed by: Hannigan. A few days away from the office was just what she needed. And she wanted to spend as much time with Daniel as she could.

"Thank you. I love it here."

„Denkst du jemals an etwas Anderes?", neckte sie ihn.

„Sicher. Ich denke auch an das." Daniel nahm ihre Brust in seine Hand und knetete sie. „Oder an das." Er senkte den Kopf, um ihre Brustwarze in den Mund zu nehmen und vorsichtig daran zu saugen.

Sie musste lachen und er lachte mir ihr. Er konnte genauso verspielt sein wie er sinnlich war und so leidenschaftlich wie er zärtlich war.

Als das Lachen aufhörte, sah Daniel sie an, als ob er etwas sagen wollte, doch er küsste sie stattdessen. Worte waren unnötig.

He beamed. "I love it here too," he said and suggestively let his finger slide through her triangle of curls and dip into her moist core.

"Do you ever think of anything else?" she teased him.

"Sure. I also think of this." Daniel took her breast into his hand and kneaded it. "Or of this." He lowered his head to take her nipple into his mouth, sucking gently.

She had to laugh, and he joined in. He could be as playful as he was sensual and as passionate as he was tender.

When the laughter stopped, Daniel looked at her as if he wanted to say something, but instead he just kissed her. No words were needed.

19

Daniel erwachte mit Sabrina fest in seine Arme geschlossen. Nach einer langen Liebesnacht waren sie um etwa vier Uhr morgens endlich eingeschlafen. Er war noch nie der Typ gewesen, der morgens im Bett liegen bleiben wollte, und noch weniger der, der am Morgen danach bei einer Frau bleiben wollte. Aber mit Sabrina war es anders.

Er hatte nicht nur besser in ihren Armen geschlafen, als er je alleine geschlafen hatte, sondern er erwachte nach dieser leidenschaftlichen Nacht sogar mit demselben Verlangen, das er am Abend zuvor verspürt hatte. Er war versucht, sie aufzuwecken, gab sich aber stattdessen damit zufrieden, in ihr friedliches Gesicht zu blicken. Ihre Brust hob sich mit jedem Atemzug, den sie machte, und er beobachtete sie einfach nur fasziniert.

Als er an all das dachte, was sie die Nacht zuvor getan hatten, erkannte er, dass sie etwas Ruhe und Erholung brauchte. Er blickte auf die Uhr. Es war nach zehn

Daniel woke with Sabrina firmly tucked in his arms. After a long night of lovemaking they'd finally fallen asleep around four in the morning. He'd never been one to linger in bed and even less to stay with a woman the morning after. It was different with her.

Not only had he slept better in her arms than he'd ever slept on his own, but even fully sated after their passionate night, he could now feel himself awaken to the same desire he'd had the night before. He was tempted to wake her, but instead contended himself with gazing into her peaceful face. Her chest rose with every breath she took, and he was fascinated just watching her.

Remembering everything they'd done the night before, he realized she needed some rest and some nourishment. He glanced at the clock. It was past ten o'clock, and she would awake with a rumbling

Uhr, und sie würde bestimmt mit einem knurrenden Magen aufwachen. Sie hatten letzte Nacht nicht nur die Laken verbrannt, sondern auch Kalorien – jede Menge Kalorien. Und wenn er wollte, dass ihre verführerischen Kurven so blieben, wie sie waren, musste er ihr definitiv etwas zu essen geben und diese Kalorien wieder auffüllen. Und er wollte absolut, dass diese Kurven so blieben. Er konnte sich nichts Besseres in seinen Händen vorstellen.

Er war kurz davor gewesen, ihr in der Nacht zuvor seine Liebe zu gestehen, hatte sich aber in letzter Minute gestoppt. Nicht weil er sich unsicher war – das war er nicht – sondern weil er wollte, dass alles Andere zwischen ihnen erst geklärt war. Als er an das zurückdachte, was Holly ihm gesagt hatte, fragte er sich, wie er dieses Thema anpacken sollte. Er wollte keinen Fehler machen.

Und mit leerem Magen konnte er sowieso nicht denken. So vorsichtig er konnte, schlüpfte er aus ihren Armen und stand auf. Er duschte kurz, bevor er ins Auto sprang, um das nächste Geschäft zu finden und Morgengebäck und genießbaren Kaffee zu besorgen.

Nach einem kurzen Halt am

stomach. They hadn't only burned up the sheets last night, they'd also burned calories—lots of them. And if he wanted her enticing curves to stay the way they were, he'd definitely have to feed her and replenish those calories. And he absolutely wanted those curves to remain just as they were. He couldn't imagine anything better in his hands.

He'd been at the verge of professing his love to her last night, but at the last minute had stopped himself. Not because he was unsure—he wasn't—but because he wanted everything else to be cleared between them first. Thinking back on what Holly had told him, he still wondered how to approach the subject. He didn't want to make a mistake.

Well, he certainly couldn't think on an empty stomach. As gently as he could, Daniel peeled himself out of her arms and got up. He took a quick shower before he jumped into the car to find the closest shop to pick up some morning pastries and decent coffee.

After stopping by the main house to extend their stay

Haupthaus, um ihren Aufenthalt auf unbestimmte Zeit zu verlängern, kam er zurück und fand das Schlafzimmer leer vor. Er hatte Sabrina mit Frühstück im Bett überraschen wollen, aber sie war bereits aufgestanden. Er hörte die Dusche und freute sich, dass die Tür zum Badezimmer unverschlossen war.

Das war keine Gelegenheit, die er vorbeiziehen lassen konnte. Schnell zog er sich nackt aus und schlich ins Badezimmer. Sabrina stand in ihrer wunderbaren Nacktheit unter der Dusche und hatte ihn nicht hereinkommen sehen. Er ließ seine Augen über ihren sinnlichen Körper schweifen und atmete tief ein. Er würde niemals genug von ihr bekommen.

Leise stieg er in die Dusche und stellte sich hinter Sabrina. Er nahm sie in seine Arme und wusste, dass er sie überrascht hatte, denn sie stieß einen erschrockenen Schrei aus.

„Guten Morgen", flüsterte er in ihr Ohr, während er gleichzeitig an ihrem Ohrläppchen knabberte.

„Du bist zurück", sagte sie, als sie sich in seinen Armen umdrehte und zu ihm hochsah.

„Nichts kann mich lange von dir fernhalten. Aber ich musste uns Frühstück besorgen. Hungrig?"

indefinitely, he came back and found the bedroom empty. He'd wanted to surprise Sabrina with breakfast in bed, but she'd already woken up. He heard the shower and was pleased to find that the door to the bathroom was unlocked.

It wasn't an opportunity he could pass up. Quickly, he stripped naked and snuck into the bathroom. She stood in the shower in her glorious nakedness and hadn't seen or heard him come in. He let his eyes gaze over her luscious body and took in a deep breath. He'd never get enough of her.

Silently, he approached the shower and stepped in behind Sabrina. He gathered her in his arms and knew he'd surprised her when she let out a startled shriek.

"Good morning," he whispered into her ear while at the same time nibbling on her earlobe.

"You came back," she said as she turned in his arms and looked up at him.

"Nothing can keep me from you for long. But I did have to get us some breakfast. Hungry?"

Sie nickte, und er sah ein Aufflackern von Verlangen in ihren Augen. „Mmm hmm."

Eine deutlichere Einladung brauchte er nicht. „Wie hungrig?"

„Genauso hungrig wie du." Ihr Blick wanderte tiefer und blieb an seiner wachsenden Erektion hängen, die schon gegen ihren Bauch drückte. Sabrina konnte ihn mit einem einzigen Blick in Flammen setzen. Sein Hunger nach Essen war sofort vergessen.

Als sie ihre Arme um seinen Hals schlang, küsste er sie. Zu viele Stunden waren schon vergangen, seit er ihre Lippen auf seinen gespürt und mit ihrer Zunge getanzt hatte. Innerhalb von Sekunden war er vollkommen erregt, und zu seinem Entsetzen bemerkte er, dass er die verdammten Kondome im Schlafzimmer gelassen hatte.

Er hatte noch nie ohne Kondom mit einer Frau geschlafen. Nicht, weil er Angst vor Krankheiten hatte, sondern hauptsächlich, weil er keiner seiner Ex-Freundinnen getraut hatte, dass sie ihn nicht mit einer Schwangerschaft einzufangen versuchten. Bei Sabrina wollte er nichts mehr, als seinen Samen in sie pflanzen und ihn wachsen sehen. Der Gedanke, dass sie einen *Bambino* von ihm

She nodded, and he saw a flicker of desire in her eyes. "Mmm hmm."

He didn't need more than that as an invitation. "How hungry?"

"Just as hungry as you." Her gaze went lower and rested on his growing erection, which was already pressing against her stomach. Sabrina could set him ablaze with just a glance. His hunger for food was instantly forgotten.

As soon as her arms went around his neck, he kissed her. It had been too many hours since he'd last felt her lips on his and danced with her tongue. Within seconds, he was fully aroused and to his dismay realized he'd left the damn condoms in the bedroom.

He'd never had sex with a woman without condoms, not because of fear of disease, but mainly because he'd never trusted any of his ex-girlfriends not to trap him with a pregnancy. With Sabrina, he wanted nothing more than to plant his seed in her and watch it grow. There was something so exciting, so powerful in the thought that she could have a

haben könnte, war aufregend und überwältigte ihn plötzlich. Er würde heute alles ins Reine bringen. Er konnte unmöglich noch länger warten.

Daniel zog sie näher an sich und drehte sie beide um, um Sabrina gegen die gefliese Wand zu drücken. Als sich ihre Blicke trafen, sah er, dass sie wusste, was er vorhatte. Und dass sie es nicht erwarten konnte.

„Leg deine Beine um mich", hörte er sich selbst wie in Trance sagen. Seine Arme stützten sie, als er sie hochhob und auf eine Linie mit seiner pochenden Erektion ausrichtete. Ihre Beine legten sich erwartungsvoll um ihn und zogen ihn zu ihrem Zentrum.

„*Ti amo*", flüsterte er ihr liebevoll zu, bevor er ihre Lippen erfasste und Sabrina Zentimeter für steinharten Zentimeter auf sich aufspießte.

Die Worte bewirkten etwas in ihr. Obwohl Sabrina kein Italienisch konnte, hatte sie genug Filme gesehen, um deren Bedeutung zu verstehen. Es war unmöglich, dass Daniel sie liebte, trotzdem ließ sie sich davon wegtragen. Sie verstand nicht, warum er kein Kondom benutzte, wo er doch glaubte, dass sie ein

bambino by him, the thought suddenly overwhelmed him. He would come clean today. It was impossible to wait any longer.

Daniel pulled her tighter into him and turned them to press her against the tile wall. When her eyes met his, he saw that she knew what he was about to do. And that she couldn't wait.

"Wrap your legs around me," he heard himself say as if in a trance. His arms supported her as he lifted her to line up with his yearning erection. Her legs wrapped eagerly around him, pulling him into her center.

"*Ti amo,*" he whispered tenderly before he captured her lips with his and impaled her inch by rock hard inch.

The words did something to her. Even though Sabrina didn't speak Italian, she'd seen enough movies to understand their meaning. It was an impossibility that Daniel loved her, yet she let herself be swept away. She didn't understand why he wasn't using protection, considering that he

professionelles Callgirl wäre. Genauso wenig wusste sie, warum sie ihn nicht stoppte.	thought her to be a professional escort. Neither did she know why she didn't stop him.
Sie nahm die Pille nicht und könnte leicht schwanger werden, aber nicht einmal dieser Gedanke hielt sie auf. Plötzlich wollte sie nichts mehr, als ihn in sich zu spüren und etwas von ihm zu haben, das immer noch da war, selbst wenn er weg war.	She wasn't on the pill and could easily get pregnant, but not even that thought stopped her. Suddenly she wanted nothing more than to have him inside her and have something of his, something that would still be there even if he was gone.
Sabrina drängte ihre Hüften an ihn und legte ihre Beine noch fester um ihn und zwang ihn damit, tiefer einzudringen. Als ob er verstand, was sie wollte, stieß er tiefer. Sein Stöhnen wurde unkontrolliert, als sein Körper in ihr bebte. Seine Augen waren geschlossen, als er seinen Kopf zurückwarf, als ob er den Mond anheulen wollte. Seine Hände gruben sich in ihre Hüften, und sein Schaft fuhr mit der Kraft eines Vorschlaghammers in sie hinein.	Sabrina tilted her hips toward him and tightened her legs around him, forcing him to go deeper and as if he understood what she wanted, he thrust deeper. His moans became uncontrolled as his body rocked inside her. His eyes were closed as he threw his head back as if to howl to the moon, his hands digging into her hips, his shaft driving into her with the force of a sledgehammer.
So gegen die Wand gepresst konnte sie sich kaum bewegen, konnte ihm nicht entkommen. Nicht, dass sie das wollte. Daniel füllte sie so vollständig aus, als ob er der fehlende Teil ihres Lebens war. Die puren Emotionen, die sie fühlte, waren neu für sie, neu und vollkommen ursprünglich.	Pinned against the wall, she could barely move, couldn't get away from him. Not that she wanted to. Daniel filled her so completely as if he was the missing part in her life. The raw emotions she felt were new to her, new and utterly primal.
Ihr Kopf drehte sich mit Bildern	Her head spun with images

von Sternen am Nachthimmel, sich brechenden Meereswellen und der einfachen Schönheit, von ihm berührt zu werden. Ihre Hände wanderten durch sein nasses Haar und zogen ihn zurück zu ihrem Gesicht.

Seine Augen flogen auf, und sie sah Verlangen, Lust und … Zärtlichkeit in ihnen.

„*Per sempre*", flüsterte er und presste seine Lippen auf ihre, drang dann mit seiner Zunge in ihren Mund ein und plünderte diesen, als wäre er Ali Babas Schatzhöhle. Nie hatte sie einen so besitzergreifenden Kuss verspürt. Ein Brandeisen hätte es nicht klarer ausdrücken können, dass sie ihm gehörte, dass er sicherstellen wollte, dass sie nie wieder einen anderen Mann küssen wollte und nie wieder von irgendjemand Anderem berührt werden wollte.

Jede Zelle ihres Körpers erfüllte sich mit seiner Essenz, seinem Duft, seiner Energie und veränderte auf immer ihr Selbst. Es erweckte alles Weibliche in ihr und verbannte die Gedanken an alles Andere und jeden Anderen. In seinen Händen war sie ganz Frau. Keine Anwältin, keine Tochter, keine Freundin. Nur Frau, seine Frau. Für heute, für

of stars in the night sky, crashing ocean waves and the simple beauty of being touched by him. Her hands traveled through his wet hair and pulled him back to her face.

His eyes flew open, and she saw signs of desire, lust and … tenderness.

"*Per sempre,*" he whispered and pressed his lips on hers, then invaded her mouth with his tongue, and plundered her as if she were Ali Baba's cave of treasures. Never had she felt a kiss this possessive. A branding iron couldn't have said it any clearer that she was his, that he was making sure she would never want to kiss another man, never want to be touched by anybody else.

Every cell in her body filled with his essence, his scent, his energy, permanently altering her very being, awaking everything female in her and banishing the thought of anything and everything else. In his hands, she was all woman. Not a lawyer, not a daughter, not a friend. Only woman, his woman. For today, for this week.

And then he sent her over

diese Woche.

Und dann trieb er sie zum Höhepunkt und stieß weiter in sie ein, während ihr Orgasmus sie übermannte. Das Beben, das ihren Körper erschütterte, wurde von seinem Höhepunkt, der ihrem innerhalb von Sekunden folgte, nur noch verstärkt. Sie fühlte, wie das warme Austreten seines Samens sie füllte, während ihre Muskeln ihn eng umklammerten, um alles aufzunehmen, was er zu geben hatte. Und sie wollte noch mehr.

Der Klang der Türklingel erschreckte sie und erinnerte sie daran, dass es dort draußen eine Welt gab. Sie sahen einander an.

„Das ist wahrscheinlich das Zimmermädchen. Ich bat sie, uns extra Handtücher für den Pool zu bringen", vermutete Daniel und küsste sie zärtlich. „Ich bin gleich zurück."

„Versprochen?"

Er lächelte. „Denkst du wirklich, ich kann länger als dreißig Sekunden von dir getrennt sein?"

Es klingelte nochmals. Sabrina küsste ihn und nur widerwillig zog er sich aus ihr heraus und setzte sie sanft ab.

„Dreißig Sekunden, maximal", versicherte er ihr. „Gott, bist du

the edge and continued slicing into her as her orgasm claimed her. The tremors that shook her body were magnified by his climax, which followed hers within seconds. She felt the warm spray of his seed filling her and squeezed tightly around his cock to take everything he had to give. And wanted more.

The sound of the door bell startled her and reminded her that there was a world out there. They looked at each other.

"It's probably the housekeeper. I asked her to bring us some extra towels for the pool," Daniel mused and kissed her tenderly. "I'll be right back."

"Promise?"

He smiled. "Do you really think I can stay away from you for longer than thirty seconds?"

The door bell rang again. Sabrina kissed him, and only reluctantly, he pulled himself out of her and set her down gently.

"Thirty seconds, tops," he assured her. "God, you're beautiful!" He kissed her again.

"I'm coming," he then

schön!" Er küsste sie wieder.

„Ich komme!", rief er dann in Richtung Tür, stieg aus der Dusche und wickelte sich ein großes Handtuch um den Unterleib.

Verdammt, was für ein Zeitpunkt, um unterbrochen zu werden. Sobald das Zimmermädchen weg war, würde er sofort zu Sabrina zurückgehen und ihr alles gestehen. Und es könnte keine Minute zu früh passieren. Sie vertraute ihm. Er hatte es in ihren Augen gesehen.

„Mrs. Meyer, danke –" Daniels Stimme blieb ihm im Halse stecken, als er die Tür des Cottages aufmachte und die Person sah, die geklingelt hatte.

Fuck!

Wenn er gedacht hatte, dass Audreys Auftauchen im Hotel schlimm gewesen war, wusste er nicht genau, wie er die jetzige Situation bezeichnen sollte. Die Hölle?

Der Mann, der in dem Geschäftsanzug schwitzte und schwer atmete, hielt eine große Aktenmappe fest und sah so aus, als ob er nochmals klingeln wollte.

„Ah, Mr. Sinclair, es tut mir so leid, Sie an einem Sonntagmorgen called out toward the door, stepped out of the shower and quickly wrapped a large towel around his lower half.

Damn, what a moment to get interrupted. As soon as the housekeeper was gone again, he would get right back to her and then confess everything. And it couldn't happen a minute too soon. Sabrina was ready. She trusted him. He'd seen it in her eyes.

"Mrs. Meyer, thanks—" Daniel's voice got stuck in his throat as soon as he swung the door to the cottage open and saw the person who'd rung the bell.

Fuck!

If he'd thought Audrey showing up at his hotel had been bad, he didn't really know what he should call this. Hell?

Hot and bothered in a business suit, there the man stood, firmly holding onto a large legal file, about to try the ringer again.

"Ah, Mr. Sinclair, so sorry to disturb you on a Sunday morning. Jon Hannigan, from Brand, Freeman & Merriweather."

zu stören. Jon Hannigan, von Brand, Freeman & Merriweather."

Daniel brauchte die Vorstellung nicht. Wie konnte er diesen Schweinekerl vergessen, der Sabrina belästigt hatte? Er würde ihn überall erkennen.

„Ja?" Er machte keine Anstalten, Hannigan hineinzubitten, sondern blockierte die Tür.

„Wir konnten Sie nicht erreichen. Kein guter Handyempfang hier in Sonoma", versuchte Hannigan Small Talk zu machen.

Daniel antwortete nicht. Sollte er ihn jetzt gleich oder etwas später verprügeln?

Sein Besucher schien die unbehagliche Stille zu spüren. „Mr. Merriweather hat mich geschickt, um eine wichtige Unterschrift zu holen. Die Kontingenzbürgschaft? Er sagte, er hätte es Ihnen gegenüber erwähnt."

„Ja", bellte Daniel zurück. „Wo muss ich unterschreiben?"

„Ich sollte das Dokument zuerst mit Ihnen durchgehen. Deshalb hat es Mr. Merriweather nicht mit einem Kurierdienst geschickt." Hannigan versuchte, einen Schritt vorzugehen, aber Daniel wich nicht von seinem Platz im

Daniel hadn't needed the introduction. How could he forget the bastard, who was harassing Sabrina? He'd recognize him anywhere.

"Yes?" He made no move to invite Hannigan in but rather blocked the door.

"We were unable to reach you. Not a great area for cell phones up here in Sonoma." Hannigan attempted small talk.

Daniel made no comment. Should he beat him up now or later? His visitor seemed to feel the uncomfortable silence.

"Mr. Merriweather has sent me to get an urgent signature from you. The contingency bond? He said he'd mentioned it to you."

"Yes," Daniel barked back. "Where do I sign?"

"I should go over the document with you. That's why Mr. Merriweather didn't send it by courier." He tried to take a step forward, but Daniel didn't yield from his spot at the door.

"That won't be necessary. Pen?"

Nervously, the lawyer reached into his suit to find a pen, tapped on both sides of his

Türrahmen zurück.

„Das wird nicht nötig sein. Kugelschreiber?"

Nervös griff der Anwalt in seinen Anzug, um einen Stift zu finden, und suchte vergeblich beide Innentaschen ab. „Es tut mir leid. Ich muss ihn verlegt haben. Haben Sie keinen?"

Daniel war kurz vor dem Überkochen. „Warten Sie hier!"

Er ging die zwei Schritte zurück, die er brauchte, um in die Küche zu gelangen, und öffnete ein paar Schubläden, bevor er einen Kugelschreiber fand.

„Daniel, denkst du das Zimmermädchen könnte –", kam Sabrinas Stimme von hinter ihm, bevor sie abrupt abbrach.

Daniel wirbelte herum.

„Sabrina?" Hannigan! Er war in das Cottage eingetreten und sah sie nun direkt an, als sie mit einem Badetuch bekleidet im Zimmer stand.

„Oh nein!", kreischte Sabrina.

„Was zum Teufel?" Hannigan blickte von Daniel zu ihr und dann wieder zurück. „Du kleine Schlampe! Du musstest unseren reichsten Klienten ficken, oder?"

Daniel hielt Hannigan sofort davon ab, weiter auf sie zuzugehen. „Sabrina, geh zurück ins Schlafzimmer! Ich regle das

inside pockets but came up empty. "So sorry. I must have misplaced it. You wouldn't have one?"

Daniel's anger level was at boiling point already. "Wait here."

He stalked back the two steps it took to get into the kitchen and opened a couple of drawers before he found a pen.

"Daniel, do you think the housekeeper could—" Sabrina's voice came from behind him and suddenly broke off.

He jerked around instantly.

"Sabrina?" Hannigan said. He'd stepped into the cottage and looked straight at her as she stood in the room wrapped in a towel.

"Oh no!" Sabrina shrieked.

"What the hell?" Hannigan looked from Daniel to her and back. "You little bitch. You had to fuck our richest client, didn't you?"

Daniel instantly blocked Hannigan from approaching her. "Sabrina, go back to the bedroom. I'll deal with him."

Hannigan didn't know when to shut up. "So she *does* spread her legs—for the right price."

mit ihm."

Hannigan wusste leider nicht, wann er seinen Mund halten sollte. „Also macht sie die Beine *doch* breit – für den richtigen Preis."

Bei den gehässigen Worten sah Daniel rot. Niemand hatte das Recht, Sabrina zu beleidigen. „RAUS!", donnerte er. „Raus, solange Sie noch gehen können!" Ein Überschallflugzeug hätte keine so starken Schallwellen erzeugen können wie seine Stimme.

Er eilte auf Hannigan zu, der sofort zurückwich, als er die rohe Brutalität erkannte, die in Daniels Worten versteckt war. Das Versprechen von Gewalt lag in der Luft, als sich Daniels Nasenflügel gefährlich aufblähten. Hannigan wartete nicht darauf, herauszufinden, wozu Daniel fähig war, sondern flüchtete.

Mit der Kraft eines Wirbelsturmes schlug Daniel die Tür zu und drehte sich um. Sabrina hatte die Küche verlassen.

~ ~ ~

Sabrinas Hände zitterten heftig, als sie ihre Shorts über die Hüften hochzog und den Reißverschluss zumachte. Das Zittern wollte nicht

That's when Daniel saw red. Nobody had the right to insult her. "Get the FUCK out!" he thundered. "Get out while you can still walk!" A supersonic airplane couldn't have created any more powerful sound waves.

He rushed toward Hannigan, who instantly backed away, recognizing the raw brutality hidden beneath Daniel's words. There was a promise of violence in the air as his nostrils flared dangerously. Hannigan didn't wait to find out what Daniel was capable of and ran.

With the force of a thunderstorm Daniel slammed the door shut and turned around. Sabrina had left the kitchen.

~ ~ ~

Sabrina's hands shook violently as she pulled her shorts over her thighs and zipped up. The trembling wouldn't stop, but she had to get the T-shirt over her head. It didn't matter that her hair was still wet. She had to get out of here.

aufhören, aber sie musste das T-Shirt über ihren Kopf bekommen. Es war egal, dass ihre Haare noch nass waren. Sie musste von hier weg.

Daniel hatte sie *Sabrina* genannt. Er kannte ihren Namen, er wusste, wer sie war! Als Hannigan ihren Namen gerufen hatte, war Daniel nicht überrascht gewesen.

„Sabrina", hörte sie Daniels Stimme, als er ins Schlafzimmer eilte.

Sie streifte schnell ihr T-Shirt über ihren Bauch.

„Wir müssen reden."

Jetzt wollte er reden? Dieser Mann hatte ein Timing! Sie suchte ihre Handtasche.

„Was machst du?" Daniel klang panisch.

„Ich gehe."

„Nein. Sabrina! Du kannst nicht gehen!"

Er hatte kein Recht, ihr vorzuschreiben, was sie tun durfte oder nicht. „Du hast mit mir gespielt. Du wusstest es die ganze Zeit. Hast du es genossen, hinter meinem Rücken über mich zu lachen? Hast du das?" Ihre Stimme war schrill.

„Ich habe nie mit dir gespielt. Bitte. Ich wollte heute mit dir reden."

Daniel had called her *Sabrina*. He knew her name, he knew who she was! There'd been no surprise when Hannigan had called out her name.

"Sabrina," she heard Daniel's voice as he rushed into the bedroom.

She quickly smoothed her T-shirt down.

"We need to talk."

Now he wanted to talk? Good grief, the man had timing. She searched for her handbag.

"What are you doing?" He sounded frantic.

"I'm leaving."

"No. Sabrina. You can't leave."

He had no right to tell her what to do or not to do. "You played me. You, you knew all along. Did you enjoy the laughs you were having behind my back? Did you?" Her voice was shrill.

"I never played you. Please. I was going to talk to you today."

She gave him a sarcastic look. "Sure you were." Talk about what? That he'd found her out? That he'd decided to

Sie schaute ihn sarkastisch an. „Sicher wolltest du das." Über was reden? Dass er die Wahrheit herausgefunden hatte? Dass er sich entschieden hatte, mit ihr zu spielen um zu sehen, wie weit sie gehen würde? „Wie? Wie hast du es herausgefunden?"

Sie verstand nun, dass *er* der reiche Klient von der Ostküste war, von dem die ganze Kanzlei gesprochen hatte. Deshalb war Hannigan hier, nicht weil er *sie* verfolgt hatte, sondern weil er Daniel gesucht hatte. Hatte Daniel es dadurch herausgefunden? Hatte er sie im Büro gesehen?

„Deine Freundin, Holly."

„Holly?"

„Sie hat es gestanden, als ich die Buchung für dieses Wochenende machte."

Es war ein Schlag, der sie hart traf. Ihre beste Freundin hatte sie hintergangen. Wie konnte sie nur? Sie waren zusammen aufgewachsen, sie hatten sich um einander gekümmert. „Ich habe keine Freundin mehr."

„Sabrina, hör doch zu! Was sollte ich deiner Meinung nach denn machen? Du hast vorgegeben, ein Callgirl zu sein, und ich machte mit. Ich wollte dich nie verletzen. Ich will mit dir zusammen sein. Zwischen uns hat

toy with her, see how far she'd go? "How? How did you know?"

She realized now that *he* was the rich East Coast client the entire office had been talking about. That's why Hannigan was here, not because he'd stalked *her*, but because he was looking for Daniel. Was that how he'd figured it out? He'd seen her in the office?

"Your friend, Holly."

"Holly?"

"She confessed when I made the booking for this weekend."

It was a stab that hit her hard. Her best friend had betrayed her. How could she? They'd grown up together, they'd looked out for each other. "I have no friend."

"Sabrina, just listen. What did you expect me to do? You pretended to be an escort, and I went along with it. I never meant to hurt you. I want to be with you. We have something special between us. I love you."

She ignored the three words she would have loved to believe. How could he love her? "I was your whore! You

sich etwas Besonderes entwickelt. Ich liebe dich."

Sie ignorierte die drei Worte, die sie nur allzu gern geglaubt hätte. Wie konnte er sie lieben? „Ich war deine Hure! Du hast für meine Dienste bezahlt, und ich habe dir gegeben, wofür du bezahlt hast."

„Ich habe dich nie so behandelt. Du weißt das genauso gut wie ich."

„Nur zu, sag es! Ich war deine Hure. Das ist alles, was ich war. Das ist alles, was ich dir geben kann." Weil, wenn sie ihm mehr gab, er sie nur noch mehr verletzen würde. Sie hatte ihm schon mehr gegeben, als sie je einem anderen Mann gegeben hatte. Und die Gefühle, die er in ihr geweckt hatte, hatte er später zerstört. Sein italienisches Süßholzgeraspel im Bett war Teil der gesamten Show gewesen. Und sie war so dumm gewesen, darauf hereinzufallen, während er sie die ganze Zeit belogen hatte.

„Das ist nicht wahr. Schau mich an! Das ist nicht wahr. Du hast mir so viel mehr gegeben. Du kannst nicht verleugnen, was zwischen uns geschehen ist. Bitte sag mir, dass du es auch fühlst! Ich weiß, das tust du, Sabrina!" Daniel bewegte sich in ihre

paid for my services, and I gave you what you paid for."

"I never treated you like that. You know that as well as I do."

"Go ahead, say it. I was your whore. That's all I was. That's all I can give you." Because if she gave him anything more, he'd just hurt her even more. Already, she'd given more than she'd ever given a man. And the feelings he'd awakened within her, he'd crushed those later. His Italian sweet-talking in bed was part of the entire show. And she'd been so stupid to fall for it all, while all the while he'd lied to her.

"That's not true. Look at me! That's not true. You've given me so much more. We've given each other so much. You can't deny what's happened to us, please tell me you feel it too. I know you do, Sabrina." Daniel moved toward her, stretching his arms out, but she stepped back.

"Don't touch me!" Sabrina knew if he put his hands on her and pressed her against his half-naked body, she'd lose all her senses and give in to him.

Richtung und streckte seine Arme aus, aber sie wich zurück.

„Rühr mich nicht an!" Sabrina wusste, dass wenn er seine Arme um sie legte und sie an sich drückte, sie ihren Verstand verlieren und nachgeben würde.

Sie musste dies hier ein für alle Mal zu Ende bringen. Nichts könnte dabei herauskommen. Wie könnte er sie je respektieren, wo er doch wusste, dass sie für Geld mit ihm geschlafen hatte? Wie eine gewöhnliche Prostituierte! Er würde morgen aufwachen, wenn seine Begierde für sie erloschen und er zu Sinnen gekommen war. Aber sie würde nicht warten, bis sich die Verachtung in seinen Augen ausbreitete.

„Du hattest deinen Spaß. Das Spiel ist vorbei. Es wird eine tolle Geschichte hergeben, die du zuhause deinen Kumpels erzählen kannst. Und wenn du nicht genug für dein Geld bekommen hast, werde ich dich entschädigen."

„Wieso stellst du das schäbig hin? Wovor hast du Angst?"

Sabrina warf ihm einen gequälten Blick zu. Sie hatte Angst, dass er ihr Herz brechen würde. „Betrachte die Buchung als beendet."

„Den Teufel werde ich tun! Sabrina, du gehörst zu mir."

She had to stop this now and for good. Nothing could come of this. How could he ever respect her, knowing what she'd done, that she'd slept with him for money? Like a common prostitute. He'd wake up tomorrow when his lust for her had died down and would come to his senses. But she wasn't going to stick around to see the contempt in his eyes.

"You had your fun. Quit while you're ahead. It will make a great story to tell your buddies back home. If you didn't get your money's worth, I'll reimburse you."

"Why are you turning this into something sleazy? What are you afraid of?"

Sabrina shot him a haunted look. She was afraid of her heart being broken. "Consider the booking cancelled."

"The hell I will! Sabrina, you belong to me."

She stared at him. "No. I don't belong to you. I never will. Hannigan was right. Even I spread my legs for the right price. And you can't pay my price, not anymore." Her price was his love and respect, something he could never give

Sie funkelte ihn an. „Nein. Ich gehöre nicht zu dir. Niemals! Hannigan hatte schon recht. Selbst ich mache die Beine für den richtigen Preis breit. Und du kannst meinen Preis nicht bezahlen, nicht mehr." Ihr Preis war seine Liebe und sein Respekt, etwas das er ihr nie geben könnte. Welcher Mann würde je eine Frau respektieren, die getan hatte, was sie getan hatte? Sie war besser dran, wenn sie jetzt ihre Verluste minimierte.

Sabrina schnappte ihre Tasche und rannte zur Tür.

„Sabrina!", schrie Daniel ihr nach. „Das ist noch nicht zu Ende. Hörst du mich?"

Es war zu Ende. Alles, was sie verletzt hatte, war sein Stolz. Aber ihr eigener Schmerz ging tiefer. Sie hatte sich in den Mann verliebt, der mit ihr geschlafen hatte, obwohl er gedacht hatte, sie wäre eine Prostituierte. Er konnte keine echten Gefühle für sie haben. Sie war nur ein neues, glänzendes Spielzeug für ihn gewesen, etwas Anderes. Etwas, mit dem er sich amüsieren konnte. Morgen würde er das erkennen und dankbar sein, dass sie ihm einen Ausweg ermöglicht hatte.

her. What man would ever respect a woman who'd done what she'd done? She was better off cutting her losses now.

Sabrina snatched her handbag and ran for the door.

"Sabrina," Daniel yelled after her. "This is not over. You hear me?"

It was over. All she'd hurt was his pride. But her own pain went deeper. She'd fallen in love with the man who'd slept with her thinking she was a prostitute. He could have no real feelings for her. She'd only been a shiny new toy for him, something different. Something to amuse himself with. Tomorrow, he'd realize it and be grateful she gave him a way out.

20

Die Tochter des Winzers hatte sich erbarmt und Sabrina eine Fahrgelegenheit zurück nach San Francisco angeboten. Sabrina war zu verzweifelt gewesen, um dieses nette Angebot auszuschlagen.

Sabrina schlug die Tür zu ihrer Wohnung hinter sich zu, sodass der Lärm Holly auf ihr frühzeitiges Nachhausekommen aufmerksam machte. Sekunden später kam diese aus der Küche.

„Was machst du so früh zuhause?", begrüßte Holly sie mit einem überraschten Gesichtsausdruck.

„Mit dir rede ich nicht!", schnauzte Sabrina und ging in ihr Zimmer.

Holly zuckte sichtbar zusammen. „Was ist passiert?"

Sie drehte sich in der Tür um. „Warum erzählst du es mir nicht, wenn du doch alles Andere weißt?"

„Sabrina, bitte –"

Sabrina unterbrach sie. „Nein! Ich will heute keine weiteren Lügen hören. Davon habe ich genug. Von dir hätte ich das als letztes erwartet. Mich so zu

The vintner's daughter had taken pity on Sabrina and offered her a ride back to San Francisco. Sabrina had been too much of a mess to refuse the kind offer.

She slammed the door to her flat shut behind her, the noise alerting Holly to her premature return. Seconds later, she appeared from the kitchen.

"What are you doing home so early?" Holly greeted her with a truly surprised look.

"I'm not talking to you!" Sabrina snapped and headed for her room.

Holly visibly flinched. "What happened?"

She turned in the door. "Why don't you tell me since you know everything else?"

"Sabrina, please—"

She interrupted her. "Don't! I don't want to listen to any more lies today. I've had enough already. I wouldn't have expected this from you of all people. To betray me like

betrügen! Wie hast du es ihm nur erzählen können? Ich hasse dich!"

Sie ging in ihr Zimmer und schloss die Tür hinter sich. Nun hatte sie nicht einmal mehr jemanden, bei dem sie sich ausweinen konnte. Dass ihre beste Freundin sie betrogen hatte, war mehr, als sie ertragen konnte.

Auf der Fahrt von Sonoma nach San Francisco hatte sie bereits mehr geweint, als es die Sache wert war. Sie würde keine weitere Träne mehr vergießen, nicht für ihn und auch nicht für ihre beste Freundin.

Sie öffnete die Tür wieder und stürmte in die Küche. Als sie den Gefrierschrank öffnete, sah sie sofort, dass dieser bis auf eine halbe Tüte Waffeln leer war.

„Wo zum Teufel ist mein Eis?", schrie sie verärgert.

Holly fällte die weise Entscheidung, ihr nicht zu antworten.

Sabrina brauchte Essen für die Seele, und sie brauchte es jetzt, bevor sie komplett zusammenbrach. Sie wusste, sie hing nur noch an einem seidenen Faden. Sie schnappte sich einen Zwanzig-Dollarschein aus ihrer Handtasche und rannte zur Tür. Sie könnte es zu dem kleinen Kramerladen an der Ecke und

this. How could you tell him? I hate you!"

She entered her room and closed the door behind her. Now she didn't even have anybody whose shoulder she could cry on. To know that her best friend had betrayed her was more than she could bear.

On the drive down from Sonoma, she'd already cried more than her fair share of tears. She wouldn't shed another tear, not for him and not for her best friend either.

She opened the door again and stormed into the kitchen. As soon as she opened the freezer, she realized that except for a half-eaten bag of waffles, it was empty.

"Where the hell is my ice cream?" she yelled furiously. Holly made the smart decision not to reply to her.

Sabrina needed her comfort food, and she needed it now before she went into major meltdown. She knew she was holding on by a mere thread. Grabbing a twenty dollar bill from her purse, she ran for the door. She could make it down to the corner store and back.

wieder zurück schaffen. Sie musste nur noch ein paar Minuten länger durchhalten.

Nachdem sie die Treppe hinuntergelaufen war, zog sie die Haustür auf und erstarrte. Sie hatte nicht erwartet, dass er ihr nachkommen würde, zumindest nicht so schnell.

„Sabrina." Daniels Stimme war sanft und bittend. Seine Haare waren zerzaust. Er hatte sie offensichtlich nicht geföhnt, bevor er ins Auto gesprungen war, um ihr zu folgen.

„Lass mich in Ruhe!"

Sie wusste, dass ihr Gesicht die Spuren von Tränen zeigte, und versuchte sich abzuwenden. Aber er war schneller und ergriff ihre Schultern, bevor sie entkommen konnte.

„Es tut mir leid, Baby. Ich wollte dich nicht verletzen. Komm zu mir zurück! Ich brauche dich."

Sabrina kämpfte, um seine Hände abzuschütteln, aber er ließ sie nicht los. „Lass mich los!"

„Es tut mir leid, ich hätte es dir schon früher sagen sollen, aber ich hatte Angst, dass du wegrennen würdest, ohne mir eine Chance zu geben. Sabrina, ich habe mich in dich verliebt und ich weiß, du empfindest auch etwas für mich."

Sie sah ihm direkt ins Gesicht

Just a few more minutes.

After running down the stairs, she yanked the building door open and froze. She hadn't expected him to come after her, not this fast anyway.

"Sabrina." Daniel's voice was soft and pleading. His hair was windswept. He'd obviously not bothered drying it before he'd jumped into the car to follow her.

"Leave me alone."

She knew that her face was tearstained and tried to turn away from him. But he was faster and took her by the shoulders before she could escape.

"I'm sorry, baby. I wasn't out to hurt you. Come back to me. I need you."

Sabrina struggled to shake off his hands, but he didn't release her. "Let me go."

"I'm sorry, I should have told you earlier, but I was so afraid you'd run away without giving me a chance. Sabrina, I'm in love with you, and I know you feel something for me too."

She looked straight into his face and suddenly knew how

und wusste plötzlich, wie sie ihn loswerden konnte. Sie würde lügen müssen, aber welchen Unterschied würde eine weitere Lüge schon machen?

„Ich fühle nichts für dich. Mir ging es nur um den Sex." Sie sah, wie sich sein Gesichtsausdruck verhärtete. „Alles was ich wollte, war ein Abenteuer, und das hast du mir geboten. Ich habe nie mein Herz hineingelegt."

Als sie spürte, wie sich sein Griff löste und seine Hände von ihren Schultern fielen, wusste sie, dass die Nachricht bei ihm angekommen war. Sie war frei. Er würde sie nicht weiter verfolgen.

„Wenn das so ist…" Er erschien jetzt kalt und unerreichbar.

„Ja, so war es", bestätigte sie. Zwei Sekunden später schlüpfte sie wieder in ihr Wohnhaus und schloss die schwere Tür hinter sich. Aber sie schaffte es nicht weiter als bis zur ersten Treppenflucht, bevor sie zusammenbrach und unkontrollierbar zu schluchzen begann.

In ein paar Monaten würde die Erinnerung an Daniel verblasst sein. Sie würde darüber hinwegkommen müssen. Obwohl er gesagt hatte, dass er sie liebte, she could get rid of him. She'd have to lie, but what difference would one more lie make?

"I feel nothing for you. This was all about sex for me." She noticed his facial expression harden. "All I wanted was an adventure, and you provided it. I never put my heart in it."

When she felt his grip loosen and his hands fall off her shoulders, she knew he'd gotten the message. She was free. He wouldn't pursue her any longer.

"If that's what it was…" He seemed cold now, unapproachable.

"Yes, that's what it was," she confirmed. Two seconds later, she slipped back into the building and shut the heavy door behind her. But she couldn't make it past the first flight of stairs before she collapsed, sobbing uncontrollably.

In a few months, he'd be all but a distant memory. She'd have to put this behind her. Even though he'd said that he loved her, she knew it wasn't true.

war sie sich sicher, dass es nicht wahr sein konnte.

~ ~ ~

Am nächsten Tag meldete sich Sabrina krank. Einen Tag später konnte sie es immer noch nicht ertragen, irgendjemanden zu sehen und blieb wieder zuhause.

Als es am Nachmittag an der Tür klingelte, trug sie immer noch ihren Bademantel. Holly war aus.

„Wer ist da?", fragte sie vorsichtig an der Gegensprechanlage. Wenn es Daniel war, würde sie nicht aufmachen.

„Lieferung für eine Ms. Sabrina Parker. Ich brauche eine Unterschrift."

Sie drückte den Türöffner, und ein paar Momente später stand der Fahrradkurier vor ihrer Wohnungstür. Sie unterschrieb für den Briefumschlag, den er ihr aushändigte, und ging wieder hinein. Der Absender war ihre Firma. Ihr Herz rutschte in ihre Magengegend. Ein Einschreiben von einem Arbeitgeber war nie ein gutes Zeichen.

... bedauern, Sie zu informieren, dass Ihre Anstellung hiermit fristlos gekündigt ist ...

Sie konnte nicht weiterlesen. Sie

~ ~ ~

The next day, Sabrina called in sick. A day later, she still couldn't face seeing anybody and stayed home again.

When the door bell rang in the afternoon, she was still in her bathrobe. Holly was out.

"Who is it?" she cautiously answered the intercom. If it was Daniel, she wouldn't open.

"Courier with a letter for a Ms. Sabrina Parker. I need a signature."

She buzzed him up, and a few moments later, the bicycle messenger was at her door. She signed for the envelope and went back inside.

The return address showed a stamp from her firm. Her heart sank into her gut. A hand delivered letter from an employer was never a good sign.

Her hands trembled as she opened it.

... regret to inform you that your employment has been terminated effective...

She couldn't read any further. They'd fired her. Just like that. And they could do it.

hatten sie gefeuert! Einfach so. Uns das konnten sie auch. Ihre Anstellung war *auf unbestimmte Zeit*. Und abgesehen davon war sie noch in ihrer sechsmonatigen Probezeit. Sie mussten ihr nicht einmal einen Grund nennen. Und das hatten sie auch nicht, was klug von ihnen war. Ohne zu wissen, warum sie sie entlassen hatten, konnte sie nicht dagegen ankämpfen.

Sie sank auf die Couch. Das durfte ihr doch einfach nicht passieren!

~ ~ ~

Daniel stapfte in die Empfangshalle von Brand, Freeman & Merriweather. Die Empfangsdame begrüßte ihn sofort.

„Mr. Sinclair, guten Tag!" Sie blickte auf den Kalender vor sich. „Ich sehe Ihren Termin hier nicht. Erwartet Sie Mr. Merriweather?"

Er schüttelte den Kopf. Er war nicht hier, um seinen Anwalt zu sehen. Während der letzten drei Tage hatte er über Sabrinas Worte gebrütet. Seine Stimmung war immer schlechter geworden, und er hatte alle geschäftlichen Termine abgesagt, weil es ihm scheißegal war, ob der ganze Deal

Her employment was *at will*. And besides, she was still within her six months probationary period. They didn't even have to give her a reason. And they hadn't. Which was smart on their part. Without knowing why, she couldn't fight it.

She sank onto the couch. This couldn't be happening.

~ ~ ~

Daniel stomped into the lobby of Brand, Freeman & Merriweather. The receptionist greeted him instantly.

"Mr. Sinclair, good afternoon." She looked at the calendar in front of her. "I don't see your appointment here. Is Mr. Merriweather expecting you?"

He shook his head. He wasn't here to see his attorney. For the last three days he'd been brooding over Sabrina's words. His mood had gone from bad to worse, and he'd cancelled all his business meetings, not giving a royal damn if the whole deal fell apart because of it.

deswegen zusammenbrach oder nicht.

Er hatte drei Tage gebraucht, um zu dem Schluss zu kommen, dass Sabrina ihn belogen hatte, als sie ihm gesagt hatte, sie hätte keine Gefühle für ihn. Nachdem er immer wieder analysiert hatte, was im Cottage in der Nacht, in der er ihre Tränen weggeküsst hatte, nachdem sie sich geliebt hatten, passiert war, war er sich fast hundertprozentig sicher, dass sie gelogen hatte.

Aber was die absolute Bestätigung gebracht hatte, war Tims unerwartetes Geständnis während des heutigen Mittagessens. Die Enthüllung, dass er und die richtige Holly gute Freunde waren und dass die beiden für ihn ein Blind Date mit Sabrina hatten arrangieren wollen, war eine absolute Überraschung für ihn gewesen. Und dann hatte Tim ihm erzählt, dass Sabrina sich an Hollys Schulter ausgeheult hatte, als sie gedacht hatte, dass er immer noch mit Audrey zusammen war. Positiver Beweis dafür, dass sie Gefühle für ihn hegte.

Sabrina war eine lausige Lügnerin. Sie war von Anfang an mit ihrem Herzen dabei gewesen; er erkannte das jetzt. Sie hätte

It had taken him three days to come to the conclusion that she'd lied when she'd told him that she had no feelings for him. After analyzing and re-analyzing what had happened the night in the cottage, when he'd kissed away her tears after they'd made love, he was almost certain that she'd lied.

But what had brought the absolute confirmation was Tim's unexpected confession over lunch today. The revelation that he and the real Holly were good friends, and that they had wanted to set him and Sabrina up on a blind date, came as an absolute surprise to him. And then he'd told him how Sabrina had cried on Holly's shoulder when she'd thought that he was still with Audrey. Proof positive that she had feelings for him.

Sabrina was a lousy liar. She'd had her heart in it from the beginning; he realized that now. She would have never agreed to the second evening and the weekend if she hadn't already started feeling something for him.

And then there was

dem zweiten Abend und dem Wochenende nicht zugestimmt, wenn sie nicht bereits begonnen hätte, etwas für ihn zu empfinden.

Und dann war da noch etwas Anderes. Als sie zusammen im Cottage gewesen waren, hatte er die wenigen Toilettenartikel gesehen, die sie bei sich hatte, und nirgends darunter hatte er Verhütungsmittel bemerkt. Er war sich ziemlich sicher, dass sie die Pille nicht nahm und trotzdem hatte sie ihn ohne Kondom in sich eindringen lassen. Er konnte sich nicht vorstellen, dass eine Frau, die vorgab, dass es ihr nur um Sex ging, ohne dass ihr Herz dabei war, eine Schwangerschaft riskieren würde.

„Ich bin hier, um Sabrina zu sehen", erklärte Daniel der Empfangsdame.

Sie schaute ihn verwundert an. „Sabrina?"

„Ja."

„Mr. Sinclair." Sie räusperte sich und senkte ihre Stimme. „Sabrina arbeitet nicht mehr hier."

„Was?"

„Sie wurde entlassen."

Gefeuert! Es gab keinen Zweifel, wer hinter dieser Entscheidung steckte. Der Schweinekerl hatte sie gefeuert. Hannigan! Jetzt würde er mit

something else. When they'd been in the cottage together he'd seen the few toiletry items she'd brought, and nowhere had he seen any oral contraceptives. He was pretty certain that she wasn't on the pill, yet she'd let him be inside her without protection. He couldn't imagine that a woman who claimed that it was all about sex without her heart being involved would risk a pregnancy.

"I'm here to see Sabrina," Daniel announced to the receptionist.

She gave him a startled look. "Sabrina?"

"Yes."

"Mr. Sinclair." She cleared her throat and lowered her voice. "Sabrina doesn't work here anymore."

"What?"

"She was let go."

Fired! There was no doubt in his mind who was behind this decision. The bastard had fired her. Hannigan! Now he'd have that asshole.

"Where is Hannigan?" His voice had taken a sharp tone.

The receptionist gave him

diesem Arschloch abrechnen.

„Wo ist Hannigan?" Seine Stimme hatte einen scharfen Ton angenommen.

Die Empfangsdame warf ihm einen erstaunten Blick zu, deutete aber dann gleich auf eine Tür jenseits des Foyers. „Er ist in seinem Büro. Ich nehme an, Sie wollen nicht, dass ich Sie ankündige?" Sie hatte ein unerkläliches Grinsen im Gesicht.

„Das wird nicht nötig sein."

Ohne Zögern überquerte Daniel das Foyer und ging in Richtung Hannigans Büro. Er klopfte erst gar nicht, sondern riss die Tür auf.

Hannigan war am Telefon, aber als er Daniel sah, sprang er von seinem Schreibtisch auf, die Augen vor Schreck geweitet.

„Ich rufe Sie zurück", sagte er ins Telefon und legte hastig auf. Seine Stimme klang nervös, und es war klar, dass er wusste, dass Daniel nicht wegen eines Geschäftstermins hier war. Dies war eine persönliche Angelegenheit.

„Hannigan, Sie Stück Scheiße!" Es war ihm egal, dass seine Stimme wahrscheinlich sogar noch im Foyer zu hören war.

„Raus, oder ich rufe den Sicherheitsdienst!", warnte

an astonished look but pointed at a door across the foyer. "He's in his office. I don't suppose you want me to announce you?" She had an inexplicable smirk on her face.

"That won't be necessary."

Without hesitation, Daniel crossed the foyer and headed for Hannigan's office. He didn't bother knocking and kicked the door open with one swift move.

Hannigan was on the phone, but as soon as he spotted Daniel, he jumped up from his desk, his eyes wide in shock.

"I'll call you back," he said into the phone and hastily put the receiver down. His voice was edgy, and it was clear that he knew Daniel wasn't here for a business meeting. This was personal.

"Hannigan, you little shit!" He didn't care that his voice probably carried all the way out into the foyer.

"Get out, or I'll call security," Hannigan warned.

Daniel took several more steps into the room, slow and deliberate steps toward the little weasel, who had sweat

Hannigan ihn.

Daniel trat noch ein paar Schritte weiter in den Raum, langsame und bedächtige Schritte in Richtung des kleinen Wiesels, auf dessen Stirn sich Schweiß gebildet hatte.

„Denken Sie, ich habe vor dem Sicherheitsdienst Angst?" Daniel lachte, aber es war kein freundliches Lachen. „Wenn ich mit Ihnen fertig bin, brauchen Sie den Sicherheitsdienst nicht mehr, dann brauchen Sie einen Krankenwagen."

Instinktiv wich Hannigan einen Schritt in Richtung Fenster zurück. „Das würden Sie nicht wagen!"

Drei weitere Schritte, und Daniel war bei ihm. „Das ist dafür, dass Sie Sabrina belästigt haben", knurrte er und schleuderte seine Faust so schnell ins Gesicht seines Gegners, dass dieser nicht einmal Zeit hatte, darauf zu reagieren.

Hannigan brach unter dem Schlag zusammen und fiel gegen das Fenster. Daniel ergriff das Revers seiner Jacke und zog ihn wieder zu sich hoch. Er war mit dem Bastard noch nicht fertig.

„Komm schon, wehr dich, du kleiner Widerling!"

Hannigan hob seine Hände, um

building on his forehead.

"You think I'm afraid of security?" Daniel laughed, but it wasn't a friendly laugh. "When I'm done with you, you won't need security, you'll need an ambulance."

Instinctively, Hannigan took a step back toward the window. "You wouldn't dare!"

Three more steps and Daniel was upon him. "That's for harassing Sabrina," he growled and launched his fist into his opponent's face so fast, the man had no time to even react.

Hannigan buckled under the impact and fell against the window. Daniel grabbed the lapel of his jacket and pulled him back. He wasn't done with the bastard yet.

"Come on, fight back, you little creep!"

Hannigan threw up his hands to shield his face, and Daniel landed his fist in his gut.

"And that's for firing her!"

The little shit doubled over. "Help! Somebody help me!" he screamed toward the door.

Daniel heard a noise at the door but didn't turn. Realizing

sein Gesicht zu schützen, und Daniel landete seine Faust in seinem Unterleib.

„Und das ist dafür, dass du sie gefeuert hast!"

Der Haufen Scheiße krümmte sich. „Hilfe! Hilft mir doch jemand!", rief Hannigan in Richtung Tür.

Daniel hörte ein Geräusch an der Tür, drehte sich jedoch nicht um. Als Hannigan kapierte, dass ihm niemand zu Hilfe kam, fing er endlich an, sich zu verteidigen, und landete seine Faust in Daniels Gesicht. Daniels Kopf schnellte zur Seite und dann wieder zurück.

„Danke!" Endlich hatte ihm das Arschloch einen Grund gegeben, ihn zu Brei zu schlagen. Es machte keinen Spaß, einen Mann zu verprügeln, der sich nicht verteidigte.

Fäuste flogen und landeten in Gesichtern, Oberkörpern und Eingeweiden. Hannigan war ein gewichtiger Kerl, aber Daniel machte das durch seine Agilität und Motivation wett. Er verteidigte seine Frau. Welche stärkere Motivation könnte ein Mann wollen?

Gedämpfte Stimmen waren von der Tür aus zu hören. Einige Angestellte waren gekommen, um zu sehen, was der Grund für die

that nobody was coming to his aid, Hannigan finally started defending himself and landed his fist in Daniel's face. Daniel's head snapped to the side then ricocheted back.

"Thanks!" Finally the asshole had given him a reason to beat him to pulp. It was no fun to beat a man, who didn't defend himself.

Fists went flying, landing in faces, chests and guts. Hannigan was a heavy guy, but Daniel made up for it with his agility and motivation. He was defending his woman. What stronger motivation could any man want?

Muffled voices carried from the door into the room. Several staff members had come to see what the commotion was about.

Daniel landed another hook in Hannigan's face who instantly careened to the floor. He went right after him.

"What the hell is going on here?" an authoritative voice cut through the snickering voices of the staff.

Daniel turned to see Mr. Merriweather enter. It didn't

Unruhe war.

Daniel landete einen weiteren Haken in Hannigans Gesicht. Dieser schlingerte sofort zu Boden. Daniel stürzte sich auf ihn.

„Was zum Teufel geht hier vor sich?", schnitt eine autoritäre Stimme durch die kichernden Stimmen der Belegschaft.

Daniel drehte seinen Kopf und sah Mr. Merriweather eintreten. Es entging ihm nicht, dass die Sekretärinnen alle grinsten. Es hatte den Anschein, als ob Hannigan bei den weiblichen Angestellten nicht gerade beliebt war.

„Jon! Mr. Sinclair! Ich erwarte eine Erklärung!"

Erwartungsvoll stand er neben der Tür und schaute auf Daniel und Hannigan, als diese vom Boden aufstanden. Bevor einer ein Wort sagen konnte, drehte sich Merriweather zu seinen Angestellten, die sich in das Zimmer drängten, um.

„Haben Sie keine Arbeit, die Sie erledigen müssen?"

Sofort verschwanden die Angestellten, und Merriweather schlug die Tür hinter ihnen zu. „Gentlemen? Was ist der Grund für diese ungebührliche Zurschaustellung von Testosteron?" Er wartete immer escape him that the secretaries had huge smirks on their faces. It appeared Hannigan wasn't exactly popular with the female staff.

"Jon! Mr. Sinclair! Explain yourselves!"

Expectantly, he stood near the door looking at the two opponents as they got up from the floor. Before either Hannigan or Daniel could say a word, Merriweather turned back to the employees, who were spilling into the room.

"Don't you have work to do?"

Instantly they dispersed, and Merriweather slammed the door shut behind them. "Gentlemen? What is the reason for this unseemly exhibition of testosterone?" He was still waiting for an explanation and gave both of them a stern look.

"He just attacked me!" Hannigan bit out.

Daniel threatened him with another hook. "That little shit here retaliated against Sabrina by firing her."

"Mr. Sinclair. It is hardly your concern whether we let

noch auf eine Erklärung und schaute beide streng an.

„Er hat mich einfach angegriffen!", biss Hannigan heraus.

Daniel drohte ihm mit einem funkelnden Blick. „Dieses Stück Scheiße hier hat sich an Sabrina gerächt, indem er sie gefeuert hat."

„Mr. Sinclair. Es ist wohl kaum Ihre Angelegenheit, ob wir irgendjemanden aus unserer Belegschaft entlassen oder nicht." Merriweather runzelte die Stirn.

„Es ist meine Angelegenheit. Hannigan hat sie belästigt, seit sie hier zu arbeiten begonnen hat."

„Das ist nicht wahr!", protestierte Hannigan.

Daniel ignorierte ihn. „Und als ihm klar wurde, dass sie seinen Annäherungsversuchen nie nachgeben würde, entschied er sich, sie zu feuern."

„Ich treffe diese Entscheidungen, Mr. Sinclair. Nicht, dass es Sie etwas angeht, aber Sabrina wurde entlassen, weil sie ihre Arbeit vernachlässigte."

„Und wer behauptet das?"

„Mr. Hannigan hier wies mich darauf hin. Er beaufsichtigte ihre Arbeit", teilte Merriweather mit.

Daniel warf Hannigan einen wütenden Blick zu. „Hat Mr. any staff of ours go or not." Merriweather frowned.

"It is my concern. Hannigan has been harassing her ever since she started working here."

"That's not true!" Hannigan protested.

Daniel ignored him. "And when he realized that she'll never give into his advances, he decided to fire her."

"I'm the one, who makes those decisions, Mr. Sinclair. Not that it's any of your business, but Sabrina was let go because she neglected her work."

"Says who?"

"It was brought to my attention by Mr. Hannigan here. He's been supervising her work," Merriweather advised.

Daniel shot Hannigan a furious look. "Well, did Mr. Hannigan also bring to your attention that he surprised me and Sabrina during our weekend getaway in Sonoma? Did he bring it to your attention that he accused her of being a whore for sleeping with me? Did he?"

Merriweather went white. It

Hannigan Sie auch darüber informiert, dass er mich und Sabrina während unseres Wochenendausflugs in Sonoma überraschte? Hat er Sie darüber informiert, dass er sie als Hure bezeichnet hat, weil sie mit mir geschlafen hat? Hat er das getan?"

Merriweather wurde blass. Es war klar, dass er über keines dieser Details Bescheid wusste.

„Das dachte ich mir."

„Jon? Ist das wahr?", bellte Merriweather, erhielt jedoch keine Antwort. „Verdammt noch mal, Jon. Ich war bereit, über deine Indiskretionen hinwegzusehen, wenn es die Sekretärinnen betraf, aber das geht zu weit!"

Er drehte sich zu Daniel. „Mr. Sinclair. Wir werden das richtigstellen."

„Ich höre", sagte er erwartungsvoll.

„Jon, pack deine persönlichen Sachen und verschwinde! Die Firma hat keine weitere Verwendung für dich." Merriweather war pragmatisch. Es war besser, einen Anwalt zu verlieren, der eine Belastung für die Firma geworden war, als einen lukrativen Klienten.

„Du feuerst mich? Das kannst du nicht machen!" Hannigan war außer sich. „Diese kleine

was clear he knew none of the details.

"I didn't think so."

"Jon? Is this true?" Merriweather barked but received no answer. "Damn it, Jon. I was willing to overlook your indiscretions when it came to the secretaries, but this is going too far!"

He turned to his client. "Mr. Sinclair. We'll rectify this."

"I'm listening," Daniel said expectantly.

"Jon, pack your personal things and leave. The firm has no further use for you." Merriweather was pragmatic. It would be wiser to lose an associate, who'd become a liability to the firm rather than piss off a lucrative client.

"You're firing me? You can't do that!" Hannigan was beside himself. "That little bitch! Just because she's fucking a rich client, she's suddenly got free range and I get shafted!" His face was red like a ripe tomato.

Daniel swerved around and landed his fist in Hannigan's gut. Hannigan doubled over and fell to his knees, holding

Schlampe! Nur weil sie einen reichen Klienten fickt, hat sie plötzlich freie Bahn, und ich bekomme eins reingewürgt!" Sein Gesicht war so rot wie eine reife Tomate.

Daniel holte zu einem Schlenker aus und landete seine Faust in Hannigans Magen. Hannigan klappte zusammen und fiel auf die Knie, wobei er seinen Bauch hielt, sein Gesicht vor Schmerz verzerrt.

„Sprich nie wieder so über die Frau, die ich liebe. Ist das klar?"

„Jon, wenn du nicht in zehn Minuten weg bist, lasse ich dich vom Sicherheitsdienst aus dem Gebäude werfen. Mr. Sinclair, bitte begleiten Sie mich in mein Büro."

Als Daniel in Merriweathers privatem Büro war, entspannte er sich endlich. Die entschlossene Handlung seines Anwalts, Hannigan fristlos zu entlassen, hatte ihn etwas beruhigt. Er würde der Firma eine weitere Chance geben, obwohl er bereit gewesen war, die Firma von seinen Angelegenheiten abzuziehen.

„Mr. Sinclair, lassen Sie mich nur im Namen der Firma sagen, dass wenn wir etwas davon gewusst hätten, das sicherlich nicht passiert wäre. Bitte nehmen Sie unsere Entschuldigung an."

his stomach, his face twisted in pain.

"Never, do you hear me, never talk like that about the woman I love. Is that clear?"

"Jon, if you're not gone within ten minutes, I'll have security remove you from the building. Mr. Sinclair, please join me in my office."

Once in Merriweather's private office, Daniel finally relaxed. His attorney's decisive action to fire Hannigan on the spot had somewhat pacified him. He would give the firm another chance, even though he'd been ready to pull his account.

"Mr. Sinclair, let me just say on behalf of the firm that had we known about any of this, this would certainly not have happened. Please accept our apologies."

Daniel nodded and sat on the couch.

"I had of course no idea, that you and Sabrina... well I'd been under the impression that you'd been referred to us by another client not by Sabrina," he angled for more information as he continued to stand.

Daniel nickte und setzte sich auf die Couch.

„Ich wusste natürlich nicht, dass Sie und Sabrina ..., also ich hatte den Eindruck, dass wir Ihnen von einem anderen Klienten empfohlen worden waren, nicht von Sabrina", angelte er nach weiteren Informationen, während er weiterhin stehen blieb.

„Sie waren nicht falsch informiert. Sie wurden mir von einem anderen Klienten empfohlen." Daniel beließ es dabei.

„Wir werden sie auf jeden Fall wieder einstellen, da es jetzt offensichtlich ist, dass Mr. Hannigan mir falsche Informationen bezüglich ihrer Arbeit gegeben hat. Ich hätte mich nicht allein auf seine Informationen verlassen, sondern es selbst überprüfen sollen, aber die Umstände ... Auf jeden Fall werde ich ihr sofort eine persönliche Nachricht zukommen lassen, zusammen mit einer Entschuldigung des Unternehmens." Merriweather sabberte regelrecht.

Daniel winkte ihm zu, sich zu setzen, und Merriweather tat es.

„Ich hatte etwas Anderes im Sinn. Ich möchte Sie bitten, einen Arbeitsvertrag für Sabrina

"You weren't misinformed. I was referred to you by another client." Daniel left it at that.

"We'll of course reinstate her, since it now is obvious that Mr. Hannigan has given me inaccurate information as to her work. I shouldn't have relied on his information alone and investigated for myself, but the circumstances ... In any case, I'll send a personal message to her right away, together with the firm's apologies." His statement bordered on groveling.

Daniel motioned him to sit, and he complied.

"I had something else in mind. I would like you to draft an employment contract for her," Daniel started.

"Of course. Certainly. We can use our standard contract and make any changes you suggest." He seemed eager to please.

Daniel shook his head. "I'm not talking about an employment contract between her and your firm, but between her and me."

Merriweather looked

aufzusetzen", fing Daniel an.

„Natürlich. Sicherlich. Wir können unseren Standardvertrag benutzen und jegliche Änderungen einbauen, die Sie vorschlagen." Merriweather schien ihn unbedingt zufriedenstellen zu wollen.

Daniel schüttelte den Kopf. „Ich rede nicht von einem Arbeitsvertrag zwischen ihr und Ihrer Firma, sondern zwischen Sabrina und mir."

Merriweather sah verwundert drein, als er offenbar versuchte, Daniels Worte zu verarbeiten. „Sie wollen Sabrina anstellen?"

Sein Ausdruck ging von Überraschung zu Ungläubigkeit und dann in Schock über, als Daniel die Bedingungen darlegte, die er in den Vertrag aufgenommen haben wollte.

„Sie können doch nicht glauben, dass Sabrina so einen Vertrag unterschreiben würde." Merriweather schluckte schwer.

„Ich weiß genau, was sie tun wird, wenn sie ihn liest", antwortete Daniel. Er hoffte, dass er recht hatte. Dieses eine Mal vertraute er auf sein Bauchgefühl. Er hoffte, dass er damit richtig lag.

stunned as he tried to process Daniel's words. "You want to hire Sabrina?"

His expression went from surprise to disbelief and then to shock as Daniel laid out the terms he wanted incorporated in the contract.

"You can't possibly think that Sabrina would sign such a contract." Merriweather swallowed.

"I know exactly what she'll do when she reads it," Daniel responded. He hoped he was right. For once he trusted his gut. He hoped he wasn't wrong this time.

21

Die Woche war fast um, und Sabrina hatte ihren Lebenslauf auf den neuesten Stand gebracht und ihn an einige Arbeitsagenturen geschickt. Die Aussichten waren nicht rosig. Es gab spezielle Zeiten, zu denen Kanzleien einstellten, und sie hatte die wichtigste Einstellungsperiode des Jahres um ein paar Wochen verpasst.

Sie hatte in den letzten fünf Tagen einen Eisbecher nach dem anderen verschlungen, wann immer sie deprimiert war und sich selbst bemitleidete – was täglich der Fall war – und hatte dabei mindestens zwei Pfund zugenommen.

Das einzig Gute, das in dieser Woche passiert war, war, dass sie und Holly sich wieder vertragen hatten, nachdem ihr Holly die ganze Wahrheit erzählt hatte.

„Tim und ich haben es nur gut gemeint. Wir dachten, Ihr beide passt so gut zueinander. Tim erzählte mir so viel über Daniel, dass ich absolut sicher war, dass das klappen würde. Wir hätten nur auf einen besseren Zeitpunkt

The week was almost over, and Sabrina had been busy updating her resume and sending it out to several employment agencies. The outlook wasn't rosy. There were specific times during the year when law offices hired, and she'd just missed the most important hiring period by a few weeks.

She'd gained at least two pounds in the five days she'd been at home by gobbling down pints of ice cream whenever she was depressed and feeling sorry for herself— which was daily.

The only good thing that had happened during the week was that she and Holly had made up after Holly had told her the whole truth.

"Tim and I only meant well. We thought you guys were so suited for each other. Tim told me so much about Daniel that I was absolutely sure this would work. We should have just

warten und einfach gemütlich Abendessen gehen sollen, nur wir vier. Es war eine dumme Idee. Es tut mir leid." Holly sah sie ernsthaft an.

„Das ist jetzt egal. Es ist aus, und es gibt nichts mehr, was ich tun kann, um das zu ändern." Sabrina versuchte, gleichgültig zu klingen. „Er hat keinen Versuch gemacht, mich zu kontaktieren, nachdem ich ihm gesagt habe, dass ich ihn nicht mehr sehen will. Ich habe Dinge gesagt, die ich jetzt nicht mehr zurücknehmen kann. Er verachtet mich wahrscheinlich."

„Du hast doch seine Nummer. Warum rufst du ihn nicht an?"

Sie schüttelte den Kopf. „Das würde zu nichts führen. Er würde mir nicht glauben, wenn ich ihm jetzt sage, was ich wirklich für ihn empfinde. Es ist zu spät." Sie hatte den Schneesturm gespürt, der ihn umgeben hatte, als sie ihm gesagt hatte, dass sie nichts für ihn empfand. Er würde ihr jetzt nie glauben. Sie hatte ihn zurückgewiesen und selbst wenn sie sein Herz nicht verletzt hatte, so hatte sie doch seinen Stolz verletzt.

~ ~ ~

Der Anruf aus der Firma kam Freitagmorgen.

waited for a better time and had some casual dinner just the four of us. It was a stupid idea. I'm so sorry." Holly's look was sincere.

"It doesn't matter anymore. It's over and there's nothing I can do to change that." Sabrina tried to sound indifferent. "He hasn't made any attempt to contact me after I told him that I don't want to see him anymore. I said things that I can't take back now. He probably despises me."

"You have his number. Why don't you call him?"

She shook her head. "It won't do any good. He wouldn't believe me if I told him what I really felt. Not now." She'd felt the ice storm surrounding him when she'd told him that she had no feelings for him. He'd never believe her now. She'd rejected him, and even if she hadn't hurt his heart, she'd hurt his pride.

~ ~ ~

The call from the office came Friday morning.

"Sabrina, it's Caroline." She

„Sabrina, ich bin's, Caroline." Sabrina war überrascht, die Stimme der Empfangsdame zu hören. Obwohl sie und Caroline sich im Büro gut miteinander verstanden hatten, waren sie keine Freundinnen. Es gab keinen Grund, weswegen sie sie zuhause anrufen würde, vor allem nicht jetzt, da sie nicht mehr dort arbeitete.

„Hi."

„Hannigan wurde gefeuert", kündigte Caroline an.

Sabrina fiel die Kinnlade herunter. „Wie ist das passiert?"

„Mr. Merriweather fand heraus, dass Hannigan dich belästigt hatte und dass er einfach erfunden hatte, dass deine Arbeit nicht zufriedenstellend war. Also hat er ihm fristlos gekündigt. Deswegen rufe ich an. Mr. Merriweather will heute Nachmittag mit dir sprechen."

Sie konnte das nicht glauben. Sie hatten Hannigan gefeuert, obwohl er sich so sicher gewesen war, dass die Partner ihn nie anrühren würden. Sie fühlte eine große Belastung von ihren Schultern gehoben. Es gab doch etwas Gerechtigkeit in der Welt.

„Du meinst, er stellt mich vielleicht wieder ein?"

„Er sagte nur, ich solle dich anrufen und dich bitten, um drei

was surprised to hear the receptionist's voice. Even through Caroline and she were friendly in the office, they weren't friends, and there was no reason why she would call her at home now that she didn't work there anymore.

"Hi."

"Hannigan got fired," Caroline announced.

Sabrina's jaw dropped. "How did that happen?"

"Mr. Merriweather found out that Hannigan has been harassing you and that he fabricated things about your work not being adequate. So he fired him on the spot. That's why I'm calling. Mr. Merriweather wants to talk to you this afternoon."

She couldn't believe this. They'd fired Hannigan after he'd been so sure the partners would never touch him. She felt a huge burden lifted off her shoulders. There was some justice in the world after all.

"You mean, he might re-hire me?"

"He just said to call you and ask you to come in at three. But I'm pretty sure that's what it is. What else would he want to

vorbeizukommen. Aber ich bin ziemlich sicher, dass es darum geht. Worüber sonst sollte er mit dir reden wollen?", fragte Caroline.

„Ich werde da sein. Vielen, vielen Dank!"

Sabrina zog ihr bestes Kostüm an und sorgte dafür, dass sie genau wie der Profi aussah, der sie war. Wenn sie ihr ihren alten Job wieder anbieten würden, musste sie dementsprechend aussehen. Sie überprüfte ihr Outfit ein zweites und drittes Mal im Spiegel. Ihr Rock hörte knapp über dem Knie auf, und sie entschied sich dafür, keine Strumpfhose zu tragen, da ihre Beine gebräunt genug waren, um sie unbedeckt zu lassen.

Sie wollte heute größer erscheinen, um imposanter zu wirken, also entschied sie sich, ihre Pumps zu tragen anstatt der Schuhe mit den bequemeren, breiten Absätzen, die sie normalerweise trug. Sie sah todschick aus. Wenn sie sie zurückhaben wollten, wollte sie als Allererstes eine Entschuldigung und dann eine Zusicherung, dass sie nicht wieder für Routinefälle eingeteilt werden würde, wie es der Fall gewesen war, als sie für Hannigan

talk to you about, right?" Caroline asked.

"I'll be there. Thanks so much!"

Sabrina dressed in her best business suit and made sure she looked every bit the professional she was. If they'd offer her her old job back, she wanted to look the part. She double-and-triple-checked her outfit in the mirror. Her skirt stopped just short of her knees, and she'd opted not to wear pantyhose since her legs were tanned enough to keep them bare.

She had the need to be taller today, to feel more imposing, so she decided on her stilettos instead of the more comfortable slingbacks she normally wore. She was dressed to kill. If they wanted her back, then she wanted an apology first and foremost and then an assurance that she wouldn't be relegated to routine cases as she'd been when she'd been assigned to work with Hannigan.

A last look into the mirror, a deep breath and she knew she couldn't stall any longer if she

gearbeitet hatte.

Ein letzter Blick in den Spiegel, ein tiefer Atemzug, und sie wusste, sie konnte nicht länger herumtrödeln, wenn sie nicht zu spät kommen wollte.

Ihre Hände waren schweißnass, als sie im Foyer der Firma ankam. Sie zwang sich zu einem Lächeln, als Caroline sie begrüßte.

„Mr. Merriweather erwartet dich in seinem Büro. Geh einfach hinein." Sie drückte die Sprechanlage. „Sabrina ist hier."

Einen Fuß vor den anderen zwingend, ging Sabrina in Richtung Merriweathers Büro. Als sie es erreichte, war all ihr Zögern verflogen. Sie klopfte und hörte seine Stimme, die sie bat, einzutreten.

Als sie die Tür öffnete und eintrat, war Merriweather bereits um seinen Schreibtisch herumgegangen. Mit ausgestreckter Hand ging er auf sie zu.

„Sabrina, ich bin froh, dass Sie gekommen sind. Bitte setzen Sie sich."

„Danke." Sabrina war überrascht, wie übermäßig zuvorkommend er war. So war er normalerweise nicht.

Sie setzte sich auf den Stuhl vor dem Schreibtisch. Merriweather nahm dahinter Platz.

didn't want to be fashionably late.

Her hands felt clammy when she entered the firm's foyer, and she forced a smile when Caroline greeted her.

"Mr. Merriweather is expecting you in his office. Go right in." She pressed the intercom. "Sabrina is here."

Forcing one foot in front of the next, Sabrina headed for Merriweather's office. By the time she reached it, all her hesitation was gone. She knocked and heard his voice asking her to enter.

By the time she opened the door and stepped inside, Merriweather had already rounded his desk. With an outstretched hand, he walked toward her.

"Sabrina, I am so glad you came. Please take a seat."

"Thank you." Sabrina was surprised at how overly courteous he was. It wasn't like him.

She took a seat in front of his desk, and he sat back behind it.

"Let me just say, the firm and I deeply apologize for how you've been treated. There's no

„Lassen Sie mich zuerst einmal sagen, die Firma und ich entschuldigen uns zutiefst dafür, wie Sie behandelt worden sind. Dafür gibt es keine Entschuldigung. Uns war bekannt, dass Jon ... äh, Probleme mit weiblichen Angestellten hatte, aber wir hätten uns nie träumen lassen, dass er so weit gehen würde, Sie zu belästigen. Hmm, es tut uns sehr leid, dass Sie nicht genug Vertrauen in uns hatten, um direkt mit uns darüber reden zu können." Er schaute sie aufrichtig an. „Wir ... nein, *ich* hoffe, dass Sie wissen, dass wir Sie sehr schätzen und wir Ihnen auch gerne Ihre Anstellung wieder anbieten würden..."

Würden? Was sagte er da? Er hatte sie hergebeten, um sich zu entschuldigen, und das war alles? Er hatte keine Absicht, ihr ihre Stelle wieder anzubieten. Wie scheinheilig war das denn?

„Aber Sie werden es nicht tun? Sie wissen, was Hannigan getan hat, aber Sie werden mir meinen Job nicht zurückgeben?" Ihre Stimme war flach und emotionslos. Sie würde ihm nicht die Genugtuung geben, ihm zu zeigen, dass sie enttäuscht war.

„Natürlich würden wir Sie sehr gerne zurückhaben, aber ein Klient hat uns gebeten, von uns excuse for it. We were aware that Jon has had ... let's say, issues with female staff, but we never dreamed that he would go as far as harassing you. Hmm, we are extremely sorry that you felt you couldn't talk to us about this." He gave her a sincere look. "We... no, I hope that you know we value you highly, and we would of course offer you your job back..."

Would? What was he saying? He'd just called her in to apologize but that was it? He had no intention of offering her a job. How hypocritical was that?

"But you won't? You know what Hannigan did, but you won't give me my job back?" Her voice was flat, showing no emotions. She wouldn't give him the satisfaction to let him know that she was disappointed.

"We would be delighted to have you back, of course, but a client has asked us to be represented to obtain your..." He cleared his throat. "... hmm, services. I drafted the contract myself, and I know that our firm could never offer you what he's willing to pay."

vertreten zu werden, um Ihre …" Er räusperte sich. „… hmm, Dienste in Anspruch zu nehmen. Ich habe den Vertrag selbst aufgesetzt, und ich weiß, dass unsere Firma nie im Stande sein würde, Ihnen anzubieten, was dieser Kunde bereit ist zu zahlen."

Sabrina war mehr als überrascht. Während ihrer Zeit in der Firma hatte sie sehr wenig Kontakt mit Klienten gehabt, und es war eher unwahrscheinlich, dass sie ein Klient wahrgenommen und sich entschieden hatte, ihr einen Job anzubieten.

„Ich verstehe nicht."

Merriweather schob ein Dossier über den Tisch. „Das ist der Vertrag. Bevor Sie ihn lesen, lassen Sie mich Ihnen versichern, dass ich alles in meiner Macht Stehende getan habe, Sie mit den Bedingungen dieses Vertrags zu schützen. Er ist wasserdicht, und sollten Sie sich entscheiden, ihn zu akzeptieren, glauben Sie mir, wenn ich Ihnen sage, dass niemand etwas Schlechtes von Ihnen denken wird. Es ist ein Angebot, das nur wenige in Ihrer Position ablehnen würden. Wir haben alle unseren Preis", fügte er kryptisch hinzu.

Sie zog eine Augenbraue hoch, antwortete jedoch nicht.

Sabrina was more than surprised. She'd had very little client contact during her time at the firm, and it was impossible that a client had noticed her and decided to offer her a job.

"I don't understand."

Merriweather pushed a dossier across the table. "This is the contract. Before you read it, let me assure you that I've done everything in my power to protect you with the terms of this contract. It's watertight, and should you decide to accept it, believe me if I say, nobody will think the worse of you. It's an offer not many in your position would reject. We all have our price," he added cryptically.

She raised an eyebrow but didn't answer.

"And should you decide to reject my client's offer, I'll be the first to welcome you back into the firm." He stood and rounded the desk. "I'll leave you to read over the contract."

"Thank you, Mr. Merriweather."

He shook her hand and went for the door. When she heard it open and then close a few

„Und sollten Sie sich entscheiden, das Angebot meines Klienten abzulehnen, werde ich der Erste sein, der Sie wieder in der Firma begrüßt." Er stand auf und ging um den Schreibtisch herum. „Ich werde Sie allein lassen, damit Sie den Vertrag durchlesen können."

„Danke, Mr. Merriweather."

Er schüttelte ihr die Hand und ging zur Tür. Als sie hörte, wie sie auf- und dann kurz darauf wieder zugemacht wurde, griff sie nach dem Dossier und öffnete es.

~ ~ ~

Daniel beobachtete Sabrina, die mit dem Rücken zu ihm saß. Er war in das Büro geschlichen, als Merriweather gegangen war, so, wie sie es zuvor vereinbart hatten. Sabrina hatte nicht bemerkt, dass er hereingekommen war, und er blieb jetzt regungslos bei der Tür stehen.

Während sie die erste Seite des Vertrags durchsah, ließ er seine Augen über sie schweifen. Er hatte sie vermisst, sie wirklich vermisst, und wusste nicht, wie lange er die Trennung noch aushalten konnte.

„Oh mein Gott!", rief sie aus, als sie weiter und weiter auf der Seite nach unten las. Er wollte, moments later, she reached for the dossier and opened it.

~ ~ ~

Daniel watched Sabrina sit with her back to him. He'd silently slipped into the office when Merriweather had exited, just as they'd agreed beforehand. Sabrina hadn't noticed him come in, and he remained standing motionless near the door.

As she scanned the first page of the contract, he let his eyes glide over her. He'd missed her, truly missed her and didn't know how much longer he could bear the separation.

"Oh my God!" she exclaimed as she went farther and farther down the page. He wanted her to have a chance to read the entire three-page contract, as impatient as he felt.

As she went to the second page, she suddenly jumped up from her chair. "Oh God!" came another incredulous exclamation. The shock at his proposal was evident, even though he couldn't see her face. It was killing him, since

dass sie die Chance hatte, den ganzen dreiseitigen Vertrag durchzulesen, obwohl er ungeduldig wurde.

Als sie zur zweiten Seite blätterte, sprang sie plötzlich vom Stuhl auf. „Oh Gott!", kam ein weiterer ungläubiger Aufschrei. Der Schock über den Vorschlag war offensichtlich, obwohl er ihr Gesicht nicht sehen konnte. Es brachte ihn um, da ihre Ausdrücke ihm nicht sagten, ob sie dazu tendierte, anzunehmen oder abzulehnen. Er musste es herausfinden. Er konnte die Spannung nicht mehr aushalten.

„Sabrina."

Mit einem leisen Schrei, der ihr im Halse steckenblieb, wirbelte sie herum. Die Blätter Papier entglitten unfreiwillig ihren zitternden Händen und landeten auf dem Boden. Sie war schöner, als er sie jemals gesehen hatte.

„Du ..." Ihre Stimme zitterte und brach schließlich ab.

Er ging zwei Schritte auf sie zu, doch er sah, wie sie sich am Tisch hinter sich abstützte, und stoppte. Er wollte sie nicht erschrecken.

„Das willst du wirklich?" Sie zeigte auf den Vertrag zu ihren Füßen.

Daniel nickte. „Ja."

„Warum?"

„Weil ich an diesem Punkt

her expressions didn't tell him whether she was inclined to accept or reject. He needed to know. He couldn't stand the suspense any longer.

"Sabrina."

With a low shriek that got stuck in her throat, she spun on her heels. The sheets of paper landed on the floor, involuntarily released by her trembling hands. She was more beautiful that he'd ever seen her.

"You..." Her voice was shaky and finally broke off.

He took two steps toward her when he saw her steady herself against the desk behind her and stopped. He didn't want to scare her.

"This is what you want?" She pointed at the contract at her feet.

Daniel nodded. "Yes."

"Why?"

"Because at this point I'll take whatever I can get."

He came closer and bent to pick up the pages, pressing them back into her hands. Being this close to her after not seeing her in five days, made him want to reach out and touch her.

nehme, was ich bekommen kann."

Er kam näher und bückte sich, hob die Seiten auf und drückte sie ihr in die Hände. So nah bei ihr zu sein, nachdem er sie fünf Tage lang nicht gesehen hatte, weckte in ihm das Verlangen, nach ihr zu greifen und sie zu berühren.

Ihre Augen trafen sich. „Du willst, dass ich dein Callgirl bin?"

„Das ist es, was du wolltest, nicht wahr? Nur Sex. Du hast es selbst gesagt."

Sabrina hielt die Seiten mit ihrer Hand hoch. „Hier geht es nicht nur um Sex." Sie zeigte auf einen Punkt auf einem Blatt. „Paragraf neun: Kinder. Kannst du mir vielleicht erklären, was das in dem Vertrag zu suchen hat?"

„Alle Kinder, die aus diesem Vertrag entstehen, sollen meine legitimen Erben sein", zitierte er einen Teil des Vertrags. „Also, es geht nur um Sex. Ich garantiere dir, dass du schwanger wirst, wenn wir jede Nacht das Bett teilen."

„Paragraf sechs: Unterkunftsvereinbarung. Die Angestellte wird mit dem Arbeitgeber zusammenleben und sein Bett teilen", las sie vor.

„Du weißt genauso gut wie ich, was passiert, wenn wir uns das Bett teilen. Soll ich dich daran erinnern?" Er kam langsam näher

Her eyes locked with his. "You want me to be your escort?"

"That's what you wanted, isn't it? Just sex. You said so yourself."

Sabrina held the pages up with her hand. "This is not just about sex." She pointed at a spot on the page. "Paragraph nine: Children. Care to explain what this paragraph is doing in this contract?"

"Any children resulting from this contract shall be my legal heirs," he recited a portion of the contract. "So, it's all about sex. I guarantee you'll become pregnant when you share my bed every night."

"Paragraph six: Living Arrangements. The employee will live with the employer, sharing his bed," she read.

"You know as well as I do what happens when we share a bed. Do you want me to remind you?" He inched closer to her, and he noticed her hold her breath.

"Paragraph seventeen: Compensation," Daniel stated.

"I haven't read that far," she said hastily.

"Let me paraphrase. The

und bemerkte, wie sie ihren Atem anhielt.

„Paragraf siebzehn: Vergütung", fing Daniel an.

„Soweit habe ich noch nicht gelesen", sagte sie schnell.

„Lass es mich zusammenfassen. Die Angestellte hat Anspruch auf die Hälfte des Vermögens des Arbeitgebers."

Sabrina rang vor Schock nach Luft. „Das ist nicht dein Ernst."

Er nickte langsam. „Lies selbst!"

Sie suchte nach der richtigen Stelle im Vertrag und fand sie. Ihre Augen tanzten über die Seite wie ein Pingpongball auf einem Turnier, bis ihr Mund aufklappte und sich dann schnell wieder schloss. Anstatt ihn wieder anzusehen, las sie weiter.

„Ich brauche einen Moment", bat sie.

Er wich zurück, weg von ihrem verführerischen Duft. Sabrina umrundete den Schreibtisch und setzte sich auf Merriweathers Stuhl.

Einige Minuten vergingen, während sie den Vertrag zu Ende las. Er wusste immer noch nicht mehr als zu dem Zeitpunkt, als er das Büro betreten hatte. Würde sie ihn sofort ablehnen? Würde sie mit ihm spielen?

Als sie schließlich aufblickte,

employee is entitled to half the net worth of the employer."

Sabrina gasped in shock. "You can't be serious."

He nodded slowly. "Read for yourself."

She searched for the place on the page and found it. Her eyes danced over the page like a ping pong ball at a competition until her mouth fell open then quickly closed again. Instead of looking back at him, she continued reading.

"I need a moment," she requested.

He stepped out of her way, moving away from her enticing scent. Sabrina rounded the desk and sat down in Merriweather's chair.

Several minutes ticked by as she read the contract to the end. He still didn't know any more than when he'd entered the office. Was she going to reject him outright? Was she going to toy with him?

When she finally looked up, her face was unreadable.

"Let me clarify this. You want to hire me as your escort, to share your bed and your home, to live with you, to travel with you, to attend every

war ihr Gesichtsausdruck undurchschaubar.

„Lass mich das klarstellen. Du willst mich als dein Callgirl anstellen, dass ich dein Bett und dein Haus mit dir teile, dass ich mit dir zusammenlebe, dass ich mit dir reise, dass ich jede Familienparty mit dir besuche. Ich soll exklusiv dir gehören und keinen anderen Liebhaber haben. Und du wirst auch keine anderen Liebhaberinnen haben. Alle Kinder, die ich möglicherweise zur Welt bringe, werden deine legitimen Erben sein und werden als deine Kinder aufwachsen. Im Gegenzug erhalte ich dein halbes Vermögen. Und dann die Terminierungsklausel." Sie hielt inne. „Du solltest Merriweather als deinen Anwalt entlassen. Ich glaube nicht, dass er das Beste für dich herausgeholt hat. Die Terminierungsklausel gibt dir keinen Ausweg."

„So ist es beabsichtigt. Kein Ausweg für mich. Ich will da nicht heraus. Ich will hinein. Es wird alles in deinen Händen liegen, genauso wie du es die ganze Zeit wolltest. Du gibst den Ton an, wenn es zur Terminierung des Vertrags kommt. Ich bin bereit, wenn du es bist."

Sabrina schüttelte den Kopf. „Ich hoffe, du hast nichts dagegen, family function with you. I'm to be exclusively yours, no other lovers. And you won't have any other lovers either. Any children I might bear will be recognized as your legal heirs and will grow up as your children. In exchange I'll be entitled to half your wealth. And then the termination clause." She paused. "You should fire Merriweather as your attorney. I don't think he has your best interest in mind. The termination clause doesn't give you an out."

"That's how it's meant to be. No out for me. I'm not looking for an out, I'm looking for an in. It'll all be in your hands, just like you wanted it all along. You call the shots when it comes to termination of the contract. I'm ready whenever you are."

Sabrina shook her head. "I hope you don't mind if I make changes to this contract? Nobody ever signs a contract the way it's presented, least of all a lawyer."

She didn't wait for his approval but started making annotations. Did this mean she was willing to accept this crazy

wenn ich den Vertrag abändere? Niemand unterzeichnet einen Vertrag so, wie er vorgelegt wird, am wenigsten ein Anwalt."

Sie wartete nicht auf seine Zustimmung, sondern fing an Kommentare hinzuzufügen. Bedeutete das, sie war bereit, diesen verrückten Vorschlag zu akzeptieren? Würde sie es wirklich machen? Er wusste, er wollte, dass sie für immer ihm gehören sollte, und obwohl er sie lieber gebeten hätte, ihn zu heiraten, war er bereit etwas anzubieten, von dem er hoffte, dass sie es akzeptieren konnte.

Sie hatte es ihm im Cottage offen gestanden: Sie konnte nicht mehr als nur seine Hure sein. Gut, er würde sie nehmen und ihr dann zeigen, was sie wirklich war: die Frau, die er liebte.

Als Daniel sah, wie sie den Vertag unterschrieb, schlug sein Herz bis zum Hals. Sie gehörte ihm.

„Hier. Ich habe akzeptiert. Du musst Paragraf siebzehn abzeichnen. Ich habe Änderungen vorgenommen."

Paragraf siebzehn? Er versuchte, sich verzweifelt daran zu erinnern, worum es sich darin handelte, als es ihn traf: Vergütung.

Sie nickte, als sie die Erkenntnis proposal? Would she really do it? He knew he wanted her to be his forever, and while he would have rather asked her to marry him, he was willing to start with what he thought she'd be more comfortable with.

She'd said it bluntly at the cottage. She couldn't be more than his whore. Fine, he'd take her and then show her what she really was: the woman he loved.

When Daniel saw her sign the contract, his heart was beating up into his throat. She was his.

"Here. I've accepted. You need to initial Paragraph seventeen. I've made changes."

Paragraph seventeen? He frantically tried to recall what the paragraph was about, when it hit him: compensation.

She nodded when she saw the realization on his face. "It's not nearly enough for what you want. I need more."

More? His heart sank. Sabrina was taking him to her cleaners. He couldn't have misjudged her like this. She'd never shown any interest in his money, but now that she had

in seinem Gesicht sah. „Es ist nicht annähernd genug für das, was du willst. Ich brauche mehr."

Mehr? Sein Herz rutschte ihm in die Kniekehlen. Sabrina nahm ihn aus wie eine gemästete Gans. Er konnte sie doch nicht so falsch eingeschätzt haben. Sie hatte nie Interesse an seinem Geld gezeigt, aber jetzt, da sie ihn in der Hand hatte, kam jetzt ihre wahre Seite zum Vorschein? Oh Gott, er hoffte nicht.

Sie schob den Vertrag in seine Richtung. „Willst du es nicht lesen?"

Er fühlte sich, als ob seine Beine mit Blei gefüllt wären, als er einen Schritt zum Schreibtisch machte. Hatte sie auf ihm wie auf einer Geige gespielt, alle Knöpfe gedrückt, ihn so sehr verzaubert und ihn damit manipuliert?

„Daniel, lies es!", drängte sie ihn. Die Art, wie sie seinen Namen sagte, ließ ihn sie ansehen und in ihre Augen blicken. Nichts Kaltes lag darin. Stattdessen waren sie voller Wärme. Ihre Handlungen ergaben keinen Sinn, so wie sie ihn ansah.

Indem sie ihre Augen auf den Vertrag senkte, bat sie ihn nochmals, die Änderungen, die sie gemacht hatte, zu lesen. Was er sah, ließ sein Herz vor Freude fast zerspringen. Sie hatte den

him where she wanted him, had her true side come out? God, he hoped not.

She shoved the contract into his direction. "Don't you want to read it?"

He felt as if his legs were filled with lead when he took a step toward the desk. Had she played him like a fiddle, pushed all his buttons, intoxicated him and then hung him out to dry?

"Daniel, read it," she urged him. The way she said his name made him look at her and connect with her eyes. There was nothing cold in her eyes. Instead, they were full of warmth. Her actions didn't compute with the way she looked at him.

She lowered her eyes toward the contract, begging him again to read the change she'd made. He finally did. What he saw made his heart jump. She'd crossed out the entire paragraph and written in the margin. There it was in blue ink: *Compensation – Daniel will give Sabrina his love and respect, every day, every night.*

That's all she wanted, nothing else. She'd signed the

gesamten Absatz durchgestrichen und etwas an den Rand geschrieben. Da stand es in blauer Tinte: *Vergütung – Daniel wird Sabrina seine Liebe und seinen Respekt geben, jeden Tag, jede Nacht.*

Das war alles, was sie wollte! Sie hatte den Vertag unterschreiben. Er musste sich zusammenreißen.

„Darf ich mir deinen Stift leihen?" Daniel schnürte es den Hals ab, als er nach dem Kugelschreiber griff.

Eine Sekunde später war die Tinte auf dem Papier trocken, und seine Unterschrift stand neben ihrer.

Sabrina sah ihn an und lächelte. Als sie die ersten paar Paragrafen des Vertrags gelesen hatte, hatte sie gedacht, dass er verrückt geworden war. Sie hatte sich sogar von dem Angebot leicht beleidigt gefühlt, bis sie die Terminierungsklausel gelesen und erkannt hatte, dass das was er ihr wirklich anbot, er selbst war.

Es gab keine Möglichkeit für ihn, den Vertrag zu beenden. Und der einzige Ausweg für sie? Ihn zu heiraten. Er würde sie nur entlassen, wenn sie zustimmte, seine Frau zu werden. Sie verstand ihn nun.

contract. He had to contain himself.

"May I borrow your pen?" Daniel was choked up when he reached for her pen.

A second later, the ink on the paper dried, his signature next to hers.

She looked at him and smiled. When she'd read the first few paragraphs of the contract, she'd thought he'd gone crazy. She'd even felt slightly insulted about what he was offering her, but when she'd read the termination clause, she'd realized what he was truly offering her was himself.

There was no way for him to terminate their contract. And the only way out for her? Marrying him. He would only release her from the contract if she agreed to become his wife. She understood now.

With steady steps, she walked toward him, stopping only inches away from him. She felt the heat from his body ignite the air between them.

"So you think you can pay my price?" she asked.

"I don't think so. I know so.

Mit stetigen Schritten ging sie auf ihn zu und stoppte nur Zentimeter von ihm entfernt. Sie fühlte, wie die Hitze seines Körpers die Luft zwischen ihnen in Brand setzte.

„Du glaubst also, du kannst meinen Preis bezahlen?", fragte sie.

„Das glaube ich nicht nur. Das weiß ich. Willst du einen Vorgeschmack?" Sein Blick war glühend heiß und trug zur brennenden Hitze im Raum bei.

Sie leckte ihre Lippen, um sie abzukühlen, als sie seinen Mund näher kommen sah. „Ich brauche mehr als nur einen Vorgeschmack", murmelte sie, bevor seine Lippen auf ihre trafen.

Sein Arm umfing ihre Hüfte, um sie an seinen Körper zu ziehen und ihre Brüste an seine Brust zu drücken. Seine andere Hand streichelte ihren Halsansatz und winkelte ihren Kopf an, sodass er sie intensiver küssen konnte.

Ihre Lippen öffneten sich mit einem tiefen Seufzer und luden ihn ein. Er erforschte die tiefen Höhlen ihres Mundes und duellierte sich mit ihrer wartenden Zunge. Alles in diesem Kuss schrie nach Leidenschaft, Liebe und Besitzergreifung.

Ihre Hände zogen an seinem Hemd, um es aus seiner Hose zu

Want a taste of it?" His look was searing, adding to the scorching heat in the room.

She licked her lips to cool them as she watched his mouth come closer. "I need more than a taste," she mumbled before his lips met hers.

His arm went around her waist as he pulled her into the curve of his body, crushing her breasts against his chest. With his other hand, he caressed the nape of her neck, angling her head to allow for a deeper kiss.

Her lips parted with a deep sigh and invited him in. He explored the deep caverns of her mouth, dueling with her waiting tongue. Everything in his kiss screamed of passion, love, and possession.

Her hands tugged on his shirt to pull it out of his pants. She needed to feel his skin. As soon as she slid her hands underneath his shirt, he moaned.

"Sabrina, I missed you. No more separations, not for a single night." His eyes locked with hers.

"I signed the contract, didn't I?"

Daniel smiled. "Yes, you

ziehen. Sie musste seine Haut spüren. Als sie ihre Hände unter sein Hemd gleiten ließ, stöhnte er auf.

„Sabrina, ich habe dich vermisst. Keine Trennungen mehr, nicht einmal für eine Nacht." Seine Augen trafen sich mit ihren.

„Ich habe den Vertrag unterschrieben, oder etwa nicht?"

Daniel lächelte. „Ja, das hast du."

„Woher wusstest du, dass ich annehmen werde?"

„Ich wusste es nicht. Ehrlich gesagt, dachte ich an einem Punkt, dass du mir den Vertrag ins Gesicht werfen und mir sagen würdest, ich sollte verschwinden."

Sie zog eine Augenbraue hoch. „Und dann?"

„Dann wäre ich zu Plan B übergegangen."

„Was war Plan B?"

Er lächelte verschmitzt und schüttelte den Kopf. „Da du Plan A akzeptiert hast, wirst du es nie herausfinden."

„Ich glaube, dann muss ich wohl das Beste aus Plan A machen." Sie lachte und nahm ihre Hand von seiner Brust, um sie auf die Wölbung in seiner Hose zu legen. Sabrina konnte deutlich die Hitze unter ihrer Hand spüren.

„Was hast du vor?", fragte Daniel langsam.

did."

"How did you know I would accept?"

"I didn't. Frankly, at some point I thought you'd throw the contract at me and tell me to get lost."

She raised her eyebrows. "And then?"

"I would have gone to plan B."

"What's plan B?"

He smirked and shook his head. "Since you've accepted plan A, I guess you'll never find out."

"I suppose I'll just have to make the most out of plan A then." She laughed and removed her hand from his chest only to place it onto the familiar bulge in his pants. Sabrina could clearly feel the heat underneath her hand.

"What are you doing?" Daniel asked slowly.

"Collecting on paragraph eleven."

"Paragraph eleven?" he asked and moaned when she stroked his growing erection through the fabric.

"Daniel, do you even know what's in the contract?"

"Remind me since my body

„Paragraf elf einfordern."

„Paragraf elf?", fragte er und stöhnte, als sie die wachsende Erektion durch den Stoff streichelte.

„Daniel, weißt du überhaupt, was in dem Vertrag steht?"

„Kannst du mein Gedächtnis bitte auffrischen, da mein Körper gerade mit anderen Dingen beschäftigt ist."

Sie lachte. „Paragraf elf und ich fasse zusammen: Der Arbeitgeber muss die Angestellte jederzeit sexuell zufriedenstellen."

„Jederzeit?"

Sie nickte. „Jederzeit. Und ich glaube, das beinhaltet jetzt."

„Hier?" Er blickte sich im Büro um.

„Hier. Jetzt." Sie tastete nach dem Schreibtisch hinter sich. „Fühlt sich ziemlich stabil an", kommentierte sie.

„Gut, dass Merriweather ordentlich ist und seinen Schreibtisch aufgeräumt hält", antwortete Daniel mit einem Glitzern in seinen Augen, als er ihren engen Rock mit einem Ruck nach oben schob. „Wie wäre es, wenn du dieses Höschen verlierst?"

„Ich erinnere mich nicht daran, mein anderes von dir zurückbekommen zu haben."

„Ich fange eine Sammlung an. is busy with other things right now."

She laughed. "Paragraph eleven, and I paraphrase: the employer is required to sexually satisfy the employee at all times."

"At all times?"

She nodded. "At all times. And I believe that includes now."

"Here?" He gazed around the office.

"Here. Now." She felt for the desk behind her. "Feels pretty sturdy to me," she commented on Merriweather's desk.

"Good thing Merriweather is neat and keeps his desk uncluttered," Daniel responded with a sparkle in his eyes as he hitched up her tight skirt. "How about you lose those panties?"

"I don't remember getting my other ones back from you."

"I'm starting a collection. Care to make a contribution?"

Sabrina stepped out of her panties and handed them to him.

"What do I get in return?"

He lifted her onto the desk and spread her legs as he stepped into her center and

Hast du Lust, etwas zu spenden?"

Sabrina stieg aus ihrem Höschen und gab es ihm.

„Was bekomme ich als Gegenleistung?"

Er hob sie auf den Schreibtisch und spreizte ihre Beine, trat in ihre Mitte und näherte sich ihr. „Das entscheidest du." Seine Stimme war leise, und sie fühlte seinen Atem auf ihrem Gesicht, als sich seine Lippen für einen zärtlichen Kuss auf ihre senkten.

Langsam wanderten ihre Hände zu seiner Hose, öffneten erst den Knopf und dann den Reißverschluss. Sie hörte sein zustimmendes Seufzen, als sie die Hose über seine Hüften schob und auf den Boden fallen ließ. Nachdem sie dasselbe mit seinen Boxershorts gemacht hatte, griff sie nach seiner Erektion, die stolz hervorragte.

„Perfekt", bewunderte sie ihn und strich mit ihrer Hand sanft über seinen Schaft.

„Es ist schon so lange her, Baby." Seine Augen sahen sie mit unverhohlenem Verlangen an. Genauso, wie sie es liebte. Indem sie ihn an seinem Hemd zu sich zog, brachte sie ihn an ihren Körper, wobei seine Erektion an ihren warmen und feuchten Eingang stupste.

„Ich will dich Daniel, ganz und

held her close. "You choose." His voice was low, and she felt his breath on her face as his lips descended on hers for a tender kiss.

Slowly, her hands went to his pants, first opening the button then pulling down the zipper. She heard his appreciative sigh when she pushed them over his hips and let them fall to the floor. As soon as she'd done the same to his boxers, her hand reached for his erection which jutted out proudly.

"Perfect," she admired him and stroked her soft hand over his shaft.

"It's been so long, baby." His eyes looked at her with unconcealed desire. Just the way she loved it. Pulling him closer by his shirt, she brought him flush against her body, his erection nudging at her warm and moist entrance.

"I want you, Daniel, all of you." She was full of the love she couldn't speak of yet. She couldn't say the words yet, but she knew he would wait until she was ready. In the meantime she'd be his escort, exclusively his.

gar." Sie war voll von der Liebe, von der sie noch nicht sprechen konnte. Sie konnte die Worte noch nicht sagen, aber sie wusste, er würde warten, bis sie dazu bereit war. In der Zwischenzeit würde sie sein Callgirl sein, und nur seines – ganz exklusiv.

„Bitte nimm mich", bat sie ihn, presste ihre Lippen auf seine und küsste ihn leidenschaftlich.

Sabrina entließ ein tiefes Stöhnen, als die Spitze seines Schwanzes den engen Eingang zu ihrem Inneren durchbrach. Sekunden später trennte Daniel seine Lippen von ihren und blickte in ihre Augen.

„Jetzt gehörst du mir und ich gehöre dir. *Per sempre.*"

Und dann drang er tief in sie ein, rammte seine zwanzig Zentimeter hartes Fleisch in ihr feuchtes und warmes Inneres und beanspruchte sie für sich, genauso wie sie es mit ihm tat.

"Please take me," she begged him and pressed her lips on his, kissing him passionately.

Sabrina let out a deep moan when she felt the head of his cock breach the tight entrance to her core. Seconds later, Daniel severed his lips from hers and looked into her eyes.

"Now you belong to me, and I belong to you. *Per sempre.*"

And then he sliced into her, ramming his eight inches of hard flesh into her wet and warm center, claiming her as she claimed him.

~ ~ ~

ÜBER DIE AUTORIN

Tina Folsom ist gebürtige Deutsche und lebt schon seit über 25 Jahren im englischsprachigen Ausland, die letzten 14 Jahre davon in San Francisco, wo sie mit einem Amerikaner verheiratet ist.

Tina ist schon immer ein bisschen herumzigeunert und hat in vielen verschiedenen Orten gelebt: in Lausanne, Schweiz, auf einem Kreuzfahrtschiff im Mittelmeer, in München, und London, England. Nach 8 Jahren in England ergriff sie die Wanderlust und sie zog über den großen Teich.

In New York war sie ein Jahr auf der berühmten Schauspielschule, der American Academy of Dramatic Arts. Danach blieb sie ein Jahr in Los Angeles, wo sie an der UCLA Drehbuchschreiben studierte. Dort lernte sie auch ihren Mann kennen, der in San Francisco lebte. So zog sie kurzerhand drei Monate später nach San Francisco.

Dort war sie als Buchhalterin, Steuerberaterin, Finanzchefin, und Immobilienmaklerin tätig, doch das Schreiben vermisste sie sehr. Also fing sie im Herbst 2008 wieder damit an und schrieb ihren ersten Liebesroman.

Mittlerweile hat sie über 32 Bücher in Englisch sowie über vier Dutzend in anderen Sprachen (Französisch, Spanisch und Deutsch) herausgegeben.

tina@tinawritesromance.com
http://facebook.com/TinaFolsomFans
Twitter: @Tina_Folsom
www.tinawritesromance.com

Printed in Germany
by Amazon Distribution
GmbH, Leipzig